RÜBENTOD

DAGMAR ROSENBAUER

RÜBENTOD

Kriminalroman

emons:

Bibliografische Information der Deutschen Nationalbibliothek
Die Deutsche Nationalbibliothek verzeichnet diese Publikation
in der Deutschen Nationalbibliografie; detaillierte bibliografische
Daten sind im Internet über http://dnb.d-nb.de abrufbar.

© Emons Verlag GmbH
Alle Rechte vorbehalten
Umschlagmotiv: arcangel.com/Roy Bishop
Umschlaggestaltung: Nina Schäfer, nach einem Konzept
von Leonardo Magrelli und Nina Schäfer
Umsetzung: Tobias Doetsch
Gestaltung Innenteil: DÜDE Satz und Grafik, Odenthal
Lektorat: Lothar Strüh
Druck und Bindung: CPI – Clausen & Bosse, Leck
Printed in Germany 2024
ISBN 978-3-7408-2197-5
Originalausgabe

Unser Newsletter informiert Sie
regelmäßig über Neues von emons:
Kostenlos bestellen unter
www.emons-verlag.de

Die automatisierte Analyse des Werkes, um daraus Informationen
insbesondere über Muster, Trends und Korrelationen gemäß
§ 44b UrhG (»Text und Data Mining«) zu gewinnen, ist untersagt.

*Everyone is a moon, and has a dark side
which he never shows to anybody.*

Mark Twain

Richard Wagner hasste Opern. Operetten noch mehr. Aber heute Abend wurde ihm das Potpourri aus Operetten und Opernarien, das in Rheinsberg auf dem Programm gestanden hatte, erspart. Man hatte sich auf einen konzertanten Abend geeinigt, das Festival der jungen Opernsänger und Opernsängerinnen wurde aufs kommende Jahr verschoben.

Dass Richard an diesem Freitagabend im Hochsommer im Schlosshof in Rheinsberg saß, war eine Folge seiner Anpassungsfähigkeit. Immer hatte er sich angepasst. Sein ganzes Leben lang. Auch heute Abend. Er war hier, weil Clara ihn gebeten hatte, sie zu begleiten. Sie war eine großzügige Sponsorin der Kammeroper und hatte sich auf diesen Abend, der der Höhepunkt des Gesangswettbewerbs der Kammeroper gewesen wäre, gefreut. Jetzt gab es stattdessen Beethoven, Sinfonie Nr. 3, »Eroica«. Die knappe Stunde Spieldauer war der Kompromiss, auf den sich die Verantwortlichen geeinigt hatten. So war die Situation im Sommer 2021.

Das anhaltend schöne Hochsommerwetter sorgte dafür, dass das Konzert im Freien stattfinden konnte. Das Publikum genoss die schöne Abendstimmung in diesem Ambiente, nur Richard nicht, der von seinen Erinnerungen gequält wurde. Normalerweise konnte Beethoven ihm nichts anhaben. Das war nicht die Musik, die seine Kindheit und Jugend bestimmt hatte. Aber das revolutionäre Pathos der »Eroica«, von den jungen Musikerinnen und Musikern mit Leidenschaft und Tempo gespielt, erwischte ihn.

Er versuchte, an dem Orchester vorbei auf den See zu schauen. Es war der Grienericksee, der in den Rheinsberger See überging. Siebenundachtzig Hektar groß, an der tiefsten Stelle vierzehn Meter tief, hervorragende Wasserqualität. Die untergehende Sonne spiegelte sich auf dem Wasser. Mit Fakten konnte

Richard seine Gefühle fast immer unter Kontrolle bringen. Er bemühte sich, ruhig und gleichmäßig zu atmen. So, wie man es ihm in der Reha beigebracht hatte. Regelmäßig atmen und den Kopf umprogrammieren: andere Dinge wahrnehmen, wie den Graureiher, der einen Fisch erspäht hatte und sich ins Wasser stürzte. An die guten Dinge denken, nicht an die schlimmen. Weg aus meinem Kopf – am liebsten hätte Richard mit seiner Hand gewedelt. Gegen die Musik zu arbeiten, war schwer. Er seufzte fast unhörbar. Auch das hatte er in den letzten Monaten gelernt. Leise zu seufzen. Clara sollte von seiner Stimmung nichts mitbekommen. Sie hatte sich auf diesen Abend gefreut, trotz der Programmänderung.

Vorsichtig sah er sich um. Viele Einheimische, einige kannte er vom Sehen. Ein paar Reihen hinter ihnen saßen Martin und Christine Riemann, Schafzüchter aus Rosenwinkel. Christine war eine Freundin von Clara, die sich ebenfalls für die Kultur in der Region engagierte. Er hatte das Ehepaar zwei-, dreimal getroffen. Sie waren einander sympathisch, akzeptierten ihn als neuen Partner von Clara und stellten keine Fragen.

Normalerweise dominierte hier die Berliner Society, hatte Clara ihm erzählt. Aber für sechzig Minuten Beethoven und ohne den anschließenden Champagnerempfang kam niemand extra aus Berlin. Außer Hanno Hermann. Nach dem Konzert würde der wieder um Clara herumscharwenzeln und Richard ignorieren. Das hatte er auch neulich in Demerthin getan, als er Clara unbedingt persönlich treffen wollte. Er hielt Richard für Claras Bodyguard. Nicht in der Lage, einen Satz geradeaus zu sprechen.

Ein Kerl von einem Meter neunzig und fast neunzig Kilo, mit Migrationshintergrund und einem schwarzen Pferdeschwanz – das konnte in den Augen von Hanno Hermann nur ein Bodyguard oder ein Gangster sein. Hanno war ein Ignorant: Jenseits von klassischer Musik und gutem Essen verstand er nichts vom Leben. Obwohl er für diverse Berliner Zeitungen Musikkritiken schrieb, hatte er keine Ahnung, dass Richard der ehemalige Sprecher der Berliner Polizei war. Hanno hatte nicht mitbekommen, dass Richard vor allem wegen seines familiären Hintergrunds über Berlin hinaus eine gewisse Berühmtheit erlangt hatte. Interviews, Talkshow-Auftritte – die Medien hatten sich um ihn gerissen. Damals sah er noch anders aus, hatte einen Kurzhaarschnitt und Uniform getragen. Und keinen schwarzen Designer-Anzug von Paul Smith. Ganz leicht strich Richard über den dünnen Wollstoff. Er fühlte sich gut an. Ein Anzug, in dem man schlafen und am nächsten Morgen ins Meeting gehen konnte. Immer perfekt. »Ein Anzug, der Sie durch die Jahreszeiten begleitet.« So hatte letzte Woche der Verkäufer im Hamburger Flagship-Store getönt. Und versucht, damit den absurd hohen Preis zu erklären. Kurz hatte Richard an seine Mutter gedacht und daran, wie lange sie für ein neues Sommerkleid sparen musste. Damals. Heute bekam sie eine Rente, mit der sie gut auskam.

Richard war froh, dass Clara sich durchgesetzt und er seine notorische Knausrigkeit überwunden hatte. Auch wenn er für lange Zeit nicht mehr in Meetings gehen würde. Dieser Anzug war die Eintrittskarte zu Veranstaltungen wie diesem Konzert in Rheinsberg. Er war eine Rüstung. Dieser Anzug machte ihn unverwundbar. Fast. Allerdings müsste er nachher im Auto das Jackett ausziehen. Er hoffte, dass er auf der Rückfahrt weniger schwitzen würde. Sonst musste der Anzug am Montag in die Reinigung.

Der Defender machte ihm Angst. Trotzdem würde er ihn später fahren. Das war Teil von Claras Plan. Es gab zwar keine Premierenfeier, aber die wichtigsten Geldgeber der Kammeroper waren zu einem kleinen Umtrunk gebeten worden. Clara würde sich zwar nicht betrinken, das tat sie schon lange nicht mehr, aber trotzdem behaupten, nicht mehr fahren zu können. Er hatte mit dem kleinen Wagen nach Rheinsberg fahren wollen, sie aber hatte entschieden: durchs Bombodrom nur mit dem Range Rover.

Richard seufzte. Diesmal nicht leise genug. Clara schaute

ihn kurz von der Seite an. Sie spürte sein Unbehagen und legte ihre Hand auf seinen Unterarm. »Said«, sagte sie leise. Und es funktionierte. Es funktionierte immer: Er beruhigte sich. Nach dem Applaus verließ das Publikum rasch den Schlosshof. Nur Richard blieb sitzen. So hatte er es mit Clara verabredet. Er trank ohnehin nichts und wäre in der ausgewählten Runde der Sponsoren und Veranstalter fehl am Platz gewesen. Er atmete tief durch. Er hatte es geschafft, er hatte ein Konzert durchgehalten. Etwas, was ihm vor ein paar Monaten noch unmöglich erschienen war. Jetzt, allein im Schlosshof, konnte auch er die Abendstimmung genießen. Er schloss kurz die Augen und hörte auf die vielfältigen Vogelstimmen. Amseln konnte er erkennen, Schwalben und Spatzen. Sehr viele Spatzen.

»Richard, guten Abend, störe ich?« Martin Riemann stand plötzlich neben ihm. Offensichtlich bester Laune. Richard hatte ihn gar nicht kommen hören.

»Nein, Martin, natürlich nicht. Setz dich doch. Wieso bist du nicht beim Empfang?«

»Ich will Christine vor den Honoratioren nicht in Verlegenheit bringen. Ich verstehe nichts von Musik, und leider fällt's mir schwer, so zu tun, als sei das anders. Nichts gegen so ein Konzert, aber darüber im Anschluss zu plaudern, liegt mir überhaupt nicht. Geht's dir nicht genauso? Unsere Frauen sind kulturbeflissen, und wir sind eher praktisch veranlagt.«

Martin lachte sein selbstbewusstes lautes Lachen. Er war ein großer, gut aussehender Mann, fürs Konzert gekleidet in einem edel zerknitterten hellen Leinenanzug. Die ersten grauen Strähnen zogen sich durch das dichte dunkelbraune Haar des Mittvierzigers. Richard mochte ihn. Sie hatten sich zusammen mit den Frauen zwar insgesamt nur ein paarmal getroffen, aber die Chemie zwischen ihnen beiden stimmte.

Er kannte Martin nicht gut genug, um ihm zu sagen, dass er komplett falschlag. Richard verstand sehr viel von Musik, so viel, dass er auch heute Abend jeden falsch gesetzten Takt, jeden nur um Viertelsekunden verstolperten Einsatz überdeutlich gehört hatte. Er hätte jetzt die Noten der »Eroica« aufschreiben können. Einfach so, aus dem Gedächtnis. Er galt früher einmal als musikalisches Wunderkind. Aber das war lange her, und wen interessierte das schon? Er würde nicht darüber sprechen, noch nicht einmal mit Clara und schon gar nicht mit Martin. Also stimmte er ihm kumpelhaft zu und sprach über die herrschende Dürre und die Waldbrandgefahr, bis Martin sich auf die Suche nach seiner Frau und einem Bier machte und Richard allein zurückbleiben konnte.

Nach über einer halben Stunde kam Clara zurück, im Schlepptau Hanno Hermann. Diesmal musste er Richard zur Kenntnis nehmen, denn Clara stellte ihn charmant als ihren Freund vor.

»Oh«, sagte Hanno überrascht, »ich dachte, er sei dein …« Er stoppte abrupt. Was immer er hatte sagen wollen, blieb sein Geheimnis. Denn inzwischen hatte er sich wieder unter Kontrolle, stellte sich Richard kurz und förmlich vor, um sich gleich darauf zu verabschieden.

»Darüber muss er jetzt erst mal hinwegkommen«, lachte Clara, als er außer Hörweite war. »Auf dem Weg hat er mich gefragt, was wir beide mit diesem angebrochenen Abend machen wollen. Der hat ernsthaft geglaubt, er kann mich abschleppen.«

Richard lächelte und schwieg. Gegenüber einem Dritten hatte Clara ihn als ihren Freund bezeichnet. Ja, er war ihr Freund, aber so offen hatte sie das noch nie ausgesprochen. Es fühlte sich gut an, dass sie sich zu ihm bekannte.

Der Defender stand direkt vor dem Schloss – auf dem VIP-Parkplatz. Wo sonst? Clara ging vor Richard her. Kerzengerade wie immer. »Das war doch ein schöner Abend«, sagte sie und dann, als Richard schwieg: »Danke, dass du mitgekommen bist, trotz der Musik.« Sie strahlte ihn an. »Ich habe kaum etwas getrunken. Eigentlich könnte ich noch fahren!«

Er war dankbar für das Angebot, wusste aber, dass er es ablehnen musste. Er würde fahren. So war es verabredet.

»Einen Vorteil muss es doch für dich haben, mit einem Muslim zusammen zu sein.«

Er versuchte, sich locker zu geben, aber Clara hörte den falschen Ton. Er war kein gläubiger Muslim. Er spielte ihn nur manchmal, wenn es ihm in den Kram passte. Fast immer mit einem schlechten Gewissen, denn er hatte das Gefühl, als würde er sich dabei über seine Familie lustig machen. Außerdem konnten sie beide sich sehr wohl an die Zeiten erinnern, als er noch Alkohol getrunken hatte. Aber das war in einem anderen Leben gewesen.

Wegen der Baustelle bei Zühlen hatten sie schon für die Hinfahrt die längere Strecke über Wittstock gewählt. Aber da war Clara gefahren: zügig und sicher wie immer. Richard hatte neben ihr gesessen und sich auf die Landschaft konzentriert. Jetzt war er auf sich allein gestellt.

Kurz hinter Neu-Lutterow begann die Straße, die durch den Truppenübungsplatz bei Wittstock führte. In der Bevölkerung hieß das Gelände nur Bombodrom. Die sowjetischen Streitkräfte hatten zu Beginn der fünfziger Jahre die Grundbesitzer gezwungen, zunächst an die Sowjetarmee zu verpachten und später dann zu verkaufen. Die Russen hatten das Gebiet für Panzerübungen genutzt und später Bombenabwürfe im Tiefflug trainiert. Als sie 1993 endgültig abzogen, wollte die Bundeswehr das Gelände militärisch weiterhin nutzen. Aber nach einem langen Kampf der Bürgerbewegung »Freie Heide« wurden die Pläne aufgegeben. Zurück blieb ein riesiges Gebiet voller Altlasten, vor allem Blindgänger. Richard kannte die grünen Transporter mit der Aufschrift »Kampfmittelräumung«, die regelmäßig über die Landstraßen fuhren. Es wurde viel Geld in die Sicherung des Bombodroms investiert. Aber trotz aller Bemühungen war erst ein kleiner Teil geräumt. Immer wieder kam es durch Wildtiere zu Explosionen von Blindgängern. Bei einem Waldbrand könnte die Situation schnell außer Kontrolle geraten.

Es war keine angenehme Strecke. Überall am Straßenrand

standen Schilder mit Warnhinweisen. Auf keinen Fall durfte man den Wald betreten. Heute Nacht kam zur kompletten Dunkelheit noch ein leichter Nebel hinzu. Der Tag war heiß gewesen, aber nachts wurde es in der Region deutlich kühler, und Dunst stieg auf. Das Licht der Scheinwerfer soff darin regelrecht ab. Richard konzentrierte sich auf die Straße. Was, wenn der Wagen jetzt streikte? Aber wieso sollte ein Range Rover mit gerade mal fünftausend gefahrenen Kilometern ausfallen? Richard versuchte, eine beginnende Panik zu ersticken. Es war stockdunkel, ja, aber die Scheinwerfer waren stark. Es war unheimlich, ja, aber es gab keine Notwendigkeit, anzuhalten, geschweige denn, durchs Bombodrom zu laufen. Er musste nur fahren. Geradeaus fahren, nicht nachdenken.

Richard schaute hinüber zu Clara. Sie hatte die Augen geschlossen. Ob sie wirklich schlief, wusste er nicht. Diese nächtlichen Fahrten, bei denen Clara die Augen geschlossen hatte, waren Teil ihres persönlichen Therapiekonzepts. Obwohl sie natürlich keine Ahnung von Therapie hatte. Aber dafür hatte sie ein beeindruckendes Repertoire an Lebensweisheiten parat, um ihn zu ermutigen. »Richard, wenn man vom Pferd abgeworfen wird, muss man wieder aufs Pferd steigen. Oder ein für alle Mal das Reiten aufgeben. Beim Autofahren ist es genauso. Und du kannst das Autofahren nicht aufgeben, wenn du mit mir in der Pampa leben willst.«

Also fuhr Richard seit zwei Monaten wieder. Am liebsten mit dem kleinen roten Mini Clubman, der bis vor Kurzem Claras einziges Auto gewesen war. Aber mit ihren Ambitionen, die perfekte Landfrau zu werden, stiegen auch die Ansprüche. Ein neuer Wagen musste her. Und was passte besser zu Clara als ein Range Rover Defender Plug-in-Hybrid? Den Richard jetzt zum ersten Mal fahren musste. Es fühlte sich besser an, als er erwartet hatte.

Kurz vor Schweinrich brach plötzlich die Hölle los. Ein Traktor nach dem anderen kam von rechts auf die Hauptstraße gerollt. Große, riesige Traktoren: John Deere, Fendt und Steyr.

Der Defender zwischen ihnen eingeklemmt. Im Autokino in Zempow hatte es »Treckerkino« gegeben, und jetzt fuhren alle nach Hause. Richard konnte die Musik hören, die auf dem John Deere vor ihm gespielt wurde: Bruce Springsteen, »Born in the U.S.A.«.

Und dann war Maik aus Vehlow vor ihm. An seinen roten Haaren, die im Licht der Straßenlaternen in Schweinrich förmlich strahlten, konnte er ihn erkennen. Maik hatte vor ein paar Wochen beim Schutt-Wegräumen vorm Schloss geholfen. Er war ein netter Kerl. Bauer aus Überzeugung und hoffnungslos in Clara verliebt. Richard war gerettet. Er würde jetzt in den E-Antrieb schalten, der für mindestens fünfzig Kilometer reichte, und hinter Maik über Wittstock und Blumenthal nach Vehlow zockeln. Die restlichen acht Kilometer würde er auch allein schaffen. Wenn sie zu Hause ankamen, würde Clara in ihr Zimmer gehen und Richard in seins. Und irgendwann würde seine Tür aufgehen und Clara zu ihm kommen. Es war Freitagnacht. Sie würde bis morgen früh bei ihm bleiben. So viel war sicher.

Erwin Schwarz hatte die Schnauze voll. Verärgert stand er vom Tisch auf und verließ türenschlagend die Küche. Schon kurz nach halb sieben war er in Kyritz gewesen, um die berühmten Kyritzer Knackis beim Bäcker Armster zu kaufen. Mit der Brötchentüte war er zu Diego Hausmann gefahren. Eigentlich wollte er schon gestern Abend mit ihm sprechen, aber Diego war zu besoffen gewesen. Also hatte er ihm telefonisch angekündigt, dass er um sieben Uhr zum Frühstück kommen würde. Mit frischen Brötchen. Diego musste nur den Tisch decken und Kaffee kochen. Aber noch nicht einmal dazu war er heute Morgen in der Lage gewesen. Erwin hatte mit einigen Mühen den neuen Kaffeeautomaten zum Laufen gebracht, aber an ein Frühstück, geschweige denn ein Gespräch war nicht zu denken gewesen. Diego saß stumm am Tisch und rührte seinen Kaffee nicht an. Die Brötchentüte lag ungeöffnet auf dem Tisch.

Es stank in der Küche. Und zwar nicht nur nach Abfall und dem schmutzigen Geschirr, das sich stapelte. Auch Diegos Ausdünstungen trugen ihren Teil dazu bei. Er roch nach Schweiß und Alkohol. Erwin hätte ihn am liebsten unter die Dusche gezerrt. So wie vor zwanzig Jahren, wenn Diego ihm mal wieder erklärt hatte, dass es doch völlig ausreiche, zweimal in der Woche zu duschen. Aber mit einem Zweiunddreißigjährigen ging das nicht mehr. Erwin war verzweifelt. Was war aus dem weißblonden Jungen geworden, der vor nichts Angst gehabt, sich auf jedes Pferd gesetzt und ihn abgöttisch geliebt hatte? Ein Säufer wie sein Vater? Erwin wollte das nicht akzeptieren.

Aber er war an diesem Samstagmorgen nicht zu Diego gekommen, um ihm Vorhaltungen zu machen. Er hatte eine klare Ansage.

»Diego, du musst die Rübenmiete abbauen. Die ist seit Monaten überfällig. Es stinkt unerträglich. Die Gräfin besteht darauf, dass sie endlich entfernt wird!«

Clara von Wohlleben, die Gräfin, wie sie von allen genannt wurde, hatte einen Wunsch. Das würde bei Diego funktionieren. Früher hatte er gemeinsam mit Clara überlegt, wie man in Demerthin, dem verfallenen Schloss, das Clara 2019 gekauft hatte, ein Restaurant eröffnen könnte. Immer wieder hatten sie sich getroffen, Pläne geschmiedet und bereits über die Speisekarte gesprochen. Regional, nachhaltig, trotzdem anspruchsvoll. Aber als dann Bernadette verschwand, hatte Diego sich aus allem zurückgezogen und keine Anrufe und Nachrichten von Clara mehr beantwortet. Im vergangenen März hatte sie auf seinem Hof gestanden und laut gerufen, aber Diego hatte so getan, als höre er nichts. Dann hatte sie es aufgegeben, wieder mit ihm in Kontakt zu treten.

»Ich war gestern in Vehlow und habe mit den Leuten von der Biogasanlage gesprochen. Sie nehmen die Rüben, egal in welchem Zustand sie sind. Sie bezahlen auch dafür. Wir müssen sie nur hinbringen.«

Diego antwortete nicht, wahrscheinlich war der Restpegel noch zu hoch.

Die Futterrüben selbst zu ziehen, gehörte zu seinem Plan, um seine Rinder besonders gut zu ernähren und somit ihr Fleisch wertvoller und schmackhafter zu machen. Er wollte einen Teil des Kraftfutters durch Rüben ersetzen und damit nachhaltiger wirtschaften. Nur wenige Bauern in der Prignitz bauten noch Futterrüben an. Der hohe Arbeitsaufwand und die erforderliche frostfreie Lagerung hielten sie davon ab. Futterrüben waren so empfindlich wie Kartoffeln. Bei weniger als acht Grad mussten sie raus aus dem Boden. Im Herbst 2020 hatte es Ende September einen frühen Kälteeinbruch gegeben. Diego hatte gemeinsam mit dem alten Otto Dunzer und ein paar Hilfskräften die Rüben geerntet und eine stattliche Rübenmiete auf dem abgeernteten Sandboden errichtet. Schön aufgeschichtet, mit schwarzer Folie abgedeckt und mit alten Reifen beschwert. Das war am 27. September 2020 gewesen.

Dann kam der Krach mit Bernadette, und keines seiner Tiere sollte mehr in den Genuss der Mischung aus Heu und zerkleinerten Futterrüben kommen. Diego rührte die Rübenmiete nicht mehr an. Spätestens im Frühjahr 2021 hätte er sie abbauen müssen, aber Erwin hatte so seine Zweifel, ob Diego sich überhaupt noch an seine Futterrüben erinnerte. Seit Wochen lag ihm Otto Dunzer in den Ohren. Jedes Mal wenn der auf seinem alten Herrenfahrrad zu Erwin und Elvira geradelt kam, um mit ihnen zu essen und über die neuesten Ereignisse im Dorf zu sprechen, kam er wieder auf das Thema: »Die Rübenmiete muss weg.« Und jetzt sagte es auch die Gräfin. Es musste endlich etwas passieren.

Wieder zu Hause, holte Erwin seinen alten Traktor und fuhr los. Er wusste, dass das im Grunde Unfug war. Allein konnte er die Rübenmiete nicht abbauen. Er brauchte Hilfe und einen großen Anhänger, auf dem er die Rüben in die Biogasanlage bringen konnte. Aber er wollte wenigstens anfangen, und die Schaufel war noch vorne am Traktor montiert, weil er gestern einen Teil seiner Pferdekoppel umgegraben hatte.

Er musste etwas gegen die Wut machen, die sich bei ihm angestaut hatte. Diego hatte doch das Leben noch vor sich! Er war jung, er war wohlhabend, er hatte riesige Flächen Wald und Land. Wenn Bernadette ihn verlassen hatte, na und? Diego würde eine andere Frau finden, eine, die besser zu ihm passte. Der Mensch muss sein Leben selbst in die Hand nehmen, das war immer Erwins Überzeugung gewesen. Es konnte doch nicht sein, dass sich bei Diego das gleiche Programm wiederholte, das schon das Leben seines Vaters zerstört hatte. Genetische Vorbestimmung – so ein Blödsinn. Er würde jetzt die schwarze Plane herunterziehen und dann noch mal zu Diego fahren. Vielleicht würde der sich dann aufraffen, und gemeinsam könnten sie heute noch die Futterrüben nach Vehlow bringen. Das wäre ein Anfang.

Zuerst schob Erwin mit dem Traktor die alten Autoreifen zur Seite. Dann versuchte er, die Plane langsam herunterzuziehen. Er zuckte zusammen, als er die Plane ein Stück lüftete. Die Rüben waren vergammelt, eindeutig, aber der Gestank, der sie umgab, stammte nicht von faulendem Gemüse. Hatte sich ein Tier unter die Plane geschlichen und dann nicht mehr herausgefunden? Der süßliche Geruch nach Aas wurde immer intensiver. Als Erwin die gesamte Plane abgezogen hatte, stieg er vom Traktor ab. Er nahm seine Schaufel und begann, die obere Schicht Rüben wegzuschippen. Dann sah er es: schwarzes, vergammeltes Fleisch – ein Tier? Musste ein sehr großes sein! Als er weitergrub, stieß er auf Knochen. Und daneben eine goldene Kette mit einem Kreuz.

Erwin wurde schlecht, als er begriff, auf was er da gestoßen war: die Leiche eines Menschen. Und dann tat er das, was er vorhin in Diegos Küche mit großer Anstrengung unterdrückt hatte: Er übergab sich. Als er sich ein wenig beruhigt hatte, wählte er die 110. Und dann brach die Hölle los.

Richard Wagner war an diesem Samstag früh aufgestanden. Clara schlief noch, als er in Jeans und T-Shirt schlüpfte und Izzie, die vor dem großen Bett lag, ein Zeichen zum Aufbruch gab. Im Hausflur legte er der Collie-Hündin das Halsband um, nahm die Leine von der Garderobe und steckte ein paar Leckerlis in die Hosentasche.

Es war kurz nach halb sieben, und die Luft war frisch und noch kühl. Er ging mit dem Hund vorbei am gepflegten Sportplatz des SV Demerthin in den riesigen, komplett verwilderten Schlossgarten. Seit Generationen war hier nichts mehr passiert. Dass man trotzdem durch den Park laufen konnte, lag an den Touristen, die nach der Besichtigung des Schlosses, die nur noch von außen möglich war, oft eine Runde durch den Park spazierten, um nicht das Gefühl zu haben, völlig umsonst angereist zu sein. Es gab verschiedene Trampelpfade durch das hoch stehende Gras, vorbei an umgestürzten Bäumen und durch verwilderte Hecken. Demerthin war ein Renaissance-Schloss mit einem hohen sechseckigen Treppenturm, der 1604 erbaut worden war. Jede Menge Kunst- und Architekturinteressierte kamen jedes Jahr, um sich das Schloss anzusehen. Im Erdgeschoss gab es zwei spätgotische Räume mit Sterngewölbe, die noch vom Vorläufer des Schlosses übrig geblieben waren. Richard tat es immer leid, die Besucher wegzuschicken. Aber das Schloss war eine einzige Baustelle, und es war gefährlich, sie zu betreten. Er hatte schon Sorge, wenn die Leiterin der Denkmalschutzbehörde aus Perleberg alle sechs Wochen die Baustelle besichtigen wollte. Unabhängig davon, ob es Fortschritte gegeben hatte oder nicht, Ingrid Dessau setzte den Bauhelm auf, zog feste Schuhe an und marschierte los. Nur Richard durfte sie begleiten.

Ingrid Dessau hatte eine tief sitzende Abneigung gegen Clara von Wohlleben und wartete nur darauf, ihr einen Fehler nachweisen zu können. Es war etwas Persönliches. Bei ihrem ersten Zusammentreffen hatte Clara ihr zu verstehen gegeben, dass sie nach einem abgeschlossenen Studium der Kunstgeschichte mit Spezialgebiet Renaissance sehr genau wisse, was zu tun sei, um Demerthin vor dem Verfall zu retten. Arrogant war sie aufgetreten, in einer abgetragenen Barbour-Jacke, Gummistiefeln und mit einem Collie an ihrer Seite. Ein Bild wie aus einem englischen Jagdmagazin – die reine Inszenierung. Dass die Gemeinde Gumtow dieser Frau das Schloss für 'nen Appel und 'n Ei verkauft hatte und sie nichts, aber auch gar nichts dagegen machen konnte, hatte Ingrid schlaflose Nächte bereitet.

Da kommt so eine Tussi aus dem Westen, mit einem Adelstitel und einem Haufen Geld, und alle stehen stramm. Aber sie, Ingrid Dessau, würde dafür sorgen, dass der Denkmalschutz bis ins letzte Detail eingehalten wurde. Und es würde sich zeigen, wer hier die bessere Kunsthistorikerin war. Schließlich hatte sie an der Bauhaus-Universität in Weimar studiert und Clara von Wohlleben an der in diesem Fach nicht gerade renommierten Universität zu Köln nur einen Master gemacht. Was immer dieser »Master« überhaupt wert war.

Als verantwortliche Leiterin der Behörde in Perleberg hatte Ingrid Dessau zwar den Vorschriften zu folgen, aber auch genügend Spielraum, diese je nach Fall und Objekt auszulegen. Bei Schloss Demerthin bestand sie unerbittlich auf der exakten Einhaltung der gesetzlichen Vorgaben. Schließlich gehörte das Schloss zu den wenigen unveränderten Profanbauten der Renaissance in der Region. Die Betonung lag für Ingrid Dessau auf »unverändert«. Clara von Wohlleben sollte sich gefälligst ein anderes Objekt für ihre Selbstverwirklichung suchen.

Clara hatte Richard auch wegen Ingrid Dessau nach Demerthin geholt. Sie wusste, dass sie den Kampf gegen sie nicht gewinnen konnte. Bei der ersten Begehung des Schlosses hatte die Dessau zu jedem Vorschlag, den Clara für die Renovierung und zukünftige Nutzung des Anwesens machte, Nein gesagt.

Konzerte und Lesungen wolle sie im Schloss veranstalten – ausgeschlossen. Dafür müssten je nach Anzahl der Besucher die entsprechenden Toilettenanlagen vorhanden sein. Und die würde das Denkmalschutzamt auf gar keinen Fall genehmigen. Ein Restaurant im Erdgeschoss – niemals. Gästezimmer mit eigenem Badezimmer – wo sollten die Versorgungsleitungen verlaufen? Durch den alten Kaminschacht? Unter gar keinen Umständen – die alten Öfen und Kamine mussten exakt so erhalten bleiben. Allerdings würde man sie wegen des aktuellen Emissionsschutzgesetzes nicht mehr betreiben können. Fußbodenheizung – die Leiterin des Denkmalschutzamtes bekam Schnappatmung.

Eine Zeit lang hatte sich Diego um Ingrid Dessau gekümmert. Sein jungenhafter Charme hatte Eindruck auf sie gemacht und den Konflikt zwischen den beiden Frauen entschärft. Aber dann war Diego von einem auf den anderen Tag aus Claras Leben verschwunden, und sie brauchte einen Ersatz.

Richard hatte ein Händchen für schwierige Frauen fortgeschrittenen Alters. Das hatte Clara bei den gemeinsamen Pokerrunden in Berlin beobachten können. Er blieb immer höflich und vermochte auch einer Siebzigjährigen das Gefühl zu geben, noch immer begehrenswert zu sein. Eine einsame Frau Ende fünfzig wie Ingrid Dessau würde sich seinem Charme nicht entziehen können.

Claras Plan ging auf. Richard behandelte Ingrid Dessau überaus respektvoll, hörte sich ihre endlosen Ausführungen zum Denkmalschutz an, ohne sie zu unterbrechen, und bot ihr, sobald sie aus ihrem alten Golf ausgestiegen war, einen perfekten Cappuccino an. Er zeigte ihr die neu gelieferten Materialien, stellte ihr jeden Handwerker namentlich vor und gab Ingrid Dessau das Gefühl, dass alles unter ihrer Kontrolle war. Dass dann, wenn sie weg war, das eine oder andere doch ein bisschen anders gemacht wurde, als sie es wünschte, fiel ihr zum Glück nicht auf. Vielleicht wollte sie es auch nicht sehen. Sie hatte offenkundig eine Schwäche für den großen, stets dunkel gekleideten Mann mit perfekten Manieren, den etwas Geheimnisvolles zu umgeben schien.

Richard marschierte zügig mit Izzie übers benachbarte Feld. Die Hündin liebte diese frühen Ausflüge, bei denen sie nicht an der Leine laufen musste. Morgens, wenn Clara noch schlief, war ihre gemeinsame Zeit. Sie umkreiste Richard auf Collie-Art und sprang ihn spielerisch an. Richard war immer wieder aufs Neue überwältigt von der Zuneigung, die die Hündin ihm entgegenbrachte. Sie hatte schon nach wenigen Tagen kapiert, dass Richard dauerhaft zu ihrem Rudel gehören würde. Deutlich früher als er.

Marley Leonhardt stand vor dem Spiegel und musterte sich mit der analytischen Gnadenlosigkeit, zu der nur Frauen über vierzig in der Lage sind. Zu klein, zu dick, zu unförmig. Akzeptieren konnte sie nur die dicken blonden Haare, die zu einem klassischen Bob geschnitten waren, und ihre perfekte Haut. Keine Falten, keine Pickel, makellos. Aber das Gewicht! Marley stöhnte.

Seit Wochen joggte sie jetzt jeden Morgen um den Ruppiner See und hatte kein Gramm abgenommen. Ihre Mutter hatte recht: Joggen allein half nicht, sie musste ihr Essverhalten ändern. Oder wieder zu rauchen anfangen. Das war natürlich nicht die Empfehlung ihrer Mutter, sondern ihre eigene Erkenntnis. Seit sie nicht mehr rauchte, hatte sie acht Kilo zugenommen, und das bei einer Körpergröße von hundertfünfundsechzig Zentimetern.

Homeoffice, Langeweile an den Abenden allein zu Hause und dazu seit einem Dreivierteljahr Heimweh nach Berlin: Sie hatte gekocht und gegessen, als gäbe es kein Morgen mehr.

Acht Kilo plus, die sie morgens auf ihren Knien spürte und direkt nach dem Laufen auch vor dem Kleiderschrank. Da gab es einfach keine Auswahl mehr. Nachdem sie so viel zugenommen hatte, hatte sie sich zwei neue Hosen und ein Kleid zugelegt. Das waren die Sachen, die ihr jetzt passten – alles andere blieb, weil zu eng, ungetragen im Schrank hängen. Wenn sie noch mehr in Größe 44 kaufen würde, käme sie nie mehr runter von ihrem aktuellen Gewicht.

Resigniert griff Marley zu dem schlichten dunkelblauen Kleid. Sie hatte vor Jahren den Blog einer Hamburger Journalistin gelesen, die, lange bevor Nachhaltigkeit auch in der Mode zum Thema wurde, ein Jahr lang jeden Tag dasselbe blaue Kleid getragen hatte. Daran hatte Marley sich erinnert und im Frühjahr, als klar war, dass die acht Kilo nicht so schnell verschwinden würden, ein blaues Kleid gekauft. Das trug sie jetzt sehr oft, vor allem, weil es bequemer war als die beiden neuen Hosen. Und sie würde es auch heute tragen: Heute war ihr Berlin-Samstag, ein Ritual, das sie mit ihrer Freundin Verena entwickelt hatte. Einmal im Monat trafen sie sich samstags zu einem späten Frühstück und danach zum Shoppen oder zur Kosmetik. Diese gemeinsame Zeit war der einzige Luxus, auf den sie nicht verzichten konnte.

Gerade als sie ihre Wohnung verlassen und zu Fuß zum Bahnhof Rheinsberger Tor gehen wollte, klingelte ihr Handy.

»Marley, du musst kommen – Leichenfund in Gumtow. Wir brauchen das große Besteck. Leiche ist in einem problematischen Zustand. Und zieh dir was Passendes an: Fundort ist eine Rübenmiete!«

Walter Meyer legte auf, bevor Marley nachfragen konnte. Der Kollege wurde immer mehr zum Problem, sprach mit ihr wie mit einer Assistentin und nicht wie mit seiner Vorgesetzten. Marley griff zu einer der Hosen und zu einem weiten T-Shirt. Dann ging sie ins Internet, um nachzusehen, was Meyer mit »Rübenmiete« gemeint haben könnte.

Erwin Schwarz zitterte noch immer, als Marley Leonhardt ihn zum Gespräch bat. Die zwei Polizisten aus Perleberg, die auf seinen Notruf hin gekommen waren, hatten nach kurzem Blick auf den Fundort und den Zustand der Leiche in Neuruppin angerufen. Das hier war mehrere Nummern zu groß für sie. Während sie auf Verstärkung warteten, nahmen sie die Personalien von Erwin Schwarz auf.

In Neuruppin hatte der wachhabende Dienststellenleiter, Walter Meyer, seine Kollegen, die KTU, das Landesinstitut für Rechtsmedizin in Potsdam und erst zuletzt seine Vorgesetzte, die Leiterin der Polizeidirektion Nord, Marley Leonhardt, informiert. Dann fuhr er selbst nach Gumtow. Eine Leiche in einer Rübenmiete – das war etwas Besonderes. Er grinste, als er in den Wagen stieg und Bodo Eisenhauer aufforderte, Martinshorn und Blaulicht einzuschalten. Dass die Leonhardt nicht wusste, worum es sich bei einer Rübenmiete handelte, hatte er natürlich bemerkt. So etwas kannte man nicht, wenn man in Hamburg studiert und in Berlin beim Innensenator gearbeitet hatte. Auf dem Land nutzten Examina und die neuesten Ermittlungstechniken wenig, da musstest du Land und Leute kennen. Deswegen war er ihr auch überlegen. Irgendwann würde das hoffentlich auch der Polizeipräsident in Potsdam erkennen.

Meyer hatte ein Problem mit Marley Leonhardt, ein großes Problem. Trotz seiner Ermittlungserfolge in den letzten Jahren war er bei der Beförderung zum Kriminaldirektor übergangen worden. Stattdessen wurde die Leonhardt aus dem Stand zur Direktorin und damit zur Leiterin der Polizeidienststelle Nord befördert. Er, Walter Meyer, wäre dran gewesen, das wusste der Polizeipräsident ganz genau. Aber die Zeiten hatten sich geändert, Diversität und Gleichberechtigung waren auch in Brandenburg politisch angesagt – mit diesen Worten hatte der Polizeipräsident versucht, ihm die Nachricht zu verkaufen. Eine Nachricht, mit der Walter Meyer nicht gerechnet hatte. Im Gegenteil: Zusammen mit seiner Frau hatte er schon Pläne gemacht, wie und mit wem die Beförderung gefeiert werden sollte. Und dann diese Niederlage!

Eine Stadtmaus aus Berlin in die Prignitz – das war ein großer Fehler, sagte nicht nur Walter Meyer. Viele in der Polizeidirektion Nord waren seiner Meinung. Vor allem die Männer. Einige der Frauen hingegen freuten sich über Marleys Ernennung und hofften, dass eine Frau an der Spitze der Polizeidirektion den alten Machos das Leben schwer machen würde.

Bodo Eisenhauer und Walter Meyer waren überrascht, als sie auf dem Feldweg ein paar Kilometer von Gumtow entfernt eintrafen und Marley Leonhardt dort schon vorfanden. Auch ohne Blaulicht hatte sie die knapp fünfundvierzig Kilometer von Neuruppin aus zügig zurückgelegt. Ihr Vater war zu DDR-Zeiten die berühmten Wartburg-Rallyes gefahren und hatte ihr offensichtlich das Rennfahrer-Gen vererbt.

Marley war eine rasante Fahrerin. Aber da sie in der Regel mit dem Fahrrad ins Büro kam, wusste das kaum jemand. Es war nicht das Einzige, was ihre Kollegen von der neuen Chefin nicht wussten. Nach Meyers Anruf und nachdem sie nachgesehen hatte, um was es sich bei einer Rübenmiete handelte, war sie zu ihrem Privatwagen gesprintet, der in der Tiefgarage stand. Ein schickes, etwas älteres grünes Audi-Cabrio, hochmotorisiert. Sie war glücklich über die neue Regelung, die es ermöglichte, dass man auch bei einem Umzug sein altes Nummernschild behalten konnte. »B-ML-1980« war für Marley Teil ihrer Identität, aber für ihre Brandenburger Kollegen eine Provokation und das klare Signal, dass die Neue, sobald sie an ihre Grenzen stoßen würde, wieder in die Hauptstadt zurückkehren würde. Marley hatte die Adresse ins Navi eingegeben und war mit quietschenden Reifen losgedüst. Vor Meyer und den anderen am Tatort zu sein, hatte oberste Priorität.

Jetzt saß sie mit dem Mann, der die Leiche gefunden hatte, an einem Klapptisch im hinteren Bereich des Bullis, mit dem die beiden Kollegen aus Perleberg gekommen waren. Sie hatte ihnen klargemacht, dass sie allein mit dem Zeugen sprechen und nicht gestört werden wollte.

Marley warf einen kurzen Blick auf die Personalien, die die Kollegen notiert hatten, und legte ihren Block und einen Stift auf den Tisch.

»Herr Schwarz, bitte erzählen Sie mir, was hier los ist«, bat sie den eingeschüchtert vor ihr sitzenden schlanken Mann um die sechzig. Der wusste offenbar nicht, wo er anfangen sollte, und schwieg.

»Wann genau sind Sie hier eingetroffen?«

Erwin Schwarz dachte kurz nach. »Gegen zehn Uhr fünfzehn.«

»Ist das Ihre Rübenmiete?« Der Begriff, den sie bis vor einer knappen Stunde noch nie gehört hatte, kam ihr flüssig über die Lippen.

»Nein, sie gehört …« Erwin Schwarz zögerte. »Sie gehört Diego Hausmann aus Gumtow. Es ist sein Land.«

Marley hatte sein Zögern bemerkt. »Leben Sie auch in Gumtow?«, fragte sie.

Erwin Schwarz nickte.

»In welchem Verhältnis stehen Sie zu Herrn Hausmann?«

»Er ist mein Nachbar … und mein Patensohn.«

»Und weshalb machen Sie …«

Was zum Teufel machte man mit einer Rübenmiete? Marley war auf der Suche nach dem richtigen Verb.

»… sie weg? Die Rübenmiete, meine ich.«

Mein Gott, klang das blöd! Aber der Mann ihr gegenüber schien mit dieser Formulierung kein Problem zu haben.

»Sie muss weg, Diego weiß das, aber er ist momentan nicht in der Lage dazu ...«

»Also hat er Sie gebeten, das zu übernehmen?« Marley blickte ihm in die Augen, wartete auf eine Erklärung.

Erwin Schwarz konnte den Blick nicht halten, schwieg und schaute an ihr vorbei.

»Weshalb ist Herr Hausmann nicht in der Lage, das selbst zu erledigen. Ist er krank?«

Erwin Schwarz zögerte diesmal noch länger, bevor er antwortete. »Ja, er ist krank, aber eher seelisch. Er trinkt zu viel. Ich mache mir Sorgen um ihn.«

Für Erwins Verhältnisse war dies eine lange Erklärung, und er fürchtete, dass er schon zu viel gesagt hatte. Hatte er Diego angeschwärzt? Aber jeder in Gumtow würde der Polizei erzählen, dass Diego in den letzten neun Monaten ein Trinker geworden war. Es gehörte zu den Dauerthemen im Dorf. Niemand kam mehr an ihn ran, auch er nicht. Diego war komplett abgestürzt.

Erwin wollte so schnell wie möglich raus aus dem Bulli und zu seinem Traktor. Er musste in Ruhe über das nachdenken, was ihn quälte, seit er den Notruf gewählt hatte. War das, was er faulend und stinkend unter den Rüben und der schwarzen Plane gefunden hatte, war das, was nur noch in Ansätzen einem Menschen ähnelte, Bernadette?

»Also, Herr Hausmann ist nicht in der Lage, diese Rübenmiete ... wegzumachen?«

Schon wieder diese einfältige Formulierung! Erwin nickte.

»Und dann hat er Sie gebeten, das zu übernehmen?«

»Nein, gebeten hat er mich nicht. Aber es muss gemacht werden. Die Rüben hätten spätestens im April rausgenommen werden müssen. Jetzt haben wir Juli!«

»Was macht man eigentlich mit solchen Rüben?«

»Das sind Futterrüben. Diego hat sie für seine Rinder angebaut. Er wollte sie damit füttern. Weniger Kraftfutter kaufen und sie natürlicher ernähren. Er beschäftigt sich mit solchen Fragen.«

»Wann hat er die Rübenmiete angelegt?«

Erwin musste nicht lange nachdenken – er selbst hatte Diego geholfen. »Das war Ende September. An einem Wochenende. Futterrüben sind sehr kälteempfindlich. Sie müssen vom Boden entfernt werden, bevor die Temperatur unter acht Grad fällt. Eigentlich ist die sogenannte Abholzeit im Oktober. Aber Ende September gab es plötzlich Nachtfrost. Mit ein paar Leuten aus dem Dorf haben wir Diego geholfen, die Rüben zu schützen.«

»Und weshalb hat er sie dann im April nicht geerntet?«, fragte Marley nach.

Erwin sah sie erstaunt an.

Mist, dachte Marley, das war definitiv ein falsches Verb. »Ich meine, warum hat er sie nicht unter der Plane herausgeholt und an seine Rinder verfüttert?«

»Er hat keine Rinder mehr. Also, er hat schon noch welche, aber sie stehen nicht mehr auf seinem Hof, sie stehen in den Ställen der Agrargenossenschaft. Seit Dezember.«

Ende November hatten Erwin und Otto mit Diego gesprochen. Die Tiere wurden nicht mehr richtig gepflegt und gefüttert, die Kühe zu spät gemolken. Es war nur eine Frage der Zeit gewesen, bis das Veterinäramt in Neuruppin auf die Situation aufmerksam geworden wäre. Dann wäre eine hohe Geldstrafe wegen Tierquälerei auf Diego zugekommen, und die Tiere hätte er auf jeden Fall verloren. Erwin hatte dann den Deal mit der Agrargenossenschaft eingefädelt. Ein paar wurden verkauft und aus den Erlösen das Futter für die restlichen Tiere bezahlt. So sollte es gehen, bis Diego sich wieder selbst kümmern konnte.

»Herr Schwarz, verstehe ich das richtig? Herr Hausmann legt im September eine Rübenmiete an, um Futter für seine Tiere zu haben. Aber schon im Dezember gibt er seine Tiere weg. Und im April, als er die Rüben eigentlich rausnehmen müsste, macht er das nicht, sondern lässt sie liegen. Und heute, am 3. Juli, kommen Sie, übernehmen das für ihn und finden eine Leiche unter der Plane. Ist das so korrekt?«

Erwin nickte.

»Was ist passiert zwischen September 2020 und Juli 2021?«

Erwin zuckte mit den Schultern und schwieg. Diese Information würde sie nicht von ihm bekommen. Er wusste, was passiert war: Bernadette war verschwunden.

Er kannte seinen Patensohn Diego von klein auf. Ein aufgeweckter Kerl mit weißblonden Haaren. Der hatte ihm und seiner Schwester Elvira auf dem Hof und im Garten geholfen. War mit ihm auf dem Traktor durchs Dorf gefahren. Als er größer wurde, wollte er immer nur bei den Pferden sein. Und bei Erwin und Elvira. Vor seinen wortkargen, groben Eltern hatte er Angst. Außer kurzen, scharfen Anweisungen gab es zu Hause nichts für Diego: keine Freundlichkeit, keine Gespräche, keine Zuwendung. Auch zwischen seinen Eltern herrschte längst Eiszeit.

Jahre zuvor hatte Erwin seinen Freund Olaf Hausmann nicht wiedererkannt, als der nach drei Jahren Gefängnis wegen versuchter Republikflucht 1986 wieder zurück nach Gumtow gekommen war. Aus dem lustigen jungen Typen, dem die Mädchen hinterherliefen, war ein depressiver, schweigsamer Mann geworden. Doch er sah noch immer gut aus, und wenn er etwas getrunken hatte, aber noch nicht volltrunken war, konnte er ausgesprochen charmant sein.

Carmen, die Tochter des Vorsitzenden der LPG, konnte ihr Glück kaum fassen, als Olaf sich mit ihr einließ. Sie war weder besonders hübsch noch besonders beliebt im Dorf. Olaf erschien ihr damals wie ein Hauptgewinn. Ihr Vater war gegen die Beziehung. Früh hatte er seine Frau verloren, und Carmen war sein Ein und Alles. Er erfüllte ihr jeden Wunsch. Aber ein Republikflüchtling als Schwiegersohn – niemals.

Carmen ließ sich jedoch nicht umstimmen. Selbst als ihr Vater drohte, jeglichen Kontakt zu ihr abzubrechen, blieb sie standhaft.

Olaf und Carmen heirateten auf dem Standesamt in Kyritz. Erwin und Elvira Schwarz waren die Trauzeugen. Carmens Vater hatte seine Drohung wahr gemacht. Als einflussreicher Chef der LPG hatte Horst Steiner dafür gesorgt, dass keiner gratulierte oder Geschenke überreichte. Es war deprimierend. Der kalte Herbstregen, der den ganzen Tag fiel, machte es nicht besser. Es war eine Hochzeit in Moll.

Elvira hatte zur Feier des Tages einen Broiler geschlachtet, und gemeinsam mit der langsam vergesslich werdenden Mutter der Geschwister aß das Brautpaar im »guten« Zimmer der Familie Schwarz. Das war die ganze Feier. Carmen schien trotzdem glücklich zu sein. Sie strahlte und zeigte stolz ihren Ring.

Doch schon nach wenigen Monaten war das Glück vorbei. Carmen konnte zu ihrem wortkargen Mann nicht durchdringen. Und mit professioneller Hilfe konnte sie nicht rechnen. Als sie mit dem Arzt in Gumtow über ihren schwierigen Mann sprechen wollte, würgte der sie ab. »Du musst dafür sorgen, dass Olaf weniger trinkt. Dann wird alles gut.« Die Diagnose Depression gab es nicht in der DDR. Eine Erfindung des Kapitalismus. Carmen wurde wütend, Olaf immer stummer. Dass in dieser unguten Stimmung tatsächlich ein Kind gezeugt wurde, hatte nicht nur Erwin überrascht.

Es war ein hübsches Baby, das Carmen und Olaf auf den Namen Diego taufen ließen. Ein Name, der wie ein Versprechen auf Freiheit und Abenteuer klang. Als hätten die beiden schon im Herbst 1988 geahnt, welche Veränderungen bevorstanden.

Carmen liebte ihr Baby und ließ es nicht aus den Augen. Sie war weicher und verständnisvoller geworden. Und nicht nur sie: Auch ihr Vater Horst war durch den unerwarteten Enkel versöhnt. Endlich gab es einen männlichen Erben.

Erwin hatte für kurze Zeit die Hoffnung, Olaf würde jetzt wieder Tritt fassen. Bei der Namensweihe war Erwin zu Diegos Paten bestimmt worden. Olaf hatte ihn beim anschließenden Umtrunk zur Seite genommen. »Kümmere du dich um ihn, ich kann es nicht.« Und er konnte es wirklich nicht. Olaf war gefangen in seiner Depression, seiner unglücklichen Ehe und dem Suff. Diego wurde für Erwin der Sohn, den er sich heimlich wünschte. Und Erwin wurde Diegos männliches Vorbild.

Nach der Wende hatte Carmens Vater nicht nur sein Land zurückerhalten, er hatte auch die richtige Nase gehabt und für einen Spottpreis große Flächen Wald und Land in der Prignitz gekauft. Es gab kaum andere Interessenten, denn zu jener Zeit hatten die jungen Männer und Frauen der Region nur ein Ziel: Go West! Dass Ackerland und Wald in Brandenburg einmal wertvoll und sehr gefragt sein könnten, glaubte damals kein Mensch. Außer Horst Steiner, der Anfang der Neunziger das Fundament für Diegos späteren Wohlstand legte.

Horst Steiner vermachte alles seinem Enkel. Seine Tochter und ihr Oppositioneller sollten es für Diego verwalten, aber es würde nicht ihnen gehören. Carmen weinte, als sie nach dem plötzlichen Herztod ihres Vaters vom Notar in Kyritz mit diesem Testament konfrontiert wurde. Jahrelang hatte sie ihn versorgt, seine Wäsche gewaschen und für ihn gekocht, als er bettlägerig wurde, und dann erbte alles der Enkel, und ihr blieb lediglich der Pflichtteil.

Als Carmen und Olaf dann vor vier Jahren bei einem Autounfall, dessen genauere Umstände nie geklärt wurden, starben, kam Diego nach Gumtow zurück und übernahm sein Erbe. Seine Stelle als Sous-Chef in einem der besten Restaurants in Zürich gab er auf, um wieder in der Prignitz zu leben. Sein Heimweh war während der Ausbildung zum Koch immer größer geworden. Aber die bedrückende Situation in seinem Elternhaus hatte ihn abgeschreckt.

An dem Morgen nach der Beerdigung seiner Eltern, als er zum ersten Mal über den Hof seines Großvaters gelaufen war und die Rinder, die jetzt ihm gehörten, im Stall begrüßt hatte, war er seit langer Zeit wieder glücklich gewesen.

Aber das war alles lange her. Jetzt schien er am Ende zu sein. Erwin war immer noch entsetzt, in welchem Zustand er Diego heute Morgen vorgefunden hatte. Die teure, maßgefertigte Küche mit dem übergroßen Herd und der neuesten Technik war ein Saustall gewesen. Viele der Geräte konnte Erwin gar nicht zuordnen. Seine Schwester kochte für sie beide immer noch auf dem alten Herd, auf dem schon seine Mutter gekocht hatte.

Natürlich musste ein Spitzenkoch wie Diego eine Spitzenküche haben. Und darin den großen Zampano geben. Dafür hatte Erwin Verständnis. Immer wieder hatte Diego Elvira und ihn zum Essen eingeladen. Frische Pasta, Risotto, exotisch mariniertes Rindfleisch, vegetarische Kreationen, kunstvolle Desserts. Es war gut, aber fremd. Elviras Kochkünste dagegen waren überschaubar, doch Erwin schmeckte es.

Er war seit Wochen nicht mehr auf dem Hausmann-Hof gewesen. Diego hatte sich nicht nur von ihm abgewandt. Er hatte sich vom Leben verabschiedet, seit Bernadette verschwunden war.

Diego hatte die hübsche Soldatin im Frühjahr 2020 in Pritzwalk kennengelernt. Die große, durchtrainierte Blondine hatte ihm auf den ersten Blick gefallen. Als sie erzählte, dass sie plante, an der Helmut-Schmidt-Universität der Bundeswehr in Hamburg Informatik zu studieren, um danach die Offizierslaufbahn einzuschlagen, war er schwer beeindruckt. Geprägt durch seine unzufriedene Mutter, die bis zu ihrem frühen Tod mit ihrer Situation gehadert, sie aber nie verändert hatte, bewunderte er selbstständige Frauen, die ihr Leben in die Hand nahmen.

Bernadette Rehm war mit ihren Kameraden und Kameradinnen aus der FlaRak-Gruppe 26 aus Husum in Pritzwalk im Einsatz. Zehn Männer und Frauen Mitte zwanzig, die sich abends und an den Wochenenden langweilten. In den Pritzwalker Kneipen und Lokalen waren sie nicht gerne gesehen. Nach wie vor gab es ein tief sitzendes Misstrauen gegenüber Menschen in Uniform.

Nicht bei Diego. Der hatte die Truppe in seine Küche eingeladen und Pasta gekocht. Der erste Abend war ein großer

Erfolg gewesen, und weitere Einladungen folgten. Diego war ein großzügiger Gastgeber, es gab gutes Essen und guten Wein. Bernadette und Diego waren die Einzigen, die keinen Alkohol tranken. Bernadette, weil sie ihn nicht vertrug, Diego aus Überzeugung. Der ewig betrunkene Vater war ihm eine Warnung. Also blieben sie nüchtern, fuhren die anderen zurück ins Quartier und verliebten sich ineinander.

Obwohl sein Vater ihn nie geschlagen hatte, hatte Diego unter Olafs Alkoholismus gelitten. Keiner im Dorf nahm seinen Vater mehr ernst, und seine Mutter sprach nur das Nötigste mit ihm. Der abendliche Ablauf in seiner Familie war immer der gleiche: Carmen schaltete nach dem Essen den Fernseher ein, Olaf machte den Abwasch und blieb dann mit einer Flasche Schnaps allein am Küchentisch sitzen. Um zweiundzwanzig Uhr gingen beide wortlos ins Bett. Diego war völlig auf sich gestellt. Erwin und Elvira waren seine eigentliche Familie, aber die wohnten in einem anderen Haus. Also lag er in seinem Zimmer, hörte Musik mit Kopfhörern und versuchte, der aggressiven Stille seiner Eltern zu entgehen. Er war ein guter Schüler, und sein Vertrauenslehrer im Gymnasium in Pritzwalk bekniete ihn, Abitur zu machen. Aber Diego wollte nur weg. So früh wie möglich. Mit sechzehn Jahren begann er eine Ausbildung zum Koch in Warnemünde und kam nur noch gelegentlich nach Gumtow. Und wenn, dann um bei Erwin und Elvira zu sein.

Ihnen vertraute er, und deshalb erfuhren sie auch als Erste, dass Bernadette bei Diego einziehen würde. Die Entscheidung, ob sie dauerhaft bei der Bundeswehr bleiben wollte, hatte sie verschoben, weil sie herausfinden musste, ob Diego vielleicht die Liebe ihres Lebens sein könnte.

Am Anfang war alles wunderbar: der Sex, die Gespräche, die gemeinsamen Unternehmungen. Aber dann wollte Bernadette sich nützlich machen. Als Systematikerin beschäftigte sie sich mit den grundsätzlichen Voraussetzungen von Landwirtschaft und Tierhaltung. Nach den Kriterien von biologisch-nachhaltiger Bewirtschaftung sollte alles anders und besser werden.

Diego war begeistert, zunächst. Aber als sie die Rinder abschaffen und ganz auf Tierhaltung verzichten wollte, begannen die Auseinandersetzungen.

Er hing an den Tieren, jede Kuh, jeder Ochse hatte einen Namen, den er selbst ausgesucht hatte, und er liebte seine Kälber. Nach jeder Geburt legte er sich zu ihnen ins Heu und war immer wieder überwältigt. Niemals würde er das aufgeben. Was konnte am Methan-Ausstoß seiner Rinder so problematisch sein? Er hatte gerade mal dreißig. Jede Übung der FlaRak-Gruppe 26 setzte mehr CO_2 frei. Er betrieb ökologische Viehzucht: Seine Rinder standen auf der Wiese, bekamen nur hochwertiges Futter, und er verkaufte sie nur an nachhaltig arbeitende Metzger. Und wenn er, was sein Plan war, in Demerthin gemeinsam mit Clara ein Restaurant aufmachen würde, könnte er das Fleisch seiner eigenen Rinder anbieten. Er verstand es nicht: Bernadette aß doch selbst Fleisch. Nur gelegentlich, wiegelte sie ab. Und überhaupt plane sie, dass sie beide, auch Diego, Vegetarier würden.

Im Grunde war dies der Anfang vom Ende. Die Streitigkeiten wurden nach dieser Ansage heftiger. Sie sprachen tagelang nicht miteinander. Für Diego war es ein Déjà-vu. Aggressives Schweigen hatte seine Kindheit und Jugend geprägt.

Und dann war Bernadette plötzlich weg. Am 3. Oktober 2020. Diego hielt es zunächst für eine Kurzschlussreaktion. Er hatte am Samstagnachmittag ein Bœuf Bourguignon vorbereitet. Sie hatte gemeckert, er hatte gekocht. Es war der Tag der Deutschen Einheit, ein Feiertag. Er konnte Erwin und Elvira, die er zum Abendessen eingeladen hatte, nicht schon wieder etwas Vegetarisches vorsetzen. Und wenn Bernadette nicht mitessen wollte, okay.

Danach wurde es grundsätzlich: seine beschränkten Freunde aus dem Dorf, ihr militärischer Ton, die rechten Sprüche in der Kneipe. Als sie versuchte, ihm die Pfanne wegzunehmen, schlug er zu. Eigentlich hatte er ihre Hand treffen wollen, aber es wurde eine heftige Ohrfeige. Schlagartig waren beide still.

Es tat ihm sofort leid, aber er war zu wütend, um sich zu entschuldigen. Sie schaute ihn mit einem vernichtenden Blick an und ging dann wortlos ins Schlafzimmer. Obwohl sein Herz bis zum Hals schlug, hatte er weitergekocht, den Tisch gedeckt und mit Erwin und Elvira zu Abend gegessen. Als die beiden nach Bernadette fragten, erfand er einen grippalen Infekt.

Das Bœuf Bourguignon war perfekt, aber es schmeckte ihm nicht. Er hatte Angst, dass er zu weit gegangen war. Als Erwin und Elvira weg waren, ging er hoch. Die Schlafzimmertür war abgeschlossen. Er klopfte, aber Bernadette reagierte nicht. Diego ging wieder in seine Küche und lauschte, ob sie vielleicht weinte, aber es war totenstill.

Als er am nächsten Morgen aufwachte, war sie weg. Er hatte auf dem Sofa geschlafen und war überrascht, dass er nicht mitbekommen hatte, wie sie das Haus verließ. So hatte er es Erwin und Elvira nachmittags erzählt. Ja, es hatte gestern Krach gegeben, und der grippale Infekt war eine Notlüge. Elvira hatte Verständnis, Erwin nicht. »Seit wann lügst du mich an?«, fragte er. Diego wusste nicht, was er darauf antworten sollte.

Bernadette war weg. Aber wie und wohin? Diegos Auto stand auf dem Hof, ein eigenes hatte sie nicht. Sie musste zu Fuß losgegangen sein, mit wenig Gepäck. Im Kleiderschrank waren noch ihre Sachen. Nur eine kleine Reisetasche, ihr Handy und ihre Geldbörse waren nicht mehr da.

Seltsam, dachte Erwin. »Sie kommt wieder«, versprach er Diego gegen sein eigenes, ungutes Gefühl. Aber sie kam nicht wieder. Und sie meldete sich auch nicht.

Noch am gleichen Abend hatte Diego eine Flasche Rotwein aufgemacht und sie ausgetrunken. Aus Geselligkeit und weil seine Gäste in Zürich es erwartet hatten, wenn er nach dem Essen an ihren Tisch kam, hatte er in seinem Erwachsenenleben natürlich schon Alkohol getrunken. Aber immer nur kleinste Mengen. Jetzt brach er diese Regel, und plötzlich konnte er seinen Vater verstehen: Der Alkohol war Trost, war wie ein weicher Verband, der sich auf sein Herz legte. Bernadette war seine große Liebe. Er hatte sie geschlagen, jetzt war sie weg und würde niemals wiederkommen. Alles war allein seine Schuld.

Später sollte sich Erwin daran erinnern, dass Diegos Passivität ihn von Anbeginn an irritiert hatte. Es war Erwin, der bei der Bundeswehr und bei Bernadettes Mutter in Düsseldorf anrief. Bei der Bundeswehr war die Sache klar: Man gab keinerlei Auskünfte an Nicht-Familienangehörige.

Bei Bernadettes Mutter war es schwieriger. Erwin musste sich erst das Familiendrama in Kurzversion anhören. Die Mutter hatte den Kontakt zu ihrer Tochter beendet, als diese sich für eine Laufbahn bei der Bundeswehr entschieden hatte. Sie selbst sei seit ihrem Studium für »Ärzte ohne Grenzen« tätig und arbeite inzwischen im Vorstand der deutschen Sektion. Sie habe überall auf der Welt Kriegsgräuel gesehen und lehne jede Form der gewaltsamen Auseinandersetzung ab. Und dann gehe das einzige Kind zur Bundeswehr? Eine Provokation, unakzeptabel – deshalb herrsche Funkstille. Erwins Bitte, als Mutter bei der Bundeswehr nachzufragen, ob Bernadette das Angebot, als Offiziersanwärterin einzutreten, angenommen habe, lehnte sie kategorisch ab.

»Offiziersanwärterin? Bernadette?«

In der Prignitz habe sie gelebt? Wo zum Teufel das denn sei. Erwin, nach dem Wortschwall erschöpft, blieb höflich. »In Brandenburg.«

»Ostdeutschland! Ach du meine Güte«, hatte Bernadettes Mutter gelacht, »das geschieht ihr recht!« Dann hatte sie aufgelegt.

»Willst du sie nicht als vermisst melden?«, hatte Erwin Diego gefragt. Aber das wollte der auf keinen Fall. Er hätte den Vorfall, für den er sich noch immer schämte, bei der Polizei zugeben müssen. *No way!*

Diego hatte sich seit dem vergangenen Herbst völlig abgeschottet. Statt Rotwein trank er nun Schnaps, Wodka und Gin. Eine Dorfbewohnerin, die in der Nähe der Glascontainer wohnte, hatte es Elvira erzählt: Wenn es dunkel sei und Diego meine, man sehe ihn nicht, entsorge er die Flaschen.

Dass Diego Olafs Sohn war, wurde überdeutlich. Die gleiche selbstzerstörerische Wut, das gleiche Trinkverhalten. Ein geschulter Beobachter hätte vielleicht gesagt, die Depression des Vaters sei auf den Sohn übergegangen. Im Dorf sagten sie: Der Apfel fällt nicht weit vom Stamm.

Als Richard und Izzie von ihrem Morgengang zurückgekehrt waren, hatte Richard in der provisorischen Küche, die in einer Nische im Flur untergebracht war, das Frühstück zubereitet und den Hund gefüttert. Dann hatten beide auf Clara gewartet, die bestens gelaunt kurz vor elf in die Küche kam, ein Marmeladenbrot aß, einen Kaffee trank und dann mit dem Range Rover losfuhr. Sie wollte in Kyritz einkaufen und danach noch kurz nach Zarenthin ins Atelier von Julius Steinberg. Mit ihm war sie befreundet, seit er den Kauf des Schlosses für sie gemanagt hatte.

Er war Künstler, hatte aber lange Zeit hauptsächlich als Makler gearbeitet, weil er von seiner Kunst nicht leben konnte. Dann hatte er durch den Immobilien-Hype in Berlin innerhalb weniger Jahre so viel Geld verdient, dass er sich ganz seiner Malerei widmen konnte. Er hatte einen riesigen Vierseitenhof in Zarenthin gekauft, ließ ihn für viel Geld renovieren und hatte in den ehemaligen Scheunen Platz für seine großflächigen Werke. Und dann wollten plötzlich alle Bilder von Julius Steinberg. Es war paradox: In dem Moment, in dem er nicht mehr verkaufen musste, riss sich der Kunstmarkt um ihn. Jetzt machte er jedes Jahr zwei bis drei Ausstellungen und galt mit über fünfzig als vielversprechender Nachwuchskünstler.

Clara wollte seit Langem ein Bild von ihm kaufen, obwohl der Raum, in dem es hängen sollte, noch nicht fertig war. Mindestens zweimal im Monat besuchte sie Julius in seinem Atelier und schaute sich seine neuesten Arbeiten an.

Einen Käufer für Demerthin zu finden, war ein Gefallen gewesen, um den ein Mitglied der Landesregierung Julius Steinberg persönlich gebeten hatte. In Potsdam war parteiübergreifend bekannt, dass dieses Renaissance-Schloss in der Prignitz etwas Besonderes war, aber auch, dass das Land Brandenburg weder die Mittel noch den Willen hatte, es fachgerecht zu restaurieren. Und die Gemeinde Gumtow, die seit 1993 im Besitz des Schlosses war, schon gar nicht. Beim Weihnachtsessen des Lions Clubs in Neuruppin vor zweieinhalb Jahren hatte Julius Steinberg dann neben dem Staatssekretär aus dem Ministerium für Wissenschaft, Forschung und Kultur gesessen. Der wusste nur, dass Steinberg Künstler war, und hatte außer Schloss Demerthin kein kulturelles Small-Talk-Thema parat.

Als Julius sich als erfahrener Makler zu erkennen gab, bat ihn der Staatssekretär, mal unter dem Radar zu sondieren, ob es denn möglicherweise einen solventen Käufer für das Schloss gebe. Julius hatte seine Kontakte in der Berliner Society spielen lassen, aber niemanden gefunden. Der Kaufpreis war lächerlich gering, aber was an Kosten für die Renovierung auflaufen könnte, war astronomisch. Vor allem wegen der strengen Auflagen des Denkmalschutzes. Julius Steinberg hielt das Schloss für unverkäuflich, bis im März 2020 eine Frau vor seinem großen Hoftor in Zarenthin stand und mit ihm sprechen wollte: Clara von Wohlleben.

Marley Leonhardt schaute Erwin Schwarz hinterher, als der, noch immer zittrig, den Bulli verließ. Der Mann wusste mehr, als er ihr erzählt hatte – das spürte sie. Aber es brauchte jemanden aus der Region, um ihn zum Reden zu bringen. Ihr würde es nicht gelingen, sein Vertrauen zu gewinnen.

Anders als ihre männlichen Kollegen in Neuruppin vermuteten, kannte Marley ihre eigenen Schwächen sehr genau. Beispielsweise, dass sie nur schwer an die Menschen in der Prignitz herankam. Ihre Stärken kannte sie aber auch. Eine davon war, dass sie gut delegieren konnte. Trotzdem würde sie das nächste Gespräch mit Erwin Schwarz bestimmt nicht Walter Meyer überlassen.

Den hatte sie vor ein paar Tagen am Telefon über sie lästern hören. Es war lange nach Dienstschluss gewesen, und vermutlich dachte Meyer, er wäre allein auf der Etage. Seine Bürotür stand offen, als sie auf dem Flur vorbeiging. Sie hörte sein dreckiges, lautes Lachen und konnte nicht widerstehen, sie musste lauschen. Sie hatte keine Ahnung, mit wem er sprach, aber es ging um sie: ihre Inkompetenz, ihre Arroganz, ihre Angeberkarre und ihre Figur. Es war beleidigend. Kurz hatte sie den Impuls verspürt, hineinzugehen und ihn zur Rede zu stellen. Aber dann schlich sie leise zum Ausgang. Die Stunde der Abrechnung würde kommen, das war gewiss. Walter Meyer hatte nicht die leiseste Ahnung, wen er sich da zur Feindin gemacht hatte.

Erwin Schwarz beachtete Meyer und Eisenhauer nicht, als er aus dem Bulli ausstieg. Er hatte alles gesagt, was er wusste. Na ja, fast alles. Auf das Thema Bernadette mussten sie schon von allein kommen. Dass das nicht lange dauern würde, war ihm klar.

Er wollte zu seinem Traktor gehen, aber der Famulus stand hinter der Absperrung, die die beiden Polizisten aus Perleberg mit rot-weißem Flatterband gezogen hatten.

Meyer, der ihm hinterhergegangen war, rief ihm zu: »Den müssen Sie erst mal hier stehen lassen, bis die Spusi, also die Spurensicherung, durch ist. Das wird noch eine Weile dauern.«

»Und wie komme ich jetzt nach Hause? Das sind gut vier Kilometer bis nach Gumtow!«

Erwin spürte, dass er nicht in der Lage war, diese Strecke zu Fuß zu gehen. Er fühlte sich krank und zerschlagen.

»Dann rufen Sie jemanden an, der Sie abholt – ich kann Sie nicht bringen lassen, wir brauchen hier jeden Mann«, sagte Meyer, der eine gewisse Genugtuung verspürte. Dieser Typ hatte ihn ignoriert, jetzt ignorierte er ihn. Sollte er doch die vier Kilometer laufen.

Erwin zögerte. Seiner Schwester Elvira wollte er die Aufregung ersparen. Später würde er zu Hause einen Kaffee kochen, sich mit ihr an den Küchentisch setzen und von dem

Leichenfund erzählen. Er musste behutsam mit ihr sein. Für die kinderlose Elvira war Diego immer ihr Ersatzkind gewesen. Sie litt unter seinem Absturz in den Suff. Auch sie würde sich, das wusste Erwin, dieselben Fragen stellen: Ist das Bernadette? Und hat Diego sie getötet?

Es gab nur einen, den er in seiner Notlage anrufen konnte. Erwin zog sein Handy aus der Tasche seiner dunkelblauen Arbeitsjacke und wählte die Nummer von Richard Wagner.

Richard war gerade dabei, den ehemaligen Schlachtraum in dem Nebengebäude, das Clara, Izzie und er zurzeit bewohnten, auszumessen, als sein Telefon klingelte. Er versuchte, es zu ignorieren. Endlich hatte Clara zugestimmt, dass hier die Küche eingebaut würde, und das wollte er zügig angehen, damit sie ihre Entscheidung nicht mehr rückgängig machen konnte. Auf keinen Fall wollte er jetzt mit Erwin Schwarz telefonieren.

Er hatte lange für eine Küche in diesem voll gekachelten weißen Raum argumentieren müssen. Seine eigentliche Motivation musste er dabei gar nicht erwähnen. Es gab genügend überzeugende Argumente: Diesen Umbau könne man schnell und preiswert umsetzen, und wenn irgendwann mal das Schloss saniert sei, könne man dort eine zweite hochwertige Küche einbauen. Irgendwann! Anders als Clara wusste Richard, dass dies noch Jahre dauern würde. Clara hatte keine Vorstellung, wie aufwendig die Renovierung war. Seit sie die Betreuung von Ingrid Dessau an ihn übergeben hatte, verlor Clara zunehmend den Bezug zur Größenordnung der Baustelle.

Das war der einzige, immer wieder aufflammende Konflikt, den sie hatten. Clara schimpfte mit Richard, dass er die Dessau nicht im Griff habe und jede ihrer unsinnigen Denkmalschutz-Auflagen umsetze, er warf ihr Realitätsverweigerung vor. Ohnehin war ihm schleierhaft, wie sie die Sanierung von Demerthin auf Dauer finanzieren wollte.

Schon wieder klingelte das Handy. Erwin war sonst nicht so insistierend – es musste wichtig sein.

»Richard, kannst du mich bitte abholen? Mit dem Auto. Ich bin auf dem Acker in der Nähe von Mechow, kurz vor dem Fließ, und meinen Traktor hat die Polizei beschlagnahmt.«

Richard konnte ihn kaum verstehen, so zittrig war Erwins Stimme.

»Wieso hat die Polizei deinen Traktor beschlagnahmt? Hattest du einen Unfall? Bist du okay?«

»Richard, komm sofort.«

Richard kannte Erwin Schwarz noch nicht lange, aber er wusste, dass es ernst war. Erwin war kein Mann großer Erklärungen, dafür absolut ehrlich und zuverlässig. Richard räumte den Zollstock zurück in die Werkzeugkiste – mit seinem Werkzeug war er sehr penibel – und holte den Autoschlüssel. Glücklicherweise hatte Clara den Range Rover genommen, er konnte mit dem Mini fahren. Er wusste zwar nicht ganz genau, wo Erwin war, aber er hatte so eine Ahnung.

Als er vom Hof fuhr, kam Clara gerade zurück aus Zarenthin. Die beiden Wagen blieben nebeneinander stehen, dann ließen Richard und Clara synchron das jeweilige Seitenfenster herunterfahren.

»Irgendwas Schlimmes ist passiert«, rief Clara, »auf der Straße nach Mechow ist ein Großaufgebot der Polizei. Julius sagt, jemand hat eine Leiche auf dem Feld gefunden. Wo willst du hin?«

»Erwin hat mich gerade angerufen. Ich soll ihn abholen. Er scheint dort vor Ort zu sein.«

»Dann hat er etwas damit zu tun?«

Richard zuckte mit den Schultern. »Keine Ahnung. Er war so wortkarg wie immer.«

»Soll ich mitkommen?«, fragte Clara.

»Besser nicht, lass mich erst mal sehen, was da überhaupt los ist.«

»Okay, aber melde dich bitte!«

Richard musste lächeln. Er wusste genau, wie neugierig Clara war. Das Leben auf dem Land hatte sie selbst gewählt, aber ihr fehlten die Hektik und die Aufregungen der Großstadt mehr, als sie zugab.

»Alles klar, ich rufe dich an.«

Richard fuhr langsam und bedächtig vom Hof. Wenn er allein im Auto saß, konnte er seine eigene Geschwindigkeit wählen – das war der beste Weg, seine Ängste im Griff zu halten.

Erwin stand abseits und beobachtete die Polizisten. Die beiden Uniformierten waren wieder zu ihrer Dienststelle nach Perleberg gefahren. Es gab nichts, was sie noch tun konnten. Sie hatten ihm angeboten, ihn nach Hause zu fahren, aber er wartete jetzt auf Richard. Außerdem hatte er noch immer die Hoffnung, seinen Famulus bald mitnehmen zu können.

Rund um den Traktor und die Rübenmiete waren jetzt fast ein Dutzend Menschen beschäftigt. Die meisten in den weißen Overalls der Kriminaltechnik. Dort, wo er auf die Knochen und die undefinierbare Masse gestoßen war, hatten sie die Rüben vorsichtig angehoben. Der Geruch in der Sommerhitze war unerträglich. Obwohl Erwin mindestens achtzig Meter entfernt stand, konnte er ihn wahrnehmen und wusste, dass er ihn niemals mehr loswerden würde.

Ihm fiel auf, wie schäbig und abgenutzt sein Traktor aussah. Als wäre er kurz vor dem Auseinanderfallen. Aber der alte Famulus leistete ihm noch immer gute Dienste. In den Nullerjahren, als andere Bauern sich verschuldeten, weil sie ihre Maschinen aus DDR-Produktion loswerden und neue, im Westen produzierte Traktoren und Erntemaschinen haben wollten, hatte Erwin sich für kleines Geld einfach das gleiche Modell bei eBay noch mal gekauft.

Das war wirklich überzeugend am Kapitalismus: die unbegrenzten Möglichkeiten bei eBay! Man musste nur genug Geduld haben, dann konnte man alles finden und natürlich auch kaufen. Noch in den achtziger Jahren war er wegen eines Ersatzteils, das er brauchte, bis in die Nähe von Chemnitz, das damals noch Karl-Marx-Stadt hieß, gefahren, nur um festzustellen, dass es sich um den falschen Zylinderkopf handelte, weil der Kollege sich im Baujahr geirrt hatte. Mit dem nur noch bedingt fahrtauglichen zweiten Modell hatte er schon mal die Ersatzteile vor Ort, wenn etwas an seinem Traktor kaputtging – dieser Plan funktionierte seit fast zwanzig Jahren.

Mit dem Geld, das andere in die neuen Hightech-Maschinen steckten, kaufte er Wald und Land in der Prignitz. Damals waren die Preise für den Hektar noch niedrig. Weit entfernt von Berlin, galt die Region als ein Landstrich ohne Zukunft, als Sandbüchse ohne Entwicklungspotenzial. Das sogenannte Landgrabbing, bei dem die ortsansässigen Bauern und Agrargenossenschaften keine Chance mehr gegen multinationale Konzerne hatten, die alles aufkauften, kam erst viel später.

Jetzt standen manchmal fremde Menschen auf seinem Hof, die viel Geld für seinen alten Traktor und noch mehr für seinen Wald und sein Land zahlen wollten. Aber er schickte jeden mit knappen Worten weg. Erwin Schwarz verkaufte nichts. Er hatte andere Pläne.

Ein alter Passat kam langsam zur Auffindestelle gefahren. Dahinter ein dunkler Transporter. Sie kamen aus Potsdam vom Landesinstitut für Rechtsmedizin, wie man auf dem Passat deutlich lesen konnte. Deswegen hatten sie so lange gebraucht. Aus dem Transporter stiegen zwei Männer in dunklen Anzügen und holten einen Zinksarg aus dem Wagen. Offensichtlich würde das, was von der Leiche noch vorhanden war, in diesen Sarg gelegt und mit dem Leichenwagen abtransportiert werden.

Marley Leonhardt griff nach ihrer E-Zigarette. Angeblich machte ja auch dieses Zeug abhängig, aber ganz ohne ging es nicht. Außerdem würde der Geruch nach Minze den schrecklichen Gestank der Rübenmiete überdecken und ihren Kreislauf stabilisieren. Nach dem Gespräch mit Erwin Schwarz hatte sie Meyer und Eisenhauer kurz begrüßt und war zum Fundort gegangen. Sie konnte die Blicke der beiden in ihrem Rücken spüren und wusste, dass sie nur darauf warteten, dass sie umkippte. Diesen Gefallen würde sie ihnen nicht tun. Mit betont geradem Rücken war sie Richtung Leiche marschiert und hatte dabei leise ihr 3-D-Mantra vor sich hingemurmelt: »Durchatmen – Durchdenken – Durchhalten ...«

Damit war sie in ihrer Zeit als Referentin des Innensenators in Berlin gut durchgekommen. Ihr Chef war umstritten und nicht nur bei seinen politischen Gegnern gefürchtet gewesen. Nur durch ihre offen zur Schau gestellte Gelassenheit konnte sie die drei Jahre in seinem engsten Stab überstehen.

Selbst im Amri-Untersuchungsausschuss im Berliner Abgeordnetenhaus, als sie überraschenderweise Auskunft geben musste, hatte ihr Mantra funktioniert. Am Ende hatte sie längst nicht alles, was sie zum Attentat auf dem Berliner Breitscheidplatz hätte anmerken können, ausgesagt. Aber die in der Mehrzahl männlichen Mitglieder des Untersuchungsausschusses hatten ihr, als sie den Konferenzraum betrat, via Körpersprache signalisiert, was sie von Marley Leonhardts Aussage erwarteten: nichts. Daher war die Befragung kurz und oberflächlich ausgefallen.

Anschließend war der Innensenator dankbar gewesen, dass sie nicht alles zum Systemversagen der Polizeibehörden ausgeplaudert hatte, und zeigte sich auf seine Art und Weise erkenntlich. Der Potsdamer Polizeipräsident schuldete ihm noch einen Gefallen. Dass Marley aus Leipzig stammte, machte die Sache noch leichter. So wurde Marley Leonhardt im September desselben Jahres für alle überraschend zur Leiterin der Polizeidirektion Nord in Neuruppin ernannt.

Aber die Erfolge der Vergangenheit nutzten ihr nicht viel an diesem heißen Samstag im Juli.

Sie warf nur einen kurzen Blick auf das, was da unter der Plane und den Rüben freigelegt worden war, und hörte, wie ihre Kollegen Finn Brückner und einen ihr unbekannten Mann begrüßten. Die Rechtsmediziner aus Potsdam waren eingetroffen. Endlich! Marley war erleichtert. Jetzt konnte sie zur Seite treten und ihre E-Zigarette anzünden. Die einzige Methode, um ihren rebellierenden Magen in Schach zu halten und Coolness zu demonstrieren.

Marleys Innenleben wurde gerade vom Mint-Liquid beruhigt, als ein leuchtend roter Mini Clubman von der Landstraße abbog und geradeaus in Richtung Rübenmiete fuhr. Erwin Schwarz, der sich abseits vom Geschehen gehalten hatte, machte ein paar Schritte in Richtung des Autos und winkte dem Fahrer. Der hielt in gebührendem Abstand vor dem rot-weißen Flatterband und stieg aus. Ein groß gewachsener, trainierter Mann, der trotz der Hitze dunkle Jeans und ein schwarzes T-Shirt trug. Seine langen schwarzen Haare waren zu einem Pferdeschwanz gebunden, und er trug eine Vintage-Ray-Ban-Sonnenbrille.

In Friedrichshain oder Kreuzberg wäre dieser Typ in der Masse ähnlich aussehender Männer nicht aufgefallen. Ein Gangsta-Rapper oder Bodyguard oder einer, der so tat, als ob. Hier wirkte er wie ein Alien – ein Wesen aus einer anderen Welt, gelandet in der ländlichen Idylle der Prignitz. Marleys Interesse war geweckt. Was hatte der bodenständige Erwin Schwarz mit so jemandem zu tun? Und wer war dieser Mann?

Langsam ging er auf Erwin zu. Seine Statur und sein Gang kamen Marley bekannt vor. War das etwa Richard Wagner? Nein, das konnte er nicht sein! Sie kannte ihn aus ihrer Zeit beim Innensenator. Marley fand den damaligen Sprecher der Berliner Polizei attraktiv und hatte ein paarmal versucht, mit ihm zu flirten. Jedes Mal war er höflich in Deckung gegangen. Und dann war er plötzlich weg gewesen. Niemand wusste, wohin. Es gab Gerüchte über einen Nervenzusammenbruch, aber keiner kannte die Details. Auf unbestimmte Zeit beurlaubt. Das waren das Wording und die einzige Information, die sie von ihrer Freundin Verena erhalten hatte. Jedes ihrer Abenteuer auf Tinder teilte Verena mit ihr in allen Einzelheiten, aber wenn es um Dienstliches ging, konnte sie sehr schmallippig werden. Und das Schicksal des Polizeisprechers war etwas Dienstliches.

Vor ein paar Wochen endete einer ihrer entspannten Samstage im Streit. Beide hatten schon einige Gläser Prosecco intus, als Marley noch einmal insistierte und in das Geheimnis um Richard Wagner eingeweiht werden wollte. Um rauchen zu können, hatten sie an einem warmen Abend im Mai draußen gesessen. Verena stand empört auf, ging leicht schwankend an die Theke im »Tavola Calda«, warf einen Hundert-Euro-Schein auf den Tresen und verließ das Lokal, ohne Marley noch eines Blickes zu würdigen. Es hatte eine längere Funkstille gegeben, bis beide Frauen so tun konnten, als wäre nichts passiert, und sich wieder verabredet hatten, ausgerechnet für diesen Samstag.

Mist, sie hatte vergessen, Verena abzusagen. Schnell schrieb Marley eine kurze Nachricht an ihre Freundin. Sie würde sie nachher anrufen. Marley hatte sich vorgenommen, nie mehr mit Verena über Richard zu sprechen. Bis eben hatte sie auch nicht mehr an ihn gedacht. Aber als der große dunkle Mann jetzt auf sie zukam, bestand kein Zweifel: Es war Richard Said Wagner, der die Bühne betreten hatte.

Als Erwin später in den Mini einstieg, warf er einen prüfenden Blick zu Richard. Der setzte sich schweigend hinters Steuer, schaltete in den Rückwärtsgang, wendete an einer Stelle, die erst vor wenigen Tagen gemäht worden war, und fuhr langsam in Richtung Landstraße. Erwin wusste, dass Richard beim Autofahren angespannt war und am liebsten allein fuhr. Dass er ihn nach Hause bringen wollte, war ein Freundschaftsbeweis. Erwin wusste das zu schätzen. Von daher nahm er Rücksicht und schwieg, bis sie an der Einbiegung auf die Landstraße waren.

»Wollen wir reden?«, fragte er schließlich mit dieser brüchigen Stimme, die er seit dem Fund der Leiche nicht loswurde.

Richard nickte.

»Dann lass uns nach Demerthin fahren«, bat Erwin. Er konnte jetzt auf keinen Fall Elvira unter die Augen treten. Er brauchte Zeit. Und er musste seinen schrecklichen Verdacht mit Richard teilen. Vielleicht wusste der, was zu tun war.

Sonntag, 4. Juli

Um sechs Uhr weckte der leise Big-Ben-Klingelton ihres Handys Marley Leonhardt. Nach dem gestrigen Tag und im Wissen, was heute noch alles auf sie zukommen würde, verzichtete sie auf ihre übliche Joggingrunde um den Ruppiner See und blieb stattdessen noch ein paar Minuten liegen. Nicht um zu dösen, sondern um den zweiten Teil ihres Mantras zu praktizieren: Durchdenken.

Die Begegnung mit Richard Wagner war seltsam gewesen. Er schien überrascht, sie zu sehen, nickte ihr nur kurz zu und wollte sich dann mit Erwin Schwarz aus dem Staub machen. Aber das akzeptierte Marley nicht. Sie ging auf die beiden zu und machte klar, dass sie Richard allein sprechen wollte. Erwin drehte sich um und ging in Richtung des roten Minis. Dann erst sprach sie Richard an.

»Wie schön, dich zu sehen, Richard. Du siehst total verändert aus, sehr gut mit diesem langen Zopf. Was machst du hier? Ich dachte, du bist in Berlin und hast einen …«

Marley hatte ihren Satz nicht weitergeführt. Das Wort »Nervenzusammenbruch« schien absurd im Zusammenhang mit diesem großen, durchtrainierten Mann. Es klang wie ein Begriff aus den fünfziger Jahren des letzten Jahrhunderts. In Hollywood-Filmen aus dieser Zeit hatten die Heldinnen Nervenzusammenbrüche, die immer dann endeten, wenn der richtige Mann auftauchte. Sie versuchte einen sprachlichen Rückzieher.

»… äh, hast dich freistellen lassen.«

»Marley, ich freue mich auch, dich zu sehen. Ja, ich bin freigestellt. Aber ich bin seit über einem Jahr nicht mehr in Berlin. Und du?«

Mit einem gewissen Stolz in der Stimme antwortete Marley: »Ich leite die Polizeidirektion Nord in Neuruppin. Schon seit letztem September!«

Richard hatte sie freundlich angelächelt und geschwiegen. Offensichtlich wollte er ihr nicht erzählen, weshalb er jetzt in der Prignitz lebte.

»Das hier ist eine große Sache. Dein ...« Marley blickte zum roten Mini, an den sich Erwin Schwarz lehnte. Der Mann war sichtlich mitgenommen von dem, was er in den letzten Stunden erlebt hatte.

»Das ist mein Nachbar, Erwin Schwarz«, beantwortete Richard ihre unausgesprochene Frage.

»Du wohnst auch in Gumtow?«

»Nein, in Demerthin, aber das gehört zur Gemeinde Gumtow und ist nur zwei Kilometer entfernt.«

Richard hatte keine Lust, ihr mehr zu erzählen, das spürte sie.

Er schien auch an einem Gespräch über die Details des Falles nicht interessiert. Er schien überhaupt an keinem Gespräch interessiert zu sein. Er hatte lediglich gefragt, wann sein Nachbar seinen Trecker abholen könne, und sich mit der Auskunft, man würde Herrn Schwarz anrufen, zufriedengegeben. Marley hatte ihm rasch ihre neue Karte zugesteckt, dann war er zurück zu seinem Auto gegangen, an dem Erwin Schwarz noch immer wartend stand.

Als die beiden weg waren, kam Walter Meyer auf sie zu.

»Was war das denn für ein Typ? So was gibt's doch nur in Berlin in diesen arabischen Clans. Und was hat der Schwarz mit dem zu schaffen?«

»Lieber Walter«, man war vordergründig freundlich zueinander und duzte sich auf der Führungsebene der Polizeidirektion Nord, »das war Richard Said Wagner, der zurzeit beurlaubte Sprecher der Berliner Polizei.«

»Ach nee? Und was macht der hier bei uns?«

»Ich habe nicht die leiseste Ahnung«, entgegnete Marley, was zu ihrem Bedauern auch stimmte.

Das war gestern gewesen. Jetzt tappte sie barfuß in die Küche, setzte die Kaffeemaschine in Gang, ging kurz unter die Dusche und zog dann ihren weißen, flauschigen Bademantel an. Der Kaffee war gerade durchgelaufen, sie griff sich einen Becher, goss den schwarzen Kaffee ein und nahm sich einen Sahnejoghurt aus dem Kühlschrank. Mit Kaffeebecher, Joghurt und einem Teelöffel setzte sie sich aufs Sofa.

Eine Wohnung mit Seeblick – manchmal konnte sie es nicht fassen, welches Glück sie gehabt hatte. Es war ihr schwergefallen, Berlin zu verlassen. Der Karrieresprung war enorm, aber der Preis dafür hoch: ein Leben in der Provinz. Ausgerechnet in der preußischsten aller preußischen Städte war sie, eine sächsische Frohnatur, gelandet.

Fish out of water nannte man das im Englischen. Deswegen musste sie sich etwas Gutes tun. Statt im Internet oder in der Zeitung nach einer Wohnung zu suchen, hatte sie den angeblich besten Makler Neuruppins angerufen und nach einer Wohnung mit Seeblick gefragt. Und der Anruf hatte gleich zum Erfolg geführt. Im neuen Bauprojekt »Seetor Residenz II« gab es zum damaligen Zeitpunkt noch drei Wohnungen. Die eine war zu groß, die andere Erdgeschoss mit kleinem Garten, aber die dritte war wie für sie gemacht: eine Zwei-Zimmer-Wohnung mit großem Wohnzimmer samt integrierter Küche und einem Schlafzimmer. Wohnzimmer und Balkon gingen zum See. Die Wohnung war im zweiten Stock und der Blick sensationell. Und die Miete deutlich günstiger als für ihre alte Wohnung in Kreuzberg. Allerdings konnte sie erst im März einziehen. Bis dahin hatte sie pendeln müssen. Mit dem Auto und gelegentlich mit der Regionalbahn.

Eine ideale Single-Wohnung, hatte der Makler geschwärmt. »Woher wollen Sie wissen, dass ich Single bin?« Mit dieser Frage hatte sie den jungen Mann um die dreißig in Verlegenheit gebracht, als sie die leere Wohnung besichtigten.

»Äh, Sie sind ohne Begleitung, und Sie müssen auch niemanden anrufen und fragen, äh … Tut mir leid, ich wollte nicht …«, stotterte der Makler.

Aber er hatte ja recht gehabt. Sie war seit zwei Jahren Single. Wahrscheinlich konnte man ihr ansehen, dass sie für den Moment jede Hoffnung auf eine neue Liebe aufgegeben hatte. Die letzte schlechte Erfahrung steckte ihr noch in den Knochen. Eddi Fürst, ein Berliner Zeitungsjournalist, der mehr an Interna aus dem Senat denn an ihr interessiert war. Als ihm klar wurde, dass sie die Sache mit dem Beamteneid ernst nahm, hatte er die Affäre abrupt beendet.

In ehrlichen Momenten gestand sie sich ein, dass das der Zeitpunkt gewesen war, an dem ihre Gewichtsprobleme begonnen hatten. Es war weniger Liebeskummer als verletzte Eitelkeit, die sie umtrieb. Sie tröstete sich mit exquisiter Schokolade von Läderach in der Friedrichstraße und fing mit dem Kochen an. Sie surfte nicht mehr bei Tinder, sondern suchte unkomplizierte Rezepte. Und wurde fündig. Im Internet fand sie eine Köchin und Journalistin, die ihre Rezepte als »Nervennahrung« deklarierte und damit erfolgreich war.

Marleys Geschmacksnerven reagierten begeistert vor allem auf die Pasta-Rezepte. Besonders auf die mit viel Parmesan. Und so tröstete sie sich mit gutem Essen und gutem Wein über ihre Einsamkeit hinweg.

Und dann kam der Umzug einschließlich der nicht besonders freundlichen Aufnahme durch die neuen Kollegen in Neuruppin. Die Kolleginnen waren zugänglicher, doch da ihr Vorgänger dafür gesorgt hatte, dass nur Männer befördert wurden, waren die Frauen allesamt in den untergeordneten Polizeirängen, mit denen Marley nicht viel Kontakt hatte.

Aber sie hatte diese schöne Wohnung mit einer neuen Küche, und das Kochen war zu einem Bestandteil ihres Alltags geworden. Der frustrierende Gang auf die Waage ebenfalls.

Sahnejoghurt war einer ihrer faulen Kompromisse in Sachen Ernährung. Wenn es morgens keine Croissants mehr mit Marmelade oder Honig gab, sondern nur einen Joghurt und ein wenig rohes Gemüse, dann musste dieser Joghurt einen hohen Sahneanteil haben. Gewissermaßen als Belohnung. Die Beschäftigung mit ihrem Gewicht und ihrer Ernährung hatte so viel Raum in ihrem Denken eingenommen, dass sie dankbar war für diesen Mord, mit dem sie sich seit gestern beschäftigen musste.

Gleich würde sie nach Gumtow zu Erwin Schwarz aufbrechen. Nachdem sie gestern am Tatort nicht mehr benötigt worden war, war sie zum Besitzer der Rübenmiete, Diego Hausmann, gefahren, um ihn zu befragen. Die Adresse hatte ihr Erwin Schwarz gegeben. Der war schon dort, als sie auf dem Hof eintraf. Sie verstand sofort, weshalb. Diego Hausmann, ein attraktiver Mann um die dreißig, war sturzbetrunken gewesen. An einem Samstagnachmittag gegen siebzehn Uhr. Fragen zu seiner Person und seiner Rübenmiete konnte er nicht beantworten. Es war klar, dass er gar nicht verstand, was vorgefallen war. Leider hatte Marley keinerlei Handhabe, ihn in die Ausnüchterungszelle nach Neuruppin schaffen zu lassen.

Ihm gehörte diese Rübenmiete, in der eine Leiche gefunden worden war. Nicht mehr und nicht weniger. Aber es wäre leichtsinnig gewesen, ihn ohne jede Aufsicht in diesem Zustand zurückzulassen. Was, wenn er sehr genau wusste, wer da unter seinen vergammelten Rüben lag? Und wie dieser Mensch dorthin gelangt war? Vielleicht setzte er sich noch in der Nacht in den alten Lada SUV, der auf dem Hof stand, und machte sich aus dem Staub. Das wollte sie auf keinen Fall riskieren. Sie bat Erwin Schwarz, sich um Hausmann zu kümmern. Morgen früh, nicht später als acht Uhr, würde sie zurückkommen, um mit ihm zu sprechen. Diego Hausmann müsse dann nüchtern sein, das war die Voraussetzung.

Schwarz hatte versprochen, Diego mit zu seiner Schwester nach Hause zu nehmen und auf ihn aufzupassen.

Erwin Schwarz wartete schon auf sie, als Marley ihr Cabrio um sieben Uhr fünfundvierzig auf der Straße vor seinem Vierseitenhof parkte. Sie sah sich das große Tor und das Haus sehr genau an. Die grünen Fensterläden zur Straße waren erst kürzlich gestrichen worden und leuchteten in der Morgensonne. Die Farbe am großen Einfahrtstor war ebenfalls erneuert, aber wer immer diesen Anstrich vorgenommen hatte, hatte es nur bis zur Hälfte geschafft. Das Tor wäre Erwins Projekt für dieses Wochenende gewesen, wenn er nicht auf die Gräfin gehört und sich um diese verdammte Rübenmiete gekümmert hätte.

Richard und er hatten gestern lange am Esstisch in Demerthin gesessen. Erst hatte Erwin, um seine flatternden Nerven zu beruhigen, einen Schnaps getrunken. Clara von Wohlleben hatte eine exquisite Sammlung von Obstbränden in ihrer Hausbar. Das wussten alle, die jemals das Privileg gehabt hatten, bei ihr zu Gast zu sein. Nachdem er den Grappa aus Südtirol mit einem Zug ausgetrunken hatte, hatte Richard einen starken schwarzen Tee für sie beide gemacht, und Erwin begann zu erzählen.

Wie das gesamte Dorf kannte Richard nur die Version, Bernadette habe Diego verlassen und sei zur Bundeswehr zurückgekehrt. Er hatte sie nie persönlich getroffen. Unter dem Eindruck der letzten Stunden brach Erwin das Versprechen, das er Diego gegeben hatte, und erzählte alles: ihr plötzliches Verschwinden, die zurückgelassenen Sachen und das irritierende Telefonat mit der Mutter. Erwin sprach es nicht aus, aber seine Botschaft war eindeutig: Bernadette musste die Leiche in der Rübenmiete sein – es gab keine andere Erklärung.

Erwin wusste nicht, wie er sich verhalten sollte. Er wollte Diego nicht anschwärzen, aber wenn er das der Polizei verschwieg …

Richard vervollständigte den Gedanken: Dann machte er sich selbst verdächtig und gegebenenfalls wegen versuchter Strafvereitelung mitschuldig.

Erwin wusste, dass Richard recht hatte. Er bat, eines von Claras Autos ausleihen zu können, um zu Diego zu fahren und mit ihm zu sprechen. Danach würde er nach Hause zurückkehren und Elvira informieren. Vor beiden Gesprächen graute ihm.

Aber als er dann am späten Nachmittag mit dem Mini zu Diegos Hof gefahren war, war ein Gespräch nicht möglich gewesen. Seit Erwin ihn am Morgen verlassen hatte, musste Diego die Flasche Gin, die nun leer neben ihm auf dem Boden lag, ausgetrunken haben. Er hatte schnarchend auf dem Tisch in der verdreckten Küche gelegen. Ein jämmerlicher Anblick. Als die Polizistin, die ihn vernommen hatte, kurz nach ihm auf Diegos Hof und dann in die Küche gekommen war, hatte sie die Situation richtig eingeschätzt. Dieser Besoffene konnte noch nicht mal seinen Namen ordentlich aussprechen. Marley Leonhardt hatte Erwin gebeten, sich um Diego zu kümmern. Am nächsten Morgen würde sie wiederkommen, um mit ihm zu sprechen. Erwin hatte versprochen, Diego mit zu sich nach Hause zu nehmen, um ihn unter Kontrolle zu haben. Das hatte der Leonhardt genügt.

Als sie weg war, rief Erwin seine Schwester Elvira an. Sie müsse bitte zu Fuß zu Diego kommen. Weitere Erklärungen gab er nicht ab. Als Elvira nur kurze Zeit später in die Küche trat, konnte er ihr Erschrecken sehen. Ob es Diegos Zustand oder der Zustand der Küche oder beides war, wusste er nicht. Aber er spürte ihre Erschütterung.

»Hilf mir, ihn ins Auto zu schaffen … Zu Hause erkläre ich dir, was passiert ist«, sagte er knapp. Er benötigte eine stabile Elvira, um diesen Kerl mit seinen mindestens achtzig Kilo ins Auto zu kriegen.

Gemeinsam schleppten sie Diego zum Mini.

»Wieso fahren wir mit Richards Auto, was ist passiert, wo ist dein Traktor?«, fragte seine Schwester, während sie unter Diegos Gewicht ächzte.

»Ich erzähle dir alles zu Hause … nicht jetzt. Wir bringen Diego zu uns, legen ihn auf Mutters Bett und warten, bis er wieder nüchtern ist.«

Elvira fügte sich. Wenn ihr Bruder in dieser Stimmung war, war Widerstand sinnlos.

Als Diego endlich auf dem Bett ihrer verstorbenen Mutter lag und Elvira ein großes Glas Wasser getrunken hatte, bat Erwin sie, sich an den Tisch zu setzen.

Elvira hatte Angst vor dem, was kommen würde. Ihr Bruder war trotz der Hitze und der Schlepperei bleich und seine Stimme zittrig. Er erzählte von seinem gescheiterten Versuch, mit Diego zu frühstücken, und seiner Entscheidung, die Rübenmiete selbst abzubauen.

»Du hättest mir doch etwas sagen können –«, aber Erwin unterbrach sie.

»Sei froh, dass du das nicht sehen musstest!«

»Was?«, wollte Elvira wissen.

»Die Leiche«, brach es aus Erwin heraus, »die Leiche, die unter den vergammelten Rüben lag. Der Geruch steckt immer noch in meiner Nase. Elvira, es war so schrecklich ... ich ...«
Er konnte den Satz nicht beenden.

Elvira sah ihn an. Er brauchte nicht mehr zu sagen.

»Oh mein Gott, das ist Bernadette. Bestimmt! Er hat sie umgebracht und dann in der Rübenmiete versteckt.«

Sie begann zu schluchzen. Ihr Ziehsohn Diego, den sie wie ein eigenes Kind liebte, hatte seine Freundin umgebracht, als sie ihn verlassen wollte. Jetzt wurde ihr alles klar: Diegos abweisendes Verhalten in den letzten Monaten, sein Suff, seine Antriebslosigkeit. Ihr geliebter Diego war ein Mörder.

Erwin saß stumm am Tisch. Er konnte seine Schwester nicht trösten. Auch für ihn waren plötzlich alle Fragen der letzten Monate beantwortet. Diego hatte Bernadette getötet, und morgen früh würde die Kommissarin alles herausfinden. Sie würden ihn mit nach Neuruppin nehmen. Diego käme in Untersuchungshaft, dann vor Gericht, und an dem Urteil, das schlussendlich verhängt würde, gab es für Erwin keinen Zweifel: lebenslänglich wegen Mordes.

Schweigend hatten die Geschwister den Abend verbracht. Elvira war hin und wieder ins ehemalige Zimmer ihrer Mutter gegangen, um nach Diego zu sehen. Der schlief seinen Rausch aus.

Nach dem Abendessen war Erwin mit dem Fahrrad zu seinen drei Pferden geradelt. Sie standen auf seiner Koppel etwas außerhalb des Dorfes. Er hatte altes Brot und Äpfel in seiner Satteltasche mitgebracht und fütterte sie, berührte die weichen Nüstern der Tiere und versuchte, sein inneres Gleichgewicht wiederzufinden. Er liebte seine Pferde, aber zum ersten Mal, seit er mit ihnen lebte und arbeitete, konnten sie seinen Schmerz nicht lindern.

Am Sonntagmorgen war Erwin um sechs Uhr aufgestanden und hatte für sich und seine Schwester einen starken Kaffee gebraut. Sie hatten verabredet, dass sie Diego schlafen ließen. Ausgeruht könne er das, was ihm an diesem Sonntag bevorstand, vermutlich besser bewältigen. Aber das war eine Ausrede. Beide hatten Angst vor Diegos Reaktion, wenn er erfahren würde, dass Bernadettes Leiche gefunden worden war. Das sollte diese Kommissarin übernehmen. Sollte sie doch selbst herausfinden, was passiert war. Erwin und Elvira würden ihr nichts von Bernadette erzählen. Auch das hatten sie vereinbart.

Elvira hatte gesehen, dass die Kommissarin eingetroffen war, und ging zu Diego, um ihn zu wecken. Das war nicht einfach. Er sträubte sich wie ein Erstklässler, der morgens nicht in die Schule wollte. Erst als sie ihm sagte, dass eine Polizistin mit ihm sprechen wollte, riss er sich zusammen. Er ging ins Bad, wusch sein Gesicht und gurgelte mit Elviras Mundwasser. Dann ging er in die Küche, neugierig, was die Polizei wohl von ihm wollte.

Richard Wagner war nach einer unruhigen Nacht gegen vier dann doch eingeschlafen und lag noch im Bett, als Izzie ihn mit ihrer feuchten Schnauze sanft anstieß. Sie war ihren Morgengang zwischen sechs und sieben Uhr gewohnt und hatte an diesem Sonntag brav bis Viertel vor acht gewartet. Aber jetzt wollte sie raus, und das zeigte sie Richard unmissverständlich. Der stöhnte, griff zu seinen schwarzen Jeans und seinem T-Shirt. Duschen würde er später. Und danach würde er Marley anrufen. Das hatte er in dieser langen Nacht am Küchentisch entschieden. Richard hatte zum ersten Mal, seit die Welt für ihn implodiert war, seine Kaffeemaschine, eine teure Siebträger-maschine aus Italien, in alle Einzelteile zerlegt, sorgfältig gereinigt, getrocknet, poliert und wieder zusammengesetzt. Für ihn hatte diese Prozedur schon immer den Psychologen ersetzt. Wie bei einem Puzzle kam es darauf an, die unterschiedlichen Teile systematisch zu ordnen und wieder zusammenzusetzen. Wenn er nach Stunden die glänzende Maschine wieder an ihren Platz zurückstellte, war ihm in der Regel etwas klar geworden. So auch in dieser Nacht. Er war innerlich zerrissen, aber das war nicht die Schuld seiner Kollegen. Die Berliner Polizei war ihm immer eine Ersatzfamilie gewesen. Er würde sie nicht hintergehen. Marley schon gar nicht.

Von dem Moment an, als Erwin ihn angerufen hatte, war der gestrige Tag ein einziger Horror gewesen. Schon vor dem Einbiegen auf den Feldweg hatte Richard die vielen Fahrzeuge von Polizei und KTU registriert. Großes Besteck – so nannte man das im Fachjargon, wenn man direkt mit der KTU und den Gerichtsmedizinern am Tatort vorfuhr. Er sah das Flatterband, und er sah Marley Leonhardt, die an einer E-Zigarette zog. Marley, die früher immer versucht hatte, mit ihm zu flirten, und trotz seiner ablehnenden Zurückhaltung freundlich geblieben war. Er hatte nur positive Erinnerungen an sie.

Was machte die Referentin des Berliner Innensenators auf einem Acker in der Prignitz? Das war sein erster Gedanke gewesen. Sie hatten kurz miteinander gesprochen, er verstand, dass unter Diegos Rübenmiete, über die sich Clara schon seit Wochen beschwerte, eine Leiche gefunden worden war, und dann wollte er nichts wie weg. Es war Fluchtinstinkt gewesen.

Von dem, was Erwin danach erzählt hatte, war Richard wie vor den Kopf gestoßen. Er hatte sich in den letzten Monaten nur mit seinen eigenen Problemen und mit Clara, Izzie und Schloss Demerthin beschäftigt. Da verschwand plötzlich eine junge Frau, und der Mann, mit dem sie zusammengelebt hatte, wurde über Nacht zum Säufer. Keiner im Dorf hatte darüber gesprochen. Zumindest nicht mit Clara und ihm. Aber er, Richard

Said Wagner, er hätte nachfragen müssen. Er war noch immer Polizist, freigestellt zwar, aber trotz allem ein Bulle. Und seine Reflexe hatten immer funktioniert. Bis zu diesem verdammten Unfall.

Als Erwin weggefahren war, hatte Richard sich in die Küche gestellt und Fettuccine all' Alfredo gekocht. Er brauchte Stärkung – und Clara, wenn sie erfahren würde, was passiert war, ebenso. Sie hatte eine Schwäche für Diego und seine Pläne vom perfekten Restaurant. Über Bernadettes Verschwinden hatte auch sie sich keine Gedanken gemacht. Im Gegenteil: Sie war erleichtert, dass dieser Störfaktor nicht mehr da war. Die gemeinsamen Abende, das Pläneschmieden mit Diego waren abrupt zu Ende gewesen, nachdem Bernadette bei ihm eingezogen war.

»Sie kann mich nicht leiden«, hatte Clara nüchtern konstatiert und leider recht gehabt. Bei manchen Frauen erzeugte die scheinbar perfekte Clara von Wohlleben Neid und Missgunst. Auch bei Bernadette war das nicht anders gewesen. Eine schöne Frau mit viel Geld, einem Adelstitel und einem Renaissance-Schloss war mit ihrem Diego befreundet, das hatte ihre Eifersucht angefacht. Bernadette fand Clara unerträglich und ließ es sie und alle anderen spüren.

Als sie plötzlich weg war, hatte Clara gehofft, Diego und sie könnten zu ihrer alten Vertrautheit zurückfinden. Aber das blieb ein frommer Wunsch – aus dem lustigen, kreativen Diego war innerhalb kürzester Zeit ein übellauniger Trinker geworden. Noch dazu einer, der sich am liebsten allein an seinem Küchentisch abschoss. Sie hatte gedacht, dass das, was sie für Liebeskummer hielt, irgendwann vorbeigehen würde. Aber es ging nicht vorbei, und die Freundschaft mit Diego wurde erst brüchig und war dann nur noch eine Erinnerung.

Als die Pasta fertig war, ging Richard in den Flur und rief mit kräftiger Stimme nach Clara, die sich im ersten Stock aufhielt.

Mit Hilfe einer Bautruppe aus Kyritz, die Julius Steinberg ihr empfohlen hatte, hatte Clara, nachdem sie das Schloss erworben hatte, den Anbau zum Schloss zu einer Wohnung umbauen lassen. Der zweistöckige Bau aus den fünfziger Jahren war dabei völlig entkernt worden, denn anders als das Schloss stand er nicht unter Denkmalschutz. Clara konnte damit tun und lassen, was sie wollte, nur abreißen durfte sie ihn nicht. Jetzt gab es zwei großzügige, ineinander übergehende Zimmer im Erdgeschoss, die provisorische kleine Küche und ein Gästezimmer samt Bad, das Richard nutzte. Im zweiten Stock wohnte Clara. Sie hatte ein Schlafzimmer, ein Arbeitszimmer, einen begehbaren Kleiderschrank sowie ein komfortables großes Bad.

Richard betrat es nie. Clara legte Wert auf ihre Privatsphäre. Sie wollte auf keinen Fall, dass Richard hinter ihre Kosmetikgeheimnisse kam oder herausfand, welche Medikamente sie im Haus hatte. Er schien ihr zu labil, um mit den Dingen, die in ihrem Apothekerschrank verstaut waren, konfrontiert zu werden.

Clara hatte Erwin und Richard bei deren Rückkehr von der Rübenmiete in Empfang genommen. Sie hatte sofort gesehen, wie angeschlagen die beiden waren, und Richard Zeit gelassen, obwohl eine Mischung aus schlimmer Vorahnung und Neugier sie umtrieb, seit sie bei Julius Steinberg von dem Polizeieinsatz gehört hatte. Richard würde ihr alles erzählen, wenn der richtige Zeitpunkt gekommen war. Sie musste nur abwarten.

Richard war verblüfft, wie gelassen Clara auf die Neuigkeiten reagierte, die er ihr beim Abendessen erzählte. Für sie sei es unvorstellbar, dass Diego Bernadette getötet haben könnte, erklärte sie mit Entschiedenheit. Diego sei ein sanftmütiger, kreativer Geist. Ein Mann, der die Traumata seiner Kindheit erfolgreich überwunden habe. Diego sei kein Mörder. Und Bernadette eine Zicke, die bestimmt schon beim nächsten Auslandseinsatz der Bundeswehr oder bei einem anderen Kerl war. Und damit war für sie das Thema beendet. Nach dem Essen war sie nach oben gegangen, und er hatte mit dem Auseinandernehmen der Siebträgermaschine begonnen.

Als Richard an diesem Sonntagmorgen mit Izzie zurückkam, schien Clara noch zu schlafen. Obwohl es noch nicht einmal acht Uhr dreißig war, brannte die Sonne bereits, und ein weiterer heißer Tag stand bevor. Richard ging in sein Gästebad, duschte und zog frische Sachen an. Dann fütterte er Izzie und holte sein Smartphone. Um ungestört zu sein, ging er vor die Tür, um Marley anzurufen. Ihre neuen Kontaktdaten hatte er bereits gestern in sein Telefon eingegeben. Er würde in nächster Zeit häufiger mit ihr zu tun haben, das war ihm letzte Nacht klar geworden.

Marley trat vor die Tür des Wohnhauses von Elvira und Erwin Schwarz und zündete ihre E-Zigarette an. Das war eine der Situationen, die ihr vor Augen führte, dass sie nicht genügend praktische Erfahrung in Sachen Polizeiarbeit hatte. Ihr Studium der Kriminalistik hatte ihr zwar einen theoretischen Unterbau verschafft, aber ihr fehlte die Praxis.

Der verkaterte Diego Hausmann hatte nur einsilbig auf ihre Fragen geantwortet. Nein, er sei schon seit Wochen nicht mehr in der Nähe seiner Rübenmiete gewesen. Ja, er wisse, dass er sie längst hätte abbauen sollen. Aber er sei krank, schon seit Monaten, und nicht in der Lage, sich um seine Tiere oder seine Landwirtschaft zu kümmern. Nein, er habe keine Ahnung, was passiert war.

Erwin und Elvira hatte Marley während der Befragung nach draußen geschickt, was möglicherweise ein Fehler gewesen war. Sie zog gierig an ihrer E-Zigarette. Wen aus ihrem Team könnte sie um Hilfe bitten? Dass sie die Ermittlungen nicht nur auf dem Papier, sondern auch ganz praktisch leiten wollte, hatte sie gestern entschieden. Sie benötigte einen Erfolg, um ihr Team zu überzeugen, dass sie genügend Kompetenz für die Leitung der Polizeidirektion Nord besaß. Nicht irgendeinen Erfolg, sondern einen spektakulären Ermittlungserfolg. Die Leiche in der Rübenmiete kam zum richtigen Zeitpunkt. Sie, Marley Leonhardt, würde den Fall lösen, und dann würden alle sie mögen. Oder zumindest respektieren. Marley seufzte. Sie war sich bewusst, dass sie wie eine Sechzehnjährige dachte. Wieso war sie so sehr darauf angewiesen, beliebt zu sein? Verstrickt in ihre Selbstbeobachtung, war sie erleichtert, als ihr Handy klingelte. Eine unbekannte Nummer.

»Marley, hier ist Richard. Richard Wagner. Wo bist du? Ich muss mit dir reden.«

»Ich bin in Gumtow, Richard, bei Familie Schwarz. Wie schön, dass du dich meldest. Was –«

Richard unterbrach sie abrupt. »Das geht nicht am Telefon! Bitte warte auf mich. Ich bin gleich da!«

Den letzten Satz verfluchte Richard, als er aufgelegt hatte. Den Mini hatte ja Erwin mitgenommen, weil sein Traktor noch nicht freigegeben war. Nein, den Range Rover konnte er jetzt nicht fahren, aufgewühlt, wie er war. Und das E-Bike konnte er nicht nehmen, weil er es auf dem Rückweg nicht in den Mini laden könnte. Er ging zum Stall und nahm sein altes Fahrrad. Und dann radelte er los, so schnell er konnte.

Als er nach zehn Minuten auf dem Hof der Geschwister Schwarz eintraf, war er schweißgebadet. Und außer Atem. Es war Monate her, dass er sein Fahrrad benutzt hatte, entsprechend staubig und voller Spinnweben war es. Er nickte Marley zu, die auf der Bank im Hof saß, und musste sich erst mal im kleinen Bad neben der Küche die verschmutzten Hände waschen. Das gab ihm ein wenig Zeit, wieder zu Atem zu kommen.

Als er seine Hände abtrocknete, stand Erwin in der Tür.

»Ich werde es ihr sagen, Erwin, ich muss es tun. Auch für dich und Elvira. Bis hierhin können wir noch damit argumentieren, dass ihr beide unter Schock steht. Du ganz besonders, du hast die Leiche gefunden. Deine Schwester, die eine enge Beziehung zu Diego hat, ebenso. Aber wenn ihr der Polizei noch länger nichts von Bernadette erzählt, seid ihr dran. Wegen Behinderung der polizeilichen Ermittlungen!«

Erwin sah ihn nur stumm an. Dann ging er in die Küche und schenkte ihm einen Pott Kaffee ein. Mit dieser stummen Geste gab er seine Einwilligung, das war Richard klar. Er bedankte sich für den Kaffee, nahm den Becher und ging zu Marley.

»Können wir uns den Small Talk ersparen und gleich zu den Fakten kommen?« Ungewöhnlich barsch begann er das Gespräch, aber Marley ließ ihn damit nicht durchkommen.

»Dir auch einen wunderschönen Morgen, Richard«, entgegnete sie ironisch. »Gibt es einen Grund, weshalb du deine guten Manieren vergessen hast?«

»Guten Morgen. Entschuldige, aber ich möchte nicht über mich, sondern nur über den Fall sprechen.«

»Sehr gerne, sprechen wir über den Fall«, entgegnete Marley freundlich.

»Diego Hausmann hat auf seinem Hof mit einer Frau zusammengelebt, Bernadette Rehm. Sie ist seit letztem Oktober verschwunden. Niemand weiß, wo sie sich aufhält. Auch ihre Mutter nicht.«

Marley schaute ihn stumm an.

»Ich habe das alles auch gerade erst erfahren. Ich lebe seit November hier, und die Leute wissen, dass ich für die Polizei gearbeitet habe. Sie erzählen mir nicht alles«, fügte Richard entschuldigend hinzu.

»Soweit ich weiß, bist du immer noch bei der Polizei. Eine Freistellung ist keine Kündigung«, korrigierte Marley ihn.

Er nickte. Sie hatte recht.

Marley seufzte leise. »Ich schau mal, ob ich von Herrn Schwarz auch einen Kaffee bekomme. Und dann erzählst du mir alles, was du weißt.«

Mit einem großen Becher Kaffee kam sie zu ihm zurück. Nachdem sie die Details erfahren hatte, schwieg sie einen Moment. Dann schaute sie ihm direkt in die Augen.

»Richard, ich muss diesen Fall lösen. Ich brauche einen Erfolg. Nicht als Behördenleiterin, sondern als Kriminalistin. Mein Team nimmt mich sonst nicht ernst. Und du könntest mir dabei helfen. Du kennst meinen Background. Alleine schaffe ich es nicht.«

Richard wehrte ab. »Ich bin freigestellt, weil ich psychische Probleme habe.«

»*Hatte*«, sagte Marley, »du *hattest* psychische Probleme. Jetzt geht's dir wieder besser, und du kannst mit mir zusammenarbeiten.«

Richard musste lächeln. So viel Unverfrorenheit war ihm schon lange nicht mehr begegnet. »Das ist nicht etwas, was du einfach so entscheiden kannst. Und beurteilen kannst du es schon gar nicht, Marley. Außerdem arbeite ich für die Berliner Polizei, nicht für Brandenburg. Verena würde niemals zustimmen.«

»Diese bürokratischen Feinheiten überlasse bitte mir. Ich muss nur wissen, ob du bereit bist, nach deinem Sturz wieder aufs Pferd zu steigen. Und für mich siehst du aus wie jemand, der bereit ist.«

Die gleichen Sprüche wie Clara – wahrscheinlich würden die beiden sich gut verstehen, dachte Richard.

Marley ließ ihn einfach stehen und ging zurück ins Wohnhaus. Nach wenigen Minuten kam sie mit einem verwirrt schauenden Diego Hausmann zurück.

»Kollege Wagner, ich würde es begrüßen, wenn Sie mit nach Neuruppin fahren könnten und bei der Vernehmung von Herrn Hausmann anwesend wären. Falls die angesichts seines Alkoholpegels überhaupt stattfinden kann.«

Das war eine kleine Show für das Geschwisterpaar Schwarz, das mit versteinerten Gesichtern in der Haustür stand. Aber es war auch ein Appell an Richards Professionalität. Er kannte die Regeln. Es wäre fahrlässig gewesen, Marley Leonhardt allein mit dem momentan Hauptverdächtigen die fünfundvierzig Kilometer nach Neuruppin fahren zu lassen. Was, wenn er während der Fahrt die Kommissarin plötzlich angriff?

Marley hatte ihn überrumpelt, doch er hatte keine andere Wahl. Er musste mit nach Neuruppin. Aber er würde auf der Rückbank sitzen. So hatte er Diego ständig im Blick. Das war seine offizielle Version. Die Wahrheit war, dass er Angst vor der Autofahrt hatte. 2019, beim letzten Hoffest in Berlin, hatte Marley ihm leicht angetrunken von ihrer Leidenschaft für schnelle Autos erzählt. Er erwartete eine rasante Fahrt.

Überraschenderweise fuhr Marley sehr ruhig und sicher. Sie hatte das Verdeck geöffnet, um Diegos Alkoholfahne zu neutralisieren. Der war sofort eingeschlafen, nachdem Marley auf die Landstraße gefahren war.

Richard saß auf der engen Rückbank des Cabrios und hing seinen Gedanken nach. Wollte er wirklich wieder als Polizist arbeiten? Er hatte sich diese Frage schon lange nicht mehr gestellt. Direkt nach dem Unfall hatte er nicht mehr leben wollen. Nur seiner Mutter und seiner Schwester Azadeh zuliebe hatte er so getan, als könne er diesen Schicksalsschlag überstehen. Aber tatsächlich war sein altes Leben an diesem 12. Mai im letzten Jahr zu Ende gewesen. Seine Arbeit, die für ihn immer im Mittelpunkt gestanden hatte, interessierte ihn nicht mehr, seine Freunde, seine Hobbys – alles war bedeutungslos.

Aber dann, im vergangenen Oktober, hatte Clara ihn in dieser Reha-Klinik in Plau am See aufgespürt. Erst hatte Richard sie auf keinen Fall sehen wollen. Sein Rückzug aus der Welt war komplett, und er hatte keine Lust, wieder neu einzusteigen. Obwohl er es durchaus versucht hatte.

Am 1. September hatte er in sein Büro in Tempelhof zurückkehren sollen. Mit Verena war alles abgestimmt. Seine Schwester hatte ihn bis zum Polizeipräsidium am Platz der Luftbrücke gefahren. Er hatte sich betont lässig von ihr verabschiedet, aber nur durchgehalten, bis Azadeh außer Sicht gewesen war. Im Eingangsbereich war er weinend auf der Besucherbank zusammengebrochen. Der Pförtner, dessen Namen er nicht mal kannte, hatte schnell reagiert und den Notarzt gerufen. So hatten nur wenige Menschen seinen Zusammenbruch mitangesehen. Mit der Diagnose »Posttraumatische Belastungsstörung« hatte man ihn in die Reha nach Plau am See geschickt. Aber das brachte ihm nichts. Die Gesprächstherapie war auf einen Termin pro Woche begrenzt und das Essen schrecklich.

Am Ende hatte Clara ihn mit ihrer Beharrlichkeit überzeugt. Sie kam immer wieder, und beim vierten Mal ließ er sie nicht an der Pforte abweisen. Er ging selbst hinunter und begrüßte sie schüchtern. Erst hatte er sie gar nicht erkannt: Claire Goodlife – das war ihr Name in der Spielerszene – sah in ihrem Vintage-Trenchcoat von Burberry und mit der abgewetzten Ledertasche aus wie eine Gestalt aus einer britischen Adelsserie. Sie hatten an diesem schönen Herbsttag lange auf einer Bank gesessen und miteinander gesprochen. Oder besser: Clara hatte gesprochen, und er hatte nur auf ihre direkten Fragen geantwortet. Er erinnerte sich gut daran: Die Sonne hatte noch gewärmt, aber die Blätter fielen bereits zu Boden. Bienen und Hummeln suchten in den allmählich verblühenden Stauden nach Nahrung, und zum ersten Mal seit dem Unfall hatte er ein wenig Hoffnung verspürt.

Am Ende der Reha war er gar nicht mehr nach Berlin zurückgekehrt, sondern zu Clara nach Demerthin gezogen. Seine Schwester Azadeh hatte sich um seine Wohnung gekümmert und sie untervermietet – damit hatte er ein überschaubares monatliches Einkommen. Ansonsten war er von Clara abhängig. Finanziell, aber inzwischen auch emotional. Seit Dezember waren sie ein Paar.

Wie lange konnte das gut gehen? Clara hatte ihn gefunden und ins Leben zurückgeholt – dafür würde er ihr ewig dankbar sein. Aber war das wirklich seine Zukunft? Könnte er auf Dauer so leben, als der Mann an ihrer Seite? Ein Zwischending zwischen Hausmann und Hausmeister? Und was, wenn sie sich von ihm trennte? Wenn sie einen Mann fand, der nicht so schwierig war wie er? Lustiger, selbstbewusster und gebildeter? Und vor allem ohne Trauma!

An diesem heißen Sonntag auf der Rückbank von Marleys Cabrio wurde ihm bewusst, dass er sich diesen Fragen stellen musste. Und die erste, die zu beantworten war, war die Frage nach seiner beruflichen Zukunft.

Als Marley schwungvoll auf den Hof hinter dem eindrucksvollen Backsteingebäude in der Fehrbelliner Straße in Neuruppin einbog, wachte Diego auf. Er wirkte wie ein Teenager, der seinen ersten Rausch hinter sich bringen musste, nicht wie ein erwachsener Mann. Richard hatte ihn bis zu diesem Sonntag nur wenige Male persönlich getroffen.

Zwischen ihm und Diego hatte es von Beginn an Spannungen gegeben, wenngleich sie wortlos blieben. Aber Richard meinte lesen zu können, was hinter dieser glatten Stirn unter den weißblonden Haaren vor sich ging.

Was will der Kanacke hier? Das war Diegos nicht ausgesprochene, aber für Richard deutlich vernehmbare Frage. Als er Clara davon erzählte, stritt sie es ab. Diego sei ein netter Mensch. Aus Liebeskummer sei er möglicherweise zum Säufer geworden, aber mit Sicherheit sei er kein Rassist.

Marley schloss das Verdeck – die vielen Vögel, die sich im großen Park vor dem Gebäude der Polizeidirektion Nord aufhielten, nahmen keine Rücksicht auf die cognacfarbenen Ledersitze ihres Cabrios. Diese Lektion hatte sie schon zu Beginn des Sommers gelernt. Zu dritt gingen sie auf die dunkelgrüne Holztür zu und betraten die Direktion. Innen war alles ordentlich, aber mit wenig Inspiration renoviert. Eine funktionale Behörde in einem Bau, der strahlen könnte, wenn man ihn ließe.

Seit Richard sich mit Schloss Demerthin und vor allem mit Ingrid Dessau auseinandersetzen musste, hatte er einiges über Architektur, Instandhaltung und Stil gelernt. Zu renovierten Gebäuden konnte er sich seitdem ein eigenes Urteil erlauben.

Das Amt schien leer zu sein, kein Mensch war im Treppenhaus. Im zweiten Stock lag das Büro von Marley. Als Chefin der Behörde hatte sie ein großes Einzelbüro mit Blick auf den Park. Sie bat Diego, an ihrem großen runden Besprechungstisch Platz zu nehmen, warf Richard einen Blick mit der stummen Ansage »Du passt auf ihn auf« zu und ging rasch durch die Verbindungstür ins Vorzimmer ihrer Assistentin.

Richard hörte sie telefonieren, konnte aber durch die gut

gedämmte Tür nichts verstehen. Als sie zurückkam, sagte sie zu Diego: »In wenigen Minuten kommt der Amtsarzt und wird Ihren Alkoholspiegel testen. Danach entscheide ich, ob Herr Wagner und ich ein Gespräch zur Sache mit Ihnen führen oder ob wir Sie in die Ausnüchterungszelle bringen lassen.« Diego reagierte nicht auf diese Informationen.

Offensichtlich hatte Marley nicht nur mit dem Amtsarzt telefoniert, denn ein Polizist in Zivil betrat nach kurzem Anklopfen den Raum. Marley stellte vor: »Richard, das ist Polizeikommissar Bodo Eisenhauer. Bodo, das ist Richard Wagner, der Sprecher der Berliner Polizei.« Die beiden Männer begrüßten einander mit einem knappen Nicken.

»Der *zurzeit beurlaubte* Sprecher der Berliner Polizei, der hier keinerlei Hoheitsrechte hat«, sagte Bodo patzig.

»Das mit den Hoheitsrechten lass mal meine Sorge sein, Bodo«, erwiderte Marley kühl. »Wir warten auf Dr. Rogmans. Er wird bei Herrn Hausmann einen Alkoholschnelltest durchführen, damit wir wissen, ob er überhaupt schon vernehmungsfähig ist.«

»Das hätte ich doch auch machen können«, murrte Bodo.

»Im aktuellen Fall handelt es sich um ein Kapitalverbrechen. Daher wählen wir ein Vorgehen, das später vor Gericht auch Bestand hat. Erst ein Schnelltest und dann noch eine Blutprobe, damit sind wir auf der sicheren Seite«, erklärte Marley sachlich.

»Waren Sie nicht gestern am Tatort, um den Bauern, der die Leiche gefunden hat, nach Hause zu bringen?«, wandte sich Bodo an Richard.

»Ja und?«

»Ist doch seltsam, dass ausgerechnet Sie bei so einem Fund in der Prignitz auftauchen.«

Und auch hier waren wieder diese unausgesprochenen Fragen: *Was macht so ein Typ in der Prignitz? Was macht so ein Typ bei der Berliner Polizei? Wieso kann so ein Typ überhaupt Karriere machen?* Richard kannte die Litanei, die sich auch in den Köpfen seiner Berliner Kollegen abspielte. *Weshalb steigt*

der Typ mit Migrationshintergrund schneller auf als ich? Wieso wird der immer bevorzugt? Weshalb steht die Chefin auf ihn?
Richard antwortete bemüht freundlich: »Reiner Zufall. Ich bin ein Nachbar von Erwin Schwarz, und er hat mich gestern gebeten, ihn abzuholen.«

Diego schien das Gespräch nicht zu verfolgen. War das bloß die Wirkung des Alkohols oder die Lethargie eines Mannes, der seine Lebensgefährtin getötet hatte und dem man jetzt auf die Schliche gekommen war?

Der Amtsarzt brauchte nur knappe zehn Minuten – das war einer der vielen Vorteile einer Kleinstadt. Die Wege waren deutlich kürzer. Dr. Rogmans war im Freizeitdress. Er hatte sich gerade auf den Weg zum Golfplatz machen wollen, als der Anruf der Polizeidirektorin bei ihm eingegangen war.

Diego ließ das ganze Prozedere ohne Widerstand über sich ergehen. Nach dem Schnelltest nahm Dr. Rogmans Marley zur Seite und sprach leise mit ihr. Marley nickte und wandte sich an Diego. »Herr Hausmann, Sie stehen noch immer unter starkem Alkoholeinfluss. Wir werden Sie bis morgen früh in unserer Ausnüchterungszelle unterbringen. Um festzustellen, ob Sie möglicherweise noch andere Substanzen zu sich genommen haben –«

Diego unterbrach sie lachend. »Andere Substanzen … andere Substanzen … Was soll das denn sein?« Das war seine erste Reaktion seit Stunden.

»… wird Dr. Rogmans Ihnen jetzt Blut entnehmen und in seinem Labor untersuchen.«

»In vierundzwanzig Stunden liegt dann ein Ergebnis vor«, ergänzte der Amtsarzt.

»Wollen Sie einen Anwalt hinzuziehen?« Marley musste diese Frage vor Zeugen stellen, obwohl sie die Antwort schon ahnte.

»Ich habe keinen Anwalt. Ich brauche auch keinen. Ich weiß gar nicht, was Sie von mir wollen«, schimpfte Diego. Dann ließ er sich widerstandslos von Bodo Eisenhauer abführen.

Richard sah den beiden stumm hinterher. Ihm war aufgefallen, dass Marley, seit sie das Gebäude betreten hatten, unter Stress stand. Sie wollte sowohl dem Amtsarzt als auch ihrem Kollegen Eisenhauer klarmachen, wer hier das Sagen hatte. Ihre Stimme war härter geworden, und ihr Rücken war durchgedrückt. Bei einem Mann hätte man diese Körperhaltung »Imponiergehabe« genannt. Richard verstand die Situation: So wie er war Marley fremd hier und musste um Akzeptanz kämpfen. In diesem Moment entschied er, dass er ihr helfen würde.

»Ich werde morgen früh wieder hier sein«, versprach er Marley. »Aber jetzt muss ich erst mal sehen, wie ich an einem Sonntag zurück nach Demerthin komme.«

Marley lächelte erleichtert. »Danke, Richard, ich weiß das zu schätzen! Ich würde dich ja fahren, aber ich muss nach Potsdam ins rechtsmedizinische Institut. Es wäre ein Riesenumweg«, sagte sie mit echtem Bedauern in der Stimme. »Bodo Eisenhauer könnte dich –«

»Bloß nicht«, unterbrach Richard sie. »Ich rufe Clara an und bitte sie, mich abzuholen. Und du stimmst das alles bitte mit Verena ab. Was hast du vorhin gesagt? Du kümmerst dich um die bürokratischen Feinheiten.«

Dann verließ er Marleys Büro. Er wollte auf keinen Fall, dass sie sein Telefonat mit Clara mithörte.

Das Gespräch war nur sehr kurz. Clara konnte ihn nicht holen, sie hatte heute Probe in Klein Leppin. Und vorher musste sie noch Christine Riemann einsammeln. Gemeinsam unterstützten sie dort die Initiative »Festland e. V.« bei dem Projekt »Dorf macht Oper«. Clara spendete nicht nur einen fünfstelligen Betrag, sondern sang auch im Chor mit. Die Initiative gab es schon seit 2003, aber seitdem sie vor ein paar Wochen den Berlin-Brandenburg-Preis gewonnen hatte, war das öffentliche Interesse noch größer geworden. Praktisch alle sechzig Einwohner des Dorfes machten mit, aber auch viele Schulen in den umliegenden Gemeinden. Diesmal sollte im August eine Opernfassung von »Rotkäppchen« aufgeführt werden.

»Endlich kann ich mal etwas Sinnvolles hier in der Gegend unterstützen«, hatte Clara gesagt. Man hatte ihr eine wichtige Position im Förderverein angeboten, aber sie wollte lieber inkognito mitmachen. *Inkognito!* Clara hatte keine Ahnung, wie bekannt sie inzwischen in der Region war. Klein Leppin, nur knappe fünfzehn Kilometer von Schloss Demerthin entfernt, machte da keine Ausnahme.

Mit der Aufforderung, er solle sich ein Taxi nehmen, beendete sie das Gespräch. Richard seufzte. Er konnte sich kein Taxi nehmen. Nicht für die fünfundvierzig Kilometer von Neuruppin nach Demerthin. Auf dem Land fuhr man entweder selbst, oder man ließ sich fahren und abholen. Aber nicht von einem Taxi. So was war nur im äußersten Notfall möglich. Sonst galt man als Weichei. Er wählte Erwins Nummer. Nach nur einem Klingeln ging sein Nachbar dran. Richard erklärte ihm die Situation, und Erwin versprach, sofort loszufahren.

Richard ging zurück in Marleys Büro. Sie war schon im Aufbruch, bot ihm aber an, gemeinsam in die Kantine zu gehen, damit er wenigstens ein Getränk bekäme. Viel mehr aber auch nicht, sonntags gab es dort nur einen Minimalbetrieb: Getränke und belegte Brötchen. Richard lehnte dankend ab. Er würde sich draußen in den Schatten setzen und auf seinen Nachbarn warten.

»Erwin Schwarz holt dich ab?«, staunte Marley. »Dann kannst du ihm gleich den Zündschlüssel für seinen Traktor geben, und wir müssen keinen Kollegen zu ihm nach Gumtow schicken. Bodo hat vorhin den Schlüssel bei meiner Assistentin auf den Tisch gelegt.« Marley ging kurz in ihr Vorzimmer und kam mit dem Schlüssel in der Hand zurück.

»Erstaunlich, dass der Schwarz dich abholt. Der ist doch sicher nicht begeistert, wenn wir gegen seinen Patensohn ermitteln.«

»Wir leben auf dem Land und helfen einander«, erwiderte Richard. »Alles andere kommt an zweiter Stelle. Außerdem musst du erst mal mit Berlin klären, ob ich tatsächlich zum Fall hinzugezogen werde.«

Aber er hatte natürlich Sorgen vor den fünfundvierzig Minuten Autofahrt, nur musste Marley das nicht wissen. Plötzlich hatte sich ein Graben zwischen ihm und Erwin aufgetan. Ob die Verbundenheit, die er in den letzten Monaten mit ihm gespürt hatte, sich jemals wieder einstellen würde? Rasch gingen die beiden durch das Treppenhaus zum Eingang. Marley dankte ihm noch einmal, dann ging sie zu ihrem Auto. Richard sah ihr nach. Innerhalb weniger Stunden hatte seine Vergangenheit ihn eingeholt. Jetzt würde sich zeigen, ob er dafür bereit war.

Als Erwin Schwarz vorfuhr, sah er Richard im Schatten auf einer Bank unter einer riesigen Buche sitzen. Er war nach dem Unfall von Diegos Eltern vor vier Jahren schon einmal hier gewesen und hatte die Anfahrt zu dieser parkähnlichen Anlage mit den imposanten Backsteingebäuden aus dem 18. Jahrhundert nicht vergessen.

Damals war er zu Olaf Hausmann befragt worden. Könne es sein, dass sein alter Freund den Wagen, in dem er und seine Frau gesessen hatten, absichtlich gegen den Brückenpfeiler gefahren habe? Es gab einen Augenzeugen, der das behauptete, aber es handelte sich um einen vorbestraften Mann, dessen Glaubwürdigkeit in Frage stand. Bei Suizid würde die Versicherung nicht zahlen. Erwin, als alter Freund der Familie, hatte die Selbstmord-Vermutung weit von sich gewiesen und über angebliche Zukunftspläne des Ehepaars Hausmann berichtet. Vielleicht ein technischer Fehler an Olafs altem Renault?

Aber natürlich wusste Erwin es besser. Olaf war seines Lebens schon lange überdrüssig gewesen. Doch weshalb sollte Erwin das der Polizei erzählen? Für ihn ging es ausschließlich um das Wohl seines Ziehsohnes. So kam es, dass Diego nicht nur Haus und Hof erbte, sondern auch die Lebensversicherung seiner Eltern in Höhe von zweihundertfünfzigtausend Euro ausgezahlt bekam.

Richard stieg mit einem knappen Gruß in Erwins alten

Toyota Hilux mit der großen Ladefläche und gab ihm den Schlüssel seines Traktors. Im Wagen war es eisig. Erwin gehörte zu denen, die meinten, eine Klimaanlage müsse an einem heißen Tag einen Kühlschrank ersetzen. Die Automatik war auf sechzehn Grad eingestellt, und Richard wusste, dass er mit Halskratzen in Demerthin aussteigen würde. Trotzdem entschied er sich, nichts zu sagen. Er hoffte, dass, wenn er nur lange genug schwieg, Erwin anfangen würde zu sprechen.

Marley fuhr zügig über die A 24 bis zum Dreieck Havelland und dann auf die A 10 in Richtung Potsdam. Sie war so in Gedanken gewesen, als sie vom Parkplatz in Neuruppin losgefahren war, dass sie vergessen hatte, ihr Faltdach aufzuklappen. Jetzt war sie mitten auf der Autobahn und wollte deswegen nicht mehr anhalten. Egal, geschlossen konnte sie immerhin hundertdreißig Kilometer fahren, diese Geschwindigkeitsbegrenzung galt für die gesamte Strecke.

Es war Sonntagvormittag, inzwischen kurz nach elf Uhr, und die Autobahn war in Richtung Berlin wenig befahren. Anders in der Gegenrichtung. Viele Kurzentschlossene wollten den schönen Sommertag an einem der brandenburgischen Seen verbringen oder fuhren gleich weiter bis zur Müritz oder an die Ostsee. Bis zum Landesinstitut für Rechtsmedizin in der Lindstedter Chaussee brauchte Marley nur knappe fünfzig Minuten.

Sie hatte ihren Besuch nicht angekündigt, dennoch war sie sicher, Eva Oldenhauer im Institut anzutreffen. Evas Arbeitsdisziplin war legendär. Lange hatte der Polizeipräsident versucht, sie zu überreden, auch nach Erreichen der Pensionsgrenze das Institut zu leiten, aber Eva blieb bei ihrer Entscheidung. Ende dieses Jahres, zwei Wochen nach ihrem sechsundsechzigsten Geburtstag, würde sie Potsdam verlassen und nach Paris ziehen. Ihre Tochter lebte dort in einer riesigen Wohnung im 16. Arrondissement und wartete sehnsüchtig auf die Pensionierung ihrer Mutter. Es gab einen reichen Ehemann, der nie zu Hause war, zwei kleine Kinder und genügend Personal für deren Betreuung und den Haushalt.

Eva wollte das nachholen, worauf sie als alleinerziehende, berufstätige Mutter immer hatte verzichten müssen: Zeit mit ihrem Kind verbringen. Und offensichtlich wollte ihre Tochter das auch.

Für Marley war das völlig unverständlich. Sie konnte ihre Mutter nur wenige Stunden am Stück ertragen. Die gelegentlichen Telefonate reichten ihr voll und ganz. Ihre Mutter ging ihr gewaltig auf die Nerven. Aber wenn Marley ehrlich war, beneidete sie Eva – oder besser: Evas Tochter – um das innige Verhältnis der beiden.

Sie betrat den nüchternen Bau und meldete sich beim Pförtner. Der rief in der Rechtsmedizin an, und nach wenigen Minuten kam Eva, um sie abzuholen.

Die beiden Frauen waren sich auf der letzten Weihnachtsfeier nähergekommen. An diesem Abend war wieder einmal deutlich geworden, wie wenige Frauen es auf die Führungsebene geschafft hatten. Eva Oldenhauer als Institutsleiterin war eine von ihnen. Marley und sie hatten am selben Tisch gesessen und sich den ganzen Abend unterhalten. Marley war fasziniert von der vitalen Rechtsmedizinerin, die enorm belesen war und sich mit ihrem trockenen Humor über die männlichen Kollegen lustig machte.

»Was willst du denn schon hier?«, war jetzt ihre nicht besonders freundliche Begrüßung. »Wenn es um deine Leiche aus der Rübenmiete geht, auf die habe ich nur kurz einen Blick geworfen und sie dann ins Kühlfach legen lassen. Die Todeszeitpunktbestimmung kannst du bei diesem Zustand sowieso vergessen!«

Marley war sprachlos. Eine unter so speziellen Umständen verweste Leiche, und Eva Oldenhauer beschäftigte sich nicht mit ihr, obwohl sie am Sonntag im Institut war?

»In der Nacht zum Samstag hat es einen schlimmen Unfall

in der Nähe von Nauen gegeben. Eine ganze Familie ist ausgelöscht – bis auf den Vater, der am Steuer saß. Der liegt mit schwersten Verletzungen im Krankenhaus.«

Eva sah die stummen Fragen in Marleys Augen. *Ein Autounfall in der Rechtsmedizin? Und der hat Vorrang vor meinem Fall?*

»Marley, ich habe bei der toten Ehefrau Barbiturate im Blut gefunden. Bis zu diesem Zeitpunkt schien es ein tragischer Unfall zu sein. Jetzt habe ich außer der Ehefrau auch die drei Kinder auf dem Tisch und untersuche sie auf Schlaf- beziehungsweise Beruhigungsmittel. Möglicherweise war es ein erweiterter Suizid. Dann wird der Fahrer, sollte er das Ganze überleben, vor Gericht gestellt. Außerdem bin ich alleine hier. Wenn Finn morgen wieder da ist, kümmern wir uns um deine Leiche. Übrigens eine Frau, blond und noch jung, nicht besonders groß und eher dünn, so viel kann ich schon sagen.«

Ihr Kollege Finn Brückner, der ihr schon als Student assistiert hatte und als ihr Nachfolger vorgesehen war, hatte diesen Sonntag frei. Er war vor sechs Monaten zum ersten Mal Vater geworden, und seine Frau forderte entschieden seinen Beitrag zur Kindesbetreuung.

Eva Oldenhauer machte sich Sorgen um die Zukunft ihres Instituts. Entweder würde Finns Ehe auf der Strecke bleiben oder der gute Ruf des Landesinstituts für Rechtsmedizin. Freie Wochenenden waren ein Privileg für die Angestellten auf der unteren und mittleren Hierarchieebene. Für den zukünftigen Chef gab es die nicht, zumal bei zwei so interessanten Fällen.

»Also gibt es nichts zu sehen?«, fragte Marley.

»Doch, drei Kinder, die bei einem Verkehrsunfall gestorben sind. Das möchtest du dir ersparen. Ich selbst kann es kaum ertragen«, erwiderte Eva. »Lass uns an die frische Luft gehen.«

Sie gingen hinaus und setzten sich auf eine der Bänke beim Haupteingang. Marley griff zu ihrer E-Zigarette, Eva zu einer ihrer geliebten Gauloises.

»Kann man die eigentlich bei uns noch kaufen?«, fragte Marley.

Sie fand es erstaunlich, dass eine studierte Ärztin, die alles über die schlimmen Folgen des Rauchens wusste, so genüsslich diese starken Zigaretten konsumierte, die Marley selbst in ihrer intensivsten Raucherzeit gemieden hatte.

»Mein Kind schickt mir regelmäßig eine Stange, die sie in Paris kauft. Es ist Blödsinn, aber ich finde, dass sie besser schmecken als die, die ich in Potsdam bekommen kann.«

»Du weißt schon, was die mit deiner Lunge anstellen?«, kommentierte Marley Evas Bekenntnis zu ihrer Lieblingsmarke.

»Ja, das weiß ich, im Gegensatz zu dir, die keine Ahnung hat, was diese dämlichen E-Zigaretten mit deinem Körper anstellen.«

Marley liebte diesen flapsigen Ton. Schade, dass Eva so weit entfernt lebte. Es wäre schön, regelmäßig Zeit mit ihr zu verbringen.

Sie werde mindestens bis Montagabend warten müssen, um belastbarere Informationen über die Leiche aus der Rübenmiete zu erhalten, erklärte ihr Eva. Und jetzt müsse sie wieder zurück an die Arbeit.

Marley verabschiedete sich, ging zu ihrem Auto, das vor dem Institut im Schatten einer großen Platane stand, und öffnete das Dach. Dann rief sie Verena an.

Die antwortete erst nach wiederholtem Klingeln. »Was war denn gestern so wichtig, dass du so kurzfristig abgesagt hast? Ich war alleine bei der Kosmetik – sonst hättest du die Absage bezahlen müssen. Hat aber ohne dich keinen Spaß gemacht.« Im Hintergrund war Kindergeschrei zu hören.

Verena war Marleys beste Freundin und als Chefin der Berliner Polizei ihre wichtigste Kollegin und Ratgeberin.

»Es gab eine Leiche in einer Rübenmiete in der Nähe von Kyritz«, antwortete Marley, sicher, dass auch Verena nachfragen würde, was denn eine Rübenmiete sei. Aber für Verena war offenbar klar, um was es sich handelte. Marley vergaß immer wieder, dass ihre Freundin in einem niedersächsischen Dorf aufgewachsen war und in der nahe gelegenen Kreisstadt Uetze ihr Abitur gemacht hatte. Verena war inzwischen so sehr in ihrer Rolle als coole, großstädtische Karrierefrau aufgegangen, dass man das Landei, das sie einmal gewesen war, nicht mehr ausmachen konnte.

Vor vier Jahren, Marley war noch beim Innensenator und Verena noch stellvertretende Polizeichefin gewesen, hatten sie eine gemeinsame Dienstreise nach Irland angetreten. Es ging um die erfolgreichen Resozialisierungsprogramme für straffällig gewordene junge Drogenabhängige. Beim Landeanflug in Dublin war es so neblig, dass die Maschine zum Shannon Airport umgeleitet wurde, aber auch dort wegen des Nebels nicht landen konnte. Sie flogen wieder zurück nach Dublin, kreisten ewig, bis der Pilot sich dann doch zur Landung entschied. Zweimal musste er durchstarten, bevor es beim dritten Mal endlich klappte. Marley und Verena hatten nebeneinandergesessen. In Shannon waren sie beim Du angekommen, nach dem ersten Durchstarten in Dublin hatten sie sich an den Händen gehalten, und Verena hatte gestanden, dass sie ihren Ehemann betrog und ihre beiden Söhne nach den dänischen Schauspielerbrüdern Mads und Lars Mikkelsen benannt hatte. Beim zweiten Durchstarten hatte Marley gebeichtet, dass sie ihre Mutter hasste und süchtig nach guter Schokolade war. Seit dieser Reise und dieser Erfahrung waren die beiden unzertrennlich.

Marley erlebte aus nächster Nähe die von der Berliner Presse mit Häme begleitete Wahl Verenas zur Berliner Polizeipräsidentin und das endgültige Scheitern ihrer Ehe. Verena wiederum half ihr, den schwierigen Job beim Innensenator zu bewältigen. Marleys Umzug nach Neuruppin hatte ihrer Freundschaft keinen Abbruch getan. Nur der Streit wegen Richard Wagner vor ein paar Wochen war noch nicht richtig aufgearbeitet. Und deshalb musste sie Verena in die Augen sehen, wenn sie ihr erzählte, dass er in Prignitz lebte und sie ihn gerne in die Ermittlungen miteinbeziehen würde. Dies per Telefon zu erledigen, wäre keine gute Idee.

Verena reagierte reserviert auf Marleys Vorschlag, zu ihr nach Berlin zu kommen. Mit ihrem Ex-Mann teilte sie sich das Sorgerecht für die zwei Söhne, die hauptsächlich bei ihrem Vater und seiner neuen Freundin lebten. Aber an den Wochenenden waren sie bei ihrer Mutter. Verena achtete sehr sorgsam darauf, sich diese Wochenenden für die Kinder freizuhalten. Sie hatte Angst, dass ihr Ex-Mann, falls sie ihren elterlichen Pflichten nicht ausreichend nachkäme, das alleinige Sorgerecht beantragen und vermutlich auch bekommen würde. Nur das monatliche Treffen mit Marley war eine Ausnahme. In der Regel kam die polnische Kinderfrau, die die Kinder schon betreut hatte, als sie noch Babys gewesen waren, und passte auf sie auf, damit Verena und Marley einen ungestörten Samstag miteinander verbringen konnten. Gestern war das erste Mal gewesen, dass Marley kurzfristig hatte absagen müssen.

Marley ließ sich nicht abwimmeln. »Ich muss mit dir sprechen. Persönlich. Wird nicht lange dauern!«

Verena musste lachen. »Wird nicht lange dauern? Wir haben uns vier Wochen nicht gesehen, nicht miteinander telefoniert, weil wir eigentlich immer noch verkracht sind, und es wird nicht lange dauern? Das glaubst du doch selbst nicht!«

Marley versprach, auf dem Weg von Potsdam nach Berlin bei »Gimme Gelato« in Charlottenburg haltzumachen und Eis für alle mitzubringen. Dann fuhr sie los.

Erwin war ernsthaft sauer. Bis Richard in Demerthin aus dem eiskalten Auto ausstieg, hatte er kein Wort gesagt. Noch nicht mal sein übliches »Na ja«, das er sonst in jeder Situation murmelte.

Richard war total durchgefroren, und inzwischen war ihm Erwins schlechte Laune egal. Als er grußlos ausstieg, empfand er die dreißig Grad, auf die die Außentemperatur angestiegen war, wie eine freundliche Umarmung. Er würde sich mit seiner frisch gereinigten Espressomaschine einen Cappuccino machen, heiß duschen und vielleicht später Clara bitten, ihn noch mal zu Erwin zu fahren. Immerhin standen dort sein Fahrrad und der Mini.

Bevor Erwin losfuhr, musste er Richard dann doch noch eine Lektion verpassen. Er ließ sein Seitenfenster runter und sagte mit lauter Stimme: »Das ist nicht in Ordnung, was ihr mit Diego macht!«

Ehe Richard etwas entgegnen konnte, fuhr Erwin mit quietschenden Reifen davon. Richard seufzte, nahm seinen Schlüssel und öffnete die Haustür. Izzie hatte ihn schon gehört und begrüßte ihn schwanzwedelnd und mit großer Begeisterung.

»Wenigstens eine freut sich, mich zu sehen«, sagte Richard, und Izzie stimmte offensichtlich zu, so heftig wedelte sie mit ihrer Rute.

Richard war schleierhaft, wie er so lange ohne Hund hatte leben können.

Verena öffnete die Tür ihrer großen Vier-Zimmer-Wohnung in der Meraner Straße in Schöneberg. »Du hast ja schon wieder dieses blaue Kleid an«, sagte sie statt einer Begrüßung. Marley nahm es ihr nicht übel. Solche Sprüche machte man nur in der Familie und unter sehr guten Freunden, und Verena war ihre beste Freundin.

»Lass mich rein, das Eis muss in den Kühlschrank. Und ja, ich habe schon wieder das blaue Kleid an. Alles andere passt mir nicht. Ich bin zu fett!«

Sie schob Verena zur Seite und ging mit schnellen Schritten in die großzügige Wohnküche. Immerhin ist der Kühlschrank gut gefüllt, die Kinder werden also ausreichend versorgt, dachte Marley.

»Jungs, ich habe Eis mitgebracht!«

Mit großer Begeisterung kamen Mads und Lars in die Küche gerannt. Sie waren hübsche, aufgeweckte Kinder mit einer unglaublichen Energie. Verena war nach den gemeinsamen Wochenenden immer völlig ausgelaugt. Ständig musste etwas Sportliches passieren. Und wenn sie nicht mit den beiden im

Volkspark Wilmersdorf Fußball spielte oder Fahrrad fuhr, musste wenigstens Sport im Fernsehen geschaut werden. Verena war in einem ständigen Wettstreit mit ihrem Ex-Mann, wer denn bei den Kindern beliebter war. Die Jungs hingen an ihrer Mutter, aber ihrem Vater, der seiner Frau zuliebe beruflich zurückgesteckt und die beiden als Kleinkinder rund um die Uhr betreut hatte, standen sie näher. Außerdem war Hannes' neue Lebensgefährtin ausgerechnet die Lieblingserzieherin der beiden aus ihrer ehemaligen Kita. Zoe war fünfundzwanzig und eine Sportskanone. Lars und Mads liebten, Verena hasste sie.

»Ihr müsst noch einen kleinen Moment warten. Draußen ist es so heiß, dass das Eis schon fast geschmolzen ist. Ich habe es in den Tiefkühlbereich gelegt und denke, in zehn Minuten könnt ihr zuschlagen.«

»Nein, wir essen erst zu Mittag, dann gibt's Eis«, bestimmte Verena, die Marley gefolgt war.

Die Jungs nölten ein bisschen herum, gingen dann aber wieder in ihr Zimmer, um weiter mit ihrer Carrera-Rennbahn zu spielen. Diese Anschaffung stand wie so einige andere unter der Überschrift »Bei mir ist es schöner als bei Papa!«. Die Rennbahn nahm zwar die Hälfte des Kinderzimmers ein und machte das Aufräumen nicht leichter, war aber ein voller Punktsieg für Verena gewesen.

»Seit wann bist du eigentlich so eine Spaßbremse geworden?«, fragte Marley.

»Seit Hannes zum wiederholten Mal gesagt hat, dass die Jungs nicht mehr jedes Wochenende kommen dürfen, wenn ich nicht etwas Ordentliches für sie koche.«

»Das kann er doch gar nicht entscheiden. Schließlich habt ihr das gemeinsame Sorgerecht.«

»Du hättest ihn erleben sollen, als die Jungs ihm erzählt haben, dass wir letzten Sonntag bei McDonald's waren. Er hat mich empört angerufen und sich aufgeführt, als hätte ich einen Giftanschlag auf sie verübt.«

Marley war wie immer solidarisch mit Verena. »Was hat er denn, da gibt's inzwischen auch vegetarische Gerichte!«

»Mads und Lars haben aber Hamburger und Pommes gegessen und wollen unbedingt wieder hin! Und mir hat es auch geschmeckt!«, sagte Verena lachend. Dann wurde sie ernst. »Weißt du, ich habe so eine Ahnung, dass er und Bambi«, so nannte sie die rehäugige Zoe, »demnächst eigenen Nachwuchs bekommen und dann mit meinen beiden Jungs einen auf glückliche Familie machen. Und ich bin dann abgemeldet!«, jammerte sie.

»Die beiden lieben dich heiß und innig, die werden dich niemals verlassen«, versicherte ihr Marley, obwohl sie an diese mögliche Entwicklung auch schon gedacht hatte. Hannes schraubte seine Anforderungen, was Verena am Wochenende mit und für die beiden Kinder machen sollte, inzwischen so hoch, dass sie nur scheitern konnte.

Er war ein Dreckskerl, davon war Marley seit der Scheidung überzeugt. Er hatte den armen, betrogenen Ehemann gegeben, der seine Karriere für die Kinder geopfert hatte. Dass er zu diesem Zeitpunkt schon seit Längerem eine Affäre mit der Erzieherin laufen hatte, verschwieg er natürlich. Verena hatte dem gemeinsamen Sorgerecht zugestimmt und wegen ihres schlechten Gewissens auf alles andere verzichtet. Hannes behielt das Haus samt Inventar in Dahlem, das Auto und die beiden Motorräder. Verena hatte nur ihre persönlichen Dinge und ihr Fahrrad mitgenommen. Um die große Wohnung in Schöneberg einzurichten, hatte sie einen Kredit aufnehmen müssen. Und seinen Namen hatte sie behalten. Man kannte sie bei der Berliner Polizei und in der Öffentlichkeit als Verena Karlsbach. Sie hatte keine Lust, sich als Verena Schulze noch mal neu erfinden zu müssen.

Dann war Zoe nur wenige Monate nach dem Scheidungsurteil bei Hannes eingezogen. Jung und naiv, wie sie war, hatte sie sich verquatscht, als Verena das schnelle Zusammenziehen thematisiert hatte. Seit zwei Jahren waren sie und Hannes schon ein Paar. Verena hatte die Wut gepackt, aber sie konnte nichts mehr ändern. Das Scheidungsurteil und damit ihr Verzicht auf jeglichen finanziellen Ausgleich waren rechtskräftig.

»Ja, meine Liebe, um auf deine freundliche Begrüßung zurückzukommen: Ich habe schon wieder das blaue Kleid an. Weil ich praktisch nichts zum Anziehen in meiner neuen Größe 44 habe«, wechselte Marley das Thema.

»Ich finde, du siehst gut aus, ein bisschen runder ist doch schön. Bleib doch einfach dabei und kauf dir ein paar schöne neue Sommersachen. Der Sale hat schon angefangen«, sagte Verena mit der Überzeugungskraft einer durchtrainierten, sehr schlanken Frau, die Größe 34 trug.

»Verena, du hast schon besser gelogen«, lachte Marley, die einerseits unter ihrem Gewicht litt, sich aber auch nicht allzu ernst nehmen wollte. Sie hatte ein klares Diät-Konzept – irgendwann würde es schon funktionieren.

»Was kochst du denn zu Mittag? Beziehungsweise zum Nachmittag?« Es war inzwischen schon kurz vor halb drei.

»Spinat mit Kartoffelpüree und Spiegeleiern«, gestand Verena. Nicht gerade exquisite Kochkunst, aber die Jungs liebten dieses Gericht, und ihr Vater hätte nichts zu meckern. Kein Fleisch, aber viel Gemüse.

»Okay, dann schäle ich mal die Kartoffeln und erzähle dir, was gestern in der Prignitz passiert ist«, schlug Marley vor. »Aber erst muss ich wissen, ob wir wieder versöhnt sind. Es geht nämlich schon wieder um deinen Lieblingspressesprecher.«

»Marley, falls das ein Trick ist, vergiss es. Du erfährst von mir nichts über Richard Wagner.«

»Aber du von mir«, trumpfte Marley auf.

Verena wollte es nicht glauben. Eine Leiche in einer Rübenmiete, und dann tauchte auch noch Richard auf. Jedes Detail musste Marley erzählen, während sie die Kartoffeln schälte und Verena den Tiefkühlspinat langsam erhitzte: Wie sah Richard jetzt aus, wo wohnte er, war er möglicherweise bereit, wieder in den Polizeidienst zurückzukehren? Marley wolle mit ihm gemeinsam ermitteln? In Brandenburg? Wie solle das gehen?

Und sei das überhaupt eine gute Idee? Was, wenn die Ermittlungen ins Leere liefen? Wenn sie weder die Leiche doch den Täter identifizieren könnten? Dann wäre Marleys Standing in Neuruppin endgültig dahin.

»Verena, falls du immer noch nichts verstanden hast, erkläre ich es dir gerne noch mal: Ich habe keinerlei Standing in Neuruppin. Die männlichen Kollegen nehmen mich nicht ernst, und die weiblichen haben Angst, sich mit mir zu solidarisieren. Ich brauche diesen Fahndungserfolg. Und dazu benötige ich Richard. Er war immer ein Spitzenpolizist!«

»Genau das ist das Problem«, wandte Verena ein, »er *war* ein Spitzenpolizist. Präteritum. Jetzt ist er ein mentales Wrack, sagen unsere Psychologen.«

»Quatsch, auf mich wirkt er ziemlich stabil«, entgegnete Marley.

»Du bist die Chefin in Neuruppin. Es gibt andere Methoden, wie du dir Respekt verschaffen kannst«, versuchte Verena, sie zu überzeugen.

»Ja, bestimmt, aber nichts ist so strahlend und zielführend wie ein Fahndungserfolg. Bitte, Verena, hilf mir. Kläre das mit Potsdam, damit ich mit ihm zusammenarbeiten kann.«

»Will Richard das denn überhaupt?«

Marley musste lachen. »Heute Morgen habe ich ihn relativ leicht davon überzeugen können.«

»Okay«, seufzte Verena, »ich telefoniere morgen mit Potsdam. Unter einer Bedingung: Vorher will ich mit Richard sprechen.«

»Kein Problem, ich habe seine Mobilnummer«, sagte Marley, glücklich, dass sie ihr Ziel so schnell erreicht hatte, und wollte sich gerade die Hände abtrocknen.

»Doch nicht telefonisch, Marley. Persönlich! Ich muss ihn sehen. Er soll morgen zu mir ins Büro kommen. Ich möchte mir selbst einen Eindruck verschaffen.«

Damit hatte Verena die Entscheidung vertagt und konnte sich auf ihre Kinder konzentrieren. »Bleibst du zum Essen? Es ist genug da«, fragte sie, aber Marley lehnte mit Hinweis auf ihre Gewichtsprobleme dankend ab. Obwohl, ein bisschen von dem leckeren Eis hätte sie genommen, wollte sich aber mögliche sarkastische Bemerkungen ersparen.

Der Audi stand vorm Haus im Halteverbot. Marley hatte ihre Polizeikennung sichtbar hinter die Heckscheibe gelegt. Mit möglichen Attacken von Menschen, die etwas gegen die sogenannten »Bullenschweine« hatten, rechnete sie an einem Sonntagnachmittag in dieser bürgerlichen Gegend nicht.

Inzwischen war es so heiß geworden, dass sie das Verdeck nicht mehr aufklappte, sondern auf ihre Klimaanlage vertraute. Möglicherweise war es ein Fehler gewesen, Verenas Einladung zum Essen nicht anzunehmen. Es war inzwischen fünfzehn Uhr, und ihr Magen hing in den Knien.

Gleich zurück in die Prignitz oder noch ein kleiner Stopover bei »Curry 36«? Entweder nur eine Currywurst oder nur eine Portion Pommes? Auf keinen Fall beides zusammen, schwor sie sich und fuhr los.

Montag, 5. Juli

Richard war wie immer um sechs Uhr aufgestanden, hatte rasch geduscht, den Morgenspaziergang mit Izzie absolviert und den Hund dann gefüttert. Für sich selbst hatte er nur einen Espresso gemacht und um sechs Uhr fünfundvierzig das Haus verlassen. Zwar brauchte er für die fünfzehn Kilometer bis zum Bahnhof in Kyritz bloß eine Viertelstunde, aber er war nervös und wollte sich nicht noch mehr unter Druck setzen. Der Zug der Hanseatischen Eisenbahn ging um sieben Uhr sechzehn, dann hatte er in Neustadt/Dosse acht Minuten Zeit, um in die RE2 umzusteigen, die wiederum eine knappe Stunde bis zum Hauptbahnhof benötigte. Von dort musste er die S-Bahn bis Bahnhof Friedrichstraße nehmen und dann mit der U6 bis zum Platz der Luftbrücke fahren. Laut der Recherche im Internet wäre er um neun Uhr zehn dort – wenn alle Verbindungen klappten. Sein Termin mit Verena Karlsbach war um neun Uhr dreißig.

Nach den Monaten auf dem Land kam ihm dieser Trip nach Berlin wie eine Herausforderung vor. Die Reise nach Hamburg zum Einkaufen vorletzte Woche hatte ihn weniger gestresst. Aber da war Clara gefahren, und es war nur darum gegangen, ihm einen neuen Anzug zu kaufen. Heute ging es um seine berufliche Zukunft.

Gestern am frühen Abend hatte Marley angerufen und ihn wissen lassen, dass er am nächsten Morgen statt nach Neuruppin nach Berlin fahren müsse. Verena wolle ihn persönlich treffen. Danach würde man weitersehen. Sie, Marley, sei jedenfalls davon überzeugt, dass der Fall ohne seine Mitwirkung nicht zu lösen sei.

Richard grinste über diesen plumpen Versuch, ihn einzuwickeln. Er mochte Marley, aber sie war einfach immer zu direkt. Es fehlte ihr die Raffinesse und Eleganz, die er an Clara so schätzte. Deswegen wäre es nie etwas mit ihnen beiden geworden, obwohl Marley durchaus sein Typ war. Doch im Job war diese Direktheit hilfreich. Marley machte ohne Umwege klar, was sie wollte. Und bei den Ermittlungen um die Tote in der Rübenmiete wollte sie unbedingt seine Unterstützung.

Er war natürlich viel zu früh am Bahnhof, obwohl er langsam gefahren war. Aber die Straße war bis auf einen großen Traktor, dem er lange gefolgt war, ohne ihn zu überholen, frei gewesen. Er hatte das Seitenfenster geöffnet und den Sommermorgen genossen, auch in der Hoffnung, dass seine Haare so schneller trocknen würden. Seit November war er nicht mehr beim Friseur gewesen. Als Clara ihn in Plau in der Klinik abgeholt hatte, trug er einen radikalen Kurzhaarschnitt.

»Du siehst aus wie ein Mönch oder wie ein US-Marine«, hatte sie bei ihrem ersten Besuch gewitzelt. In Plau gab es eine junge Friseurin, die nicht viel sprach und keine Fragen stellte. Er war während seiner Reha zweimal bei ihr gewesen und hatte sich jedes Mal die Haare raspelkurz schneiden lassen. Das war Teil seiner Selbstbestrafung.

Als er in Demerthin versuchte, wieder ins normale Leben zurückzukommen, ließ er seine Haare wachsen. Inzwischen gingen sie bis über seine Schultern, und er band sie zum Pferdeschwanz. Er wusste, dass dieser Look die Irritation der Landbevölkerung noch vergrößerte. Vor allem ältere Männer und Frauen schauten ihn mitunter entgeistert an. Die jüngeren Frauen fanden es gut, und einige Männer, die wenig Haare auf dem Kopf hatten, beneideten ihn um die lange schwarze Mähne. Wie Samson, hatte der Kyritzer Pfarrer gesagt, als Richard Clara bei einer Taufe begleitet hatte. Er solle aufpassen, dass Clara nicht seine Delila werde und ihn an die Philister verrate. Als Muslim war Richard während seiner Schulzeit in Hildesheim vom Religionsunterricht befreit gewesen und hatte somit erst einmal nachschlagen müssen, um diese Anspielungen überhaupt verstehen zu können.

Er selbst glaubte nicht, dass ihm die langen Haare besondere

Stärke verliehen. Für ihn waren sie nur das Symbol seiner langsamen, aber kontinuierlichen Heilung. Eins war für Richard schon jetzt klar: Wenn Marley oder Verena verlangen würden, dass er sich die Haare abschnitt, würde er bei diesen Ermittlungen nicht mitmachen. Falls ihn Verena überhaupt deswegen einbestellt hatte. Es konnte auch sein, dass sie mit ihm über seine Freistellung und die zukünftigen Schritte sprechen wollte. Vielleicht wollten sie ihn loswerden – auch diese Variante hielt er nicht für ausgeschlossen. Seine Nachfolgerin machte den Job offenbar gut. Erst vor wenigen Wochen hatte er im Tagesspiegel ein freundliches Porträt über sie gelesen.

Jetzt stand der Mini im Schatten der großen Kastanie vor dem Kyritzer Bahnhof. Richard wartete mit geöffnetem Seitenfenster im Auto und dachte plötzlich an seine Mutter Aria. Zum letzten Mal hatten sie sich an Weihnachten in Demerthin gesehen. Er war im Dezember einfach nicht in der Lage gewesen, irgendwohin zu reisen, deshalb waren seine Mutter und seine Schwester Azadeh zu ihm und Clara gekommen. Als weltliche Muslimin, die die Religion so auslegte, dass sie in ihren Alltag passte, hatte Richards Mutter schon während der Zeit in Hildesheim gerne dieses christliche Fest mit seinen Ritualen zelebriert.

Richard nahm sich eines seiner scharfen Ingwer-Orangenbonbons und verbot sich die Gedanken an früher. Das war gefährliches Terrain. Nur zu leicht konnten die falschen Gedanken und Bilder in seinem Kopf aufpoppen, und dann würde er diese Reise nach Berlin nicht antreten können. Durchatmen, langsam und tief durchatmen und den Kopf umprogrammieren. An die Zukunft wollte er denken, nicht an die Vergangenheit.

Je nachdem, wie das Gespräch am Platz der Luftbrücke laufen würde, könnte er seine Mutter heute spontan besuchen, obwohl er wusste, dass sie Überraschungsbesuche nicht mochte. Sie würde darüber jammern, dass sie keine Möglichkeit gehabt habe, sein Lieblingsessen vorzubereiten und seine Schwester und deren Kinder einzuladen. Nur mit ihm einen starken persischen Kaffee trinken, das würde ihr nicht reichen. Sie wollte sich bei diesen Besuchen immer auch davon überzeugen, dass trotz aller Schicksalsschläge ihre Familie noch Bestand hatte. Und das ging nur, wenn alle anwesend waren und gut gegessen wurde. Richard band seine Haare mit einem Gummiband zum Pferdeschwanz, schaute noch mal prüfend in den Rückspiegel, schloss das Fenster und stieg aus. Dann ging er langsam zum Bahnsteig und wartete mit anderen Pendlern auf das Eintreffen des alten Triebwagens, der sie alle nach Neustadt/Dosse bringen würde.

Um sieben Uhr joggte Marley bereits auf ihrer üblichen Strecke. Natürlich hatte sie gestern bei »Curry 36« doch eine Currywurst mit Pommes bestellt und abends auf ihrem Balkon Rosé getrunken und den Blick auf den See genossen. Nach ihrem Ausrutscher in Kreuzberg war sie wild entschlossen gewesen, für den Rest des Tages nur noch Wasser zu trinken. Aber der Sommerabend war zu schön, und wenn sie ihn schon allein verbringen musste, dann doch wenigstens mit einem kühlen Glas Wein. Und zum Wein ein paar Nüsse. Die waren ja gesund, aber natürlich nicht in den Mengen, die sie gestern verdrückt hatte. Sie war so in Gedanken gewesen an den Fall und die Gespräche, die sie mit Richard, Eva und Verena geführt hatte, dass sie gar nicht bemerkt hatte, wie viel sie futterte. Kurzum: Sie war mal wieder ihren Prinzipien untreu geworden, und deswegen würde sie heute Morgen mindestens zwei Kilometer weiter laufen als üblich. Danach würde sie duschen und direkt ins Büro fahren. Mit dem Fahrrad und ohne zu frühstücken.

Pünktlich um acht Uhr betrat sie ihr Büro. Ihre Assistentin Steffi Walsdorf war schon da und hatte Tee gekocht. Marley trank Kaffee fast nur noch zu Hause. In ihrer Zeit beim Berliner Innensenator hatte sie manchmal so viel Büro-Kaffee konsumiert, dass ihr abends die Hände zitterten. Seitdem trank sie im Büro vormittags grünen und ab fünfzehn Uhr nur noch Kräutertee. Die Ausnahme machte ein Espresso nach dem Mittagessen. Und sie konnte tatsächlich deutlich besser schlafen. Am besten natürlich, wenn sie auch keinen Alkohol trank, aber das war ein anderes Thema.

»Das muss ja ein hektisches Wochenende für dich gewesen sein«, begrüßte Steffi ihre Chefin. Sie waren im gleichen Alter und sich auf den ersten Blick sympathisch gewesen. Sich zu siezen, war ausgeschlossen.

»Oh ja. Erst mal musste ich mich am Samstag darüber informieren, was eine Rübenmiete ist, weil darin eine Leiche gefunden wurde, dann habe ich mich mit den Befindlichkeiten der Landbevölkerung beschäftigt, und als Krönung taucht ein Berliner Kollege auf, der seit Monaten von der Bildfläche verschwunden war und behauptet, hier in der Prignitz zu leben. Gestern haben wir dann einen Tatverdächtigen in die Ausnüchterungszelle gesetzt, und ich war im Brandenburgischen Landesinstitut für Rechtsmedizin in Potsdam.«

Den Besuch bei Verena Karlsbach verschwieg sie. Es sollte niemand wissen, wie eng sie mit der Berliner Polizeipräsidentin befreundet war. Nicht einmal Steffi.

»Kannst du mal nachforschen, ob ein Richard Said Wagner –«

»Was ist das denn für ein Name?«, unterbrach Steffi sie.

»Richard Said Wagner ist der deutsch-persische Name des Mannes, der bis zum letzten Herbst der Sprecher der Berliner Polizei und zumindest in der Hauptstadt ein VIP war. Dann ist er plötzlich freigestellt worden, niemand weiß, warum, und gestern ist er am Fundort der Leiche aufgetaucht. Einfach so – um seinen Nachbarn, der die Leiche gefunden hatte, abzuholen. Kannst du bitte mal nachforschen, ob er in Gumtow überhaupt gemeldet ist? Ich gehe jetzt rüber zum Amtsgericht. Ich möchte für Diego Hausmann, so heißt der Mann in der Ausnüchterungszelle, Untersuchungshaft beantragen. Seine Lebensgefährtin ist seit dem letzten Herbst verschwunden, und vieles spricht dafür, dass es sich bei der Leiche in der Rübenmiete um sie handelt.«

Steffi nickte. Endlich kam Leben in die Bude. Sie hatte voller

Sorge registriert, dass ihre neue Chefin in den letzten Monaten immer schweigsamer und dicker geworden war. Marley war nicht glücklich in Neuruppin, das war offensichtlich, und Steffi hatte Angst, dass Marley aufgeben und Walter Meyer doch noch der neue Behördenleiter werden würde. Dann müsste sie sich einen neuen Job suchen. Sie konnte diesen Mann mit seinen anzüglichen Sprüchen nicht ausstehen. Schon lange wartete sie nur auf einen Anlass, um ihn bei der Gleichstellungsbeauftragten anzuzeigen. Wenn Steffi voranging, dann würden auch die Kolleginnen, die sich bisher noch nicht trauten, seine Übergriffe melden. Aber er schien zu spüren, dass Steffi ihn drankriegen wollte, und ging ihr aus dem Weg.

Im Treppenhaus traf Marley auf Meyer. Ihr Kollege hatte wieder sein falsches Lächeln im Gesicht. Das saß genauso wenig wie der Anzug, den er trug. Beige und zu eng.

»Marley, gerade wollte ich mit dir abstimmen, wie die Sonderkommission zusammengesetzt werden könnte«, sagte er.

Marley spielte auf Zeit. Bevor sie irgendetwas entschied, wollte sie wissen, wie das Gespräch zwischen Verena und Richard gelaufen war. Das könnte aber noch ein paar Stunden dauern.

»Walter, lass doch einfach Bodo mit ein, zwei Kollegen – oder gerne auch Kolleginnen – die aktuellen Themen abarbeiten. Über die Sonderkommission entscheiden wir dann im Laufe des Tages.«

In Walters Kopf arbeitete es. Hier wurde der übliche Ablauf verändert. Das konnte nicht gut für ihn sein. Seit dem Auffinden der Leiche war für ihn klar, dass er diesen Fall lösen und dann verlangen würde, als Leiter der Polizeidirektion eingesetzt zu werden. Diese Frau musste weg! Damit ihre Niederlage nicht so offensichtlich wäre, könnte man sie ja hochloben. Beispielsweise zur Staatssekretärin im Bundesinnenministerium. Spätestens nach der Bundestagswahl im September wäre sie weg.

»Dir ist aber schon bewusst, dass wir unter Zeitdruck stehen? Der Verdächtige muss aus der Ausnüchterungszelle entlassen werden. Wir haben nichts gegen ihn in der Hand«, versuchte Walter, sie zu verunsichern.

»Du irrst dich. Ich habe gestern Informationen erlangt, die meiner Meinung nach U-Haft rechtfertigen. Ich bin in dieser Angelegenheit gerade auf dem Weg zum Ermittlungsrichter«, sagte Marley kühl, öffnete mit Schwung die grüne Eingangstür und verschwand nach draußen.

Zu Fuß ging Marley die wenigen Schritte in die Karl-Marx-Straße 18, wo das Amtsgericht in einem Backsteingebäude aus dem 19. Jahrhundert untergebracht war. Auf Antrag der Staatsanwaltschaft war wenige Stunden nach dem Fund der Leiche ein Ermittlungsrichter eingesetzt worden. Über das Hinzuziehen des Amtsarztes und die Unterbringung von Diego Hausmann war er informiert. Jetzt ging es um einen Haftbefehl und einen Durchsuchungsbeschluss.

Marley fragte beim Pförtner, wer aktuell als Ermittlungsrichter für ihren Fall eingesetzt war, und ließ sich den Weg zu seinem Büro zeigen.

»Dr. Jonas Schmidt« stand auf dem Namensschild an der Bürotür. Marley klopfte und betrat einen Raum, der aussah wie eine Unterabteilung des botanischen Gartens in Berlin. Palmen, Orchideen und Grünpflanzen, deren Namen sie nicht kannte, drängten sich in dem eigentlich großzügigen Büro. Durch die vielen Pflanzen war es so vollgestellt, dass nur eine sehr überschaubare Fläche für den Schreibtisch samt der zwei Besucherstühle übrig blieb. Jonas Schmidt war gerade dabei, eine der großen Palmen zu gießen.

Er sah aus wie eine Figur aus einem anderen Jahrhundert. Über einem blütenweißen Hemd trug er einen sehr hellen Anzug und hatte sandfarbene Clarks an den Füßen. Er wirkte wie eine Mischung aus David Livingstone, dem Entdecker der Victoriafälle, und Indiana Jones. Es fehlte eigentlich nur noch der Safari-Hut. Sein Alter war schwer zu bestimmen. Er konnte alles von Mitte vierzig bis sechzig sein. Die von der Sonne gegerbte Gesichtshaut ließ keine präziseren Rückschlüsse zu.

»Guten Tag, Dr. Schmidt«, sagte Marley höflich und musste lächeln. Das passierte ihr in Neuruppin immer wieder: Situationen und Menschen, die aus der Zeit gefallen schienen. Aber Jonas Schmidt entpuppte sich als sehr gegenwärtig. Er hatte bereits mit dem Amtsarzt über den Verdächtigen gesprochen und »prophylaktisch, meine Liebe, nur prophylaktisch«, wie er ihr mit seiner tiefen, angenehmen Stimme erklärte, einen Haftbefehl für Diego Hausmann vorbereitet.

Marley erläuterte ihm die Lage. Die Lebensgefährtin Hausmanns sei im gleichen Zeitraum verschwunden, in dem die Rübenmiete, in der sie die Leiche gefunden hatten, angelegt worden war. Könne natürlich Zufall sein. Gestern sei der Verdächtige noch zu betrunken gewesen, um ihn zu vernehmen, dies habe sie sich von Dr. Rogmans bestätigen lassen. Fluchtgefahr bestehe, weil der Verdächtige bis zu seiner Rückkehr nach Deutschland vor vier Jahren viele Jahre in Zürich gelebt und gearbeitet habe. Gelänge ihm die Flucht in die Schweiz, wäre es mühsam, ihn mittels Auslieferungsantrags wieder zurückzuholen.

»Alles sehr richtige Argumente, meine Liebe«, erwiderte der Ermittlungsrichter freundlich, »der Amtsarzt hat bei seinem Bluttest einen Alkoholspiegel von eins Komma sechs Promille nachgewiesen. Sie haben völlig korrekt gehandelt. Ich erteile jetzt einen Haftbefehl sowie einen Durchsuchungsbeschluss für die Immobilie des Verdächtigen. Ach, und Marley – ich darf Sie doch Marley nennen? Und nennen Sie mich bitte Jonas –, woher kommt Ihr Vorname?«

Marley wusste, dass die Kollegen in Neuruppin über ihren Namen rätselten. Der Ermittlungsrichter war der Erste, der konkret nachfragte. Ein Pluspunkt für ihn.

»Ich bin aus Leipzig, und meine Eltern wollten einen Namen, der international klingt. So wie viele DDR-Eltern. Sie wissen schon, der Duft der großen, weiten Welt. In meinem Kindergarten gab es eine Leila, eine Liane und einen Raffael. Mein Vater hat Bob Marley verehrt und dem Standesbeamten in Leipzig weisgemacht, Marley wäre eine internationale Schreibweise für Marie-Luise. Damit ist er durchgekommen: In meinem Personalausweis steht der Name genau so drin.«

»Und verehren Sie Bob Marley auch?«, wollte Jonas Schmidt wissen.

»Ich höre ganz gerne Reggae«, antwortete Marley ausweichend. Sie wollte weder über Bob Marley noch über ihren Vater sprechen. Auf keinen Fall durften ihr beim ersten persönlichen Termin hier im Amtsgericht in Neuruppin die Tränen kommen. Egal wie zugewandt dieser Ermittlungsrichter auch schien. Marley musste ganz schnell das Thema wechseln.

»Sie haben sehr viele schöne Pflanzen in Ihrem Büro!«

»Freut mich, dass sie Ihnen gefallen. Die meisten Kollegen und Kolleginnen halten mich für gaga. Aber ich verbringe so viel Zeit in diesem Büro, ich brauche diese Pflanzen für mein inneres Gleichgewicht. Naturwissenschaftlich nicht belegbar, aber spirituell!«

Dann händigte Jonas Schmidt ihr die beiden Unterlagen aus, und Marley verließ das Amtsgericht. Was für ein netter Mensch, dachte sie. Skurril, aber nett. Und attraktiv. Ich sollte Neuruppin doch noch eine Chance geben.

Als Richard Wagner aus der U-Bahn kommend den Platz der Luftbrücke betrat, war es neun Uhr siebenundzwanzig. Das war gut – jetzt hatte er keine Zeit mehr, darüber nachzudenken, ob er wirklich am Pförtner vorbei direkt zu Verena gehen sollte oder nicht. Er wollte pünktlich sein, und so überwand seine Höflichkeit alle Traumata. Er ging zum Haupteingang, und der Pförtner rief ihm ein herzliches »Guten Morgen, Herr Wagner« zu, als wäre er nie weg gewesen. Diese Routine machte es Richard leichter, seinen Weg fortzusetzen.

Er nahm die Treppe. Obwohl Verenas Büro im vierten Stock lag, wollte er sich unangenehme Situationen in dem alten, langsamen Aufzug ersparen. Er würde heute mit Verena sprechen, danach vielleicht mit seiner Mutter. Das war genug Programm für einen Mann, der noch bis vor ein paar Monaten als suizidal galt und im Krankenhaus ständig überwacht wurde.

Verenas Assistentin Regina Kolb wusste natürlich, dass er heute Morgen kommen würde. Sie empfing ihn mit all ihrem schwäbischen Charme und hatte den Espresso für ihn schon vorbereitet. »Du siehst sehr gut aus, Richard. Die neue Frisur steht dir, macht dich irgendwie verwegen. Einen Espresso?«

»Sehr gerne, Regina. Du siehst auch super aus. Erholt. Warst du gerade im Urlaub?«

Regina Kolbs exotische Reiseziele waren legendär: Costa Rica, Brasilien, El Salvador. Lateinamerika war ihre Destination.

Regina lachte laut, während sie den Kaffeeautomaten zum Laufen brachte. »Ja, ich war im Urlaub. Diesmal allerdings ganz spießig in der Heimat im Schwarzwald. Und weißt du was, Richard? Es hat Spaß gemacht. Ich habe meiner Tante auf dem Hof geholfen, die Tiere versorgt, Heu gemacht und Obst eingekocht. Vier Kilo habe ich bei der Plackerei abgenommen und jede Nacht saugut geschlafen.«

Sie überreichte Richard die kleine Espressotasse. »Ohne Zucker, wenn ich mich recht erinnere?«

Richard nickte und wollte gerade von seinen Erfahrungen mit dem Landleben in der Prignitz erzählen, da kam Verena durch die Tür. In Uniform.

»Ich hatte einen Termin mit dem Regierenden Bürgermeister, ganz offiziell«, sagte sie erklärend, als sie Richards Blick bemerkte. »Ich freue mich, dich endlich wiederzusehen!«

In Richards Kopf arbeitete es. Was bedeutete dieses »endlich«? Dass er sich früher auf den Weg hätte machen sollen? Dass sie ihn ehrlich vermisst hatte? Oder dass sie bedauerte, nicht selbst die Initiative ergriffen zu haben?

Verena bestellte auch einen Espresso bei Regina, dann gingen beide in das riesige Büro der Polizeipräsidentin.

Verena setzte sich hinter ihren Schreibtisch und gab Richard ein Zeichen, sich auf den Stuhl ihr gegenüber zu setzen. Ein klares Signal: Sie würden es sich nicht in der Sitzecke mit den imitierten Bauhaus-Sofas bequem machen. Es würde um Grundsätzliches gehen. Deshalb benötigte sie den schweren Schreibtisch zwischen ihnen beiden. Kurz schoss Richard die Frage durch den Kopf, ob die Uniform beim Termin mit dem Regierenden tatsächlich notwendig gewesen war oder ob Verena ihm ihre hierarchische Überlegenheit zeigen wollte.

Es herrschte ein kurzes Schweigen, dann ergriff Verena das Wort. »Du hast sehr lange nichts von dir hören lassen.«

Richard schwieg. Was sollte er darauf antworten? Verena hatte ja recht.

Obwohl Verena sich vorgenommen hatte, keine Emotionen zu zeigen, war ihrer Stimmlage zu entnehmen, dass sie beleidigt war. Beleidigt, dass ihr einstiges Wunderkind es nicht für nötig erachtet hatte, in den letzten Monaten Kontakt mit ihr aufzunehmen. Richard war einfach abgetaucht.

Verena hatte ein paarmal überlegt, ob sie den ersten Schritt machen sollte, aber die politischen Konstellationen in der Stadt und ihr kompliziertes Privatleben hatten sie diesen Gedanken immer schnell verdrängen lassen. Sie war verantwortlich für über siebenundzwanzigtausend Menschen in ihrer Behörde – sie konnte sich nicht um jeden kümmern. Obwohl Richard Said Wagners Schicksal ihr immer am Herzen gelegen hatte.

Die Geschichte war einfach zu schön: Der Sohn einer alleinerziehenden Witwe aus dem Iran schafft es aus eigenem Antrieb in den Polizeidienst. Direkt nach seinem Hauptschulabschluss hatte er sich beworben und war zunächst abgelehnt worden. Die Berliner Polizei brauchte fähigen Nachwuchs, der sprachlich und körperlich fit war und über Allgemeinbildung verfügte. Richard war in der Pubertät in eine der Gangs in Neukölln geraten und hatte sich nicht mehr für die Schule interessiert. Das Ergebnis waren ein mäßiger Hauptschulabschluss sowie ein eingestelltes Jugendstrafverfahren wegen Körperverletzung gewesen.

Nach den Sozialstunden in einem Altersheim in Neukölln, zu denen er verdonnert worden war, war die Absage seiner

Bewerbung bei der Polizei das Beste, was Richard passieren konnte. Erst war er frustriert, aber dann wurde ihm klar, dass er sein Leben ändern musste. Er bewarb sich auf fast jede Stelle, die er finden konnte. Doch Ende der neunziger Jahre waren Ausbildungsplätze rar. Wenn er dann doch einmal zum Vorstellungsgespräch eingeladen wurde, spürte er die Skepsis seiner Gesprächspartner. Wer wollte einen eins neunzig großen, muskulösen jungen Mann mit Migrationshintergrund, einem eingestellten Jugendstrafverfahren und Hauptschulabschluss?

Nach einem dieser erfolglosen Vorstellungsgespräche meinte es das Schicksal plötzlich gut mit ihm. Er verließ gerade enttäuscht die Schreinerei in einem Charlottenburger Hinterhof, nachdem ihm der Chef erklärt hatte, dass er doch lieber einen Abiturienten ausbilden wolle, als er Zeuge wurde, wie ein Mann einer alten Frau mit Rollator auflauerte, ihre Handtasche an sich riss und davonlief. Richard war schneller, holte den Dieb ein und schlug ihn zu Boden. Inzwischen hatten andere Passanten der Frau wieder auf die Beine geholfen und die Polizei gerufen. Richard übergab stolz die Handtasche an ihre Besitzerin, nachdem die Polizei den Täter in den Streifenwagen gesetzt hatte.

Die alte Dame dankte ihm wortreich, und er ließ es sich nicht nehmen, sie nach Hause zu begleiten. Sie wohnte in einer großen Altbauwohnung in der Schloßstraße, nicht weit vom Spandauer Damm. Geld wollte er als Dank nicht annehmen, aber er akzeptierte ihre Einladung zum Mittagessen am nächsten Sonntag. Zum vorzüglichen Lammbraten mit Bohnen und Kartoffeln – Frau Rieger hatte natürlich geahnt, dass er Muslim war – kam auch ihr Sohn. Beim Essen erzählte Richard die Geschichte seiner erfolglosen Suche nach einem Ausbildungsplatz. Thomas Rieger war Inhaber einer mittelständischen Spedition mit Sitz in Lichterfelde. Noch vor dem Dessert hatte Richard einen Ausbildungsplatz.

Nach der erfolgreich abgeschlossenen Ausbildung zum Speditionskaufmann hatte er sich erneut bei der Polizei beworben, und diesmal klappte es. Auch weil Richard während der Ausbildung sein Abitur nachgeholt hatte. Thomas Rieger hatte ihn ermutigt, dies zu tun, und ihm im Berufsalltag die entsprechenden Freiräume gelassen. Bei der Polizei hatte Richard im Streifendienst begonnen und ehrgeizig, wie er plötzlich geworden war, ein Fernstudium für den höheren Polizeidienst absolviert. Danach hatte er als Zivilfahnder gearbeitet und war Verena, damals noch Stellvertreterin des Polizeipräsidenten, aufgefallen.

In verdeckten Ermittlungen war es Richard gelungen, einen entscheidenden Erfolg gegen die russische Mafia in Berlin zu erzielen. Er hatte monatelang bei illegalen Glücksspielen mitgemacht und das Vertrauen der Akteure gewonnen. Es handelte sich um Pokerrunden, bei denen der Mindesteinsatz bei fünftausend Euro lag. Gewinner gingen mit sechsstelligen Summen und mehr nach Hause. Bei diesen Runden hatte er auch Clara kennengelernt. Sie war die kaltblütigste Spielerin von allen.

Verena hatte sofort erkannt, welche Vorteile ihr die Förderung dieses begabten Polizisten bringen würde. Ein junger Mann mit Migrationshintergrund, der es auf dem zweiten Bildungsweg geschafft hatte. Ein liberaler Muslim, gut aussehend und rhetorisch geschickt. Als sie zur Polizeipräsidentin gewählt wurde, machte sie ihn zu ihrem Sprecher. Eine Win-win-Situation. Die Berliner Presse überschlug sich vor Begeisterung.

Und jetzt saßen sie hier, beide höflich bemüht, die Vergangenheit nicht zu thematisieren und dennoch ins Gespräch zu kommen.

»Wie geht es dir?«, versuchte es Verena noch einmal. »Marley hat mir erzählt, dass sie dich am Samstagnachmittag zufällig an einem Tatort in Brandenburg getroffen hat.«

Richard korrigierte: »Vermutlich ist es nur der Fundort, nicht der Tatort, und sie hat mich auch nicht wirklich zufällig getroffen. Ich lebe seit November in der Nähe von Kyritz. Mein Nachbar und Freund, Erwin Schwarz, hatte die Leiche gefunden. Nachdem sein Traktor von der Spusi konfisziert worden war, bat er mich, ihn abzuholen.«

»Ja, aber gestern warst du doch auch bei der vorläufigen Festnahme eines Verdächtigen anwesend?«

»Du kennst doch Marley. Wenn sie sich etwas in den Kopf gesetzt hat, zieht sie es durch. Gestern hat sie mich überrumpelt. Sie will diese Ermittlungen selbst leiten und möchte, dass ich sie unterstütze«, erklärte Richard die Lage.

»Und möchtest du?«, fragte Verena, während sie ihre Espressotasse vor sich auf den Schreibtisch stellte.

»Es wäre eine gute Gelegenheit, herauszufinden, ob ich wieder arbeiten kann.«

»Und falls du wieder arbeiten kannst«, wollte Verena wissen, »was bedeutet das? Kommst du wieder hierher zurück? Möchtest du deine alte Stelle wiederhaben?«

»Nein, das möchte ich nicht, und das kann doch eigentlich auch nicht in deinem Interesse sein. Du hast jetzt eine junge, taffe Frau, die sehr erfolgreich ist, wie ich gelesen habe. Außerdem, wenn ich wieder so im Fokus stehe wie früher, wird sich plötzlich irgendein Journalist fragen, wo ich denn so gesteckt habe. Und andere werden sich das auch fragen, und dann werden sie wühlen und wühlen, bis sie etwas finden und meine Karriere zerstören. Und deine auch, weil du mich gedeckt hast.«

»Du hast eine Ordnungswidrigkeit begangen«, sagte Verena.

»Ich habe ein Leben zerstört, das ist die Wahrheit«, erwiderte Richard.

»Rein juristisch betrachtet, war es eine Ordnungswidrigkeit«, beharrte Verena.

»Rein moralisch betrachtet, bin ich schuld am Tod eines Menschen«, sagte er und spürte, wie er langsam die Contenance verlor.

»Lass uns über die praktischen Dinge sprechen«, schlug Verena vor. »Wenn du das wirklich willst, werde ich mit meinem Potsdamer Kollegen verabreden, dass du für diesen Fall an die Polizeidirektion Nord unter der Führung von Marley Leonhardt ausgeliehen wirst. Wir befristen diese Sache auf drei Monate. Wenn ihr den Fall bis dahin nicht gelöst habt, werdet ihr ihn sowieso nicht mehr lösen. Heute ist der 5. Juli. Ich erwarte von dir spätestens bis zum 30. September eine klare Entscheidung, ob du wieder zurückkommst. Hierher, an den Platz der Luftbrücke. Wenn nicht, werden wir ein Trennungsszenario vorbereiten. Der Psychologe wird dir eine austherapierte posttraumatische Störung attestieren –«

»Ich brauche keine Sonderbehandlung«, unterbrach Richard sie, »wenn es nicht funktioniert beziehungsweise wenn ich nicht mehr funktioniere, kündige ich. Vergiss nicht, ich bin ausgebildeter Speditionskaufmann. Ich werde nicht verhungern.«

»Okay, kann ich akzeptieren. Aber erzähl doch mal: Wo genau lebst du in Brandenburg? Marley sagt, in einem Schloss?«

Nachdem sie sich noch ein paar Minuten Small Talk gestattet hatten, Richard von Clara und Schloss Demerthin und sie von ihren beiden Söhnen erzählt hatte, komplimentierte Verena ihn aus ihrem Büro. Sie musste gleich in eine Sitzung mit dem Personalrat. Das Thema »Rechtsradikale Tendenzen bei der Berliner Polizei« war noch lange nicht abgearbeitet, und die politische Führung der Stadt hatte klargestellt, dass sie Konsequenzen seitens der Polizeiführung erwartete. Es würden also Köpfe rollen. Verena machte sich seufzend auf den Weg. Auch für diesen Termin war die Uniform überaus angemessen.

Richard wechselte noch ein paar Worte mit Regina Kolb und ging dann in Richtung Ausgang. Langsam, denn auch wenn er es niemals zugegeben hätte, seine Knie zitterten. Er würde die Zusammenarbeit mit Marley ausprobieren. Vielleicht waren diese Ermittlungen genau die Chance, die er brauchte. Statt seine Mutter zu besuchen, machte er sich direkt auf den Heimweg. Er sehnte sich plötzlich nach Izzie. Und nach Clara. Als er wieder in der RE2 auf dem Weg nach Neustadt/Dosse saß, schickte er eine SMS an Marley: »Ich bin dabei.«

Marley war mit dem Haftbefehl und dem Durchsuchungsbeschluss auf dem Weg zurück in ihr Büro. Als sie gerade die

Treppe hochstieg, traf Richards Textnachricht bei ihr ein. Marley war erleichtert. Als Erstes ging sie ins Büro von Walter Meyer. Sie machte das gerne, einfach ins Büro ihrer Kollegen zu gehen, statt sie zu sich zu zitieren. Im jeweiligen Büro spürte man die Persönlichkeit, man sah das Durcheinander oder die Ordnung auf dem Schreibtisch. Man roch den Stress oder, noch schlimmer, die Langeweile.

Walter Meyers Schreibtisch und sein ganzes Büro waren penibel aufgeräumt. Außer seinem Computer war nichts auf dem Schreibtisch. Schnell hatte er bei ihrem Eintreten ein Telefonat beendet, damit Marley nicht mitbekam, mit wem er worüber sprach.

Jetzt legte er sein falsches Lächeln auf. »Nun, was sagt der Ermittlungsrichter?«

»Wir haben einen Haftbefehl für Diego Hausmann und einen Durchsuchungsbeschluss für seinen Hof. Walter, ich möchte jetzt die Sonderkommission zusammenstellen. Sagst du bitte deinen Leuten Bescheid? In zehn Minuten im Konfi!«

»Aber das brauchst du doch nicht selbst zu machen, Marley«, sagte Walter, da war sie schon wieder draußen.

Zehn Minuten später war der Geräuschpegel hoch, als Marley den Konferenzraum betrat. Etwa zwanzig Männer und Frauen warteten auf sie. Einige saßen am großen Besprechungstisch, die anderen standen dahinter oder lehnten sich an die Fensterbänke. Marley hatte noch einen Tee getrunken und ein paarmal am offenen Fenster an ihrer E-Zigarette gezogen. »Durchatmen – Durchdenken – Durchhalten.«

Sie musste über sich selbst lachen. Durchatmen bedeutete bei ihr sehr oft, eine zu rauchen. Früher »echte Zigaretten«, wie sie sie nannte, die aus Tabak, mittlerweile die künstlichen, an die sie sich langsam gewöhnte. Okay, sie konnte jetzt ihren Kollegen gegenübertreten. Durchdacht war ihr Plan. Nun musste sie ihn nur noch durchhalten.

Langsam und in betont aufrechter Haltung, um Autorität auszustrahlen, ging sie zu ihrem Stuhl neben Walter Meyer.

Das leise Gemurmel verebbte, und als sie schließlich saß, war es mucksmäuschenstill im Raum. Alle warteten darauf, was die Chefin zu sagen hatte.

»Liebe Kolleginnen und Kollegen, ich gehe davon aus, dass alle wissen, dass wir gestern sterbliche Überreste in einer Rübenmiete auf einem Feld in der Nähe von Kyritz gefunden haben. Ich sage ganz bewusst ›sterbliche Überreste‹, weil das, was wir gefunden haben, nur noch in Ansätzen einem menschlichen Körper ähnelt. Vielleicht noch heute Abend, spätestens aber morgen Vormittag werden wir genauere Informationen aus dem rechtsmedizinischen Institut in Potsdam bekommen. Der Auffindeort der Leiche ist mit großer Wahrscheinlichkeit nicht der Tatort. Es gibt zurzeit einen potenziellen Verdächtigen, Diego Hausmann aus Gumtow, der die Nacht in unserer Ausnüchterungszelle verbracht hat. Seine Lebensgefährtin ist seit Oktober spurlos verschwunden, bei der Leiche könnte es sich also um diese Frau handeln. Ich habe vom Ermittlungsrichter einen Haftbefehl für Herrn Hausmann sowie einen Durchsuchungsbeschluss für seinen Hof bekommen. Aber wir dürfen uns natürlich nicht ausschließlich auf Hausmann konzentrieren. Selbst wenn das Opfer seine Lebensgefährtin sein sollte, müssen wir ergebnisoffen ermitteln.«

Sie räusperte sich kurz und setzte dann neu an. »Ich möchte jetzt die Sonderkommission aus insgesamt sechs Kolleginnen und Kollegen zusammenstellen und habe mich entschieden, diese Soko selbst zu leiten.«

Überraschtes Geraune im Konferenzsaal. Da sie neben ihm saß, konnte Marley Walters Gesichtszüge nicht sehen, aber sie spürte, dass er wütend war. Sehr wütend. Endlich passierte mal wieder etwas Großes, ein Fall, bei dem man beweisen konnte, was man draufhatte, und dann schnappte ihn sich die Chefin. Aber Marley war noch nicht fertig.

»Unterstützen wird uns bei den Ermittlungen Richard Said Wagner. Er war bis vor ein paar Monaten Sprecher der Berliner Polizei, ist aus privaten Gründen freigestellt und wird ab sofort mit uns zusammenarbeiten. Er lebt in Demerthin, in der Nähe von Gumtow, und kennt die Verhältnisse dort sehr genau.« Dann benannte sie die Kolleginnen und Kollegen, die der Sonderkommission angehören würden. Bodo Eisenhauer, den sie schätzte und aus Walter Meyers Dunstkreis herausholen wollte, war genauso dabei wie Julia Fiebig, die erst seit zwei Jahren Polizistin war. Marley wollte ein gemischtes Team. Männer und Frauen, erfahrene Kollegen und Kolleginnen, aber auch zwei Newcomer, die vielleicht neue Methoden von der Polizeischule mitbrachten. Nachdem sie Bodo gebeten hatte, das Team zusammenzustellen, das im Anschluss an diese Sitzung die Hausdurchsuchung bei Diego Hausmann durchführen sollte, ging sie zurück in ihr Büro.

»Ich vermute, gleich ist er hier«, sagte sie zu Steffi. Die grinste. Marley hatte sie vor der Sitzung in ihre Überlegungen einbezogen, und Steffi hatte ihr zugestimmt. Dieser Fall war die Gelegenheit, allen in der Polizeidirektion Nord klarzumachen, wer hier Koch und wer Kellner war.

Der Kellner benötigte dann weniger als zwei Minuten, um grußlos an Steffi vorbei in Marleys Büro zu stürmen.

»Was denkst du dir dabei?«, zischte Walter aufgebracht. »Du hast nicht genug praktische Erfahrung, das weißt du ganz genau. Und dieser Wagner ist ein Psycho. Er war Polizeisprecher, hatte also keinerlei Stress, und dann erleidet er einen Nervenzusammenbruch? So was von lächerlich bei einem Mann! Und mit so einer Gurke willst du diesen Fall lösen?«

Walter hatte sich in Rage geredet und dabei mehrere rote Linien überschritten. Marley ließ sich ihre Erwiderung auf der Zunge zergehen. »Walter, ich verstehe, dass du dich übergangen fühlst, denn genau das hatte ich vor: dich zu übergehen. Ich will anderen, Jüngeren eine Chance geben, und ich muss mich nicht mit dir abstimmen, denn auch wenn du es nicht akzeptieren kannst: Ich bin hier die Chefin. Du stellst gerade meine Autorität in Frage, und gleichzeitig diskriminierst du einen erfolgreichen Kollegen mit Migrationshintergrund. Wenn ich das gegenüber der Gleichstellungsbeauftragten erwähne, reicht das vermutlich für eine Abmahnung. Das würde ich dir gerne ersparen. Deswegen schlage ich vor, du unterstützt mich und meine Entscheidungen. Auch die, die noch folgen werden. Und du vertrittst mich bitte in den nächsten Wochen in allen Fragen von Management und Verwaltung, die hier auflaufen. Dabei wird Steffi dir zuarbeiten. Sie hat die Tagesordnung für die Sitzung in Potsdam am Mittwoch, in der über die neue IT-Software für die Verkehrssünder-Datei gesprochen werden soll. Du darfst diesen Termin für mich wahrnehmen. Und noch etwas, Walter: Bitte versuche nicht, hinter meinem Rücken die Kolleginnen und Kollegen aufzuhetzen. Ich kriege mehr mit, als du ahnst. Und jetzt möchte ich gerne meine Arbeit erledigen.«

Walter war sprachlos und hatte sich so wenig im Griff, dass er die Tür knallend zuschlug, als er Marleys Büro verließ. Marley musste lachen. Das war nicht schlecht gelaufen. Offensive Ansprache – das schien eine gute Strategie für den Umgang mit diesem Blödmann zu sein, der ihr seit Monaten das Leben schwer machte. Aber das würde sich ab heute ändern. Alles würde sich ändern.

Als Richard um zwölf Uhr fünfundvierzig in Kyritz eintraf, war die Sonne gewandert, und der Mini stand zwar immer noch unter einem Baum, aber leider in der prallen Sonne. Richard öffnete alle Türen und wartete einen Moment, bevor er einstieg, den Wagen anließ und die Klimaanlage einschaltete. Auf zweiundzwanzig Grad – die korrekte Temperatur im Hochsommer. So war das Auto wunderbar temperiert, ohne dass man mit einer Halsentzündung rechnen musste.

Einer Eingebung folgend nahm Richard nicht den direkten Weg nach Hause, sondern fuhr über den Kyritzer Marktplatz. Und sein Gefühl hatte ihn nicht getrogen. Unter der rot-weiß gestreiften Markise des Cafés Schröder saß Clara. Er parkte ein paar Meter weiter auf der linken Seite vor der Apotheke. Er liebte dieses Gebäude. Auf dem hellbeigen Putz prangte über der Fensterreihe im Erdgeschoss der altmodische Schriftzug »Königl. priv. Apotheke Drogen Handlung«.

In den schwierigen Monaten im letzten Winter war Clara stets mit ihm hierhergefahren, damit er sich seine Medikamente holen konnte. Es waren die ersten Gehversuche in seinem neuen Leben in der Prignitz gewesen. Sie waren immer so spät zur Apotheke gefahren, dass die Reinigungskraft schon mit dem Putzen begonnen hatte. Um zu vermeiden, dass irgendjemand außer dem Apotheker mitbekam, dass er regelmäßig Psychopharmaka benötigte.

Richard atmete tief durch, als er aus dem Mini stieg. Die Psychopharmaka hatte er mit Claras Hilfe im Frühjahr ausgeschlichen. Jetzt waren seine Gefühle wieder direkt und unmittelbar und nicht durch Chemie abgemildert. Langsam ging er auf das Café zu. Die Tische waren gut besetzt, und viele aßen trotz der Hitze den warmen »Mittagstisch«, der täglich wechselnd angeboten wurde. Clara natürlich nicht. Clara tat nie, was alle anderen taten. Sie aß einen großen Becher Eis. Richard setzte sich ihr gegenüber. Sie hatten sich nur zugenickt. Beide vermieden zärtliche Gesten in der Öffentlichkeit.

»Möchtest du auch ein Eis bestellen?«, fragte Clara.

»Als Mittagessen? Nein, danke!«

»Dann vielleicht den Mittagstisch?«

»Ich bestelle einen Cappuccino, das reicht mir«, sagte Richard. Das reichte ihm natürlich überhaupt nicht. Er hatte aus lauter Aufregung vor dem Termin mit Verena nicht gefrühstückt und inzwischen mächtig Hunger. Aber er wollte lieber später selbst kochen. Eine simple Pasta oder ein schnell gebratenes Stück Fleisch. Das war ihre Rollenverteilung seit dem Moment, als er in Demerthin eingezogen war. Sie kaufte ein, er kochte. Richard vermutete, dass Clara nicht kochen konnte, darüber gesprochen hatten die beiden aber noch nie. Und so wusste Richard nicht, dass Clara viele Gerichte beherrschte, da sie im Alter von neun Jahren begonnen hatte, jeden Tag für ihre Mutter und sich zu kochen. Zu diesem Zeitpunkt war ihre Mutter nicht mehr in der Lage dazu gewesen. Fast drei Jahre lang war das so gegangen, bis Clara ins Internat kam.

»Wie war's?«, wollte Clara wissen. Sie trug eine ihrer vielen Sonnenbrillen, und Richard konnte ihre Augen nicht sehen. Aber er spürte die Besorgnis hinter dieser harmlosen Frage. Sie beide hatten in den letzten Monaten ein gutes Leben geführt. Gemeinsam. Richard hatte einen Teil seiner Ängste hinter sich gelassen und mit dem Ausbau von Demerthin eine neue Beschäftigung gefunden. Ihre anfangs freundschaftliche Beziehung hatte sich gewandelt. Jetzt waren sie ein Liebespaar, das aber noch immer vorsichtig miteinander umging. Clara hatte Angst, dieses Idyll zu gefährden. Seit Samstag hatte sich ihr Leben verändert. Clara machte sich Sorgen. Um Richard, aber auch um sich.

»Ich erzähle dir nachher davon«, sagte Richard, nachdem die Kellnerin seinen Cappuccino gebracht hatte. Clara lächelte zustimmend. Er hatte recht. In der Kleinstadt kannte jeder jeden, und sie beide standen unter besonderer Beobachtung. Und wer wusste schon, ob die korpulente Mittvierzigerin am Nebentisch, die gerade eine Soljanka verzehrte, nur wegen der Hitze und der Suppe rote Flecken im Gesicht hatte oder aufgeregt hoffte, Neuigkeiten über die »Gräfin« zu erfahren?

Nachdem sie die Rechnung bezahlt hatten, ging jeder zu seinem Fahrzeug. Clara, um einkaufen zu fahren, Richard, um sich nach Hause in die Küche zu begeben.

Nach der Formierung der Sonderkommission hatte Marley Diego Hausmann aus der Ausnüchterungszelle in einen der Vernehmungsräume holen lassen und ihn über seine Situation informiert.

Diego, inzwischen nüchtern, hatte sie fassungslos angesehen. »Sie vermuten, dass ich meine Freundin getötet und dann in der Rübenmiete versteckt habe? Warum hätte ich sie töten sollen? Ich liebe sie. Fragen Sie Erwin Schwarz. Er und ein paar andere aus dem Dorf haben mir geholfen, die Rübenmiete im letzten

September anzulegen. Zu diesem Zeitpunkt war Bernadette noch da. Sie ist erst in der Nacht vom 3. auf den 4. Oktober verschwunden.« Dann erzählte er Marley die Details, vom Bœuf Bourguignon und von seiner erfolglosen Suche nach Bernadette. Marley war beeindruckt, woran er sich alles erinnerte. Minutiös konnte er den Ablauf wiedergeben. Sie hatte ihren Notizblock vor sich liegen und verglich seine Aussage mit der seines Nachbarn. Alles stimmte überein.

Der 3. Oktober musste für Diego alles verändert haben. Seine tiefe Verstörung war deutlich. Vielleicht konnte er nicht mit seiner Schuld leben?

Dann rief sie sich selbst zur Ordnung. Bloß nicht auf einen Verdächtigen konzentrieren, nur weil theoretisch alles so schön zusammenpasste! Es könnte auch ganz anders gewesen sein: Bernadette hatte ihn in der Nacht verlassen, war bei jemandem ins Auto gestiegen und dann umgebracht worden. Marley benötigte die Obduktionsergebnisse, um weiterzukommen. Warum bloß meldete sich Eva Oldenhauer nicht?

»Darf ich telefonieren? Ich glaube, ich möchte einen Anwalt«, sagte Diego.

Marley staunte, als er an dem altmodischen Festnetztelefon, das auf ihrem Schreibtisch stand, eine Nummer wählte, die er auswendig zu kennen schien. Aber es war kein Anwalt, den er anrief, sondern eine Frau.

»Clara«, sagte Diego, »du musst mir helfen. Ich bin in Neuruppin. Die Polizei glaubt, dass ich Bernadette umgebracht habe.«

Danach dauerte es genau achtzehn Minuten, bis der Anruf aus Berlin einging. »Mein Name ist Rolf Liebenthal, ich bin der Anwalt von Herrn Hausmann. Sie müssen die Befragung sofort beenden. Herr Hausmann möchte, dass ich anwesend bin. Ich kann in einer guten Stunde in Neuruppin sein.«

Marley verabredete mit dem Anwalt, die Vernehmung von Diego Hausmann um sechzehn Uhr fortzusetzen. Das ließ ihm Zeit, sich mit seinem neuen Mandanten zu besprechen, und ihr die Möglichkeit, sich bei der Hausdurchsuchung von Hausmanns Anwesen in Gumtow selbst ein Bild zu machen.

Richard hatte einen Salade niçoise vorbereitet und versucht, seinen Heißhunger mit einem Baguette zu stillen, während er auf Clara wartete. Als sie endlich vorfuhr, ging er zum Wagen, um ihr mit den Einkäufen zu helfen. Aber da stand nur ein einziger Einkaufsbeutel auf der Rückbank.

»Dafür hast du so lange gebraucht?«, fragte er ungläubig.

»Ich habe im Auto mit der Kanzlei Katz und Partner telefoniert. Diego braucht einen Anwalt. Er ist in Untersuchungshaft in Neuruppin und hat mich vorhin angerufen. Juliane hat Rolf Liebenthal dafür vorgesehen. Kannst du dich noch an ihn erinnern?«

Oh ja, Richard konnte sich noch an ihn erinnern. Der Anwalt hatte Clara aus dem Strafverfahren wegen illegalen Glücksspiels rausgehauen. Noch nicht einmal eine Strafe hatte sie zahlen müssen. Clara fand ihn toll, Richard mochte ihn nicht. Ein arroganter Schnösel, der ständig seine intellektuelle Überlegenheit demonstrieren musste. Rolf Liebenthal als Anwalt von Diego – Marley würde es nicht einfach haben.

Clara war stolz auf sich und ihre Aktion. Was konnte man Besseres mit seinem Geld tun, als einem Freund in Not zu helfen? Wenn sie jemanden mochte, hielt sie zu ihm. Unerschütterlich. Und Diego mochte sie, auch wenn er sie im letzten halben Jahr schlecht behandelt hatte.

Nachdem beide schweigend den Salat gegessen hatten, erzählte Richard von seinem Gespräch mit Verena Karlsbach und dass er mit sofortiger Wirkung Teil der Sonderkommission in Neuruppin sei. Er würde an der Seite der Polizeidirektorin Marley Leonhardt arbeiten. Verena habe ihn nach Neuruppin »ausgeliehen«.

Clara war überrascht. Sie hatte nicht damit gerechnet, dass er so schnell wieder in seinen Job zurückkehren würde. Grundsätzlich fand sie es gut. Es war Teil der Bewältigung seiner Krise.

Klar war für sie aber auch, dass Diego sofort aus der Untersuchungshaft entlassen werden musste.

»Im Moment ist er der Hauptverdächtige«, erklärte Richard.

»Er ist der einzige Verdächtige, weil es schön bequem ist. In eine andere Richtung wird die Polizei gar nicht erst ermitteln. Seine Rübenmiete, seine Leiche. Du kennst ihn nicht so gut wie ich. Er wäre niemals dazu fähig, jemanden zu töten. Er konnte schon seine Rinder nicht zum Schlachthof bringen. Das musste immer Erwin für ihn erledigen.«

»Dann sollte er vielleicht kein Vieh züchten, wenn er so sensibel ist. Geschweige denn, als Koch Fleisch verarbeiten«, antwortete Richard sarkastisch.

»Du bist eifersüchtig auf ihn«, erwiderte Clara.

»Eifersüchtig? Auf einen Alkoholiker, der nach dir und seinem Patenonkel ruft, sobald es ernst wird?«

»Dieser Spruch beweist, dass ich recht habe«, entgegnete Clara und ging nach oben. Izzie, die keine Auseinandersetzungen zwischen ihren beiden Chefs mochte, folgte ihr. So groß ihre Zuneigung zu Richard auch war, die zu Clara war größer. Schließlich hatte Clara sie als Welpen beim Züchter abgeholt und seitdem für sie gesorgt. Richard war erst vor neun Monaten in ihr Leben getreten. So einfach war das bei Hunden.

Marley hatte den großen schwarzen Dienst-BMW vor Diego Hausmanns Hof geparkt. Ab heute würde sie häufiger den Dienstwagen nehmen und in Neuruppin zu Fuß gehen oder mit dem Fahrrad fahren. Ihr Cabrio hatte sie gestern Abend in der Tiefgarage geparkt. So schön es bei diesem Wetter auch war, mit offenem Verdeck zu fahren, der Dienstwagen war jetzt angebrachter. Ein Mensch war gewaltsam ums Leben gekommen. Da wollten die Angehörigen keine fröhliche, dicke Kommissarin im Cabrio vorfahren sehen. Aber erst einmal musste sie herausfinden, um wen es sich bei der Leiche handelte. Marley hatte mit Bodo vereinbart, dass er Julia Fiebig nicht mit zur Hausdurchsuchung nehmen würde. Sie sollte nach Bernadette

Rehm recherchieren. Vielleicht lebte sie ja noch und hatte gute Gründe, sich weder bei ihrer Mutter noch bei Diego zu melden.

Die Hausdurchsuchung gab Marley die Möglichkeit, sich intensiver mit Diego Hausmanns Persönlichkeit zu beschäftigen. Schon am Samstag war sie von seiner Küche beeindruckt gewesen. Obwohl monatelang nicht gereinigt und zudem vollgestellt mit Müll und schmutzigem Geschirr, war sie trotzdem als Küche der Spitzenklasse zu erkennen. Jetzt konnte Marley sich in Ruhe umsehen.

Ein Herd mit Gas- und Induktionsplatten, Backformen aller Art, für Kuchen, Brot und sogar für eine Tarte Tatin. Pfannen und Töpfe in jeder Größe, Auflaufformen, ein amerikanischer Blender, diverse Pfeffermühlen, eine Chilimühle, eine Ingwerreibe und ein Schrank nur für Gewürze. Ein Schrank mit Vorratsgläsern voller Nudeln, Müsli, Hülsenfrüchten, Zucker und Mehl. Ein Paradies für jeden Hobbykoch, dachte Marley. Aber Diego war kein Hobbykoch, er war Profi. Als sie ihn nach seiner Vergangenheit befragt hatte, hatte er von seiner Lehrzeit in Warnemünde und auf Sylt und von den Jahren als Küchenchef in Zürich erzählt. Erst nach dem Tod seiner Eltern war er in die Prignitz zurückgekehrt. Mit Clara von Wohlleben hatte er Pläne für ein Restaurant in Demerthin geschmiedet.

Plötzlich konnte Marley die Szene beinahe bildlich vor sich sehen. Ein heftiger Streit in einer Küche voller gut geschärfter Messer, und auf einmal liegt jemand blutend am Boden.

Bodo Eisenhauer holte sie zurück in die Realität.

»Oben im Schlafzimmerschrank hängen ein paar Kleider. Im Badezimmer steht eine zweite Zahnbürste und relativ viel Kosmetik – vielleicht willst du dir das mal ansehen?«

Oh ja, das wollte sie.

Das kleine Schlafzimmer bestand aus einem antiken Kleiderschrank und einem großen Boxspringbett. Es waren nicht viele Sachen im Schrank. Marley dachte daran, dass Bernadette Soldatin war und wahrscheinlich die meiste Zeit eine Uniform trug. Von daher waren die paar Sommerkleider, Jeans, T-Shirts und Blusen in Pastelltönen die Alternative zum Bundeswehr-Grün. Gewissermaßen ihr Freizeit-Look. Ihre Schuhe waren im Schrank, Sneakers, aber auch schicke Sandalen und ein Paar Prada-Pumps. Nein, Bernadette hatte sich nicht freiwillig von diesen Schätzen getrennt. Welche Frau ließ ihre Garderobe und ihre Kosmetik zurück, wenn sie fortging?

Marley ging hinunter in die Küche. Bodo berichtete, dass sie außer einigen leeren Gin- und Wodkaflaschen zwei Joints und eine Packung Tranquilizer in Hausmanns Arbeitszimmer gefunden hätten. Und viel Bargeld, das lose in der Schreibtischschublade gelegen habe. Sie hätten es noch nicht gezählt, aber es sehe nach mehreren tausend Euro aus. Marley ordnete an, dass das Geld unter Aufsicht von Bodo gezählt und dann wieder in die Schublade zurückgelegt würde. Und dass die Haarbürste und die beiden Zahnbürsten aus dem Badezimmer für den DNA-Abgleich mitgenommen wurden.

Dann schaute sie sich auf dem weitläufigen Gelände um. Der Viehstall, in dem die Rinder gestanden hatten, war leer. In der anderen Scheune standen ein wendiger, neuer Traktor und diverse Arbeitsgeräte. Die beiden Scheunen waren quer durch eine weitere Scheune verbunden, die in einen großen Wintergarten umgebaut worden war. Dort befanden sich ein offener Kamin, eine gemütliche Sitzlandschaft und eine riesige Hausbar mit den Utensilien, die man benötigte, um alle Arten von Cocktails zuzubereiten.

An den nicht verglasten Wänden hing überdimensionierte abstrakte Malerei. Ein grandioser Raum von mindestens hundert Quadratmetern. Der gesamte Blick nach Süden ging in den großen Garten und die angrenzenden Felder. In Sichtweite standen die in Bandenburg unvermeidlichen Windräder. Allerdings waren sie so weit weg, dass sie nicht wirklich störten.

Im Garten selbst gab es noch ein weiteres Gebäude, das Marleys Aufmerksamkeit erregte. Sie öffnete eine der großen Schiebetüren und ging hinaus. Als sie näher kam, sah sie, dass das, was sie für eine Art Schuppen gehalten hatte, eine weitere Küche war.

»Eine Outdoor-Küche«, erklärte Polizeiobermeister Timo Broecker, der mit zwei Kollegen dabei war, jede Schublade zu durchsuchen. »Dieser Typ hat zwei Edelküchen. Ich habe für eine vierköpfige Familie eine Acht-Quadratmeter-Küche, in der man sich kaum umdrehen kann. So viel zum Thema Gerechtigkeit.«

Timo hatte recht, trotzdem war Marley beeindruckt. Sie hatte so etwas noch nie gesehen. Natürlich in Küchenprospekten und Wohnmagazinen, aber nicht in Realität. Und das in der Prignitz. Ganz offensichtlich hatte sie keine Ahnung von den wirklichen Verhältnissen auf dem Land.

Auf dem Weg zurück nach Neuruppin dachte auch Marley über das Thema Ungerechtigkeit nach. Wieso bekommt eine Frau wie Bernadette einen Mann wie Diego und ich einen Mann wie Eddi Fürst? Eddi war chronisch magenkrank. Er nannte das seine Berufskrankheit. Zu viel Stress, zu viel kaltes Bier, als er jung war. Wenn sie mal nicht miteinander im Bett gelegen hatten, waren sie nur in Bars oder Kneipen gegangen, niemals in Restaurants. In den fünf Monaten ihrer seltsamen Beziehung hatte Marley es sich abgewöhnt, in seinem Beisein etwas zu essen. Jede Bulette, die sie sich in einer Kneipe bestellte, hatte er mit solchem Ekel angeschaut, dass ihr der Appetit vergangen war.

Als sie in ihrem Büro eintraf, war der Anwalt aus Berlin schon seit zwanzig Minuten da. Steffi Walsdorf hatte ihn in den Konferenzraum gesetzt, obwohl er sofort mit seinem Mandanten hatte sprechen wollen. Als Marley fragte, warum sie ihm das nicht ermöglicht habe, erklärte Steffi, dass niemand da gewesen sei, den sie hätte fragen können.

»Was ist mit Walter Meyer? Der ist mein Stellvertreter«, sagte Marley mit Ungeduld in der Stimme. Diese Unselbstständigkeit ihrer engsten Mitarbeiterin ging ihr auf die Nerven.

»Walter fühlt sich nicht wohl. Er hat sich für den Rest des

Tages freigenommen. Und du und Bodo wart bei der Hausdurchsuchung. Ich wollte nicht stören, und ich wollte keinen Fehler machen. Deswegen habe ich Herrn Liebenthal einen Espresso serviert, und danach war er schon entspannter«, entgegnete Steffi, deren Gesicht langsam rote Flecken bekam.

Stress, sie setzte ihre Kollegin unter Stress, registrierte Marley und sagte versöhnlich:»Okay, dann sorge bitte dafür, dass Herr Hausmann hierhergebracht wird und die beiden eine Viertelstunde für sich haben, bevor wir die Befragung weiterführen. Und Julia soll bitte dazukommen, die anderen sind ja noch in Gumtow.«

Dann ging sie in den Konferenzraum, um den Anwalt zu begrüßen. Auf dem Weg dachte sie amüsiert an Walter Meyer. Der Arme fühlte sich nicht wohl, nachdem er gemerkt hatte, dass sie sich zukünftig nicht mehr alles gefallen lassen würde. Das Imperium schlägt zurück, dachte sie gut gelaunt.

Richard war komplett entfallen, dass Ingrid Dessau sich für heute angekündigt hatte, und war gerade dabei, die Küche aufzuräumen, als der alte hellblaue Golf vorfuhr. Ingrid Dessau hatte ihn von ihrer verstorbenen Mutter übernommen und konnte sich nicht von ihm trennen, obwohl er schon über zwanzig Jahre alt war. Sie hätte das Gefühl, sie würde ihre Mutter verraten, hatte sie Richard gestanden, als er ihr im vergangenen Winter zum zweiten Mal Starthilfe geben musste. Natürlich konnte sie sich ein neues Auto leisten, schließlich war sie verbeamtet und die Leiterin der Denkmalschutzbehörde. Aber als ihre Mutter im Sterben lag, hatte sie sich wenig um sie gekümmert, und ihr schlechtes Gewissen quälte sie.

Richard stöhnte, als er die Dessau aussteigen sah. Wann sollte er ihr sagen, dass er wieder in seinen alten Beruf zurückkehren würde? Sie wusste noch nicht einmal, dass er eigentlich Polizist war. Sie hielt ihn für einen kompetenten Bauleiter mit ungewöhnlichen Interessen und Kenntnissen.

Richard schaltete die Kaffeemaschine an. Erst einmal würde

er für sie beide einen Cappuccino zubereiten und dann weitersehen.

Marley versuchte, die Vernehmung von Diego Hausmann in Anwesenheit seines Anwalts fortzuführen, aber das ging nicht. Rolf Liebenthal ließ Diego keine einzige Frage mehr beantworten, sondern stellte selbst welche. Marley hatte bei der ersten Begegnung gespürt, dass es schwierig werden könnte. Doch dass der Anwalt alles torpedierte, hatte sie nicht erwartet. Die Begrüßung im Konferenzraum war zwar kühl gewesen, aber seine untersetzte Figur, der schlecht sitzende Anzug und die altmodische Goldrandbrille hatten ihn harmlos wirken lassen. Tatsächlich war er jedoch ein rhetorisch brillanter Wadenbeißer.

Noch sei die Leiche nicht final obduziert, wie könne die Polizei davon ausgehen, dass es sich um die ehemalige Lebensgefährtin seines Mandanten handele? Wie könne es ohne hinreichende Indizien überhaupt zu einer Hausdurchsuchung kommen? Wieso sei sein Mandant am Sonntagvormittag in eine Ausnüchterungszelle gebracht und erst heute Morgen wieder herausgeholt worden? Er bestehe darauf, dass sein Mandant sofort aus der Untersuchungshaft entlassen werde.

Statt Diego Hausmann befragen zu können, wurde Marley gegrillt. Sie überlegte gerade, ob sie möglicherweise den Ermittlungsrichter dazuholen sollte, als die Tür aufging und Steffi ihr ein Zeichen gab, herauszukommen. Marley verließ den Raum und kam nach zwei Minuten wieder zurück.

»Herr Hausmann bleibt weiterhin in Untersuchungshaft. Wir haben Blutspuren auf dem Fußboden in seiner Küche gefunden.«

Rolf Liebenthal sah seinen Mandanten an. Im Moment konnte er nichts mehr für ihn tun.

Dienstag, 6. Juli

Als Marley an diesem Morgen kurz vor sechs aufwachte, war sie zum ersten Mal seit Monaten zufrieden. Zufrieden mit dem Leben und mit sich selbst. Sie war nicht immer unglücklich gewesen, manchmal sogar froh, wenn etwas im Job gut gelaufen war oder sie ein neues Gericht erfolgreich nach Rezept gekocht hatte, aber zufrieden war sie nie.

Gestern hatte sie gegen neunzehn Uhr die Polizeidirektion verlassen. Vorher hatte sie noch eine Telekommunikationsüberwachung, eine TKÜ, für Diego Hausmann und Bernadette Rehm beantragt. Anhand dieser Daten konnte die Polizei sehen, ob Bernadettes Mobilnummer seit Oktober überhaupt noch aktiv war und ob ihr Handy seit dem Tag ihres Verschwindens an den gleichen Standorten wie Diegos Telefon eingeloggt gewesen war. Allerdings hatte die KTU in der systematisch durchsuchten Rübenmiete kein Telefon gefunden. Auch nicht auf Diegos Hof.

Marley musste wegen der Beantragung der TKÜ mit Jonas Schmidt sprechen. Er gab ihr mündlich grünes Licht und versprach, die eigentliche richterliche Genehmigung via Mail zeitnah loszuschicken. Und dann hatte er sie gefragt, ob sie heute Abend schon etwas vorhabe und vielleicht mit ihm essen gehen wolle. Er habe im Up Hus reserviert und würde sie gerne einladen. Marley war überrascht gewesen und hatte zugesagt. Sie hatte den ganzen Tag nichts gegessen, und Jonas Schmidt war ihr schon heute Morgen sympathisch gewesen. Außerdem war er ein Kollege, es gab also keinen romantischen Aspekt bei dieser Einladung.

Nach einem kurzen, ernüchternden Telefonat mit Bernadettes Mutter war sie losgeradelt zur Siechenstraße. Marley, die selbst ein schwieriges Verhältnis zu ihrer Mutter hatte, war schockiert über die Kälte und Distanziertheit, mit der Susanne Rehm das Gespräch geführt hatte. Zunächst beschwerte sie sich, dass schon zum zweiten Mal die Polizei bei ihr anrufe und nach ihrer Tochter frage. Sie habe schon der Kollegin gesagt, dass zwischen ihr und ihrer Tochter Funkstille herrsche. Selbst nach Erwähnung der Leiche in der Nähe von Kyritz und von Diego Hausmanns Untersuchungshaft hatte sich an ihrem Ton nichts geändert.

»Meine Tochter ist volljährig und für ihr Leben selbst verantwortlich. Sie ist zur Bundeswehr gegangen, nur um mich zu bestrafen. Seitdem ist sie für mich gestorben. Mehr habe ich dazu nicht zu sagen. Außerdem bin ich ziemlich sicher, dass es sich bei dieser Leiche nicht um Bernadette handelt. Sie ist viel zu gerissen, um sich ermorden zu lassen.«

Das Gespräch klang in Marley weiter, als sie zum Restaurant radelte. Was, wenn Bernadettes Mutter recht hatte und es sich um eine andere Frau handelte? Dann waren sie und ihre Kollegen bereits den zweiten Tag in Folge mit einer Fehlspur beschäftigt. Sie bräuchten schnellstmöglich einen DNA-Abgleich.

Aber jetzt wollte sie diese Sorge erst einmal verdrängen. Ein Abend im Up Hus stand an. Mit einem netten Kollegen, den sie erst heute Morgen kennengelernt hatte. Sie war schon ein paarmal an dem Lokal vorbeigegangen und wusste, dass es sich um das älteste Fachwerkhaus in Neuruppin handelte und zum Anwesen auch ein Hotel und eine Kapelle gehörten. Marley war noch nie dort gewesen. Weder bei den Konzerten in der Siechenhauskapelle noch im Restaurant. Sie ging nicht gerne allein essen, das stürzte sie immer in eine depressive Stimmung. Für sich allein zu kochen, war in Ordnung, aber in einem Restaurant allein zu sitzen, war für sie die Hölle. Sie wusste nie, was sie in der Zeit, bis das Essen kam, tun sollte. Sich die anderen Tische mit glücklichen und unglücklichen Paaren und Familien anschauen? Das unterstrich nur, dass sie allein war und noch nicht mal jemanden zum Streiten hatte. Also starrte sie auf ihr Handy und verfluchte sich, dass sie überhaupt ausgegangen war.

Jonas Schmidt wartete unter einem großen Sonnenschirm an

einem Tisch im Hof auf sie. Jetzt in der Abendsonne konnte sie sehen, dass er nicht älter als Ende vierzig sein konnte. Er lächelte sie freundlich an, und während eine junge Kellnerin ein Bier vor ihn auf den Tisch stellte, entschuldigte er sich, dass er schon bestellt hatte.

»So eins nehme ich auch«, sagte Marley, und er nickte erfreut.

»Ich mag Frauen, die Bier trinken!«

So freundlich ging der Abend weiter. Sie sprachen über den aktuellen Fall, aber auch über andere Themen. Jonas erzählte von seinen Pflanzen im Büro und Marley, wie es sie hierher verschlagen hatte. Jonas, der Ende der siebziger Jahre in Neuruppin geboren worden war, hatte nach seinem Jurastudium in Köln als Anwalt gearbeitet. Dann wurde sein verwitweter Vater krank, und im Amtsgericht gab es eine Stelle neu zu besetzen. Also war er vor neun Jahren wieder zurück in seine Heimatstadt gekommen, zog in die Wohnung seiner Eltern und pflegte seinen Vater bis zu dessen Tod vor sieben Jahren. Über eine Frau an seiner Seite erzählte er nichts, und Marley fragte auch nicht. Immerhin trug er keinen Ehering, das hatte sie schon heute Vormittag bemerkt.

Jonas bestellte die Kalbsleber, Marley ein Gericht mit Rumpsteak, Stör und Scampi, das den ambitionierten Namen »Surf & Turf« trug, und dazu einen gekühlten Sauvignon blanc. Der Wein war so perfekt wie das Essen, und Marley vergaß für ein paar Stunden ihren Kampf gegen die Pfunde. Ein schöner Sommerabend in Neuruppin mit einem guten Essen und einem interessanten Kollegen, das wollte sie genießen.

Später stieg sie auf ihr Fahrrad, und Jonas ging zu Fuß in die Regattastraße, wo er noch immer in der Wohnung lebte, in der er geboren worden war. Es handelte sich um die zweite Etage einer alten Villa. Jonas hatte vor drei Jahren das Angebot des Eigentümers angenommen, die Wohnung zu kaufen. Danach hatte er sie aufwendig renoviert, wobei die größte Summe für den Umbau der ehemaligen Veranda in einen Wintergarten draufgegangen war. Dieser Wintergarten hatte einen eigenen

Wasseranschluss und eine Klimaanlage, die das ganze Jahr für eine gleichmäßige Temperatur und die richtige Luftfeuchtigkeit sorgte, sodass er exotische Pflanzen dort halten konnte. Pflanzen waren seine Leidenschaft. Ob er auch leidenschaftliche Gefühle für Menschen entwickeln konnte und, falls ja, ob das Frauen oder Männer oder gar beide waren, hätte Marley am Ende des Abends nicht sagen können. Aber nett war er, dieser Jonas Schmidt, und vermutlich ein guter Jurist.

Auf den paar hundert Metern bis zu ihrer Wohnung summte sie leise vor sich hin, und plötzlich wurde ihr klar, es war nicht nur eine Beziehung, die ihr fehlte, es waren Freunde, Gespräche, gemeinsame Unternehmungen. Die monatlichen Treffen mit Verena reichten nicht, um dieses Bedürfnis zu stillen. Sie brauchte neue Freunde, und vielleicht könnte Jonas Schmidt einer von ihnen sein.

Mit diesem Gedanken war sie eingeschlafen und am Morgen gut gelaunt aufgewacht. Jetzt saß sie im Bademantel auf ihrem Balkon, trank einen Tee und blickte auf den Ruppiner See, den längsten See Brandenburgs. Sie sah Schwäne, Enten und Schwalben, die nach Insekten jagend dicht übers Wasser flitzten, und sie war glücklich. Aus dem Moment heraus. Ab heute würde sie freundlicher sein, zu sich und den anderen, das schwor sie sich. Und deshalb würde sie heute Morgen nicht auf die Waage steigen. Das war ein Anfang!

Richard war wie immer früh aufgestanden, hatte den Morgengang mit Izzie gemacht und sie dann gefüttert, bevor er sich selbst ein richtiges Frühstück mit Brot, Käse und einem weich gekochten Ei gegönnt hatte. Er war zwar fast so nervös vor seinem ersten Tag in Neuruppin wie gestern vor der Fahrt nach Berlin. Aber heute musste er etwas im Magen haben, bevor er losfuhr. Wer wusste schon, was der Tag bringen würde?

Gestern Nachmittag hatte ihn Ingrid Dessau ungläubig angesehen, als er ihr erzählte, dass er eigentlich Polizist sei und jetzt wieder in seinen Beruf zurückkehren würde. Richard hatte zwar gesundheitliche Gründe für seine berufliche Auszeit zugegeben, die Details jedoch verschwiegen. Ingrid Dessau war verständnisvoll gewesen, hatte aber unmissverständlich klargemacht, dass ihre größte Sorge der weiteren Instandsetzung von Demerthin galt. Richard hatte zugesichert, dass er sich weiterhin, wenn auch zeitlich begrenzt, um die Bauarbeiten kümmern würde. Und natürlich werde Clara einen Teil seiner Aufgaben übernehmen, hatte er hinzugefügt und dabei Ingrid Dessaus zweifelnd hochgezogene Augenbrauen ignoriert.

»Lieber Herr Wagner, für mich gibt es nur *einen* Ansprechpartner, was dieses einzigartige Renaissance-Schloss angeht, und das sind Sie. Mir ist bekannt, dass Frau von Wohlleben die Eigentümerin ist, aber nur Sie verstehen, was dieses Bauwerk mir und natürlich auch der Allgemeinheit bedeutet. Von daher gehe ich davon aus, dass Sie es sein werden, der mich in exakt drei Wochen hier wieder empfängt und mit mir den nächsten Bauabschnitt begutachtet. Ansonsten muss ich eventuell die Abnahme verweigern.«

Danach hatte sie sich kühl verabschiedet, sich in ihr altes Auto gesetzt und war zurück nach Perleberg gefahren. Richard wusste, dass er in einem Dilemma steckte. Er wollte Präsenz in Neuruppin zeigen, aber er konnte die Aufsicht über die Renovierungsarbeiten in Demerthin nicht an jemanden delegieren. Ingrid Dessau war eine mächtige Frau, sie konnte den gesamten Umbau stoppen. Er würde über neue Wege nachdenken müssen, sie bei Laune zu halten.

Als er seine Bedenken mit Clara besprechen wollte, lachte die nur.

»Der Dessau geht es doch schon längst nicht mehr nur um Demerthin. Das alte Schlachtross ist in dich verliebt, und das nicht nur, weil du ihr jedes Mal, wenn sie kommt, deinen perfekten Cappuccino anbietest. Mich kann sie nicht ausstehen, aber dich verehrt sie. Ich finde das sehr lustig!«

»Mal sehen, ob du das in drei Wochen auch noch lustig findest, wenn sie hier aufkreuzt und ich noch mitten in den Ermittlungen in Neuruppin stecke. Dann musst du ihr die neuen Schächte für die Elektroleitungen drüben im Schloss als denkmalgerechte Lösung verkaufen.«

»Mein lieber Said«, erwiderte Clara mit einem charmanten Lächeln, »in drei Wochen hast du diesen Fall doch längst gelöst.«

Als er wenig später mit dem Fahrrad nach Gumtow zu Erwin und Elvira fuhr, dachte er über diese Prognose nach. Clara war nicht naiv, er hatte sie nicht nur in Berliner Pokerrunden als kaltblütig und strategisch überlegen erlebt. Auch wenn ihm der Gedanke nicht gefiel, das kriminelle Milieu war Clara vertraut. Wahrscheinlich hatte sie recht. Wenn der Fall nicht innerhalb der nächsten drei bis maximal vier Wochen gelöst war, würde Marley das Interesse verlieren. Die Ausnahmesituation, dass sie als Behördenleiterin die Ermittlungen direkt durchführte, konnte nur durch eine schnelle Lösung des Falls gerechtfertigt werden. Alles andere wäre eine Niederlage. Nicht nur für Marley, sondern auch für ihn.

Mit Elvira hatte er dann später unter dem alten Kirschbaum gesessen und auf Erwin gewartet. Von Ostern bis Ende Oktober stand immer ein großer runder Tisch unter dem Kirschbaum. Bei passender Wetterlage wurden sämtliche Mahlzeiten an diesem Tisch eingenommen. Am Wochenende gab es häufig gemütliche Runden mit Nachbarn und Freunden bis tief in die Nacht hinein. Manche brachten Essen und Getränke mit. Viele Probleme des Dorfes und seiner Bewohner wurden hier besprochen, manche auch ganz pragmatisch gelöst. Wer es an diesen Tisch geschafft hatte, war in Gumtow angekommen.

Richard hatte als Geste der Versöhnung eine noch geschlossene Flasche mit Aprikosenschnaps aus Claras Beständen mitgebracht. Zumal er eher als Nachbar denn als Ermittler hier war. Das Gespräch mit Elvira war zäh. Sie war noch immer sauer auf ihn. Diego war ihr Ein und Alles, als kinderlose Frau hatte sie ihn wie einen eigenen Sohn in ihr Herz geschlossen. Für sie war die Situation klar: Bernadette hatte Diego sitzen lassen, und er war darüber seelisch zerbrochen. Niemals hätte er Bernadette etwas angetan. Davon war Elvira nicht abzubringen. Richard versuchte, richtig zu reagieren, und sprach von dem Anwalt, der Diego jetzt vertrat.

»Diego braucht keinen Anwalt. Er war es nicht. Du musst dafür sorgen, dass er aus der Untersuchungshaft entlassen wird. Ich habe Angst, dass er sich etwas antut.«

Richard war froh, als Erwin endlich auftauchte, der ihn aber auch nur knapp begrüßte. Erwin würdigte die Schnapsflasche, die mitten auf dem Tisch stand, keines Blickes, und auf einmal kam Richard sich schäbig vor. Wahrscheinlich war es eine blöde Idee gewesen, mit einer Flasche Schnaps angeradelt zu kommen und zu denken, das könnte die Eiszeit zwischen ihnen beenden. Er stand auf und wollte zu seinem Fahrrad gehen, da bat ihn Erwin, mit in den Stall zu kommen, er müsse ihm etwas zeigen. Er habe ein wichtiges Teil in seinem alten Traktor austauschen können, jetzt sei der wieder tipptopp.

In Wahrheit gab es aber nichts zu sehen. Erwin wollte ihn unter vier Augen sprechen und erklärte, dass er die Situation seit letztem Oktober habe kommen sehen.

»Ich habe Diego, ein paar Wochen nachdem Bernadette weg war, abends ins Bett geschleppt, weil er betrunken vor seiner Haustür lag und schon ganz verkühlt war. Da habe ich gesehen, dass Bernadettes Sachen noch da sind. Seitdem habe ich befürchtet, dass er ihr etwas angetan hat. Elvira will das nicht wahrhaben, aber Diego ist genauso selbstzerstörerisch wie sein Vater. Und genauso jähzornig.«

Richard nickte verständnisvoll und schwieg.

»Ich war am Sonntag sauer auf mich, nicht auf dich. Ich hätte schon im Herbst etwas unternehmen müssen.«

Für Erwins Verhältnisse war das eine lange Rede. Danach gingen sie zurück zum Tisch unter dem Kirschbaum, und Erwin öffnete die Schnapsflasche. Elvira war da schon längst wieder im Haus. Sie wusste, dass ihr Bruder davon überzeugt war, dass er am Samstag Bernadette gefunden hatte.

Nach einem Schnaps zur Versöhnung, den die beiden Männer wortlos tranken, radelte Richard wieder zurück nach Demerthin. Es war noch früh, nicht einmal einundzwanzig Uhr, und in der Abendstimmung nahm er den Geruch und die Geräusche des Sommers wahr. Sein Großvater hatte immer gesagt, es gebe nichts Schöneres als einen Sommertag auf dem Land. In Deutschland natürlich! Als Teenager empfand er das als engstirnig und als Kritik an seiner Heimat, dem Iran. Aber an diesem Sommerabend in der Prignitz konnte er seinen Großvater auf einmal verstehen. Als Richard beim Vorbeiradeln auf einer Lichtung mehrere Rehe äsen sah, war er von der friedlichen Stimmung überwältigt. Vielleicht könnte er irgendwann einmal diesen Frieden auch in sich spüren.

Marley war schon kurz nach sieben im Büro. Der Gedanke, dass es sich trotz aller Indizien bei der Leiche nicht um Bernadette Rehm handeln könnte, hatte sich in ihrem Kopf eingenistet. Sie war noch allein und telefonierte selbst mit der Pressestelle des Verteidigungsministeriums. Dass die um sieben Uhr Dienstbeginn hatte, wusste sie. Das war einer der großen Vorzüge ihrer alten Tätigkeit beim Innensenator – sie kannte praktisch in jeder Behörde in Berlin jemanden, den sie »unterm Radar«, wie sie das gerne nannte, anrufen konnte.

Im Verteidigungsministerium war das der stellvertretende Sprecher des Ministers. Er hatte ihr versprochen, im Rahmen seiner Möglichkeiten nach dem Schicksal von Oberfähnrich Rehm zu forschen. Er würde sich bei ihr melden.

Marley legte erleichtert auf. Für elf Uhr hatte sie einen Termin mit der Lokalpresse angesetzt. Wenn sie mit diesem Fall an die Öffentlichkeit gingen, gebe es möglicherweise wichtige Hinweise aus der Bevölkerung, hatte sie dem noch immer verstimmten Walter Meyer erklärt. Sie hatte sich dafür entschieden, ihn zumindest teilweise in ihre Überlegungen miteinzubeziehen. Falls die Sache schiefging und sie in den nächsten Wochen keinen Täter präsentieren konnte, musste er eingebunden sein.

Um sieben Uhr dreißig stand Richard in der Tür. Sie zeigte ihm das leere Büro, in dem früher der Referent ihres Vorgängers gesessen hatte. Marley hatte auf diese Position verzichtet, angeblich wegen der Pandemie. Aber ihre eigentlichen Beweggründe waren andere: »Entweder ist ein Referent herausragend, dann wird er dir nach kurzer Zeit alles Wesentliche abnehmen und versuchen, an deinem Stuhl zu sägen. Oder er ist eine Flasche, dann ist er ohnehin überflüssig. Gilt natürlich genauso für die weibliche Variante«, hatte sie Verena erläutert, die sie für verrückt erklärt hatte. Sie selbst sei ohne ihre Referentin verloren. »Siehst du«, hatte Marley entgegnet, »das ist schon der erste Schritt zu deiner Entmachtung.«

Das Büro hatte den Vorteil, dass es nur durch eine Verbindungstür von Marleys Raum getrennt war. Richard hatte also direkten Zugang, ohne durchs Vorzimmer gehen zu müssen. Marley war diese Nähe sehr wichtig. Sie war davon überzeugt, dass nur eine enge Zusammenarbeit mit Richard zur schnellen Lösung des Falls führen würde. Er solle bitte den Computer, der noch auf dem ehemaligen Schreibtisch des Referenten stand, aktivieren lassen und sich dann den Bericht zum aktuellen Stand der Ermittlungen ansehen, den Bodo Eisenhauer gestern verfasst hatte.

Sie ging ohne Richard zur Besprechung mit ihrer Soko Rübenmiete. Sie hatte ihre Kolleginnen und Kollegen bereits gestern informiert, dass Richard Said Wagner Teil ihres Ermittlungsteams sei, wollte aber das erste Aufeinandertreffen noch ein wenig hinauszögern. Sie ahnte, dass nicht alle Richard mit offenen Armen begrüßen würden. Vorurteile gegen Menschen anderer Herkunft oder Hautfarbe waren in der Provinz noch nicht so tabuisiert wie in den Großstädten. Bei einem Wahlergebnis von fast dreiundzwanzig Komma fünf Prozent für die AfD bei der letzten Landtagswahl in Brandenburg war Marley sich sicher, dass auch einige Polizisten und Polizistinnen aus Neuruppin rechts gewählt hatten. Aber als sie nun die Personalie Wagner nochmals ansprach, reagierte ihr Team gelassen.

Marley konnte nicht wissen, dass Bodo Eisenhauer schon am Sonntagabend via WhatsApp alle informiert hatte, dass dieser Typ von der Berliner Polizei, der zurzeit in Demerthin lebte, offensichtlich ein guter Bekannter der Chefin sei und er vermute, dass sie ihn in die Ermittlungen miteinbeziehen werde. Also wurde bereits am Sonntag und Montag der Name Richard Said Wagner eifrig gegoogelt, und alle stellten dasselbe fest: Er war in Berlin eine prominente Persönlichkeit und nahm aus unbekannten Gründen eine Auszeit. Mehr war nicht herauszubekommen. Auch nicht über die internen Polizeicomputer. Verena hatte so sorgfältig gearbeitet, wie sie es Richard und seiner Familie versprochen hatte.

Marley bat das Team darum, alle Fälle, bei denen in den letzten vierundzwanzig Monaten junge blonde Frauen zwischen achtzehn und fünfundzwanzig verschwunden waren, zu überprüfen. Auch wenn einige Indizien dafür sprächen, könne man nicht sicher sein, dass es sich bei der Leiche tatsächlich um die Freundin des in Untersuchungshaft einsitzenden Diego Hausmann handele. Anschließend ging sie zum Pressetermin.

Pünktlich um elf Uhr betrat Marley den Konferenzraum. Die Polizeianwärter hatten den großen Tisch an die Seite und die Stühle in Reihen aufgestellt. Marley hatte mit den üblichen drei Reportern gerechnet, die die Lokalseiten der beiden Regionalzeitungen belieferten. Es waren ausschließlich Männer, denn auch im Lokaljournalismus wurden begabte Frauen, vor allem wenn sie jung waren, schnell wegbefördert.

Marley war überrascht, dass eine ganze Reihe von Reportern, darunter auch zwei Frauen, die sie noch nie gesehen hatte, bereits auf sie warteten. Sommerzeit, Saure-Gurken-Zeit für die Presse, sagte sie sich. Alle sind im Urlaub, auch die Politik, da kann so ein Leichenfund in der Prignitz schon ein Knüller sein. Noch überraschter war sie, als sie Eddi Fürst entdeckte. Sie nickte ihm kurz zu, ließ sich aber nicht weiter beirren und informierte über das, was sie bereit war, jetzt schon preiszugeben.

Ja, es gebe einen Verdächtigen, der wegen weiterer Untersuchungen in Haft genommen worden sei, aber über die Identität des Mordopfers habe die Polizei noch keine Klarheit. Es handele sich um eine Frau im Alter zwischen achtzehn und fünfundzwanzig Jahren, blond, schlank und nicht sehr groß, circa einen Meter fünfundsechzig. »Nein, wir wissen noch nicht, wie sie zu Tode gekommen ist.« Die Tat sei vermutlich im letzten Herbst geschehen, die Obduktion dauere noch an. Ja, die Polizei würde darum bitten, dass in den Zeitungen nach Hinweisen auch zur Identität der Frau gefragt werde. Es komme bei erwachsenen Menschen oft vor, dass sie untertauchten und es keine Handhabe gebe, nach ihnen zu fahnden. Bei etwa neunzig Prozent aller erwachsenen Vermissten sei dies der Fall.

Nach einer halben Stunde beendete Marley die Pressekonferenz. Walter Meyer hatte außer »Guten Tag« kein einziges Wort zu den Journalisten gesagt und mit verschlossener Miene neben ihr gesessen. Für jeden guten Beobachter waren die Spannungen zwischen ihnen deutlich sichtbar.

Marley fragte sich, was Meyer wohl als Nächstes vorhatte. Ernsthaft bei ihren Ermittlungen behindern konnte er sie nicht. Würde er auch nicht, trotz allem war er ein Profi. Aber wer wusste schon, mit wem er telefonierte, um sie schlechtzumachen?

Sie beschloss, ihren neuen Freund Jonas Schmidt um Rat zu fragen. Er musste Walter Meyer kennen, wenn er schon neun Jahre als Ermittlungsrichter am Amtsgericht tätig war. Sie würde anfangen, ihre Version der Geschichte ihres Aufstiegs in Neuruppin zu streuen.

Eddi Fürst wartete im Gang auf sie.

»Hallo, Eddi, Berlin muss ja im sommerlichen Tiefschlaf liegen, wenn du dich extra auf den weiten Weg nach Neuruppin machst!«, begrüßte sie ihn sarkastisch.

Er hatte sie vor ziemlich genau zwei Jahren sitzen gelassen. Von einem auf den anderen Tag hatte er sich nicht mehr gemeldet. Sie hatte ihn zigmal angerufen, ihm eine SMS und WhatsApp nach der anderen geschickt. Sie hatte sich ernsthaft Sorgen gemacht. Eddi mit seinem kranken Magen – was, wenn er einen Magendurchbruch hatte oder bei ihm Krebs diagnostiziert worden war? Er war freier Journalist, sie konnte in keinem Büro anrufen, und Freunde hatte er keine.

Als sie sich nach drei Tagen nicht zu schade gewesen war, an einem Samstagmittag vor seiner Haustür im Auto zu warten, und ihn nach fast einer Stunde gesund und munter herauskommen und auf sein Rennrad steigen sah, hatte sie kapiert, was los war. Ghosting! Er stellte sich einfach tot und antwortete nicht mehr. Er hat mich verlassen, und er hat noch nicht einmal den Mut, mir das zu sagen, realisierte sie überrascht, fuhr nach Hause und legte sich in die Badewanne. Dann rief sie Verena an und verabredete sich für den Abend mit ihr.

Seitdem hatte sie so getan, als sei ihr Eddi Fürst egal. War er inzwischen auch, aber nicht die Art und Weise, wie er sie abserviert hatte. Jetzt, auf dem langen Flur im Polizeipräsidium in Neuruppin, merkte sie, dass sie noch immer wütend auf ihn war.

Eddi lächelte freundlich und versuchte, seinen Charme einzusetzen. »Ich bin deinetwegen hier«, sagte er mit dieser tiefen Stimme, die sie mehr als alles andere an ihm geliebt hatte. Mehrfach hatte sie ihm geraten, sich für Synchronaufnahmen oder Werbespots zu bewerben, mit dieser Stimme könne er alles verkaufen. Er hatte dann immer genauso tief gelacht. Das klang so schön, dass sie ihm in diesen Momenten sogar seine chronische Gastritis verzieh, die ihr gemeinsames Leben so freudlos machte.

Nein, rief Marley sich zur Ordnung, sie würde nicht noch mal auf diesen Bass reinfallen, der eine Sicherheit und Wärme versprach, die Eddi nicht bieten konnte. Sie schaute ihn genauer an. Eddi sah nicht gut aus. Er schien noch dünner als vor zwei Jahren, seine helle Chino schlackerte um seine Beine, und seine gebräunte Haut wirkte wie Pergament. Wer immer ihre Nachfolgerin sein sollte, von seinem Magenleiden hatte sie ihn nicht heilen können.

»Hör auf mit dem Scheiß, darauf falle ich nicht rein«, zischte sie ihn an.

Eddis Lächeln blieb unverändert, so als sei es eingefroren. »Marley, das ist kein Scheiß, die MoPo möchte ein Porträt von dir, und ich werde es schreiben. Die Leiche auf dem Acker ist nur der Aufhänger. Es geht um dich, deine steile Karriere und darum, wie du dich gegen alle Widerstände durchgesetzt hast.«

Marley stutzte, dann begann sie zu lachen und ging weg. Eddi sah ihr verblüfft hinterher. Ihr Lachen war noch zu hören, als sie schon um die Ecke gebogen war.

Nein, die IT habe keinerlei Informationen darüber, dass der alte Referenten-Computer wieder hochgefahren werden solle. Wer er denn sei, wurde Richard gefragt, als er mit genau diesem Wunsch angerufen hatte. Ah, er sei also eigentlich bei der Berliner Polizei angestellt? Dann müsse von dort ein Antrag gestellt werden. Oder Frau Leonhardt stelle einen Antrag. Der werde dann gemeinsam mit dem Personalreferat besprochen. Die Sitzung finde in drei Tagen statt, dann sehe man weiter.

Richard wusste, dass es sinnlos war, gegen die Bürokratie zu argumentieren. Die Situation in Berlin am Platz der Luftbrücke war auch nicht anders. Aber als Sprecher der Polizei hatte er Privilegien genossen, die er erst jetzt als solche erkannte. Früher war ihm das völlig normal vorgekommen. Er bedankte sich für die Auskünfte und legte auf. Immerhin war der Bericht von Bodo Eisenhauer ausgedruckt. In seiner aktuellen Lebenssituation hatte Richard die analoge Welt wieder zu schätzen gelernt.

Er las den Ermittlungsbericht sorgfältig. Die Polizei ging davon aus, dass der Fundort der Leiche nicht der Tatort war. Die KTU hatte die Rübenmiete und die Umgebung in einem Radius von vierhundert Metern akribisch untersucht. Jetzt ging es darum, die vielen Spuren zu identifizieren. Was kam in der Natur ohnehin vor, was waren eindeutig menschliche Spuren?

Die Rübenmiete lag in einem Dreieck zwischen der B 5 und dem Forstweg von Gumtow nach Bärensprung und war durch einen sogenannten Karrenweg zu erreichen. Selbst im Herbst dürfte es kein Problem sein, mit einem Pkw diesen Weg zu nutzen. Mit einem SUV, den hier viele fuhren, schon gar nicht. Richard wusste, dass so mancher, der bei einer Familienfeier zu viel getrunken hatte, gerne auf diese Wege durch die Felder auswich. Und wer wusste schon, wer alles auf diesem Weg angehalten hatte, um zu pinkeln oder die Zigarette zu rauchen, die zu Hause verboten war? Spuren in der Nähe der Rübenmiete konnten also reine Zufallsfunde sein.

Richard seufzte. Er ahnte, wie viel Zeit es in Anspruch nehmen würde, die Spreu vom Weizen zu trennen.

Marley lachte noch immer, als sie ihr Büro betrat. Steffi blickte überrascht auf. So gut gelaunt hatte sie die Chefin schon lange nicht mehr gesehen. Auf ihren fragenden Blick sagte Marley nur, sie habe gerade ein Gespenst aus der Vergangenheit getroffen. Und musste noch mehr lachen. Eddi war wirklich ein Gespenst aus ihrer Vergangenheit – wie zutreffend diese Beschreibung war. Dieser dürre, magenkranke Mann hatte ihr so viel Kummer bereitet und dachte jetzt, er könne mit einem billigen Trick ihre Gunst wiedererlangen. Ein Porträt über Marley Leonhardt für die MoPo, im Ernst? Damit sollte alles vergeben und vergessen sein?

Marley setzte sich an ihren Schreibtisch und kam langsam runter. Sie war stolz auf sich. Sie hatte cool auf Eddi Fürst reagiert, und dann hatte sie ihn ausgelacht. Gab es eine effektivere Methode, einen Mann in den Senkel zu stellen?

Als Richard hörte, dass Marley wieder zurück war, klopfte er kurz an ihre Zimmertür und öffnete sie. Marley sah ihn heiter an. Er erzählte ihr von seiner IT-Niederlage und dass er keine Lust habe, sich auf einen Kampf mit der Bürokratie einzulassen. Er würde morgen seinen eigenen Computer mitbringen, und wenn er ins Polizeisystem reinmüsse, würde er Steffi bitten, ihn an ihren Computer zu lassen.

Marley hatte am Vormittag, als sie Richard und Steffi einander vorgestellt hatte, bemerkt, dass die beiden sich auf Anhieb mochten. Gute Voraussetzung für eine erfolgreiche Ermittlung und für ein freundliches Arbeitsklima. Sie merkte, wie sehr sie eine entspannte Arbeitsatmosphäre vermisst hatte. Walter Meyer mit seinem gekränkten Ego und seiner feindseligen Entourage hatte ihr das Leben schwer gemacht. Sie berichtete Richard kurz von der Pressekonferenz und schlug dann vor, gemeinsam in die Kantine zu gehen.

Das alte Backsteingebäude diente seit ewigen Zeiten als Kantine, war aber vor drei Jahren runderneuert worden. Und auch der Speiseplan hatte sich verändert. Dem Zeitgeist entsprechend gab es jetzt jeden Tag auch ein vegetarisches Gericht. Zuerst hatten die Traditionalisten unter ihren Kollegen, natürlich alles Männer, sich darüber lustig gemacht und darauf gewettet, dass dieses Experiment nach spätestens vier Wochen beendet sein würde. Inzwischen aber hatte sich das vegetarische Angebot durchgesetzt und war für einen großen Teil der Belegschaft nicht mehr von der Speisekarte wegzudenken.

Es war kurz vor eins, als sie die gut besuchte und dank einer neuen Klimaanlage wohltemperierte Kantine betraten. Das ungewöhnliche Paar erregte Aufmerksamkeit, wenngleich einige Kolleginnen und Kollegen so taten, als sähen sie sie gar nicht, und auf ihre Teller starrten. Aber die Information, dass ein Berliner Kollege, der aussah wie ein Gangsta-Rapper, in der Soko Rübenmiete mitarbeitete, hatte schon die Runde gemacht.

Marley und Richard wählten beide die Pasta arrabiata und nahmen am Ende eines langen Tisches Platz, an dem schon drei Frauen und zwei Männer, alle in Uniform, saßen.

Sie hatten gerade zu essen begonnen, als Marley Eddi Fürst bemerkte. Er saß circa zehn Meter entfernt an einem kleinen Tisch und aß sein obligatorisches Käsebrötchen. Er behauptete, dies sei das einzige Lebensmittel, das er vertrage. Käsebrötchen zu jeder Tageszeit. Die lebensnotwendigen Vitamine und Mineralien nahm er durch Nahrungsergänzungsmittel zu sich, für die er im Internet ein Vermögen ausgab. Am Anfang ihrer Affäre hatte Marley noch versucht, ihn zu anderen Gerichten zu überreden, hatte aber nach kürzester Zeit aufgegeben. Wenn man Krach mit Eddi haben wollte, musste man nur seine Ernährung problematisieren.

Eddi starrte zu ihrem Tisch und schien vergessen zu haben, dass er ein Brötchen in der Hand hielt. Er war in der Bewegung wie fixiert. Erst dachte Marley geschmeichelt, es ginge um sie, dann bemerkte sie, dass Eddi Richard mit offenem Mund anstarrte. Sie ahnte, was in seinem Reporterhirn vor sich ging. Die Leiche in der Rübenmiete war eine gute Geschichte für die Saure-Gurken-Zeit. Die Tatsache, dass er den von der Bildfläche verschwundenen Star der Berliner Polizei hier aufgespürt hatte, war eine Sensation.

Sie versuchte ein wenig Small Talk mit Richard, aber auch der hatte bemerkt, dass er angestarrt wurde. »Eddi Fürst«, murmelte Marley, »er war vorhin in der Pressekonferenz.«

»Mit dem warst du früher doch mal …«, Richard brauchte einen kleinen Moment, bis er einen passenden Begriff gefunden hatte, »… liiert?«

»Ja, aber nur ein paar Monate. Ich habe ihn seit mehr als zwei Jahren nicht gesehen.«

Es war ihr peinlich, an ihre amouröse Vergangenheit mit diesem Typen erinnert zu werden. In der lichtdurchfluteten Kantine mit den großen Bogenfenstern wirkte der ausmergelte Eddi mit seiner ungesunden Hautfarbe wie ein Untoter. Was habe ich bloß an ihm gefunden?, fragte sie sich nicht zum ersten Mal.

Eddi war inzwischen aufgestanden und bahnte sich einen Weg zu ihrem Tisch.

»Wimmel ihn ab«, bat Richard leise, aber es war schon zu spät.

Eddi baute sich neben ihnen auf und begrüßte Richard freundlich. »Richard Said Wagner, Sie hier in der Provinz – das ist ja eine echte Überraschung. Sie waren lange von der Bildfläche verschwunden. Es hieß, Sie hätten die Branche gewechselt«, versuchte er sein Glück.

Aber Richard ließ ihn abtropfen. »Wie Sie sehen, arbeite ich noch bei der Polizei. Und bin gerade in einem wichtigen Gespräch mit der Polizeidirektorin. Wenn Sie uns also bitte entschuldigen würden?«

Eddi tat verständnisvoll und trat den Rückzug an – zu Käsebrötchen und Kamillentee. Nicht, ohne Marley im Abgang noch triumphierend zuzublinzeln. Daraus würde er eine Superstory machen, und niemand, auch Marley nicht, würde ihn daran hindern können.

Schweigend beendeten Marley und Richard ihre Mahlzeit. Richard war gerade klar geworden, dass seine Rückkehr in den Job nicht so unauffällig vonstattengehen würde, wie er sich das gewünscht hatte. Er war der Quoten-Migrant in der Führungsebene der Berliner Polizei gewesen und hatte dafür Vorteile, aber auch Häme und Spott kassiert. Wenn er jetzt wieder in die Öffentlichkeit zurückkehrte, würde es Fragen geben. Fragen, die er noch nicht beantworten wollte.

Den Tee tranken sie in Marleys Büro und besprachen den aktuellen Stand der Ermittlungen. Noch immer warteten sie auf den Obduktionsbericht und die Analyse der Blutspuren aus Diego Hausmanns Küche. Marley erzählte von der Begegnung mit Rolf Liebenthal. Wie hatte Diego solch einen Staranwalt engagieren können? Woher kannte er ihn überhaupt?

Richard wusste, dass er seine Karten auf den Tisch legen musste, und erzählte von Clara von Wohlleben, ihrem gemeinsamen Leben auf Schloss Demerthin, und verriet Marley, dass Clara Rolf Liebenthal engagiert hatte, weil sie von Diegos Unschuld überzeugt war.

»Wie gut kennst du Diego Hausmann?«, fragte Marley. Es war in der Prignitz offensichtlich auch nicht anders als in Berlin: In einem bestimmten Umfeld kannte jeder jeden.

»Ich habe ihn ein paarmal getroffen. Clara und er hatten

gemeinsame Pläne. Sie wollten ein Restaurant in Demerthin aufmachen. Das war, bevor Diego angefangen hat zu trinken. Clara hat versucht, den Kontakt aufrechtzuerhalten, aber er wollte plötzlich nichts mehr von ihr und den Plänen wissen. Er hat sich auf seinem Hof verkrochen und ist nicht mal mehr ans Telefon gegangen. Clara hat es dann nach ein paar Wochen aufgegeben.«

Marley lag es auf der Zunge, nachzufragen, woher eigentlich Claras Reichtum stamme, aber sie verkniff sich die Frage. Heute war der erste Tag ihrer Zusammenarbeit mit Richard. Sie musste behutsam vorgehen, um ihn nicht gleich zu verschrecken.

»Also bezahlt deine Lebensgefährtin den Anwalt unseres Hauptverdächtigen?«, brachte sie es auf den Punkt.

Richard wusste selbst, wie absurd das war. Deshalb hielt er nicht dagegen, sondern sagte nur, dass Clara nicht seine Lebensgefährtin sei. Dieser Begriff treffe es nicht.

»Aha, und welcher Begriff trifft es dann?«, fragte Marley neugierig. Es gefiel ihr, wie sich langsam Richards aktuelle Lebenssituation entblätterte.

»Clara ist eine Freundin, mehr nicht. Noch nicht!«

Marley spürte Richards Unwillen und ließ die privaten Themen sein. Stattdessen informierte sie ihn über ihren Anruf im Bundesverteidigungsministerium und das Telefonat mit Bernadettes Mutter.

»Was, wenn es sich bei der Leiche gar nicht um Bernadette Rehm handelt? Wenn die, aus welchen Gründen auch immer, abgetaucht ist und wir einem Phantom hinterherjagen?«

Richard stimmte ihr zu. Er habe denselben Gedanken gehabt. Wenn alles so schön zusammenzupassen schien, dann war es meist ganz anders. Sie würden warten müssen. Auf den Rückruf vom Verteidigungsministerium, auf den KTU-Bericht und das Obduktionsergebnis.

Richard wollte die Zeit nutzen, um sich in Ruhe den Fundort an der Rübenmiete anzuschauen. Das hatte er seit Samstag vorgehabt. Er wollte den Ort und seine Umgebung auf sich einwirken lassen. Nein, sagte er zu Marley, er glaube nicht, dass er etwas finden werde, was die KTU übersehen habe, aber vielleicht komme er auf eine Idee, die sie bis jetzt noch nicht gehabt hatten.

Marley, die sich mit all den Verwaltungsthemen beschäftigen musste, die den Hauptteil ihrer Arbeit ausmachten, ließ ihn ziehen und setzte sich an ihren Schreibtisch. Fünf Unterschriftenmappen lagen dort wie ein stiller Vorwurf. So viel zum Thema Digitalisierung und papierloses Büro, dachte sie und begann mit den Urlaubsanträgen ihrer Kolleginnen und Kollegen.

Als Richard wenig später im Auto saß und langsam durch den Neuruppiner Nachmittagsverkehr in Richtung Kyritz fuhr, dachte er noch einmal an den unangenehmen Moment mit Eddi Fürst in der Kantine. Obwohl Richard Sprecher der Berliner Polizei gewesen war und deshalb von Berufs wegen mit allen Journalisten auskommen musste, hatte er gegen einige von ihnen Vorbehalte gehabt. Eddi Fürst gehörte dazu. Keine Empathie mit den Opfern, kein Verständnis für gesellschaftlich komplexe Zusammenhänge. Je monströser die Details, desto besser die Schlagzeile, das war die Devise.

Wie die Geier, dachte Richard, sie waren wie die sprichwörtlichen Geier. Ihm war klar, dass die schroffe Abfuhr, die er Eddi erteilt hatte, nur kurz Wirkung zeigen würde. Eddi kreiste schon über ihm und wartete auf einen Moment der Schwäche, um sich auf ihn zu stürzen und ihn auszuweiden.

Es war der dritte Tag ohne Alkohol für Diego Hausmann. Einen Menschen mit einer schlechteren körperlichen Konstitution hätte dieser kalte Entzug möglicherweise gesundheitlich geschädigt. Er hatte es bei seinem Vater erlebt, als dieser plötzlich aufhören wollte zu trinken. Natürlich ohne ärztliche Begleitung. »Ein Olaf Hausmann braucht so etwas nicht! Mein Wille reicht!« Als er am zweiten Tag ohne Alkohol plötzlich Krampfanfälle bekam und auf dem Weg vom Schlafzimmer ins

Bad ohnmächtig wurde, hatte er sofort wieder zu einem Schnaps gegriffen. Danach ging es ihm besser. Er könne ohne Alkohol nicht leben, das war die Erkenntnis aus diesem Experiment für Olaf, aber auch für seine Frau und seinen Sohn.

Diego saß auf dem schmalen Bett in seiner Zelle und rechnete nach. Seit dem 4. Oktober des vergangenen Jahres hatte er jeden Tag Alkohol getrunken. Falsch, er hatte nicht getrunken, er hatte gesoffen. Er hatte sich abgeschossen – jeden Tag. Bis heute waren das insgesamt zweihundertfünfundsiebzig Tage. Langsam kehrten seine Lebensgeister und sein Bewusstsein wieder zurück. Er hatte die letzten Monate wie durch einen Filter gesehen, alles immer in Schwarz-Weiß. Der Anlass für seinen Absturz war Bernadettes Verschwinden gewesen. Aber hatte sie ihm wirklich so viel bedeutet, dass das als Erklärung für so viele verlorene Tage und Monate ausreichte? Er konnte sich kaum noch an Bernadette erinnern. Er hatte keine Ahnung, wie viele Zellen in seinem Hirn durch den Suff zerstört worden waren. Als Jugendlicher hatte er sich mit dem Thema Alkoholismus ausführlich beschäftigt und wusste seitdem, wie verheerend diese Krankheit war.

Diego war elf Jahre alt gewesen, als er kapierte, dass der Zustand, in dem sein Vater sich jeden Abend befand, nicht der Normalzustand aller Erwachsenen war. Er erinnerte sich an den Tag, als er vergeblich auf seinen Vater wartete, der eigentlich zum Spiel der Jugendmannschaft des SV Demerthin hatte kommen wollen. Sein Kumpel Fred, bei dem er oft zu Hause war, um Tischfußball oder Karten zu spielen, erklärte ihm, dass er nicht länger warten solle. Sein Vater sei ein Säufer, die würden immer Dinge versprechen, die sie nicht einhielten, habe seine Mutter gesagt.

Sobald er Zugang zu einem Rechner gehabt hatte, begann Diego nach Informationen zum Thema Alkoholismus zu suchen. Er kannte die Empfehlungen für einen vernünftigen Umgang mit Alkohol ebenso wie die drastischen Beschreibungen einer Leberzirrhose. Schon früh kapierte er, welche Entbehrungen seine Mutter in dieser Ehe auf sich nahm. Die schlechte Stimmung, die Wortlosigkeit in der Familie Hausmann – all das hatte plötzlich einen Namen: Alkoholismus. Damals hatte Diego sich geschworen, anders zu leben als sein Vater. Und hatte dann doch in der ersten Krise seines Lebens sich selbst an die Flasche gehängt.

Aber war das Ende der Beziehung mit Bernadette wirklich seine erste Lebenskrise? War sein Problem nicht eher seine freudlose Kindheit und der plötzliche Unfalltod der Eltern? Hatte er um die beiden überhaupt richtig getrauert? Er war damals so beansprucht gewesen von all den Dingen, die er regeln musste, dass er jeden Gedanken der Trauer verdrängt hatte. Die enorme Summe von zweihundertfünfzigtausend Euro aus der Lebensversicherung hatte ihn zusätzlich schockiert. Er hatte seine Emotionen in Aktionismus umgesetzt – neue Ideen für die Viehzucht, Pläne für ein eigenes Restaurant. Alles nur Verdrängung, dachte er an diesem heißen Julitag. Wenn ich hier jemals rauskomme, mache ich eine Therapie, schwor er sich.

Und dann ging plötzlich alles ganz schnell. Der Polizist, der ihn schon gestern nach dem Gespräch mit Anwalt Rolf Liebenthal in die Untersuchungszelle gebracht hatte, holte ihn raus und brachte ihn ins Büro der Chefin, zu Marley Leonhardt. Und die hatte Neuigkeiten für ihn.

Marley hatte längst ihre Unterschriftenmappen abgearbeitet, einen zweiten Tee zusammen mit Steffi getrunken und deren Fragen nach Richard Said Wagner vorsichtig beantwortet, als das Verteidigungsministerium zurückrief.

»Sie ist im Auslandseinsatz bei MINUSMA in Mali. Oberfähnrich Bernadette Rehm ist in Gao. Und zwar seit Ende Oktober vergangenen Jahres.« Damit hatte ihr Bekannter aus der Pressestelle des Verteidigungsministeriums Marley mit wenigen Worten klargemacht, dass sie seit drei Tagen eine falsche Spur verfolgte. Dazu kam die Analyse der Blutspuren in Diegos Küche. Die KTU konnte ausschließen, dass es sich dabei um menschliches Blut handelte. Vermutlich war es beim Kochen auf den Boden getropft, und Diego, der sich in den letzten Monaten nicht mehr um seinen Haushalt gekümmert hatte, hatte es einfach nicht weggewischt.

Nun saß Diego ihr gegenüber und schien sie nicht zu verstehen. »MINUSMA, Gao …?« Er schaute Marley verwirrt an. »Ich musste auch nachfragen«, gab sie zu. »Es handelt sich um den Einsatz der Vereinten Nationen in Mali. Dieser Einsatz heißt MINUSMA. Die Bundeswehr beteiligt sich aktuell mit achthundertachtzig Soldatinnen und Soldaten. Und ihre Freundin Bernadette ist eine von ihnen. Seit Ende Oktober des letzten Jahres. Sie hat sich am 5. Oktober bei ihrem Regiment in Husum zurückgemeldet und darum gebeten, an diesem Auslandseinsatz teilnehmen zu dürfen. Nach einer zweiwöchigen Schulung ist sie am 29. Oktober mit anderen Soldatinnen und Soldaten zunächst ins Hauptquartier nach Bamako geflogen worden. Seit März ist sie in Gao zuständig für die Überwachung des Flugraums.«

Marley las Diego die Notizen vor, die sie sich während des Telefonats gemacht hatte. Sie fühlte sich wie eine verdammte Amateurin. Drei Tage einer Fehlspur hinterhergelaufen, und dann musste sie auf einer Landkarte auch noch nachschauen, wo Mali lag. Wie die meisten Deutschen hatte sie Vorbehalte gegen die Auslandseinsätze der Bundeswehr, aber faktisch keine Ahnung, wo und warum sie stattfanden.

»Also lebt sie?«, fragte Diego. »Sie ist nicht die Tote in meiner Rübenmiete?«

Marley schüttelte den Kopf, und Diego starrte einen Moment zu Boden. Dann fing er an zu weinen. Lautlos liefen ihm die Tränen übers Gesicht, und er spürte eine grenzenlose Erleichterung.

Zurück in Demerthin bat Richard Clara, zu Diegos Rübenmiete zu fahren. Das rot-weiße Flatterband war noch immer weiträumig darum gezogen und bewegte sich leicht im Sommerwind.

Erwins Traktor stand auch noch immer dort, obwohl er doch seit Sonntag seinen Zündschlüssel wiederhatte.

Der Gestank der vergammelten Rüben in der nachmittäglichen Hitze war unerträglich, trotzdem stiegen Clara und Richard aus und gingen um die teilweise abgetragene Miete herum. Die faulenden Rüben lagen weit verstreut. Ein ganzes Stück entfernt war eine riesige Koppel mit Hunderten von Schafen.

»Was glaubst du, was passiert ist?«

»Keine Ahnung«, antwortete Richard.

Er hatte tatsächlich keine Vorstellung, wie jemand darauf kommen konnte, eine Leiche in einer Rübenmiete abzulegen. Sicher versteckt war sie nur für knapp sechs Monate, danach wurde die Miete abgebaut. So etwas wusste hier auf dem Land jeder. War es eine Kurzschlusshandlung gewesen, oder hatte jemand den beschleunigten Verwesungsprozess einkalkuliert? Richard hatte wenig Ahnung von Naturwissenschaften, aber dass vergärende Rüben eine Leiche schneller veränderten als ein sandiger Waldboden, war ihm dennoch klar.

Er fragte Clara zum ersten Mal, weshalb sie darauf bestanden hatte, dass die Rübenmiete abgebaut wurde.

»Ich war letzte Woche mit Izzie hier. Schon von Weitem habe ich den Gestank wahrgenommen. Der Hund war auch irritiert und hat wie wild gebellt.«

»Und wieso rufst du dann Erwin an?«

»Richard, du kannst das nicht wissen, aber das ist alles mein Land, bis zur Koppel, auf der die Schafe stehen. Ich habe es Erwin und Diego zur Bewirtschaftung überlassen, kostenfrei.«

»Es gehört dir?«, fragte Richard ungläubig. »Seit wann?«

»Ich habe es zusammen mit dem Schloss gekauft. Es gehören auch noch Flächen in Richtung Kolrep dazu. Und ein großes Stück Wald in Richtung Plattenburg. Ich bin sozusagen eine Großgrundbesitzerin«, sagte sie lachend. »Und jetzt muss Erwin diese Rüben endlich wegschaffen! Kann ich davon ausgehen, dass ich das veranlassen darf, oder muss ich erst bei deiner Chefin nachfragen?«

»Du kannst einfach mich fragen«, ging Richard auf ihren lockeren Ton ein. »Die Arbeit der KTU ist abgeschlossen, der Fundort der Leiche also offiziell freigegeben.«

»Okay, Officer«, sagte Clara mit einem Grinsen.

Ironie war ein bewährtes Mittel ihrer Kommunikation. Beide konnten ihre Gefühle perfekt dahinter verbergen. Clara ihre Angst, dass diese Beziehung, die ihr mehr bedeutete, als sie zugeben wollte, beendet sein würde, sobald Richard sich wieder gefangen hatte. Und er verbarg damit sein Staunen über diese Frau, die ihm immer wieder Rätsel aufgab.

Lächelnd gingen sie zum Wagen zurück und waren beide froh, dass sie die heiklen Themen für heute aussparen konnten. Sie würden nach Hause fahren, Richard würde kochen, und sie würden über die Pläne für die neue Küche beraten. Die Geister der Vergangenheit wären gebannt. Zumindest für diesen Abend.

Mittwoch, 7. Juli

Marius Koch stöhnte, als er um acht Uhr sein Fahrrad vor dem Haus mit den schönen alten Rundbögen am Marktplatz 2b neben einer der noch jungen Buchen abstellte. Obwohl noch früh am Morgen, war es schon über zwanzig Grad warm, und es würde wieder ein heißer Sommertag werden. Kein schönes Szenario für einen übergewichtigen Mann mit Bluthochdruck. Um etwas für seine Gesundheit zu tun, war er schon vor einigen Monaten aufs Fahrrad umgestiegen. Aber die hohen Temperaturen gaben ihm das Gefühl, dass das Training völlig umsonst gewesen war. Er war bereits jetzt in Schweiß gebadet.

Schon auf der Straße hörte er das laute Klingeln seines Festnetztelefons. Es war Ferienzeit, und seine Assistentin, ohne die er inzwischen verloren war, hatte sich in den zweiwöchigen Sommerurlaub verabschiedet. Mist, er hätte gerne erst mal die Bäume, die direkt vor seinem Fenster standen, ausgiebig gewässert, bevor er das im Laufe des Vormittags vergessen würde. Er beeilte sich, seine Bürotür aufzuschließen, und wunderte sich über das beharrliche Klingeln. Er selbst legte spätestens nach viermal auf. Nicht dieser Anrufer, der um acht Uhr früh unbedingt jemanden bei der Regionalzeitung erreichen wollte.

»Kyritzer Tageblatt, Koch«, meldete sich Marius.

»Hier ist der Spargelhof Zünow, Bohn mein Name«, meldete sich eine männliche Stimme, die eindeutig über fünfzig war. »Ich denke, Sie sind bei der Zeitung, wieso geht denn bei Ihnen keiner ran?«, fragte der Mann ungehalten. »Ich rufe seit sieben Uhr andauernd an, und Sie haben noch nicht mal einen Anrufbeantworter!«

Marius fühlte sich ertappt. Nach dem Pressetermin in der Polizeidirektion in Neuruppin hatte er gestern Nachmittag seinen Artikel geschrieben und an die Zentrale der MAZ weitergeleitet. Dann hatte Kurt ihn angerufen und gefragt, ob er Zeit für ein Bierchen im Café Schröder habe, und er hatte mal wieder vergessen, den AB einzuschalten. Die Hitze brachte ihn ganz durcheinander. Er bemühte sich, die Fassung zu bewahren.

»Was ist denn so eilig? Was kann ich für Sie tun?«, fragte er in höflichem Ton.

»Ich glaube, ich weiß, wer die Tote in der Rübenmiete ist«, sagte der Mann und hatte damit Marius' ungeteilte Aufmerksamkeit.

Marley war an diesem Morgen etwas später ins Büro gekommen. Sie hatte gestern Abend noch lange an ihrem Schreibtisch gesessen. Zweimal hatte sie den KTU-Bericht gelesen und die Vermisstenmeldungen der letzten Jahre noch einmal durchgesehen. Dabei blickte sie hin und wieder auf die große Dachterrasse des Mehrfamilienhauses hinter der parkähnlichen Grünanlage, die das Polizeigelände umgab. Offensichtlich wurde dort gegrillt. Männer und Frauen standen mit ihren Gläsern in der Hand vor einer Bar in der Nähe eines Grills. Vom Schreibtisch aus konnte sie eine kleine Rauchwolke sehen, und durch das geöffnete Fenster hörte sie leise Stimmen und Gelächter.

Sie spürte einen Anflug von Neid. Wieso konnten andere den Sommer so unbeschwert genießen, und sie musste sich mit einem Mord beschäftigen?

Weil du es dir so ausgesucht hast, sagte die Stimme der Vernunft in ihr. Du hättest statt Kriminalistik auch Literaturwissenschaft für Lehramt studieren können. Dann hättest du gerade Sommerferien, würdest heute Abend auch in einem Garten oder auf einer Dachterrasse mit einem Glas in der Hand stehen und mit den anderen Kolleginnen und Kollegen aus deiner Schule über den neuen Roman eines isländischen Autors diskutieren oder darüber, ob du für vier oder nur für drei Wochen nach Italien fährst.

Sie musste über sich selbst grinsen. Literaturwissenschaft, ausgerechnet. Sie hatte nie verstanden, wie man stundenlang ernsthaft über die tiefere Bedeutung eines Gedichts oder eines

Romans sprechen konnte. Wenn sie überhaupt einmal etwas anderes als ihre Akten oder die Zeitung las, dann wollte sie unterhalten werden. Und je weniger Interpretationsmöglichkeiten diese Unterhaltung zu bieten hatte, desto besser. Gegen einundzwanzig Uhr hatte sie sich auf ihr Fahrrad geschwungen und war nach Hause geradelt. Dort hatte sie geduscht, sich dann im Bademantel mit einem Glas kaltem Pouilly-Fumé auf ihren Balkon gesetzt und wie immer auf den Ruppiner See geschaut. Wenn sie schon keine Zeit für andere Vergnügungen hatte, diesen Blick konnte ihr keiner nehmen. Gegessen hatte sie den ganzen Tag wenig, und jetzt reichten ihr ein paar Nüsse zum Wein. Vielleicht würde sie Ende der Woche eines ihrer alten Sommerkleider anprobieren. Sie hatte das Gefühl, schon ein wenig abgenommen zu haben.

Am nächsten Morgen auf dem Weg zum Büro kreisten ihre Gedanken wieder um den Fall. Der Fundort der Leiche war nicht der Tatort, in dieser Hinsicht war der KTU-Bericht ziemlich eindeutig. Also hatte der Täter die Tote bewusst zu dieser Rübenmiete gebracht. Das bedeutete, dass er die Stelle gekannt haben musste. Dann hatte er die große schwarze Plane zur Seite gezogen, eine ganze Menge Rüben heruntergenommen, die Leiche abgelegt und die restlichen Rüben auf dem toten Körper verteilt. Und dann die schwarze Plane wieder darübergezogen. Das war Schwerstarbeit und nichts, was man in ein paar Minuten erledigen konnte. Es musste in der Nacht passiert sein. Das sprach nicht für eine Tat im Affekt.

In ihrem Büro angekommen, las Marley als Erstes den Obduktionsbericht, den Eva Oldenhauer mitten in der Nacht geschickt hatte. Der Verwesungszustand der Leiche hatte die Obduktion in die Länge gezogen. Viele Details mussten geprüft werden. Es handelte sich um eine junge Frau, so viel hatte Eva schon am Sonntag angedeutet. Aber jetzt war sie sicher: Sie konnte das Alter auf zwanzig bis zweiundzwanzig Jahre eingrenzen. Todeszeitpunkt: irgendwann zwischen Oktober und Dezember im vergangenen Jahr. Genauer war er leider nicht zu definieren. Der Maden- und Tierfraß war schon zu weit fortgeschritten. Das Opfer hatte eine Verletzung am Schädel. Ein Schlag mit einem stumpfen Gegenstand. Vermutlich hatte dieser Schlag die Frau auch getötet.

Marley hielt einen Moment inne und dachte über die Abgründe nach, die sich hinter dem Wort »vermutlich« auftaten. Wenn die Frau noch gelebt hatte, als sie in die Rübenmiete gelegt wurde, dann war sie unter den Rüben erstickt. Oder sie war in einer der kalten Nächte des vergangenen Herbstes erfroren. Marley hoffte, dass der Schlag tödlich gewesen war. Alles andere war zu grausam.

Es gab noch eine weitere Erkenntnis: Das Opfer war schwanger gewesen. Vermutlich im vierten Monat. Und dann las Marley etwas in diesem Bericht, das sie schockierte. Sie rief Eva Oldenhauer an.

Die war entweder immer noch oder schon wieder im Institut für Rechtsmedizin. Ja, es habe länger als üblich gedauert, weil Finn gestern ausgefallen sei und sie diese Leiche nicht einem der anderen Kollegen habe überlassen wollen.

Marley unterbrach sie. »Eva, was ist mit diesem Embryo?«

Eva erklärte ihr, dass wegen der Fäulnisbildung im Unterbauch der Toten ein solcher Druck entstanden sein müsse, dass es den Embryo über den Geburtskanal ausgetrieben habe. Noch immer verbunden durch die Nabelschnur, habe er zwischen den Beinen der Toten gelegen. Also das, was an Substanz noch übrig gewesen sei. Das passiere häufiger, erklärte sie Marley, die voller Entsetzen schwieg.

Nach einer kurzen telefonischen Verabschiedung saß Marley an ihrem Schreibtisch und starrte ins Nichts. Sie musste ihr Team informieren, musste das Grauen in Worte fassen. Manchmal hasste sie ihren Beruf. Das war einer dieser Momente.

Mitten in die anschließende Besprechung mit ihrer Soko Rübenmiete platzte Steffi. »Marley, da ist ein Reporter aus Kyritz am Telefon. Ich glaube, mit dem solltest du sprechen.«

Marley übergab den Obduktionsbericht an Bodo Eisenhauer

und bat ihn, das Meeting fortzuführen. Dann folgte sie Steffi. Sie wusste, dass die sie nicht umsonst aus einer laufenden Besprechung herausholen würde.

Marley ging zu ihrem Schreibtisch und wartete, bis das Gespräch durchgestellt war.

»Guten Morgen, Frau Leonhardt, hier ist Koch, Marius Koch vom Kyritzer Tageblatt.«

Marley sah ihn direkt vor sich – ein sympathischer, übergewichtiger Mann, der immer gute Laune hatte. Er hatte zu ihrem Amtsantritt sehr freundlich über sie geschrieben. Sie mochte ihn, natürlich auch deswegen.

»Hallo, Herr Koch. Was kann ich für Sie tun?«

»Ich hatte vorhin einen Anruf von einem Spargelhof in der Nähe von Perleberg. Spargelhof Zünow. Ein Mann namens Bohn, Joachim Bohn. Er sagt, er weiß, wer die Leiche in der Rübenmiete ist.«

»Und wieso meldet der sich bei Ihnen und nicht bei uns?«, fragte Marley leicht pikiert.

»Frau Leonhardt, woher soll ich das denn wissen? Ich kenne den Mann nicht!«, entgegnete Marius Koch freundlich.

Er hatte natürlich recht. Marley entschuldigte sich, fragte nach den Kontaktdaten von Joachim Bohn und versprach Koch, ihn auf dem Laufenden zu halten. Dann rief sie Richard an. Der kam gerade von Diego Hausmann und wollte sich auf den Weg nach Neuruppin begeben. Dass er heute Morgen nach Diego sehen würde, hatten sie gestern Abend noch verabredet. Der Mann war suchtkrank und gerade unschuldig in Untersuchungshaft gewesen. Wer wusste, auf was für Ideen er zu Hause kam?

»Er scheint okay zu sein«, berichtete Richard. »Zumindest war er nüchtern und hat mich auch nicht gleich rausgeworfen. Er wollte wissen, ob man eine Soldatin im Einsatz in Mali einfach anrufen kann. Ich habe ihm versprochen, dass wir uns darum kümmern werden.«

»Ja, ich kann das mit meinem Kontakt im Verteidigungsministerium klären, aber jetzt musst du bitte erst mal nach Zünow zum dortigen Spargelhof fahren. Das ist in der Nähe von Perleberg, also gar nicht so weit von deinem aktuellen Standort entfernt.«

Sie erzählte ihm von dem Telefonat mit Marius Koch. Richard solle mit Herrn Bohn sprechen und sich selbst ein Bild machen. Und sie dann umgehend anrufen.

Über die B 5 waren es knapp dreißig Kilometer bis nach Zünow. Richard fuhr langsam und hing seinen Gedanken nach. Seit dem Fund der Leiche am Samstag war er in Neuruppin und Berlin gewesen und jetzt auf dem Weg zu einem ihm unbekannten Ort. Nach neun Monaten fast kompletter Zurückgezogenheit war das rekordverdächtig.

Wenn er in den letzten Monaten überhaupt Demerthin verlassen hatte, war er mit Clara zum Einkaufen nach Kyritz gefahren. Wie bei einem sehr alten oder sehr kranken Menschen war sein Radius ganz klein geworden – etwas, das er niemals für möglich gehalten hätte.

Mit sieben Jahren war er nach dem Tod seines deutschen Vaters mit seiner Schwester und seiner Mutter erst von Teheran nach Damaskus übergesiedelt, wo ein Onkel seiner Mutter lebte. Dann hatte sein Großvater all seine Beziehungen spielen lassen, und sie waren, vermittelt über die deutsche Botschaft, zu den Großeltern nach Hildesheim gezogen.

Richards Vater, der den gleichen Namen trug wie sein Sohn, war seit 1977 Lehrer an der Deutschen Schule in Teheran gewesen und hatte das Land auch nach der Ausrufung der Islamischen Republik nicht verlassen. Anders als die meisten anderen Europäer. Der Grund war Aria, die Frau, die er gegen den Willen seiner Eltern Anfang 1979 in Teheran geheiratet hatte. Ein Jahr nach der Hochzeit wurde Azadeh geboren, 1982 dann Said. Dass er seinem Sohn den zweiten Vornamen Richard gab, war eine Versöhnungsgeste in Richtung seines Vaters Friedrich.

Der hatte nie verstanden, warum sein Sohn, statt ans Konservatorium zu gehen, unbedingt Iranistik in Wien hatte studieren müssen, um dann als Lehrer in den Iran zu gehen. So eine Verschwendung von Talent, so ein Eigensinn! Dass er ihm mit seiner Dominanz die Luft zum Atmen genommen hatte, hatte sich Friedrich nie eingestehen können.

Auch für Richard junior war schon früh klar gewesen, dass Hildesheim nur eine Zwischenstation sein konnte. Er wollte nach New York, das war sein Traumziel.

Eine Leidenschaft, die er mit seiner Großmutter Ingeborg teilte. Gemeinsam blätterten sie in dem großen, schweren Band mit Fotos von New York, einem Teatable Book, wie sie ihm erklärte. »Wenn du dein Abitur bestanden hast, fahren wir beide nach New York.« Da war er acht Jahre alt gewesen. Aber dann überwarf sich seine Mutter mit ihren Schwiegereltern und zog allein mit ihren Kindern nach Berlin zu ihrer Schwester, die mit ihrem Mann und den beiden Söhnen in einer heruntergekommenen Wohnung in Neukölln lebte. Es war eine große Umstellung für die Wagner-Kinder. Einerseits genossen Azadeh und Richard die Freiheiten und Möglichkeiten der Großstadt, andererseits vermissten sie die Rituale und die familiäre Geborgenheit in Hildesheim.

Ihr Großvater, Georg Friedrich Wagner, war seit vielen Jahren Intendant des Theaters in Hildesheim und hatte den Status eines Prominenten in der Stadt.

Seinen begabten Sohn hatte er viel zu früh verloren, seinen beiden Enkelkindern würde er den Weg in eine erfolgreiche Zukunft bahnen. In eine künstlerische Zukunft natürlich. Sooft es ging, nahm er sie mit ins Theater, ein Dreispartenhaus, und bestand bei beiden auf einer musikalischen Grundausbildung. Kaum waren sie in Hildesheim eingetroffen, hatte er sie schon in der Musikschule angemeldet.

Azadeh spielte ganz passabel Geige, aber Richard war ein Wunderkind, so wie sein Vater. Jedes Instrument beherrschte er nach kurzer Zeit, und die Lehrer an der Musikschule wie auch im Gymnasium attestierten ihm das absolute Gehör. Mit zehn Jahren war er Teil des Opernchores. Zwar durfte er nur bei kindergeeigneten Inszenierungen und auch dann nur bis einundzwanzig Uhr auf der Bühne sein, aber er bekam eine kleine Gage und fühlte sich sehr erwachsen. Alles schien perfekt. Aber dann verliebte sich Aria, Richards und Azadehs Mutter, in den Briefträger Behnam, einen freundlichen, einfachen Mann, der ebenfalls aus dem Iran stammte. Sie hielten die Beziehung lange geheim, doch an einem Nachmittag kam Ingeborg Wagner früher als üblich aus dem Finanzamt zurück, wo sie eine leitende Funktion innehatte. Sie erwischte die beiden in flagranti und war fassungslos.

Behnam war die Sache furchtbar peinlich. Er zog sich rasch an, ging zur Haustür und warf noch einen kurzen Blick auf Ingeborg, die mit kaum unterdrückter Wut am Küchentisch saß und hektisch an einer Zigarette zog. Auf einmal kam alles hoch, was gute Erziehung und Disziplin lange unterdrückt hatten. Aria war schuld am Tod ihres geliebten Sohnes, der bei einem irakischen Bombenangriff auf Teheran ums Leben gekommen war.

Beide Eltern hatten ihm zugeredet, das Land zu verlassen, als der Erste Golfkrieg 1980 begann. Aber Aria und Richard senior waren erst seit Kurzem verheiratet, und Azadeh war auf dem Weg.

Sie hätten ein sicheres, schönes Leben in Deutschland führen können, aber sie wollten ja nicht. Es war Arias Schuld, dass Richard senior im Iran geblieben und dort ums Leben gekommen war. Ihr begabter Junge, ihr Ein und Alles. Und jetzt, wo für die Enkelkinder alles gut lief, sie Freunde gefunden hatten und integriert waren, fing ihre Schwiegertochter ein Verhältnis mit einem Briefträger an, der zudem verheiratet war. Ingeborg redete sich in Rage, und Aria schwieg.

Als Georg Friedrich nach der Abendvorstellung spät nach Hause kam, war nichts mehr zu retten. Aria hatte mit ihrer Schwester telefoniert und sich entschieden. Zum Ende des Schuljahres würde sie mit den Kindern nach Berlin ziehen.

Das waren noch fast zwei Monate, in denen Aria mit ihrer Schwiegermutter kein Wort und mit ihrem Schwiegervater nur das Nötigste sprach. Richard und Azadeh bekamen zum ersten Mal eine Vorstellung davon, wie die Stimmung in einer Familie war, in der die Eltern sich scheiden ließen. Sie versuchten, keinen der Erwachsenen gegen sich aufzubringen und möglichst wenig Zeit zu Hause zu verbringen.

Aria fiel es nicht schwer, sich von Behnam zu trennen. Es war die Erinnerung an die verlorene Heimat gewesen, die ihn attraktiv gemacht hatte. Sie war einsam, obwohl sie die Kinder hatte und mit den Eltern ihres verstorbenen Mannes in einem Haus lebte. Sie hatte Heimweh nach Teheran, nach ihrer Familie und ihren Freundinnen, nach dem Blick auf die schneebedeckten Gipfel des Elburs-Gebirges. Ihren Schwiegereltern konnte sie nichts recht machen, das spürte sie. Sie lernte nur mühsam Deutsch, und während ihre Kinder in der Schule und im künstlerischen Umfeld des Großvaters aufblühten, hatte sie das Gefühl, in diesem kalten, disziplinierten Land unterzugehen. Sie war immer zu langsam, wusste nicht, worüber die anderen vier gerade lachten, und fühlte sich ausgeschlossen. Und sie hatte niemanden, mit dem sie darüber sprechen konnte. Bis sie Behnam kennenlernte.

Am Tag der Zeugnisausgabe stand der kleine Transporter ihres Schwagers Caplan vor der Tür. Er arbeitete für einen großen Gemüsehändler in Neukölln und hatte sich den Wagen für den Umzug ausgeliehen. Richard war elf, Azadeh dreizehn Jahre alt, als sie Hildesheim verließen. Richard würde nie vergessen, wie beide Großeltern in der Tür standen und weinten. Er und seine Schwester weinten auch. Aber Aria, die eine einmal gefällte Entscheidung niemals rückgängig machte, verabschiedete sich kurz und kühl.

Von einer gemeinsamen Reise mit Ingeborg nach New York wurde nie mehr gesprochen. Als Richard sein Abitur auf dem zweiten Bildungsweg machte, lebte sie schon nicht mehr.

Richard spürte, wie er sich in seinen Erinnerungen verlor, und gab sich einen Ruck. Er musste sich mit der Gegenwart auseinandersetzen und die Vergangenheit ruhen lassen.

Er fuhr durch die weitläufige Landschaft im Nordwesten Brandenburgs, die er immer noch nicht richtig kannte. Prignitz, so hatte Erwin ihm erklärt, käme aus dem Altpolabischen, einer slawischen Sprache aus dem 7. Jahrhundert, und bedeute »ungangbares Waldgebiet«.

Obwohl viele junge Familien aufs Land zogen – in die Prignitz verirrten sich nur wenige. Zu weit von Berlin und nicht so angesagt wie die Uckermark, die sich gerne als die »Hamptons von Berlin« aufspielte. Zwar gab es in fast jedem Dorf Zuzügler aus Hamburg, Potsdam und Berlin, aber es waren nicht viele. Sie hatten große Pläne, wollten die riesigen Scheunen ihrer Vierseitenhöfe für Theater und Konzerte nutzen, hatten aber die Rechnung ohne Ingrid Dessau und das Denkmalamt in Perleberg gemacht.

Ingrid Dessau war die Pest. Wenn das Thema Denkmalschutz nichts mehr hergab, informierte sie ihre Kollegen vom Ordnungsamt. Und die bestanden dann auf getrennte Toiletten für Frauen und Männer, auf aufwendige Brandschutzmaßnahmen und ein schlüssiges Hygienekonzept, damit kulturelle Veranstaltungen überhaupt genehmigt werden könnten. Und natürlich musste zum Schutz der einheimischen Bevölkerung samt des Tierbestandes alles spätestens um zweiundzwanzig Uhr beendet sein.

Viele der Neuankömmlinge gaben auf, bevor sie richtig losgelegt hatten. Eigentlich ist Ingrid Dessau eine Saboteurin, dachte Richard auf dem Weg nach Zünow. Sie will immer alles verhindern, selten etwas ermöglichen. Weshalb eigentlich?

Joachim Bohn saß in seinem Büro und wartete auf die Polizei aus Neuruppin. Marius Koch hatte ihn zurückgerufen und ihm gesagt, dass jemand aus der Sonderkommission, die den Mord an der jungen Frau untersuche, zu ihm kommen werde. Sie nahmen also seinen Hinweis ernst. Gut so, dachte Joachim Bohn. Natürlich hätte er auch direkt in Neuruppin anrufen können. Aber wie so mancher, der in der DDR groß geworden war, scheute er den direkten Kontakt mit der Ordnungsmacht. Jetzt wartete er auf einen Polizeiwagen und Polizisten in Uniform. Stattdessen fuhr ein knallroter Mini vor, und aus dem Kleinwagen stieg ein Mann im schwarzen T-Shirt, mit Pferdeschwanz und einer großen dunklen Sonnenbrille auf der Nase.

Marley hörte Steffi laut lachen. Sie legte ihre Unterschriftenmappe beiseite und ging ins Vorzimmer. Steffi hatte gerade aufgelegt, lachte aber noch immer.

»Gerade hat jemand vom Spargelhof Zünow angerufen und wollte wissen, ob Richard Wagner tatsächlich bei der Kripo Neuruppin arbeitet. Der Typ sehe aus, als sei er Mitglied in einem der Berliner Clans, über die andauernd etwas in der Zeitung steht. Dann hat er auf laut gestellt, und ich musste mit Richard sprechen und bestätigen, dass er Polizist ist. Selbst dann war dieser Bohn noch skeptisch. Ob man nicht einen Einheimischen hätte schicken können.«

Ja, das ist lustig, aber irgendwie auch nicht, dachte Marley. Manche Leute wollten nicht akzeptieren, dass Deutschland ein Einwanderungsland geworden war und nicht nur Biodeutsche für Polizei, Justiz und Verwaltung arbeiteten.

»Hat Richard denn schon einen Ausweis von uns?«

»Ja. Den alten Referenten-PC können sie noch immer nicht aktivieren, aber Richard hat gestern schon einen Dienstausweis erhalten. Den er natürlich am Ende der Ermittlungen zurückgeben muss«, erklärte Steffi.

Marley nickte nachdenklich und ging dann ins Büro von Julia Fiebig und Timo Broecker, die sich weiterhin mit den Vermisstenmeldungen der letzten vierundzwanzig Monate beschäftigten. Mit den genaueren Altersangaben konnte man jetzt die Fälle besser eingrenzen. Es waren trotzdem eine Menge. Wieso verschwanden so viele junge Frauen?, fragte sich Marley.

War das immer freiwillig? Ließen sie alles hinter sich, um ein neues Leben zu beginnen? Oder lagen auch sie tot in schwer zugänglichen Verstecken? Vergraben in Wäldern, Äckern oder eben Rübenmieten?

Julia und Timo waren zuversichtlich, dass sie die Identität der Toten bald klären könnten. Jetzt hatten sie ein Zahnschema. Und nicht nur die DNA der Toten, sondern auch die des Embryos. Das eröffnete zusätzlich die Möglichkeit, den Vater ausfindig zu machen.

Richard stand im Büro von Joachim Bohn und spürte dessen Feindseligkeit. Der untersetzte Mann hatte Angst vor ihm, das war offensichtlich. Richard dachte kurz darüber nach, wie er sein Erscheinungsbild an seine neue Tätigkeit in der Region anpassen könnte. An seiner Körpergröße und seinem Gewicht konnte er nichts ändern, und bei den Haaren war er zu keinem Kompromiss bereit. Aber vielleicht sollte er helle Sachen tragen, seine schwarze Kluft war für Temperaturen über dreißig Grad ohnehin nicht geeignet. Sollte er seine Schwester bitten, ein paar seiner Bürohemden nach Demerthin zu schicken? Nein, er würde selbst zu ihr fahren.

Richard und seiner Schwester gehörte je eine kleine Eigentumswohnung im selben Haus in der Babelsberger Straße in Schöneberg. Ihre Großmutter Ingeborg hatte sie für ihre beiden Enkel gekauft. Erst nach ihrem Tod erfuhren die beiden, dass sie geerbt hatten. Vorher war der Kontakt bis auf die üblichen Telefonate zum Geburtstag, zu Weihnachten und zu Ostern eingeschlafen. Umso überraschter waren sie von der großzügigen Geste. Selbst Aria, die nie wieder mit ihren Schwiegereltern gesprochen hatte und auch nicht mit zur Beerdigung nach Hildesheim kam, war beeindruckt. Kurz nach seiner Beförderung zum Pressesprecher der Berliner Polizei konnte Richard in seine Wohnung, da seine Mieterin ins Altersheim umzog. Nach seinem Zusammenbruch hatte Azadeh Richards persönliche Sachen eingelagert und die Wohnung möbliert untervermietet.

So hatte Richard einen regelmäßigen Geldeingang auf seinem Konto, denn bei der Berliner Polizei war er auf eigenen Wunsch nicht krankgemeldet, sondern hatte unbezahlten Urlaub.

Nach einigen Sekunden unbehaglichen Schweigens forderte Joachim Bohn ihn auf, Platz zu nehmen. Wie viele kleine Menschen stellte er seinen Bürostuhl deutlich höher als den Stuhl, der gegenüber am Schreibtisch stand. Richard registrierte den Trick und verstand. Es war nicht nur sein Look, es war seine Körpergröße, die Joachim Bohn störte.

»Herr Bohn, Sie haben heute Morgen im Kyritzer Tageblatt angerufen?«, begann Richard vorsichtig.

»Ja, ich hatte den Artikel gelesen. Den über die Tote in der Rübenmiete in der Nähe von Kyritz. Und alles passt: Alter, Körpergröße, Haarfarbe.«

»Auf wen passt das, Herr Bohn?«, fragte Richard.

»Auf Aneta. Aneta Hoppe«, sagte Bohn und erzählte ihre Geschichte.

Aneta war 2019 auf dem Spargelhof aufgetaucht. Es war ein überdurchschnittlich warmes Frühjahr, und die Spargelernte startete zehn Tage früher als üblich. Joachim Bohn war ausgesprochen skeptisch, als sie erklärte, als Spargelstecherin arbeiten zu wollen. Einerseits fand er, dass sie zu zierlich war für die harte Arbeit, andererseits hatte er kaum eine Wahl. Seine übliche Truppe aus Polen war nur zur Hälfte erschienen. Weshalb, wusste Joachim Bohn nicht.

Den Kontakt zum Spargelhof Zünow hatte Anetas Freundin Jolanta ihr vermittelt. Jolanta selbst wollte nicht mehr auf den Spargelfeldern arbeiten. Sie hatte einen besser bezahlten Job in Polen gefunden.

Joachim Bohn war unsicher, ob die kleine, schlanke Aneta auch nur ansatzweise Jolantas Pensum in den Spargelfeldern schaffen könnte. Aber selbst eine reduzierte Ernteleistung war besser als gar keine Unterstützung.

Die Bohns hatten drei Apartments auf ihrem Hof, die sie

außerhalb der Spargelzeit an Touristen vermieteten. In der größten Wohnung lebte Aneta zusammen mit zwei anderen Polinnen, die Männer waren in einem kleineren Apartment untergebracht. Zusätzlich zu den fünf Erntehelfern arbeiteten zwei Rentner aus Zünow für den Spargelbauern.

Margit Bohn, Joachims Frau, kochte jeden Tag für alle. Zwar war wegen der Trockenheit auch die Ernte geringer als in den Jahren zuvor, doch die Saison war halbwegs gerettet.

Sobald Aneta sich die Abläufe des Spargelstechens eingeprägt hatte, arbeitete sie ohne Murren mit gleichbleibender Leistung. April, Mai und Juni 2019 waren ungewöhnlich heiß gewesen und nachmittags im Spargelfeld nicht auszuhalten. Deshalb starteten sie statt um sechs bereits um fünf Uhr morgens und beendeten den Einsatz um dreizehn Uhr. Das Waschen und Sortieren des Spargels war die Aufgabe der beiden landwirtschaftlichen Helferinnen, die fest auf dem Spargelhof angestellt waren.

Nach dem gemeinsamen Mittagessen hatten die Erntehelfer frei, aber viel Abwechslung gab es für sie nicht. Die Bohns, dankbar, dass es überhaupt lief, organisierten Fahrräder für jeden, der daran Interesse hatte. Aneta hatte Interesse. Anders als die beiden Männer, die mit ihren Fahrrädern nur zum nächsten Supermarkt fuhren, um sich dort mit Alkohol und Zigaretten zu versorgen, radelte sie zu sämtlichen Naturdenkmälern und Sehenswürdigkeiten in der näheren und weiteren Umgebung.

Aneta studierte Politik am Willy-Brandt-Zentrum für deutsche und europäische Studien an der Universität Breslau und sprach perfekt Deutsch. Ihr Vater sei Deutscher gewesen, aber schon lange tot. Sie interessierte sich sehr für deutsche Geschichte und die deutsch-polnischen Beziehungen im 20. Jahrhundert.

»Eine polnische Akademikerin beim Spargelstechen – kommt das oft vor?«, fragte Richard.

Joachim Bohn zuckte mit den Achseln. »Wir sind froh für

jeden, der als Erntehelfer kommt, und fragen nicht nach. Da sind Studenten genauso dabei wie Hausfrauen und Rentner. Das Einkommensgefälle zwischen Deutschland und Polen ist immer noch groß, und bei uns verdienen sie den Mindestlohn, sind kostenlos untergebracht und erhalten Frühstück und eine warme Mahlzeit am Tag. Es lohnt sich für beide Seiten. Außerdem bekommen wir keine deutschen Erntehelfer. Schon seit vielen Jahren nicht. Was uns die Arbeitsagentur vermittelt, funktioniert meistens nicht. Die Leute kommen entweder gar nicht, oder sie melden sich spätestens nach drei Tagen krank, weil sie das körperliche Arbeiten nicht gewohnt sind oder zu bequem.«

»Und Aneta hat die ganze Saison durchgearbeitet?«, wollte Richard wissen.

»Nein, sie hat eine Woche früher aufgehört. Sie hatte eine Magenverstimmung, hat sich immer wieder übergeben und war sehr schwach. Zu schwach, um in der Juni-Hitze auf dem Feld zu stehen. Aber im April 2020 war sie wieder da. Sie hatte vorher angerufen und gefragt, ob sie erneut bei uns arbeiten kann. Meine Frau und ich haben uns gefreut, weil sie so fleißig war. Und wir brauchten sie dringend. Die beiden polnischen Landarbeiterinnen, die im Jahr zuvor noch mitgemacht hatten, wollten nicht mehr zu uns kommen.«

Langsam hatte Joachim Bohn seine Vorbehalte gegen Richard ein wenig abgebaut. Der Mann schien ganz vernünftig zu sein, auch wenn er einen langen Pferdeschwanz trug und aussah wie ein Gangster. Inzwischen traute Bohn ihm zu, herauszufinden, was mit Aneta passiert war.

Seine Frau Margit und er waren enttäuscht gewesen, dass Aneta beim zweiten Mal nicht mehr so offen und gesprächig war wie im Jahr zuvor. Sie arbeitete zwar weiterhin sehr gut, aber nach dem Mittagessen konnte sie nicht schnell genug wegkommen. Sie setzte sich aufs Fahrrad und kam immer sehr spät zurück auf den Hof. Oft schliefen die Bohns schon. Und dann war sie plötzlich verschwunden. Am Pfingstmontag.

Nach dem gemeinsamen Mittagessen hatte Joachim Bohn ihr noch den Lohn für den Monat Mai ausgezahlt. In bar, denn als Studentin war sie nicht sozialversicherungspflichtig, und die Pauschalsteuer übernahm er als Arbeitgeber. Dann fuhren Joachim Bohn und seine Frau zum zweiten Mal an diesem Tag mit dem Spargel, der frisch gestochen, gewaschen und sortiert war, zu ihren Abnehmern in Perleberg und Umgebung. An Pfingsten war die Nachfrage nach frischem Spargel immer sehr groß.

Als sie am frühen Abend zurückkamen, saß Jazek, einer der beiden polnischen Landarbeiter, mit einer Flasche Bier vor der Scheune und erzählte, dass Aneta weggefahren sei. Jemand in einem Mercedes habe sie abgeholt. Mit ihrer Reisetasche in der Hand sei Aneta bei ihm eingestiegen. Ohne sich zu verabschieden, das wiederholte er noch ein paarmal. Er war traurig.

»Warum?«, fragte Richard.

»Er mochte sie. Wir alle mochten sie. Es war gar nicht ihre Art, sich so aus dem Staub zu machen«, sagte Joachim Bohn. »Sie war eine freundliche junge Frau mit guten Manieren, dachte ich, zumindest bis zu diesem Tag.«

Richard spürte, dass nicht nur Jazek traurig gewesen war über Anetas Abgang. Auch Joachim Bohn schien angefasst.

»Und dieser Jazek hat nicht gesehen, wer sie abgeholt hat?«

Joachim Bohn schüttelte den Kopf.

»Und weil sie damals so wortlos verschwunden ist, glauben Sie jetzt, dass sie die Tote in der Rübenmiete sein könnte?«

Bohn ergänzte: »Nein, das ist noch nicht alles. Im September ist ihre Mutter hier gewesen, Jana Ziekowski, Stadträtin aus Breslau.«

»Wieso hat sie einen anderen Nachnamen als ihre Tochter?«

»Anetas Vater war Deutscher. Johannes Hoppe, gebürtig aus Potsdam. Seine polnische Frau hat den deutschen Nachnamen nicht angenommen. Sie arbeitet als Ärztin und wollte ihre Patienten nicht verunsichern. So hat Frau Ziekowski uns das erklärt.«

Es war ein Nachmittag im September 2020, als die dunkelblaue Volvo-Limousine mit polnischem Kennzeichen vorgefahren kam. Am Steuer ein Chauffeur und auf der Rückbank Jana Ziekowsi, Stadträtin für die PiS. Wie ihre Tochter Aneta sprach sie ein gepflegtes, altmodisches Deutsch.

Stellvertretend für den Bürgermeister hatte sie eine Ausstellung polnischer Künstler in Breslaus Partnerstadt Wiesbaden eröffnet. Auf dem Rückweg entschied sie sich für den Umweg über die Prignitz, erzählte sie Margit und Joachim beim Kaffee, den die beiden anboten, nachdem sie sich vorgestellt hatte. Eine attraktive Frau in einem hellgrauen Businesskostüm und High Heels. In der rustikalen Umgebung des Spargelhofs wirkte sie wie eine Erscheinung aus einer anderen Welt.

An Pfingsten habe sie das letzte Mal mit ihrer Tochter telefoniert, danach habe sie es noch mehrfach versucht, aber Aneta nicht mehr erreicht. Sie hätten ein schwieriges Verhältnis – leider. Früher seien es nur die üblichen Konflikte zwischen Mutter und Tochter gewesen, aber dann sei auch noch die Politik dazugekommen. Aneta akzeptiere das Engagement ihrer Mutter für die konservative PiS nicht.

Die Bohns waren ratlos. Sie hatten außerhalb der Themen, die die Landwirtschaft, ihre Region und ihren Heimatort betrafen, kein großes Interesse an Politik. Zwar hatten sie gehört, dass Polen sehr konservativ geworden war und es permanent Ärger mit den anderen europäischen Staaten gab, weil Polen sich weigerte, Flüchtlinge aufzunehmen, aber mehr auch nicht.

Jana Ziekowski erklärte ihnen ein paar Dinge über die Partei, der sie angehörte. Die Partei für Recht und Gerechtigkeit gebe es erst seit zwanzig Jahren, und sie setze sich für ein katholisch-konservatives Polen und für die Bekämpfung von Kriminalität und Korruption ein. Dass sie inzwischen auf dem Weg war, sich aus Europa zu verabschieden, und eine Reihe fragwürdiger Gesetze auf den Weg gebracht hatte, erfuhr Joachim Bohn erst später, als er sich nach diesem Überraschungsbesuch ein wenig mit dem Thema beschäftigt hatte.

Für die konservative Stadträtin war es ein Problem, dass ihre Tochter nicht nur erklärte Sozialdemokratin war, sondern auch noch am Willy-Brandt-Institut studierte. Das Ganze sei eine einzige Provokation, meinte sie. Ohnehin nutze Aneta jede Gelegenheit, um sie in Rage zu bringen. Die Tätigkeit als Erntehelferin gehöre auch dazu. Aneta stamme aus einem bürgerlichen Haushalt, in dem es an nichts fehle. Zwar sei Johannes Hoppe vor ein paar Jahren überraschend an einem Herzinfarkt gestorben, aber Jana habe eine gut gehende Praxis als Lungenspezialistin, die von einer Kollegin weitergeführt werde, seit sie in den Stadtrat gewählt worden sei. Jederzeit könne sie dorthin zurückkehren und die Praxis wieder übernehmen. Selbstverständlich sei es ihr Traum gewesen, dass Aneta einmal in ihre Fußstapfen träte. Doch die habe leider nie Interesse an naturwissenschaftlichen Themen entwickelt.

Aber jetzt war sie verschwunden und ihre Mutter sichtlich verzweifelt. Natürlich hatten sie sich auch bei ihrem letzten Telefonat gestritten, aber nicht mehr als üblich.

Die Bohns konnten jedoch nicht behilflich sein. Auch bei ihnen hatte sich Aneta seit dem Pfingstmontag nicht mehr gemeldet. Ihre Sachen hatte sie mitgenommen, und ihr Mobiltelefon war ausgeschaltet.

Jana Ziekowski machte sich nach gut einer Stunde auf den Weg nach Hause. Sie hinterließ ihre Festnetz- und ihre Mobilnummer und erklärte, man könne sie zu jeder Zeit anrufen, wenn es Neuigkeiten von ihrer Tochter gebe.

Richard fragte Joachim Bohn, ob er die Nummern noch habe.

»Ja, natürlich! Ich habe sie in mein Adressbuch geschrieben, weil ich so eine Ahnung hatte.«

»Was für eine Ahnung?«, wollte Richard wissen.

»Aneta war so ein nettes Mädchen. Wenn die sich nicht mehr meldet, dann ist etwas Schlimmes passiert.« Bohn sprach bereits zum zweiten Mal in der Vergangenheitsform von Aneta, das fiel Richard auf. Aber er ließ es unkommentiert.

In Neuruppin saß Marley an ihrem Schreibtisch, die Berliner MoPo vor sich, und schäumte. Eddi Fürst hatte ganze Arbeit geleistet. Er hatte ihren Fall zu einem Provinzthriller stilisiert, der für die ortsansässigen Polizeikräfte zu groß sei, um ihn selbstständig lösen zu können. Der lange Zeit abgetauchte ehemalige Sprecher der Berliner Polizei, Richard Said Wagner, sei als Wunderwaffe für die Ermittlungen hinzugezogen worden, nachdem ein renommierter Sterne-Koch und Bio-Landwirt, Diego H., mehrere Tage unschuldig in Untersuchungshaft verbracht habe. Die Soldatin Bernadette R. habe die Neuruppiner Polizei als das Opfer in der Rübenmiete vermutet, dabei sei sie seit Oktober letzten Jahres im Einsatz in Mali, etwas, was man durch einen Anruf im Verteidigungsministerium sofort hätte herausfinden können.

Woher hat Eddi all diese Informationen?, fragte sich Marley. Es gab nur zwei Möglichkeiten: Entweder hatte er mit Diegos Anwalt, Rolf Liebenthal, gesprochen, oder einer ihrer Kollegen hatte geplaudert. Marley vermutete Letzteres, weil selbst Liebenthal nicht alle Details kannte.

Es war elf Uhr, als Marley die Sonderkommission noch einmal zusammentrommelte. Natürlich hatten alle schon den Artikel von Eddi Fürst gelesen, aber nicht jeder konnte Marleys Verärgerung nachvollziehen.

»Ist doch gut, wenn Neuruppin mal überregional in der Presse vorkommt«, meinte Bodo Eisenhauer. »Und die Sache mit Wagner stimmt doch! Du hast ihn um Unterstützung gebeten, weil du uns nicht zutraust, den Fall zu lösen.«

Für einen Moment herrschte verblüfftes Schweigen. Was war in Bodo gefahren? Weshalb ging er die Chefin vor allen anderen so an? Aber Marley verzichtete auf einen Konter und nutzte stattdessen diese Gelegenheit, vor der versammelten Mannschaft klarzustellen, dass sie Richard Wagner vor allem wegen seiner genauen Kenntnis der örtlichen Situation von Gumtow um Unterstützung gebeten habe. Und dass der Kollege eine berufliche Auszeit habe nehmen müssen und er jetzt wieder zurück in die

Polizeiarbeit finden werde. Es sei also eine Win-win-Situation, denn sie alle würden von seinen Erfahrungen profitieren.

Als sie sah, dass Bodo darauf wieder einsteigen wollte, stoppte sie ihn mit einem deutlichen »Danke, Bodo, das reicht erst mal. Wir können dieses Gespräch gerne in meinem Büro weiterführen«. Dabei sah Marley ihm in die Augen, und er hielt diesem Blick stand. Er will es wissen, na schön, dachte Marley. Und bat nochmals alle Anwesenden um Verschwiegenheit. Nicht nur gegenüber der Presse.

»Was ist eigentlich mit Bodo los?«, fragte sie Steffi, als sie in ihr Büro zurückkam.

»Seine Frau hat ihn verlassen, weißt du das nicht?« Steffi schaute sie überrascht an.

»Nein, mir erzählt ja keiner was«, antwortete Marley. Der ironische Ton konnte nicht darüber hinwegtäuschen, dass sie unter der Einsamkeit an der Spitze der Behörde litt. Noch als Referentin beim Innensenator in Berlin war sie eine Anlaufstelle für viele Kolleginnen und Kollegen gewesen, die mit ihren Beziehungsproblemen, Familienstreitigkeiten und beruflichen Sorgen zu ihr kamen. Marley hörte gerne zu, noch lieber gab sie Ratschläge. Sie galt als integer und war sehr beliebt.

Mit Amtsantritt in Neuruppin hatte sich das schlagartig geändert. Jetzt war sie die Leiterin der Polizeidirektion Nord, die Chefin, der die einen mit Unterwürfigkeit und die anderen mit Distanz begegneten. Außer Steffi sprach niemand mit ihr über private Themen. In der täglichen Zusammenarbeit spürte sie deutlich, dass sie ausgeschlossen war.

»Bodo hat mit seiner Frau das Haus seiner Eltern in Treskow umgebaut. Sein Bruder hat ihm geholfen, und offensichtlich hat sich dabei Bodos Frau in ihn verliebt. Und er sich in sie. Jetzt sitzt Bodo allein in dem Haus, und seine Frau lebt bei seinem Bruder in Potsdam«, erklärte Steffi.

Marley nickte nachdenklich. Deswegen war Bodo in den letzten Wochen so mürrisch. Seine Ehe war zerbrochen, und sie, Marley, hatte seine schlechte Laune auf sich bezogen.

Als Bodo wenige Minuten später zu ihr kam, bemühte sie sich, großmütig zu sein und ihn zu motivieren. Sie konnte sich neben Walter Meyer keinen weiteren Gegner leisten.

Bodo war verblüfft, dass Marley ihn nicht wegen seines Verhaltens in der Teambesprechung zur Rede stellte, sondern stattdessen über die weiteren Ermittlungsschritte mit ihm sprechen wollte. Er solle die Kollegen Fiebig und Broecker bei den Vermisstenfällen unterstützen. Noch einmal könne man sich nicht nur auf eine Spur konzentrieren.

Ach, dachte Bodo, hat der Artikel also Wirkung gezeigt. Trotzdem war er angenehm überrascht. Vielleicht war die Leonhardt doch nicht so übel. Auf jeden Fall war sie ein Teamplayer. Und so schnell, wie Walter Meyer es prophezeit hatte, würden sie sie nicht loswerden.

Gegen zwölf Uhr fuhr Richard auf den Hof. Die Kolleginnen und Kollegen der Frühschicht, die um fünf Uhr dreißig begonnen hatte, saßen schon in der Kantine. Durch die großen Fenster sah Richard ihre neugierigen Blicke. Das Aufsehen, das er erregte, ging ihm auf die Nerven. Aber er wusste, dass er zumindest teilweise selbst daran schuld war. Seine Frisur, seine Garderobe, Claras roter Mini – all das schien zu provozieren. Er lächelte in Richtung der großen Kantinenfenster. Er würde sich um Akzeptanz bemühen, so wie er sich immer bemüht hatte. Zeit seines Lebens.

Bei einem Espresso, den Steffi ihnen gebracht hatte, saßen Marley und Richard kurze Zeit später am kleinen Besprechungstisch und brachten sich gegenseitig auf den neuesten Stand. Richard kannte weder die Ergebnisse des Obduktionsberichts noch den Artikel von Eddi Fürst, Marley hingegen wollte alles über die junge polnische Erntehelferin wissen.

»Mir scheint das im Moment die wichtigste Spur zu sein«, sagte Marley. »Alle anderen vermissten Frauen in der entsprechenden Altersgruppe weisen immer ein, zwei Merkmale auf, die mit unserem Opfer nicht übereinstimmen. Hat dieser Bohn dir die Kontaktdaten der polnischen Stadträtin gegeben?«

Richard nickte.

»Was meinst du, soll ich sie anrufen?«, fragte Marley.

»Ich fürchte, das muss sein. Es wird ein Schock sein für …«, er schaute kurz auf seine Notizen, »… für Frau Ziekowski.«

»Ja, aber wir müssen weiterkommen. Wenn wir die Identität der Leiche nicht kennen, wissen wir nicht, wonach wir suchen sollen.«

Richard nickte erneut. Marley hatte recht. »Soll ich dich allein lassen?«, fragte er.

»Nein, bleib hier. Ich stelle auf laut. Vier Ohren hören mehr als zwei.« Und dann wählte sie die polnische Mobilnummer von Jana Ziekowski.

Erst nach mehrfachem Klingeln meldete sich jemand. Ein Mann, der offensichtlich nur Polnisch sprach und sie abwimmelte. Fünf Minuten später versuchte Marley es noch einmal, und diesmal war Jana Ziekowski direkt dran. Es war ein kurzes Gespräch.

Nachdem Marley sich vorgestellt und sie darüber informiert hatte, dass man in der Nähe von Kyritz eine weibliche Leiche gefunden hatte, die möglicherweise ihre Tochter sein könnte, schwieg Jana Ziekowski einen Moment. Dann räusperte sie sich. Sie werde nach der Ratssitzung noch heute Abend losfahren, dann könne man sich morgen früh treffen.

Marley versuchte vergeblich, ihr das auszureden. Es reiche völlig aus, wenn sie den polnischen Kollegen, die noch heute zu ihr kommen könnten, zwei persönliche Gegenstände ihrer Tochter für einen DNA-Abgleich mitgeben würde. Aber Jana Ziekowski blieb dabei, sie werde auf jeden Fall persönlich kommen. Je nach Verkehrslage benötige sie circa vier bis fünf Stunden bis Berlin. Marley atmete tief durch, bevor sie die nächste schlechte Nachricht überbrachte.

Wenn sie das tatsächlich machen wolle, müsse sie nach Potsdam zum rechtsmedizinischen Institut kommen, aber sie solle sich darauf einstellen, dass eine verlässliche Identifizierung selbst durch die Mutter – falls es sich denn um Aneta handele – ausgeschlossen sei. Der Zustand der Leiche lasse dies nicht zu. Man würde auf die DNA zurückgreifen müssen.

Marley hörte ein kurzes, unterdrücktes Schluchzen, dann hatte Jana Ziekowski sich wieder im Griff. Sie war Ärztin und hatte verstanden. Die Polizei benötige DNA-Spuren von Aneta – ob es auch ihr Zahnschema sein könne? Ja! Gut, sie werde morgen zwischen sieben und halb acht im Institut in Potsdam sein. Damit legte sie auf.

Richard und Marley sahen sich an.

»Gefasst«, sagte Marley, »gefasst war sie. So, als hätte sie mit solch einem Anruf gerechnet.«

»Man könnte dieses Verhalten auch ›kalt‹ nennen«, gab Richard zu bedenken. »Sie geht jetzt in ihre Sitzung, macht business as usual, und danach kümmert sie sich um das DNA-Material ihrer Tochter.«

»Ach, Richard, du hast doch gehört, wie sie ihr Weinen unterdrückt hat. Die Menschen sind verschieden. Und damit die Reaktionen auf so eine Nachricht«, sagte Marley mit einem Seufzen. Ihr graute vor morgen früh. Sie war sicher, dass die von Jana Ziekowski zur Schau gestellte Gelassenheit schnell in sich zusammenfallen würde.

Donnerstag, 8. Juli

Marley hatte eine schlaflose Nacht hinter sich – etwas, was ihr lange nicht mehr passiert war. Vermutlich lag es am Sekt, den sie im Weinhaus am Neuen Markt mit Jonas Schmidt getrunken hatte.

Gestern Abend hatte sie sich auf ihr Fahrrad geschwungen, um nach Hause zu fahren, nachdem sie in einer weiteren Teamsitzung über den aktuellen Stand informiert und diverse Unterschriftenmappen abgearbeitet hatte. Sie hatte begonnen, sich vor dem Termin in der Rechtsmedizin zu fürchten.

Angenommen, es war nicht Aneta, dann hätte sie ein Problem, nämlich fünf Tage nach Auffinden der Leiche noch immer nicht zu wissen, um wen es sich handelte. Eddi Fürst könnte dann eine weitere Geschichte über die Unfähigkeit der brandenburgischen Polizei im Allgemeinen und der von Marley Leonhardt im Besonderen schreiben. Nicht gut!

Sie hatte vor, früh schlafen zu gehen, etwas Leichtes zu essen und auf keinen Fall Alkohol zu trinken. Aber dann hatte sie vom Fahrrad aus Jonas Schmidt vorm Weinhaus am Neuen Markt in der Abendsonne sitzen sehen, und alle guten Vorsätze waren dahin. Zwar versuchte sie noch, sich zu disziplinieren, und wollte ein alkoholfreies Bier bestellen, aber als Jonas ihr die Weinhaus-Platte für zwei vorgeschlagen und eine gekühlte Flasche Fontane-Sekt bestellt hatte, gab sie auf.

Mit sicherem Instinkt hatte Jonas gespürt, dass sie nicht über die Arbeit und den aktuellen Fall sprechen wollte, und erst gar nicht danach gefragt. Marley war so dankbar für den Small Talk über Bücher, Filme und die große Hitze, dass es nicht bei einer Flasche blieb. Und auch ihre E-Zigarette kam wiederholt zum Einsatz. Jonas schien damit kein Problem zu haben.

Als das Lokal um dreiundzwanzig Uhr schloss, musste Marley ihr Fahrrad nach Hause schieben. Doch sie war guter

Dinge. Wahrscheinlich würde aus der Bekanntschaft mit dem Kollegen keine Romanze werden, aber vielleicht eine wunderbare Freundschaft.

Als sie dann im Bett lag, war sie plötzlich hellwach. Sie holte sich den Wälzer über die Stadtgeschichte Neuruppins im 18. und 19. Jahrhundert. Normalerweise wurde sie bei der Lektüre solcher Bücher sehr schnell müde. Aber in dieser Nacht funktionierte es nicht. Gegen drei Uhr früh entschied sie sich, aufzustehen und den Sonnenaufgang vom Balkon aus zu verfolgen. Sie machte sich einen Kaffee, zog ihren weißen Bademantel an – so früh am Morgen war es trotz der warmen Nacht in der Nähe des Seeufers kühl – und setzte sich raus.

Es waren nicht nur der Sekt und die Beklommenheit vor dem Treffen mit Jana Ziekowski, es war vor allem Eddi Fürst und der Artikel, den er geschrieben hatte, der sie am Schlafen hinderte. Es war eine persönliche Abrechnung, für die es keinen Grund gab. Schließlich hatte er mit ihr Schluss gemacht und nicht umgekehrt. Und jetzt führte er sich auf, als hätte sie ihn sitzen gelassen. Weshalb war sie überhaupt auf so einen Typen reingefallen? Wieso gab sie sich für ein bisschen Freundlichkeit und Sex mit so wenig zufrieden? War das schon Torschlusspanik? Waren ihre besten Jahre tatsächlich vorbei? Es konnte nicht nur an den paar Kilos liegen, dass sie seit zwei Jahren keinen Mann kennengelernt hatte. Vermutlich war sie zu anspruchsvoll und zu altmodisch. Anders als bei ihrer Freundin Verena kamen Tinder und Ähnliches für sie nicht in Frage. Aber auch Verena hatte am Sonntag keinen glücklichen Eindruck auf sie gemacht.

Als sich kurz nach vier der Himmel im Osten langsam färbte, machte Marley diesen frustrierenden Gedanken ein Ende. Sie wollte um Viertel vor sechs losfahren, an einem Donnerstagmorgen würde sie mindestens eine Stunde bis zum Institut für Rechtsmedizin in Potsdam benötigen. Also hatte sie noch Zeit, um an der Badestelle Waldfrieden eine Runde im See zu schwimmen. So früh am Morgen wird niemand dort sein, also kann ich mich mit meiner nicht vorhandenen Sommerfigur einfach in die Fluten stürzen, dachte sie, und ihre Stimmung besserte sich. Trotz der Hitze, die seit über zwei Wochen herrschte, war der Ruppiner See ziemlich frisch, als Marley um halb fünf ihre Zehen ins Wasser tauchte. Egal, sie brauchte diese Abkühlung, um die Dämonen der Nacht loszuwerden. Die Hauptverkehrsstraße, die neben der Eisenbahnlinie verlief, war wie ausgestorben. Nur mit einem großen T-Shirt und einer dünnen Jogginghose über ihrem Badeanzug war sie über den Damm bis zur Lindenallee geradelt und dann rechts eingebogen. Und tatsächlich war kein Mensch an der Badestelle, die einen herrlichen Blick auf Neuruppin und auf Marleys Wohnanlage bot.

Sie schwamm zwanzig Minuten, trocknete sich ab und wollte gerade ihren nassen Badeanzug auszuziehen, als doch jemand auftauchte. Ein alter Mann, der ebenfalls mit dem Fahrrad gekommen war. Er musterte sie kurz, nickte mit einem vernuschelten Morgengruß in ihre Richtung, zog sich dann völlig unbefangen aus und marschierte nackt zum Wasser. Das war Marley zu viel. Rasch zog sie ihre Jogginghose und das T-Shirt über den nassen Badeanzug und machte sich auf den Weg nach Hause. Nach einer heißen Dusche und einem weiteren Kaffee fuhr sie zwanzig Minuten vor sechs mit ihrem Cabrio aus der Tiefgarage los in Richtung Potsdam.

Zu diesem Zeitpunkt waren Clara und Richard schon hinter Neustadt/Dosse auf dem Weg zur Autobahn. Clara hatte Richard gestern Abend angeboten, ihn zu fahren. Richard war so erleichtert, dass er noch nicht einmal pro forma ablehnte. Mit dem Fahren war es in den letzten Tagen leichter geworden, aber für die Autobahn reichte es noch nicht. Natürlich hätte Richard nur Landstraße fahren können, aber das dauerte deutlich länger, und nach dem Termin im Institut für Rechtsmedizin würde er ins Büro nach Neuruppin zurückmüssen.

Richard sollte dabei sein, darum hatte Marley gestern Nachmittag gebeten. Sie brauchte ihn als Beistand und als Zeugen. Sie beide waren die leitenden Ermittler, und die Begegnung mit Jana Ziekowski könnte entscheidende Hinweise liefern.

Um Viertel nach fünf waren sie losgefahren. Fürs Frühstück war es Clara zu früh, und Richard war zu nervös. Clara hatte Izzie im hinteren Teil des Defenders angeleint – zur Sicherheit. Und sie hatte ihr E-Bike eingeladen, damit Richard am Abend damit von Neuruppin nach Demerthin zurückkehren konnte. Während seines Termins wollte sie die Gelegenheit nutzen, sich Schloss Lindstedt anzuschauen, das nur wenige Meter vom Institut entfernt lag. Das Schloss war berühmt für seinen zwei Hektar großen Gutsgarten, den der preußische Gartenarchitekt Lenné im Stil antiker Villengärten angelegt hatte, und konnte für Veranstaltungen aller Art gemietet werden. Besonders beliebt waren Hochzeiten und runde Geburtstage. Alles Pläne, die Clara auch für Demerthin vorschwebten. Richard ließ das unkommentiert. Er war ihr so dankbar für alles, was sie für ihn tat, dass er sie nicht mit Hinweisen auf die Realität ihrer Großbaustelle frustrieren wollte.

Als Marley in der Lindstedter Chaussee Nummer 6 vorfuhr, war Richard schon da. Er saß auf dem Beifahrersitz in einem Range Rover und las etwas auf seinem Handy-Display. Marley staunte über den SUV, den sie zum ersten Mal sah. Richard schien ein interessantes Privatleben zu haben. Sie parkte neben ihm, stieg aus und genehmigte sich erst einmal einen Zug aus ihrer E-Zigarette. Die Aufbruchstimmung, die sie nach dem Schwimmen gespürt hatte, war verflogen. Plötzlich hatte sie das Gefühl, dass sie beide nicht die Richtigen für diesen Fall waren. Sie selbst hatte zu wenig praktische Erfahrung, und Richard war ein Mann voller Rätsel. Er schien traumatisiert, von was auch immer. Sie würden scheitern, verdammt, und Walter Meyer würde recht behalten.

Trotz dieser destruktiven Gedanken lächelte sie Richard freundlich zu. Er sollte nicht spüren, wie verunsichert sie war.

Richard lächelte zurück und stieg aus. »Guten Morgen, Marley. Wie geht's?«

»Schlecht geschlafen. Ehrlich gesagt, habe ich letzte Nacht kein Auge zugetan.«

»Ich habe auch schlecht geschlafen. Das Überbringen einer Todesnachricht ist die schwerste Aufgabe in unserem Beruf.« In diesem Moment fuhr eine dunkelblaue Volvo-Limousine mit polnischem Kennzeichen vor. Auf der Rückbank eine blonde Frau, der Mann am Steuer schien ihr Chauffeur zu sein. Marley steckte die E-Zigarette schnell zurück in ihre Tasche.

Jana Ziekowski war sich sicher, dass es sich bei der Leiche aus der brandenburgischen Rübenmiete um ihre Tochter handelte. Woher sie diese Sicherheit hatte, konnte sie nicht erklären. Die nüchterne Medizinerin war durch Marleys Anruf völlig durch den Wind. Entsprechend war ihr Telefonat mit dem Stadtpräsidenten verlaufen, bei dem sie kurzfristig einen Termin absagen musste. Er fragte besorgt nach, weil er ihre Erschütterung spüren konnte, sie erzählte ihm alles unter Tränen, und er bestand darauf, dass sie sich von seinem Chauffeur nach Potsdam fahren ließ. Er würde den Fahrer schicken. Um drei Uhr morgens waren sie in Breslau aufgebrochen. Jana ganz in Schwarz gekleidet und mit einer Kopie von Anetas Zahnschema in ihrer Handtasche. Die hatte sie sich gestern Abend von dem Zahnarzt, der Aneta schon als kleines Mädchen behandelt hatte, geben lassen. Sie hatte es nicht über sich gebracht, etwas aus Anetas Wohnung zu holen, zu der sie einen Schlüssel hatte.

Sie sieht aus wie die jüngere Schwester von Krystyna Janda, dachte Marley, als Jana Ziekowski ausstieg und auf sie zukam. Groß, schlank, die blonden Haare nachlässig hochgesteckt. Und sehr elegant in ihrem schwarzen, figurbetonten Anzug. Marleys Vater hatte für die polnische Schauspielerin geschwärmt und die Filme, die sie mit Andrzej Wajda gemacht hatte, geliebt. Als man nach der Wende die Filme nicht nur sehen, sondern sogar kaufen konnte, hatte er sich eine kleine Bibliothek zugelegt und Marley seine Favoriten mehr als einmal gezeigt.

»Sie sind Kommissarin Leonhardt?«, fragte Jana Ziekowski in einem fast akzentfreien Deutsch. Marley nickte. Wozu ihren tatsächlichen Dienstgrad erwähnen?

»Guten Morgen, Frau Ziekowski. Das ist mein Kollege, Polizeioberrat Richard Wagner. Ich hoffe, Sie hatten eine angenehme Reise?« Eine blöde Frage, das wusste Marley, aber sie hatte keine Ahnung, wie man Konversation machen sollte mit einer Frau, die seit Monaten ihre Tochter vermisste. Und die mit einer gewissen Wahrscheinlichkeit hier in der Rechtsmedizin lag.

Jana Ziekowski nickte nur kurz. Am Austausch von Höflichkeiten war sie offenbar nicht interessiert. Sie schien bereit, sich dem Schrecken, der hinter der Eingangstür des Instituts lauerte, zu stellen. Aber es musste schnell gehen, damit sie es sich nicht anders überlegen konnte.

Marley nickte auch Richard nur kurz zu und sagte: »Können wir?«

Alle drei gingen am Pförtner vorbei in den Keller zu dem großen Raum, in dem die Leichen in Kühlfächern aufbewahrt wurden. Eva Oldenhauer wartete schon an der Tür auf sie. Nachdem sie sich vorgestellt hatte, fragte sie Jana Ziekowski, ob sie DNA von ihrer Tochter mitgebracht habe. Wortlos übergab diese eine Kopie von Anetas Zahnschema.

»Sehr gut! Mit diesem Zahnschema kann ich in kürzester Zeit überprüfen, ob es sich bei der Leiche um ihre Tochter handelt«, sagte Eva.

»Das weiß ich, ich bin vom Fach«, kam es leise, aber in strengem Ton.

Eva tauschte einen erstaunten Blick mit Marley aus. Die zuckte kaum spürbar mit den Schultern.

»Frau Ziekowski, Sie müssen sich die Leiche nicht anschauen. Das ist eigentlich gar nicht mehr üblich«, sagte Eva.

»Ich bin studierte Medizinerin und habe, bevor ich in die

Politik gegangen bin, jahrelang als Lungenfachärztin in meiner eigenen Praxis gearbeitet«, ergänzte Jana Ziekowski etwas verbindlicher. »Deswegen möchte ich sie auch sehen. Sie brauchen mich nicht zu schonen.«

Sie gingen in den gekachelten Raum, an dessen Stirnseite eine Edelstahlkonstruktion mit mehreren herausziehbaren Fächern stand.

»Vorher zeige ich Ihnen noch etwas anderes.« Eva nahm einen Asservatenbeutel aus einer der Taschen ihres Arztkittels. Es war die Kette mit dem kleinen goldenen Kreuz, die die Polizei gefunden hatte.

Jana Ziekowski schien ratlos. »Ich weiß nicht, ob meine Tochter so eine Kette besitzt.«

»Frau Ziekowski, die Leiche, genauer gesagt, die Teile der Leiche, die ich Ihnen gleich zeigen werde, haben monatelang unter Zuckerrüben gelegen. Erst im Winter im Frost, dann im Frühjahr mit steigenden Temperaturen und dann in der Sommerhitze. Der Anblick ist schockierend. Ich kann Ihnen das ersparen. Ich überprüfe das Zahnschema, und Sie warten mit den Kollegen eine halbe Stunde, vielleicht auch weniger und –«

»Ich bin Medizinerin, das sagte ich doch«, unterbrach die Frau Eva.

»Na schön, wie Sie wollen. Ich rate jedoch allen Anwesenden, einen Mundschutz zu tragen. Trotz der Kühlung ist der Geruch intensiv.« Eva reichte allen jeweils eine neue Maske und setzte selbst eine auf. Dann öffnete sie eine Box auf der mittleren Ebene und zog die sterblichen Überreste heraus.

Wie zu erwarten gewesen, drang der starke Verwesungsgeruch auch durch die Maske. Marley konzentrierte sich auf den letzten Teil ihres Mantras und dachte: Durchhalten, durchhalten, durchhalten. Sie war vor Ort gewesen, sie wusste, was jetzt kam. Diesmal gab es keine E-Zigarette, an der sie sich festhalten konnte.

Dann zog Eva die Plane zurück.

Jana Ziekowski starrte auf das, was da lag. Dann stieß sie einen unterdrückten Schrei aus und brach ohnmächtig zusammen.

Richard, der das hatte kommen sehen, stand direkt hinter ihr und fing sie auf. Eva und Marley warfen sich einen schweigenden Blick zu. »Hab ich's nicht gleich gesagt?«, meinte dieser Blick von Eva, und Marley nickte.

Ein paar Minuten später hatte Jana Ziekowski sich gefasst. Äußerlich zumindest. Richard hatte sie auf eine Liege in einem Nebenraum gelegt, die für solche Fälle dort stand. Eva hatte ihren Puls gefühlt, und Frau Ziekowski, als sie nach wenigen Momenten wieder wach war, gefragt, ob sie eine Infusion wolle. Die hatte den Kopf geschüttelt und angefangen zu weinen. Aber auch diese Schwäche erlaubte sie sich nur kurz. Dann stand sie auf, richtete Haare und Garderobe, setzte sich auf einen Stuhl und bat leise um einen Kaffee.

Eva verließ den Raum, um ihn zu besorgen, und Marley und Richard setzten sich der mitgenommenen Frau gegenüber.

Sie brauchten nicht zu fragen. Jana Ziekowski sah sie beide an und nickte. »Sie ist es, ja.« Kaum waren diese Worte draußen, weinte sie wieder.

Marley versuchte, ihr beizustehen. »Frau Ziekowski, wenn Ihnen das alles zu viel ist, warten wir beide draußen, und sie sprechen mit uns, wenn es Ihnen besser geht.«

»Wenn es mir wieder besser geht? Wann soll das sein?« Die Augen waren gerötet, die Stimme brüchig, trotzdem schimmerte die knallharte Politikerin durch. »Nein, ich will *jetzt* mit Ihnen sprechen.«

Richard und Marley sahen sich kurz an. Dann begann Richard.

»Wann hatten Sie zum letzten Mal Kontakt mit Ihrer Tochter?«

»Das war an Pfingsten 2020.«

»Also am 31. Mai?«, fragte Richard. Er hatte nach seinem

Gespräch mit Joachim Bohn auf dem Spargelhof das Datum nachgesehen.

»Wenn der Pfingstsonntag im vergangenen Jahr auf den 31. Mai fiel, dann ja.«

»Wie sah der Kontakt aus?«

Jana Ziekowski schnaubte kurz. »Das war ein Telefonat, das im Streit endete. Ich habe wütend aufgelegt. Glauben Sie mir, das habe ich in den letzten Monaten bereut, aber ... ich kann es nun mal nicht rückgängig machen ...« Tränen liefen ihr übers Gesicht.

Richard schwieg. Sie würde auch ohne Nachfragen alles erzählen, das spürte er.

»Sie war in Brandenburg zur Spargelernte. Schon zum zweiten Mal. Ich verstehe es bis heute nicht. Sie hatte das beste Abiturzeugnis ihrer Klasse und arbeitet in Deutschland auf dem Acker. Das ist doch völlig absurd!«

»Haben Sie sich deswegen gestritten?«, fragte Marley vorsichtig.

»Auch, aber ich habe mich zurückgehalten. Ich war ja froh, dass sie anrief, ich wollte das nicht gefährden.«

»Und worüber haben Sie dann gestritten?«

Richard sah Marley an. Lass sie sprechen, frag nicht so viel, sagte dieser Blick. Marley verstand.

»Sie hat mich provoziert. Fragt ganz harmlos, ob ich schon in der Kirche war. Was für eine Frage! Natürlich gehe ich an Pfingsten in die Kirche, ich bin Katholikin. Und dann ging es los: Was denn die Kirche zum Abtreibungsgesetz in Polen sage, nach dem die Frauen auch missgebildete Kinder und Totgeburten austragen müssten. Ob ich wisse, wie viele Frauen deswegen schon gestorben seien. Und was das mit der gepredigten Nächstenliebe zu tun habe. Es ging nicht nur um die Kirche, sondern auch um meine Partei. Und natürlich bin ich an allem schuld. Mein Mann ist vor sechs Jahren gestorben. Ich bekomme von meiner Tochter alles ab, was sonst auf zwei verteilt wäre.«

Sie schwieg abrupt. Ihre Tochter würde sie nie mehr provozieren können, das war ihr schlagartig klar geworden.

Als Eva Oldenhauer mit einem Tablett, auf dem drei Kaffeebecher, Zucker und Milch standen, zurückkam, nahmen sie sich jeder einen und tranken schweigend. Jana Ziekowski starrte ausdruckslos ins Leere. Dann stand sie auf und verließ ohne ein Wort den Raum. Marley wollte hinterher, aber Richard hielt sie zurück.

»Lass ihr ein wenig Zeit. Wir bieten an, so schnell wie möglich nach Breslau zu kommen, um uns ein Bild über die Lebensumstände ihrer Tochter zu machen.«

Marley nickte. So schrecklich diese Identifizierung auch gewesen war, sie waren einen entscheidenden Schritt weitergekommen. Sie kannten das Opfer. Jetzt konnten sie loslegen: Kontakte, Telefonverbindungen, Social Media, Kontobewegungen – das volle Programm. Sie würden herausfinden, wo Aneta sich in den letzten Stunden vor ihrem Tod aufgehalten hatte, vielleicht sogar, wer der Vater ihres nie geborenen Kindes war. Sie seufzte. Mit dieser Information hatten sie Jana Ziekowski noch verschont.

Als hätte sie Marleys Gedanken lesen können, sagte Eva in die Stille: »Ich werde draußen mit ihr über die Schwangerschaft sprechen. Überlasst das bitte mir. Von Kollegin zu Kollegin wird es vielleicht ein wenig leichter sein.«

Nachdem sie sich kurz abgestimmt hatten, was als Nächstes zu tun war, verließen auch Marley und Richard den Leichenraum. Nach dessen Kälte war die Wärme draußen eine Erleichterung. Kurz vor acht lag die Temperatur schon bei vierundzwanzig Grad. Ein weiterer heißer Sommertag stand bevor.

Vor der Tür des Instituts griff Marley zu ihrer E-Zigarette. Sie musste diesen Geruch aus der Nase vertreiben. Auf der Bank neben dem Eingang saßen Eva und Jana Ziekowski. Man konnte nicht hören, was gesprochen wurde. Aber sie sahen, dass Jana ungläubig den Kopf schüttelte und dann ihre Hände vor die

Augen schlug. Eva legte für einen Moment tröstend den Arm um ihre Schultern, dann kam sie zu Marley und Richard. »Sie hatte keine Ahnung, dass ihre Tochter schwanger war. Jetzt steht sie völlig neben sich und will sofort zurück nach Breslau. Ich habe sie gefragt, ob es dort jemanden gibt, der sich um sie kümmern kann, aber sie lebt allein. Es gibt nur eine Haushälterin. Was machen wir?«

Richard bot an, dass er mit dem Fahrer, der neben dem blauen Volvo stand und angestrengt in die andere Richtung schaute, sprechen würde. Wenn Jana Ziekowski direkt wieder zurückfahren wollte, hätte der Mann eine besondere Sorgfaltspflicht.

Marley sah ihm hinterher. »Auch wenn sie sich so sicher ist, solltest du trotzdem das Zahnschema abgleichen«, sagte sie zu Eva. »Vielleicht irrt sie sich, die Leiche ist in so einem …«, sie suchte nach Worten, »… schlechten Zustand …«

»Das hatte ich ohnehin vor«, sagte Eva. »Aber der Abgleich wird ihre Aussage bestätigen. Auch wenn da nicht mehr viel zu sehen ist, eine Mutter erkennt ihr Kind!« Dann ging sie ohne Verabschiedung zurück ins Institut. Ihr steckte die letzte halbe Stunde genauso in den Knochen wie Marley.

Richard kam zurück. Der Fahrer sprach kein Deutsch, nur Polnisch und Englisch. Richard hatte ihn kurz informiert und gebeten, dafür zu sorgen, dass Jana Ziekowski während der Rückfahrt auf jeden Fall ausreichend trank. Er hatte aus dem Defender eine große Flasche Wasser geholt und sie dem Mann gegeben. Marley sah, dass der Fahrer telefonierte. Vermutlich erzählte er seinem Chef, was passiert war.

Sie ging zu der Bank, auf der Jana Ziekowski noch immer mit den Händen vor den Augen saß. Als Marley sich neben sie setzte, nahm sie sie herunter.

»Wissen Sie, woran ich gerade denken muss? Als Aneta neun Jahre alt war, wurde sie von ihrem Sportlehrer fürs Turnen entdeckt. Dieses akrobatische Kunstturnen. Erst war sie ganz begeistert, aber nach zwei, drei Jahren hatte sie keine Lust mehr. Trotzdem habe ich sie gedrängt. Dreimal in der Woche habe ich sie vor der Schule morgens um sechs zum Training gefahren. Wir mussten beide um fünf Uhr aufstehen. Sie hat dann im Auto gefrühstückt, weil es so früh war. Für mich gab es Kaffee aus einer Thermoskanne. Mein Kind durfte nicht ausschlafen, weil ich so ehrgeizig war. Und wozu die Quälerei? Jetzt liegt sie hier in einem Kühlfach.« Ihr liefen die Tränen übers Gesicht.

»Frau Ziekowski, wir werden alles versuchen, um den Täter zu finden. Aber dafür benötigen wir Ihre Hilfe. Mein Kollege Wagner und ich kommen zu Ihnen nach Breslau. Schon morgen. Wir müssen Anetas Wohnung untersuchen. Wir wollen mit ihren Freunden und Bekannten sprechen. Jeder noch so kleine Hinweis kann nützlich sein. Sie können mich oder Richard Wagner jederzeit anrufen, wenn Ihnen etwas einfällt. Hier ist meine Karte, die Mobilnummer von Polizeioberrat Wagner habe ich dazugeschrieben. Jetzt werden wir die polnischen Kollegen vor Ort bitten, dass sie Anetas Wohnung so lange versiegeln, bis wir da sind. Sind Sie damit einverstanden?«

Mit geröteten Augen sah Jana Ziekowski sie an. Sie steckte Marleys Visitenkarte in ihre Handtasche und nickte wortlos. Dann ging sie zum Wagen und stieg ein. Der Fahrer machte ein kleines Zeichen in Marleys Richtung. Er hatte verstanden, dass er auf die Frau auf der Rückbank aufpassen musste. Dann fuhr er los.

Als Marley sich nach Richard umsah, stand er neben einer schlanken rothaarigen Frau, die einen Collie an der Leine hatte. Sie trug ein seidenes hellgrünes Top zu einer weißen Jeans. Marley hatte sie nicht kommen sehen. Sie ging auf die beiden zu, und Richard stellte vor.

»Marley, das ist Clara von Wohlleben, wir … äh …«

»Wir leben zusammen auf Schloss Demerthin, beziehungsweise in einem Anbau neben dem Schloss«, erlöste ihn eine lächelnde Clara.

Marley war beeindruckt. Diese Frau war nicht nur auf eine

besondere Art hübsch – halblange rote Haare, grüne Augen und eine helle Haut voller Sommersprossen –, sie war auch sympathisch und wirkte souverän.

»Freut mich sehr, Sie kennenzulernen. Wir hatten gerade einen schwierigen Termin, und jetzt müssen wir nach Neuruppin ins Büro.«

»Ich fahre Richard dorthin«, erklärte Clara.

»Er kann sehr gerne bei mir mitfahren.« Marley schaute zu Richard, dem die Situation unangenehm war. Zwei Frauen, die sich um ihn als Beifahrer bemühten.

»Ich fürchte, Sie bekommen das E-Bike nicht in Ihr Cabrio«, sagte Clara von Wohlleben.

»E-Bike?«

»Richard muss irgendwann ja zurück nach Demerthin kommen. Ich hatte nicht vor, den ganzen Tag in Neuruppin auf ihn zu warten«, sagte Clara mit einem kleinen Lachen.

»Aha. Aber das sind doch fast fünfzig Kilometer. Mit dem E-Bike?«, staunte Marley.

Jetzt schaltete sich Richard ein. »Das ist ein S-Pedelec, ziemlich schnell. Auf dem Land in Brandenburg braucht man so was. Das sind andere Entfernungen!«

Nachdem das geklärt war, stieg Marley in ihr Cabrio, öffnete das Verdeck und setzte ein Basecap auf. Autobahn hin oder her – nach diesem Termin würde sie offen fahren. Frische Luft brauchte sie jetzt mehr als alles andere.

Noch von unterwegs rief sie Jonas Schmidt an und informierte ihn über den neuen Sachstand. Sie beantragte einen Durchsuchungsbeschluss für den Spargelhof Zünow mit der Begründung, dass Aneta dort zum letzten Mal lebend gesehen worden war und davor fast sieben Wochen dort gewohnt hatte. Der Ermittlungsrichter akzeptierte ihre Argumentation und versprach, das entsprechende Dokument umgehend zu erstellen.

Als dieses Telefonat beendet war, meldete sich Eva. Das Zahnschema stimme überein. Damit war hundertprozentig sicher, dass es sich bei der Toten um die einundzwanzigjährige Polin Aneta Hoppe handelte.

Als Nächstes telefonierte Marley kurz mit Bodo Eisenhauer, berichtete ihm, dass die Leiche identifiziert sei, und bat ihn, das Team für neun Uhr zusammenzutrommeln. Zwischenzeitlich haderte sie mit ihrer Entscheidung, mit offenem Verdeck zu fahren. Um über die Freisprechanlage etwas zu verstehen, durfte sie die hundert Stundenkilometer nicht überschreiten. Aber der Verwesungsgeruch steckte ihr noch immer in der Nase, und der Fahrtwind war ein gutes Gegenmittel.

»Sie macht einen netten Eindruck«, sagte Clara zu Richard, als sie hinter Marleys Cabrio in Richtung Autobahn fuhren.

»Sie ist nett, kann aber auch beinhart sein«, erwiderte Richard.

»Du solltest ihr erzählen, was mit dir los ist«, schlug Clara vor. »Ihr arbeitet eng zusammen. Ich finde, sie hat ein Recht darauf, zu erfahren, was passiert ist.«

Richard gab ein unwilliges Geräusch von sich. Das sah er ganz anders. Aber er wollte sich nicht streiten. Schon gar nicht bei diesem Thema.

»Erzähl mal von dem Schlossgarten«, forderte er sie auf. Nach der Rechtsmedizin wollte er auf andere Gedanken kommen.

»Okay, verstanden. Du blockst das Thema ab. Na schön. Also, der Garten von Schloss Lindstedt ist phantastisch. So etwas schwebt mir für Demerthin auch vor.«

»Schade, dass Lenné schon seit über hundertfünfzig Jahren tot ist. Sonst könntest du ihn engagieren. Ich vermute, ihn würde Ingrid Dessau akzeptieren.«

»Aber nur, wenn er ihren Anweisungen folgt!«

Beide lachten. Heiterkeit war ein gutes Mittel, um heikle Fragen zu umschiffen.

Zügig fuhr Clara über die A 24 nach Neuruppin. Unterwegs überholten sie Marleys Cabrio, das auffällig langsam fuhr. Sie schien zu telefonieren und bemerkte sie offenbar nicht.

Auf dem großen Parkplatz vor dem Polizeigebäude stieg Richard aus und holte das Fahrrad und den dazugehörigen Helm aus dem Range Rover. Izzie, die brav und ein wenig eingezwängt neben dem Rad gelegen hatte, machte Anstalten, ebenfalls auszusteigen. Richard streichelte sie. »Du kannst nicht mitkommen, meine Liebe. Ich bin bald wieder zu Hause.« Richard sprach mit Izzie wie mit einem Kind. Clara mochte das. Er war auf dem Weg der Besserung. Der Hund tat ihm gut, und dieser Fall tat ihm ebenfalls gut. Er kehrte zurück ins Leben.

Nachdem sie sich mit einem Lächeln verabschiedet hatten, schloss Richard das rote E-Bike mit einem schweren Schloss am Fahrradständer an und nahm den Helm mit. Bei diesen hochmotorisierten E-Bikes war der Helm Pflicht. Und Richard wollte sich an die Regeln halten.

Er nickte freundlich in Richtung Kantinenfenster. Zwar wusste er nicht, wer dort saß, aber zwischen sechs und neun Uhr morgens mischten sich die Kollegen der Nachtschicht mit denen der Frühschicht bei einem Kaffee oder einem kleinen Frühstück.

Noch vor der Runde mit ihrem Team rief Marley Marius Koch vom Kyritzer Tageblatt an. Er hatte sie als Erste informiert, also setzte sie ihn nun vor den Kollegen in Kenntnis. Das hielt sie in Neuruppin nicht anders als früher in Berlin. Sie informierte ihn, dass die Identität der Leiche jetzt geklärt sei. Es handele sich um eine polnische Staatsbürgerin. Mehr verriet sie ihm nicht. In der Pressekonferenz um vierzehn Uhr könne er mehr erfahren.

Punkt neun Uhr betraten Marley und Richard den Konferenzraum, wo das Team der Soko Rübenmiete vollständig versammelt war. Marley berichtete über die Ergebnisse nach dem Termin in der Rechtsmedizin in Potsdam. Dann bat sie Bodo Eisenhauer, gemeinsam mit Timo Broecker und einem Team der KTU die Hausdurchsuchung auf dem Spargelhof Zünow vorzunehmen. Der Ermittlungsrichter bereite gerade den entsprechenden Beschluss vor.

»Wonach suchen wir?«, fragte Bodo.

»Nach allem, was mit der Toten zu tun haben könnte. Schaut euch das Zimmer an, in dem sie gewohnt hat. Untersucht das Büro von Joachim Bohn, ihm gehört der Hof. Lasst euch die Unterlagen zu Aneta Hoppe zeigen. Abrechnungen, Schriftwechsel, alles. Und ihr überprüft sämtliche Fahrzeuge auf dem Hof nach DNA-Spuren. Irgendwie muss die Tote ja zur Rübenmiete transportiert worden sein.«

»Ich war gestern Morgen auf dem Spargelhof und habe mit Herrn Bohn gesprochen«, meldete sich Richard. »Er war mir gegenüber zunächst sehr misstrauisch, aber das hat sich dann gelegt, nachdem er mit Steffi telefoniert hatte. Mein Look hat ihn verunsichert.« Den letzten Satz hatte Richard als Scherz versucht, aber keiner seiner Kollegen verzog eine Miene. Dann halt nicht, dachte er. In sachlichem Ton berichtete er weiter. »Aneta Hoppe hat bis Pfingsten 2020, also bis Ende Mai, auf den Spargelfeldern gearbeitet. Am Pfingstmontag hat Bohn ihr das Gehalt für den Monat Mai auf ihren Wunsch bar ausgezahlt. Dann ist sie verschwunden. Laut Auskunft von einem anderen Saisonarbeiter ist sie mittags von einem Mercedes abgeholt worden. Ob ein Mann oder eine Frau am Steuer saß, konnte er nicht sehen. Das Ehepaar Bohn war nach Aussage von Herrn Bohn zu diesem Zeitpunkt nicht auf dem Hof, sondern unterwegs, um die tägliche Spargelernte zu verkaufen.«

»Kennen wir die Identität des Augenzeugen?«, wollte Timo Broecker wissen.

Richard schaute kurz in sein Notizbuch. Ganz alte Schule, vertraute er nicht auf die Aufzeichnungen per Voicemail auf seinem Handy. Er schrieb per Hand und fühlte sich damit sicherer. »Sein Name ist Jazek Wysocki, und er lebt in Świebodzin. Das ist circa achtzig Kilometer von Frankfurt/Oder entfernt. Ich habe eine Telefonnummer, aber Wysocki spricht nur sehr schlecht Deutsch und kein Englisch. Wer hier im Team spricht Polnisch?«

Julia Fiebig hob zögernd die Hand. »Aber nicht besonders gut.«

»Versuch trotzdem, mit ihm Kontakt aufzunehmen«, bat Richard. »Vielleicht hat er mehr gesehen, als er seinem Arbeitgeber erzählt hat. Und sprich auch bitte mit den beiden Polinnen, die sich mit Aneta die Wohnung geteilt hatten. Vielleicht wissen sie etwas. Beide sollen sich auf Deutsch verständigen können, aber vielleicht bekommst du mehr raus, wenn du Polnisch mit ihnen sprichst.«

Julia nickte und schien ein wenig Bammel vor der Aufgabe zu haben.

Steffi steckte den Kopf in die Tür. »Der Durchsuchungsbeschluss für den Spargelhof liegt jetzt vor«, sagte sie.

Marley schaute in die Runde. »Okay, alle wissen, was zu tun ist. Wer nicht nach Zünow fährt, macht hier gute, klassische Ermittlungsarbeit. Ich will alles über Aneta Hoppe wissen. Wir brauchen den Provider und die Verbindungsdaten von ihrem Handy. Das ist vermutlich seit dem 31. Mai letzten Jahres ausgeschaltet.«

»Könnte es sein, dass sie schon zu diesem Zeitpunkt tot war?«, wollte ein junger Kollege wissen, dessen Namen Marley sich nicht merken konnte.

»Nein, die zuständige Rechtsmedizinerin, Eva Oldenhauer, hat einen Todeszeitpunkt zwischen Oktober und Dezember ermittelt. Präziser geht es wegen des fortgeschrittenen Verwesungszustands nicht. Aber einen früheren Zeitpunkt, also zwischen Juli und September, schließt sie in ihrem Bericht aus.«

Aaron hieß der Kollege mit Vornamen und – Marley versuchte sich zu konzentrieren – mit Nachnamen …? Sie musste sich so was merken, schimpfte sie innerlich mit sich. Als Chefin hatte sie alle Namen zu kennen, das war das Mindeste, was man von ihr erwartete. Nein, was *sie* von sich erwartete!

Es war noch keine zehn Uhr, als die Besprechung zu Ende war. Alle gingen an die Arbeit, nur Marley und Richard machten sich auf den Weg in die Kantine. Sie hatten beide noch nicht gefrühstückt, wie sie sich gegenseitig eingestanden hatten, und bis zu einem möglichen Mittagessen nach der Pressekonferenz um vierzehn Uhr konnten und wollten sie nicht warten.

An der Verkaufstheke wählten sie beide das sogenannte französische Frühstück mit Croissants, Butter, Marmelade und Kaffee und wollten gerade damit beginnen, als Walter Meyer an den Tisch kam. Richard grüßte er wortlos mit einem unhöflichen Nicken, Marley hingegen sprach er direkt an.

»Marley, ich muss dir unbedingt von meinem gestrigen Termin berichten. Oder *reporten*, wie das ja im Management-Deutsch heißt.«

Was will Walter, fragte sich Marley, um welchen Termin geht es hier? Sie sah ihn stumm an und hoffte, dass er nicht merkte, dass sie keine Ahnung hatte, wovon er sprach. Es funktionierte.

»Ich war doch gestern in Potsdam wegen der neuen Verkehrssünder-Datei. Also, wir haben zukunftsweisende Entscheidungen getroffen.«

Ah ja, die neue IT-Software für sämtliche Polizeidirektionen. Marley erinnerte sich. Sie hatte ihn dorthin geschickt, um ihn aus den Füßen zu haben und weil sie sich bei diesen Themen zu Tode langweilte.

»Walter, das ist sicher hochinteressant, aber wir haben neue Erkenntnisse in unserem Mordfall, und um vierzehn Uhr wird es eine Pressekonferenz geben –«

»Du machst schon wieder einen Termin mit der Presse?«, unterbrach Meyer sie ungläubig.

»Ja, Walter, ich mache schon wieder einen Termin mit der Presse. Wir kennen jetzt die Identität der Toten. Es handelt sich um Aneta Hoppe, polnische Staatsbürgerin, einundzwanzig Jahre alt. Da wir dringend Hinweise aus der Bevölkerung benötigen, mache ich diese Informationen öffentlich. Und da du dich am Dienstag dafür entschieden hattest, während der

Pressekonferenz überhaupt nichts zu sagen, wirst du an diesem Termin heute auch nicht teilnehmen. Wir wollen doch vermeiden, dass es so aussieht, als hätten wir beide irgendwelche Probleme miteinander. Und jetzt würde ich gerne frühstücken«, sagte Marley mit dem freundlichsten falschen Lächeln, das sie zustande brachte, und begann, sich ihrem Frühstückstablett zu widmen.

Walter Meyer schaute sie einen kurzen Moment irritiert an, dann verzog er sich wutschnaubend.

»Ich habe schon immer daran gezweifelt, dass weibliche Führungskräfte eine Garantie für verbindlichere Umgangsformen sind«, grinste Richard.

»Lieber Richard, ich habe keine Ahnung, wovon du sprichst«, sagte Marley diesmal mit einem echten Lächeln und biss genussvoll in ihr Croissant.

Um vierzehn Uhr waren wieder die üblichen Lokaljournalisten erschienen. Eddi Fürst war nicht darunter. Marley war zufrieden, ihr Kalkül war aufgegangen. Ein Pressetermin um vierzehn Uhr in Neuruppin bedeutete für ihn, dass er im Feierabendverkehr zurück in die Hauptstadt musste. Ein Umstand, der die Fahrt um mindestens eine halbe Stunde verlängerte. Außerdem wäre sein Tag zerrissen und für andere Themen nicht mehr genug Zeit. Sie hoffte, dass die Ereignisse sich in den nächsten Tagen so entwickelten, dass sie für ihn nicht mehr interessant genug waren. Sie wollte ihn auf keinen Fall wiedersehen. Er deprimierte sie.

Diesmal trug Richard die aktuelle Lage vor. Von den polnischen Kollegen in Breslau, die seit heute Vormittag in die Ermittlungen eingebunden waren, hatten sie ein Foto von Aneta Hoppe erhalten. Es war das Foto ihres Studentenausweises und knapp vierzehn Monate alt. Es zeigte eine hübsche junge Frau mit langen blonden Haaren und einem gewinnenden Blick. Die anwesenden Journalisten und Journalistinnen wurden gebeten, dieses Foto in ihrer nächsten Ausgabe beziehungsweise in der digitalen Version ihrer Zeitung zu veröffentlichen und um Hinweise aus der Bevölkerung zu bitten. Wer kannte diese junge Frau? Wer hatte sie nach dem 31. Mai 2020 wo gesehen? Wer wusste, mit wem sie zusammen gewesen war? Richard erläuterte, wie wichtig jeder noch so kleine Hinweis sein könnte. Man habe keine Ahnung, wo Aneta sich aufgehalten haben könnte, nachdem sie den Spargelhof in Zünow verlassen hatte.

Richard und Marley beantworteten die wenigen Fragen, die gestellt wurden. Dann machte sich Marley in ihrem Büro wieder an die üblichen Unterschriftenmappen. Wir benötigen nicht nur eine neue Software für die Verkehrssünderkartei, dachte sie, wir müssen endlich das papierlose Büro auf den Weg bringen. Walter Mayer hatte nicht verstanden oder verstehen wollen, dass er sie nicht nur bei Tagungen und Regionalsitzungen vertreten, sondern ihr auch einen Teil der alltäglichen Managementaufgaben abnehmen sollte. Aber sie hatte ihm heute schon einen Tiefschlag verpasst, dachte Marley mit einem kleinen Anflug von schlechtem Gewissen, sie würde ihn erst mal in Ruhe lassen und selbst unterschreiben.

Richard ordnete unterdessen seine Notizen, die er auf dem Spargelhof gemacht hatte. Er benötigte die Adresse von Anetas Freundin Jolanta, von der sie nach Zünow vermittelt worden war. Gestern hatte er versäumt, Joachim Bohn danach zu fragen. Also rief er ihn an.

Als Bohn realisierte, wer am anderen Ende der Leitung war, ließ er Richard seinen Unmut spüren. »Ihre Kollegen nehmen meinen ganzen Hof auseinander, was sollen denn die Feriengäste denken? Einer hat schon gefragt, ob das die Steuerfahndung ist. Ich gebe der Polizei einen wichtigen Hinweis, und das ist der Dank?«

»Herr Bohn, hat mein Kollege Eisenhauer, das ist der Beamte, der den Einsatz leitet, Ihnen nicht gesagt, worum es geht?«

»Er hat nur gesagt, dass es neue Erkenntnisse gäbe, die diese Durchsuchung erforderlich machen.«

Richard seufzte leise. Schon in seiner Zeit als Sprecher der

Berliner Polizei hatte er versucht, den Kolleginnen und Kollegen klarzumachen, dass man in der Regel die Menschen für die Arbeit der Polizei gewinnen konnte, wenn man offen mit ihnen kommunizierte. Aber viele wollten oder konnten das nicht verstehen. Sie fürchteten den vermeintlichen Autoritätsverlust.

»Herr Bohn, es ist so, wie Sie vermutet haben: Bei der toten Frau in der Rübenmiete handelt es sich um Ihre ehemalige Mitarbeiterin Aneta Hoppe.«

Am anderen Ende der Leitung herrschte Schweigen.

»Herr Bohn, haben Sie mich verstanden?«

»Ja. Aber auch wenn ich es vermutet habe …«, sagte Joachim Bohn mit rauer Stimme, und Richard hatte den Eindruck, dass er sich bemühte, seine Gefühle unter Kontrolle zu bringen.

»Auch wenn ich es vermutet habe … das ist ein Schlag. Ich weiß gar nicht, wie ich das meiner Frau beibringen soll. Wer tut so was? Sie war so eine nette junge Frau.«

Richard war auf der Hut. Er hatte nicht vergessen, dass der Spargelbauer bereits gestern von Aneta in der Vergangenheitsform gesprochen hatte. Vielleicht wusste er mehr, als er zugab? Andererseits klang Bohn ehrlich geschockt. Richard ließ sich Adresse und Telefonnummer von Anetas Freundin Jolanta geben. Dann verabschiedete er sich. Er war sicher, dass er Bohn bald wiedersehen würde. Zu viele Fragen waren offen.

Es war kurz nach sechzehn Uhr dreißig, als Marley ohne anzuklopfen in Richards Büro trat. »Wir müssen nach Wroclaw, also nach Breslau, fahren. Morgen. Am besten schon sehr früh, aber daran sind wir beide ja gewöhnt«, sagte sie mit einem kleinen Lachen. »Wir brauchen circa fünf bis sechs Stunden, je nachdem, wie voll die Stadtautobahn um Berlin herum ist. Hinter Cottbus sollte es keine Probleme geben. Wenn wir um sechs Uhr hier starten, vielleicht sogar noch ein bisschen früher, sind wir spätestens gegen zwölf Uhr vor Ort. Zuerst sprechen wir mit unseren Kollegen, und dann schauen wir uns Anetas Wohnung an. Danach gehen wir zu ihrer Mutter. Den ersten Schock sollte sie überwunden haben. Wir sollten auch mit Kommilitonen von Aneta sprechen. Und dann fahren wir nach Świebodzin zu diesem Jazek Wysocki. Julia hat mit ihm telefoniert, aber er schien zu betrunken, um Auskunft geben zu können. Die polnischen Kollegen vor Ort holen ihn morgen gegen sechzehn Uhr auf die Wache, dort wartet er dann auf uns. Das ist die einzige Chance, ihn einigermaßen nüchtern zu erwischen. Wir fahren dann über Frankfurt/Oder zurück nach Neuruppin. Ich weiß, das ist ein straffes Programm, aber wir können uns beim Fahren ja abwechseln, dann müsste es zu schaffen sein.«

Richard schaute sie an. »Es gibt noch jemanden, den wir befragen sollten: Aneta Hoppes Freundin Jolanta, die ihr den Job in Zünow vermittelt hat.«

»Okay, dann müssen wir das auch noch unterbringen.«

»Geht aber nicht. Dein ganzer Plan funktioniert nicht. Ich kann mich mit dir nicht beim Fahren abwechseln.«

»Aber du fährst doch mit diesem Mini?«

»Ja, aber alleine und nur Landstraßen. Es geht wirklich nicht!«

Marley schaute ihn einen Moment schweigend an. »Was ist los. Was hast du für ein Problem?«

»Ich hatte einen Unfall.«

»Das dachte ich mir. Willst du darüber sprechen?«

»Nein«, sagte Richard. Klar und deutlich. Und mehr kam dann auch nicht von ihm.

Marley verließ kopfschüttelnd sein Büro. Damit hatte sie nicht gerechnet. Sie musste andere Optionen prüfen.

Nach einer Viertelstunde war sie wieder zurück.

»Ich habe mir im Internet die Bahnverbindungen angesehen. Es gibt einen Zug ab Berlin-Ostbahnhof. Braucht nur etwas über vier Stunden, und man muss nicht umsteigen. Aber er fährt erst um zehn Uhr siebenunddreißig, und damit sind wir erst kurz vor fünfzehn Uhr dort. Und wir müssten schon um neunzehn Uhr vierzehn wieder zurückfahren.«

»Das hat keinen Sinn«, sagte Richard. »Vier Stunden vor Ort bringen uns gar nichts. Wir müssten übernachten.«

»Ohne Auto können wir auch nicht den Abstecher nach Świebodzin machen. Richard, ich fürchte, wir müssen selbst fahren.«

»Dann lass uns Bodo Eisenhauer mitnehmen. Wir könnten uns aufteilen. Und er kann dich beim Fahren ablösen.«

Marley dachte einen Moment nach. Bodo würde diese Reise als Aufwertung seiner Person sehen, da war sie sich sicher. Es würde ihr Verhältnis möglicherweise entspannen. Eigentlich war es eine gute Idee. Schade, dass sie nicht selbst darauf gekommen war.

»Okay, wir fahren zusammen mit ihm. Start sechs Uhr morgen früh hier vom Parkplatz.«

Am frühen Morgen hatte Richard kurz geduscht, eine große Kanne Tee gekocht, Müsli gegessen und sich ein mit Avocado und Käse belegtes Sandwich gemacht, das er später auf der Fahrt essen wollte. Den Tee füllte er in eine Thermoskanne. In seinen schwarzen Rucksack packte er außerdem sein iPad, eine Zahnbürste, Unterwäsche zum Wechseln und ein frisches Hemd. Wer wusste schon, was sie in Breslau erwartete? Vielleicht mussten sie doch übernachten, dann wollte er vorbereitet sein.

Nach einem Espresso war er startklar. Er warf noch einen Blick auf Izzie. Aber obwohl es der Jahreszeit entsprechend schon hell war, machte sie keinerlei Anstalten, mit ihm vor die Tür zu gehen. Der Hund war müde und wollte schlafen.

»Tschüss, mein kleines Hündchen«, sagte Richard leise. Er wusste selbst, wie absurd es war, einen großen, fünfundzwanzig Kilo schweren Collie »kleines Hündchen« zu nennen, aber gefühlt war Izzie genau das für ihn.

Um fünf Uhr setzte er sich in den Mini und fuhr los.

Gestern hatte er genau die gleiche Strecke von Neuruppin kommend mit dem E-Bike zurückgelegt und für die zweiundvierzig Kilometer knapp fünfundachtzig Minuten gebraucht. In Neuruppin musste er es langsam angehen, aber später, auf der B 167 und dann auf der B 5, konnte er mit dem Rad über dreißig Kilometer pro Stunde fahren. Vorschriftsmäßig trug er einen Helm, trotzdem hatte er die warme Sommerluft gespürt und sich entspannen können. Die Bewegung und die Landschaft taten ihm gut.

Kurz vor Gumtow war er Erwin und Diego begegnet, die mit Erwins altem Famulus-Trecker langsam einen leeren Anhänger über die Landstraße zogen. Richard hatte die beiden überholt und dann angehalten. Das tat Erwin auch, nachdem er ihn erkannt hatte.

»Tach«, war wie immer Erwins Begrüßung. »Kommst du aus Neuruppin?«

Richard nickte.

»Mit dem Fahrrad?«

»Ja, das ist Claras E-Bike. Heute ging es nicht anders.«

»Du bist heute fast neunzig Kilometer mit dem Fahrrad gefahren?«

»Nein, Erwin.« Richard hatte keine Lust, die Geschichte seines Arbeitstages zu erzählen. Schon gar nicht in Gegenwart von Diego Hausmann, der ihn nicht gegrüßt hatte und skeptisch vom Traktor auf ihn heruntersah. Deshalb sprach Richard ihn an.

»Diego, guten Tag, wie geht's?« Keine Reaktion.

»Wir haben vorhin die Rüben nach Vehlow zur Biogasanlage gebracht. Die konnten damit noch was anfangen«, antwortete Erwin stattdessen. Er wusste, dass Diego nicht mit Richard sprechen würde, nach allem, was geschehen war. Noch nicht.

»Damit ist die Rübenmiete also weggeräumt?«

»Ja. Kannst du das bitte auch Clara sagen? Sie wollte, dass die Rüben verschwinden. War eine unangenehme Arbeit.«

Richard nickte. Der Geruch letzten Samstag war scheußlich gewesen.

»Wenn du willst, kannst du dein Fahrrad auf den Anhänger legen und die letzten Kilometer mit uns fahren«, schlug Erwin vor.

Aber dazu hatte Richard keine Lust. Es würde einen besseren Moment geben, um sich Diego zu nähern.

Als er zu Hause ankam, warteten Clara und Izzie schon auf ihn. Clara wollte alles über sein Fahrerlebnis mit dem Bike wissen. Sie besaß das Rad zwar schon einige Monate, aber eine so lange Strecke hatte sie damit noch nicht zurückgelegt.

Sie hatte ein sommerliches Abendessen mit Tomaten und Mozzarella vorbereitet, das sie draußen vorm Anbau mit Blick auf das Schloss aßen. Die Baustelle, die sie noch lange beschäftigen würde. Es war ein friedlicher Abschluss für einen Tag, der schrecklich begonnen hatte.

Als Richard zehn Minuten vor sechs in Neuruppin auf den Parkplatz vor dem Polizeigelände fuhr, war Bodo schon da. Er stand mit einem Kaffeebecher in der Hand neben dem zivilen Einsatzfahrzeug, mit dem sie heute nach Polen fahren würden. Es war die dunkle BMW-Limousine, die auch Marley in den letzten Tagen genutzt hatte.

Bodo hatte sichtbar gute Laune. Er war erfreut, dass er mitfahren sollte. Kurze Zeit später kam Marley angeradelt. Selbst heute hatte sie auf ihr Ausdauertraining nicht verzichten wollen. Immerhin würden sie mindestens zehn bis zwölf Stunden im Auto sitzen.

»Ich würde mich gerne noch kurz frisch machen«, rief sie den beiden Männern zu, »dann geht's los.«

Bodo nickte lächelnd. »Kann ich euch einen Coffee to go aus der Kantine holen?«

»Sehr gerne!«, rief Marley, bevor sie hinter der großen grünen Tür verschwand. Richard lehnte dankend ab.

Als Erster setzte sich Bodo ans Steuer. Offensichtlich wusste er, dass Richard nicht fahren würde, denn während der gesamten Reise schlug er es nicht ein Mal vor. Marley saß neben ihm, Richard auf der Rückbank.

Bodo berichtete über die gestrige Durchsuchung des Spargelhofs. Sie hatten die Akten der letzten beiden Jahre mitgenommen, um zu prüfen, wer im selben Zeitraum wie Aneta auf den Feldern gearbeitet hatte. Die KTU hatte Anetas Zimmer, Bohns Büro, sein Auto, den Transporter und den Trecker nach Spuren überprüft. Erste Ergebnisse würden voraussichtlich heute Abend oder morgen früh vorliegen. Auf den ersten Blick hatte es nichts Auffälliges gegeben.

Bodo fuhr sicher und zügig. Nach ein paar kleineren Staus

rund um Berlin waren sie schon nach zweieinhalb Stunden auf der sogenannten Spreewaldautobahn und erreichten die Grenze bei Forst.

Bodo zeigte seinen Dienstausweis. Ohne weitere Fragen konnten sie über die Grenze. Danach hielten sie an der polnischen Raststätte. Bodo und Richard holten Getränke.

Das hat etwas von einem Ausflug, dachte Marley. Ich bin so lange nicht mehr verreist, dass mir selbst ein Tagestrip nach Polen wie ein Abenteuer vorkommt. Wenn der Fall gelöst ist, könnte ich im September nach Südtirol fahren. Marley versuchte, den Gedanken ans Scheitern zu verdrängen.

Sie hatte sich auf eine Bank mit Blick auf den Dienstwagen gesetzt, ihre E-Zigarette gezündet und beobachtete das Treiben auf der Raststätte. Pkws und viele Lkws mit polnischen, rumänischen, russischen Kennzeichen und solchen, die sie gar nicht identifizieren konnte. Wer weiß, was sich da alles im Kofferraum und unter den Planen befindet, dachte sie. Ob das alles angemeldete Waren sind? Oder doch eher Drogen und Waffen? Oder vielleicht befanden sich zwischen den Kartons Menschen, die eine weite Reise hinter sich hatten und jetzt nur noch eine letzte Grenze überwinden mussten, bevor sie Deutschland erreichten?

Als sie noch für den Berliner Innensenator gearbeitet hatte, war das Thema Migration das Wichtigste gewesen. In Neuruppin war das anders. Obwohl der Landrat von Ostprignitz-Ruppin dafür gesorgt hatte, dass es seit 2015 regelmäßige Informationsveranstaltungen, Sprach- und Integrationskurse gab, waren Migranten weder ein großes Thema für die Politik noch für die Bevölkerung. Außer für die Handvoll Rechtsradikaler, die regelmäßig Ärger machten.

Marley war im April Gast bei einer Veranstaltung im Gemeindesaal der Klosterkirche von Neuruppin gewesen, die unter dem programmatischen Titel »Neuruppin lebt bunt« Kontakte vermitteln und einen interkulturellen Austausch herstellen wollte. Sie war überrascht, wie einwandfrei die Männer und Frauen, die sie dort kennengelernt hatte, Deutsch sprachen. Aber es waren auch fast alles gut ausgebildete Menschen aus Syrien gewesen. Lehrer, Ärzte, Unternehmer. Die anderen, die kein Deutsch sprachen, kamen erst gar nicht zu solchen Terminen, obwohl sie die eigentlichen Zielpersonen waren.

Doch trotz all dieser Initiativen waren ihre Kolleginnen und Kollegen bei der Landespolizei irritiert, wenn ein Mann wie Richard auftauchte. Ein erfolgreicher Kollege aus der Hauptstadt, aber mit Migrationshintergrund. Musste schwer sein für ihn. Dass er psychisch angeschlagen war, sollten die Kollegen möglichst nicht mitbekommen.

Dass dies nicht so einfach werden würde, wurde nur wenige Minuten später deutlich. Marley hatte das Steuer übernommen, und Bodo saß neben ihr. Bevor sie losgefahren waren, hatten sie ein paar einfache Regeln für die Reise verabredet. Sie würden sich spätestens nach drei Stunden abwechseln, ausreichend Pausen einplanen, und wer fuhr, entschied über die Musik beziehungsweise den Radiosender.

Nach drei Stunden »Antenne Brandenburg« mit den immer gleichen Regional- und Staumeldungen war jetzt Marley an der Reihe. Sie hatte auf einen USB-Stick das Album »Selige Stunde« von Jonas Kaufmann geladen. Nach dem Dauergedudel wollte sie jetzt Lieder von Schubert, Brahms, Strauss und Mahler hören. Aber nachdem die ersten Takte von Schuberts »Der Musensohn« erklangen, gab es heftige Reaktionen. Bodos »Das ist jetzt nicht dein Ernst?« wurde getoppt von Richards »Schalte das bitte sofort aus. Sofort!«.

»Was ist los, ihr Banausen?«, lachte Marley. »Das sind wunderbare Lieder, gesungen von einem Jahrhundertsänger …«

Sie brach ab, als sie im Rückspiegel Richards Gesichtsausdruck sah. Er war bleich und hatte die Augen geschlossen. Er sah leidend aus.

»Okay, okay. Ich mach es aus, ich möchte ja keinen Aufstand riskieren.«

Marley blieb bei ihrem ironischen Ton. Sie wollte vermeiden, dass Bodo mitbekam, was gerade mit Richard passierte. Sie fügte sich ihrem Schicksal, als sich Bodo wieder am Radio zu schaffen machte.

Was war nur mit Richard los? Außer einem nicht verarbeiteten Autounfall gab es offensichtlich noch andere Dinge in seinem Leben, die ihn quälten.

Richard bedauerte seine heftige Reaktion sofort. Aber Schubert-Lieder erinnerten ihn an seinen Vater. Der hatte sie ihm und seiner Schwester von klein auf vorgesungen. Schubert war die Erinnerung an seine verlorene Kindheit. Nein, korrigierte er sich selbst. Schubert war die Erinnerung an seinen verlorenen Vater.

Er musste tief durchatmen und sich mit dem Fall beschäftigen. Mit Aneta Hoppes Schicksal, nicht mit den Dämonen seiner Vergangenheit. Den Kopf umprogrammieren. Sein Therapeut in der Reha-Klinik in Plau hatte ihm gesagt, dass es ohne eine Aufarbeitung seiner Kindheitserlebnisse keine wirkliche Verbesserung seiner psychischen Befindlichkeit geben würde, und angeboten, ihn trotz seines vollen Terminkalenders als Patienten aufzunehmen. Vielleicht hätte ich das nicht so schnöde ablehnen sollen, dachte Richard.

»Entschuldigung«, sagte er in Richtung Marley. Die nickte kurz.

In den nächsten Stunden schwiegen die drei Kollegen. Bodo döste auf dem Beifahrersitz, Richard haderte mit sich, und Marley konzentrierte sich auf die dicht befahrene Autobahn. Bevor sie auf den Autobahnring Breslau kamen, konnte Marley von der Fahrerseite einen Blick auf den Breslauer Flughafen werfen, der nach dem Astronomen Nikolaus Kopernikus benannt worden war. Ansonsten war die Einfahrt in die Stadt so wie in vielen europäischen Großstädten: Unattraktive Lagerhallen, Einkaufszentren, Fabrikanlagen und Tankstellen bestimmten das Straßenbild. Dass Breslau die polnische Großstadt mit den meisten Grünflächen war, machte sich erst im historischen Stadtzentrum bemerkbar.

Marley hatte die Adresse des Polizeipräsidiums in der Muzealna 16 noch auf dem Rastplatz ins Navi eingegeben, und so erreichten sie das eindrucksvolle Backsteingebäude mit den Erkern und dunkelroten Fensterrahmen ohne Probleme. Am Haupteingang wehte die polnische Fahne in den Farben Rot und Weiß.

Von den Kollegen der Kripo Wroclaw wurden sie sehr freundlich empfangen. Es gab belegte Brötchen und frischen Kaffee. Marley präsentierte eine kurze Zusammenfassung der Fakten und zeigte auf ihrem Rechner die Fotos vom Fundort und von der Leiche. Die drei Kollegen, zwei Männer und eine Frau, sprachen so gut Deutsch, dass es keinerlei Verständigungsschwierigkeiten gab. Das deutsch-polnische Polizeiabkommen aus dem Jahr 2014 machte diese unbürokratische Zusammenarbeit möglich. Seit sich gestern Morgen herausgestellt hatte, dass es sich bei dem Opfer um eine polnische Staatsangehörige handelte, arbeiteten die beiden Behörden zusammen.

Zu Marleys Verblüffung sprachen die polnischen Polizisten immer von »Breslau«, während die Deutschen die Stadt politisch korrekt »Wroclaw« nannten. Bei Gelegenheit würde sie sich das gerne mal erklären lassen, dachte Marley, aber im Moment standen alle unter Zeitdruck.

Die polnischen Kollegen hatten versucht, Aneta Hoppes Freundin Jolanta ausfindig zu machen, aber die war im Sommerurlaub in Spanien und würde erst nächste Woche wieder zurück sein. Dann werde man mit ihr sprechen. Bislang hatten sie mit einem Professor Aneta Hoppes gesprochen, der ihnen den Namen eines jungen Mannes genannt hatte, mit dem sie befreundet gewesen sei. Und sie hatten Anetas Aktivitäten in den sozialen Netzwerken geprüft. Seit Mai 2020 hatte sie dort nichts mehr gepostet.

Marley hatte gestern Abend noch mit ihrem ranggleichen Kollegen vor Ort telefoniert. Der war bereits informiert, da der Stadtpräsident schon mit dem Polizeipräsidenten gesprochen hatte. Jana Ziekowski war eine einflussreiche Politikerin.

Wegen der prominenten Mutter nahm die ganze Stadt Anteil am Schicksal Anetas. Die Lokalausgabe der Gazeta Wyoborcza hatte ein Foto von ihr veröffentlicht, auf dem sie ihrer Mutter sehr ähnlich sah. Blond und sehr hübsch, aber ohne den harten Zug um den Mund, der ihre Mutter charakterisierte.

Gemeinsam mit den polnischen Kollegen fuhren sie zu Aneta Hoppes Adresse. Es handelte sich um eine Studentenbude in einem der Wohntürme im Studentenviertel Grunwald. Vor der Eingangstür standen unzählige Fahrräder. Viele Klingelschilder waren mehrfach überklebt und kaum zu entziffern. Im abgenutzten Aufzug fuhren sie in den achten Stock. Dort lösten sie das Siegel, das gestern Nachmittag angebracht worden war. In der kleinen Wohnung suchten sie nach etwas, was ihnen weiterhelfen würde. Ohne jede Vorstellung, was das sein könnte.

Die Ein-Zimmer-Wohnung wurde dominiert von einem riesigen alten Sofa mit dunkelrotem Samtüberwurf, das offensichtlich auch als Bett diente, und Stapeln von Büchern auf dem Boden. Das einzige Regal im Raum war ebenfalls voller Bücher. Politische und historische Sachbücher in Polnisch, zeitgenössische Literatur in Deutsch und Polnisch. Der Schreibtisch stand am Fenster vor dem kleinen Balkon mit einem spektakulären Blick auf die Grunwaldbrücke, die die Altstadt mit dem Studentenviertel verbindet. Die Schreibtischplatte war leer, ebenso die beiden Schubladen des Schreibtischs. Keine Zettel, keine Briefe, keine Rechnungen. Aneta schien vor ihrer Abreise aufgeräumt zu haben.

An einer Kleiderstange hing Wintergarderobe, und in einer Kommode befanden sich ein paar dicke Pullover und warme Wäsche. Das enge Badezimmer mit einer Toilette, einem kleinen Waschbecken und einer Dusche war ebenfalls leer. Im Spiegelschrank über dem Waschbecken lagen lediglich eine alte Zahnbürste und eine angebrochene Packung Schmerzmittel. Sonst nichts. In der ganzen Wohnung gab es keinerlei Fotos. Nur ein großes Poster hing in der kleinen Kochnische, die aus einem leeren, ausgeschalteten Kühlschrank, einer Spüle und zwei elektrischen Kochplatten bestand. Auf dem Poster waren Erdbeeren, Weintrauben und Birnen zu sehen, die gerade in Wasser geworfen wurden. Der Moment, in dem das Wasser spritzte und sich Sauerstoffperlen bildeten, war perfekt eingefangen. Es war ein dynamisches, farbintensives Foto voller Kraft und Lebensfreude.

»Wieso ist es hier so ordentlich?«, fragte Marley in Richards Richtung.

»Weil Aneta Hoppe entweder außergewöhnlich ordentlich war … oder jemand hier alles Persönliche entfernt hat.«

»Du meinst, der Täter war hier und hat Spuren beseitigt?«

»Wäre doch möglich?«, gab Richard zu bedenken.

»Aber dann müsste er nicht nur wissen, wo die Wohnung ist, sondern auch einen Schlüssel besitzen.«

»Wir haben bis jetzt keine persönlichen Dinge von Aneta in Deutschland gefunden. Kein Handy, keinen Computer, aber auch keine Kleidung oder beispielsweise ihre Wohnungsschlüssel. Wo ist das alles?«

»Stimmt«, sagte Marley. »Ich denke, wir beide sollten zu ihrer Mutter fahren und sie dazu befragen.«

Marley bat Bodo, mit den beiden männlichen polnischen Kollegen die Wohnung intensiv zu durchsuchen. Die Kollegin Hanka würde sie zu Jana Ziekowski fahren, die, wie ein kurzer Anruf bestätigt hatte, sich zu Hause aufhielt.

Jana Ziekowski wohnte in einem der klassischen Bürgerhäuser in der Altstadt mit Blick auf das Rathaus. Das Haus lag in der Fußgängerzone, doch das störte Hanka nicht. Ohne Martinshorn, aber mit Blaulicht fuhr sie ihre beiden deutschen Kollegen bis vor die Haustür. Dort lagen Blumen, und Kerzen brannten trotz der Julisonne. Es war offensichtlich, dass das Mitgefühl der Bevölkerung eher der prominenten Mutter denn ihrer Tochter galt. Vor Anetas Wohnung war nichts dergleichen zu sehen gewesen.

Hanka blieb im Wagen sitzen. Marley wollte in dieser Ausnahmesituation Jana Ziekowski nicht mit einer weiteren Polizistin konfrontieren. Nach kurzem Klingeln öffnete sich die schwere dunkelrote Haustür. Marley und Richard traten in ein Treppenhaus mit Parkettdielen und einer Marmortreppe samt rotem Teppichläufer.

Jana Ziekowski lebte in der Beletage im ersten Stock. Die Tür wurde von einer knapp fünfzigjährigen Frau mit weißer Schürze geöffnet, die rot verweinte Augen hatte. Vermutlich die Haushälterin, dachte Marley. Sie zeigten ihre Ausweise, dann führte die Frau sie ins Wohnzimmer. Jana Ziekowski saß ganz in Schwarz gekleidet in einem Sessel am Fenster und stand nicht auf, als Marley und Richard eintraten.

»Ach, Sie sind das«, sagte sie überrascht. »So schnell hatte ich nicht mit Ihnen gerechnet.«

Marley und Richard kommentierten das nicht. Sie mussten einen kleinen Moment warten, bis sie zum Sitzen aufgefordert wurden. Auf einem gediegenen, tiefen Sofa nahmen sie nebeneinander Platz. Marley schaute sich um. In dieser Wohnung schien die Zeit stillzustehen. Schwere grüne Polstermöbel im britischen Stil, ausgesuchte Antiquitäten und ein großer offener Kamin dominierten den Raum.

Anders als in Anetas Wohnung gab es auf dem Kaminsims viele Fotos. Richard, der näher am Kamin saß, schaute sie sich an. Fotos von einem gut aussehenden Mann mit einem kleinen Mädchen auf dem Arm, Fotos der kleinen Aneta beim Kunstturnen und ein Foto der ganzen Familie, das offensichtlich von einem Fotografen gemacht worden war. Das Ehepaar mit seiner Tochter im Alter von circa zehn Jahren schaute mit einem gezwungen wirkenden Lächeln in die Kamera.

Jana Ziekowski hatte Richards Blick bemerkt. »Ja, das waren wir einmal, eine glückliche Familie. Jetzt bin ich die einzige Überlebende«, sagte sie mit beherrschter Stimme. »Mein Mann ist mit nur achtundvierzig Jahren an einem Herzinfarkt gestorben, und meine Tochter …«, sie stockte kurz, »… meine Tochter wurde ermordet. Aber das wissen Sie ja.«

Jana Ziekowski schien ihre kühle Gefasstheit wiedererlangt zu haben. Aufrecht saß sie vor den beiden großen Fenstern, die mit Blick aufs Rathaus Richtung Süden gingen. Wegen der sommerlichen Hitze, die auch in Breslau herrschte, waren die leichten weißen Vorhänge zugezogen. Im schmeichelnden Licht sah sie mit ihrem ärmellosen Etuikleid aus wie ein Model. Wieder musste Marley an die Schauspielerin Krystyna Janda denken. Die ganze Situation kam ihr vor wie eine Inszenierung.

»Ein Team der örtlichen Polizei durchsucht gerade die Wohnung Ihrer Tochter. Es gibt dafür einen Durchsuchungsbeschluss durch die Staatsanwaltschaft. Wir haben noch ein paar Fragen an Sie. Fragen, die wir Ihnen gestern nicht stellen wollten«, erläuterte Marley.

Jana Ziekowski nickte, was Marley als Zustimmung interpretierte. Dann bestätigte sie ihre Aussage von gestern, dass sie mit Aneta zum letzten Mal am 31. Mai des vergangenen Jahres telefoniert hatte. Daran, wann genau sie sie zum letzten Mal gesehen hatte, konnte sie sich nicht erinnern. Sie hätten zu Ostern, Anfang April, gemeinsam hier in der Wohnung gegessen. Danach habe sie ihre Tochter zufällig in der Stadt getroffen, wisse jedoch nicht mehr, an welchem Tag. Kurz nach Ostern, irgendwann im April.

»Hat sie sich denn nicht verabschiedet, bevor sie nach Deutschland aufgebrochen ist?«, fragte Richard.

»Nein, hat sie nicht. Ich hatte keine Ahnung, dass sie wieder zur Spargelernte wollte.« Jana machte eine Bewegung mit der Hand. »Sie sehen das doch hier, Sie sehen, dass alles vorhanden ist. Meine Tochter hatte es nicht nötig, arbeiten zu gehen. Ich habe alles finanziert: die Wohnung, ihr Studium, einfach alles. Wenn sie etwas brauchte, musste sie es nur sagen.«

»Vielleicht wollte sie ein wenig unabhängiger werden?«, meinte Richard vorsichtig.

»Unabhängig?«, erwiderte Jana Ziekowski in dem schneidenden Ton, den Marley und Richard inzwischen kannten. »Für Mindestlohn auf dem Feld arbeiten? In Brandenburg? Das soll unabhängig sein? Ich hätte ihr hier in der Stadt jeden Studentenjob besorgen können, aber das wollte sie nicht.«

»Wie würden Sie Ihr Verhältnis beschreiben?«, fragte Marley.

»Früher war es sehr gut. Sie war mein Ein und Alles. Der überraschende Tod ihres Vaters hat uns noch mehr verbunden. Damals war sie erst vierzehn Jahre alt. Wir haben uns gemeinsam durch die Trauer geschleppt. Aber als sie sechzehn, siebzehn wurde, hat sich alles verändert. Sie wurde sehr kritisch. Was immer ich gesagt oder getan habe, war falsch.«

»Woran hat sich die Kritik entzündet?«

Jana Ziekowski schnaubte leise. »An meiner Partei, an meiner neuen Karriere in der Politik. Als vor fünf Jahren Mitglieder der PiS an mich herangetreten sind und mich gefragt haben, ob ich Parteimitglied werde und dann für den Stadtrat kandidiere, habe ich Ja gesagt. Ich komme aus einer politisch aktiven Familie, mein Vater war bei der Solidarność. Ich habe mich immer für Politik interessiert. Als Ärztin bin ich bekannt hier in der Stadt, deshalb habe ich ein hervorragendes Wahlergebnis erzielt.«

Aneta sei nach ihrem Wahlsieg sehr wütend gewesen. Seit diesem Tag habe es ständig Auseinandersetzungen gegeben. Aneta sei in die Jugendorganisation der Sozialdemokraten eingetreten, nur um ihre Mutter zu ärgern. Und statt Medizin zu studieren, wie es verabredet gewesen sei, damit Aneta später die Praxis ihrer Mutter übernehmen konnte, habe sie sich an der Universität für Politik und Geschichte eingeschrieben.

»Aber Sie haben trotzdem das Studium und die Wohnung finanziert?«, fragte Marley.

»Natürlich. Sie ist mein einziges Kind.« Jana Ziekowski stand auf und drehte sich zum Fenster. »Sie *war* mein einziges Kind«, korrigierte sie sich. Ihre Stimme klang rau.

»Frau Ziekowski, wir müssen Ihnen einige Fragen stellen. Geht das?« Richard hatte das Wort ergriffen.

Sie nickte stumm, drehte sich den beiden Polizisten zu und setzte sich wieder.

»Wir waren gerade mit polnischen Kollegen in Anetas Wohnung. Die ist sehr aufgeräumt. Neben ein paar Kleidungsstücken und den vielen Büchern gibt es praktisch keine privaten Dinge. Auch keinen Computer.«

»Den Computer hat sie mitgenommen, er war schon im Mai letzten Jahres nicht mehr in der Wohnung.«

Marley und Richard sahen sich erstaunt an.

Jana Ziekowski bemerkte diesen Blick und reagierte darauf. »Ich war dort. Sie hatte sich wochenlang nicht gemeldet, und auf ihrem Handy antwortete immer nur die Mailbox. Ich habe mir Sorgen gemacht, also bin ich hingefahren.«

»Sie haben einen Schlüssel für die Wohnung?«, fragte Marley.

»Natürlich. Ich zahle ja schließlich die Miete!«

Da war er wieder, der Ton einer Frau, die es gewohnt war, zu befehlen.

»Wer außer Ihnen hat noch einen Schlüssel?«

»Aneta hat natürlich ihren eigenen, und meine Haushälterin – die macht dort manchmal sauber. Es gibt nur drei Schlüssel. Also, als ich die Wohnung gemietet habe, gab es nur diese drei. Ob Aneta welche zusätzlich hat machen lassen, weiß ich nicht.«

»Wann waren Sie zuletzt in der Wohnung?«

»Letztes Jahr kurz vor Pfingsten. Aneta war offensichtlich schon längere Zeit nicht mehr da gewesen. Ich habe ihre Freundin Jolanta angerufen. Erst wollte sie nichts sagen, aber dann hat sie mir gestanden, dass Aneta wieder bei der Spargelernte in Brandenburg ist. Mitten im Sommersemester! Ohne mir etwas zu sagen. Und dann …« Jana zögerte.

»Was ist dann passiert, Frau Ziekowski?«, fragte Richard.

»Ich habe Wanda, meine Haushälterin, in die Wohnung geschickt. Zum Aufräumen und Saubermachen. Das war dringend nötig. Eigentlich wollte ich die Wohnung untervermieten. Das sollte Aneta eine Lehre sein …« Sie stockte kurz. »Aber dann habe ich es nach dem Streit an Pfingsten doch nicht fertiggebracht. Obwohl sie mir in diesem Telefonat gesagt hat, dass sie nicht mehr nach Polen zurückkommen wird.«

»Also haben Sie Monat für Monat die Miete gezahlt, weil Sie gehofft haben, dass Aneta zurückkommt?«

Jana Ziekowski nickte stumm.

»Haben Sie sich bei diesem letzten Telefonat mit Ihrer Tochter auch wegen der Wohnung gestritten?«

»Ja. Aber nicht nur. Es ging natürlich auch wieder um meine Partei und meinen Verrat an den Idealen unserer Familie. Als könne sie das überhaupt einschätzen. Sie hat meinen Vater, ihren Großvater, nie kennengelernt. Sie war feindselig und aufgebracht, mehr als je zuvor. Und ich habe gesagt, dass ich sie nie mehr wiedersehen möchte. Und das ist jetzt wahr geworden.« Sie begann leise zu weinen.

Richard sah Marley an. »Ich spreche mal mit der Haushälterin, okay?«

Marley nickte.

Richard verließ das Wohnzimmer und machte sich auf die Suche nach Wanda. Er fand sie in der Küche, wo sie an einem großen Tresen Gemüse schnippelte. Wanda weinte ebenfalls. Sie sprach leider kaum Deutsch, deswegen versuchte Richard es erst auf Englisch, ohne Erfolg. Aber mit seinem schlechten Schulfranzösisch klappte es einigermaßen.

Wanda war schon lange bei der Familie, kannte Aneta schon als Baby und hatte sie betreut, da die Frau Doktor ja immer gearbeitet habe. Aneta sei ein liebes Kind gewesen, aber als sie älter wurde, und vor allem nach dem Tod ihres Vaters, sei es schwierig geworden zwischen Mutter und Tochter.

Richard fragte sie, wann sie Anetas Wohnung aufgeräumt habe. Das sei im letzten Jahr gewesen, im Juni, danach sei sie zu ihrer Schwester nach Masuren gefahren, Mitte Juni. Sie habe sauber gemacht und dann alle persönlichen Dinge weggeworfen. Fotos, Kosmetik, Notizen, Souvenirs. Wanda weinte heftig, als sie das Richard erzählte. Es sei nicht in Ordnung gewesen, das wisse sie natürlich. Aber die Frau Doktor habe darauf bestanden, und Wanda habe ihren Job behalten wollen. Es waren zwei große Müllsäcke. Nur ihre Bücher und die Winterkleidung habe sie nicht angerührt, damit Aneta nicht frieren müsse, falls sie doch wieder zurückkomme.

Aber sie habe auch etwas aufgehoben. Heimlich. Ein paar Kinderfotos von Aneta, einen alten Teddy und ein Notizbuch mit einer Telefonnummer und einem Namen, der ihr bekannt vorgekommen sei. Sie dürften das aber nicht der Frau Doktor erzählen, bat sie Richard. »Sie wollte, dass ich alles wegwerfe.« Richard versprach es. Daraufhin ging Wanda in ihr Zimmer, holte das Notizbuch – ein Moleskine – und zeigte ihm den Eintrag, der ihr aufgefallen war. Es war ein Post-it mit einer deutsche Mobilnummer und dem Namen »Ciocia Basia«, »Tante Barbara«. Aneta habe keine Tante in Deutschland. Es gehe dabei um etwas anderes. Ihre Schwester habe ihr davon erzählt. Mehr wollte Wanda nicht sagen.

Richard spürte, dass er bei ihr im Moment nicht weiterkam, und bedankte sich. Möglicherweise würden die polnischen Kollegen sie auch noch einmal befragen, erklärte er. Wanda erschrak, und ihre Augen füllten sich erneut mit Tränen. Sie hat Angst, dachte Richard. Aber nicht vor der Polizei, sondern vor ihrer Chefin.

Richard steckte das Moleskine-Büchlein in seine Hosentasche und ging zurück ins Wohnzimmer. Jana Ziekowski beantwortete gerade Marleys Frage nach Anetas Freunden.

»Ich kenne nur Jolanta, weil die beiden als Kinder zusammen trainiert haben und seitdem befreundet sind. Ihre Schulfreunde und später ihre Kommilitonen hat sie nie mit nach Hause gebracht. Ich weiß noch nicht einmal, ob sie einen Freund hatte. Sie hat mir nichts erzählt und auch niemanden vorgestellt. Von daher habe ich keine Ahnung, wer der Vater des Kindes sein könnte. Können wir bitte zum Ende kommen? Ich habe eine Beerdigung zu organisieren.«

Richard schaltete sich ein. »Gibt es in Deutschland eine Frau, mit der Sie verwandt oder so gut bekannt sind, dass Aneta sie ›Tante‹ nennen würde? Eine ›Tante Barbara‹?«

Jana schüttelte den Kopf. »Wir haben keine Verwandten in Deutschland. Mein Mann hatte nur einen Bruder, aber der ist nach Kanada ausgewandert. Ich habe eine jüngere Schwester, Milena. Sie lebt mit ihrer Familie in Warschau. Aber wir haben keinen Kontakt. Warum fragen Sie?«

Richard gab keine Antwort, sondern zuckte nur mit den Schultern. Er und Marley verabschiedeten sich und kündigten an, dass Jana Ziekowskis Aussagen auf dem Revier der polnischen Polizei nochmals schriftlich aufgenommen werden müssten.

»Aber erst nach der Beerdigung«, erklärte sie bestimmt und verabschiedete sich mit einer kurzen Kopfbewegung.

»Puh«, machte Marley, als sie wieder auf der Straße standen, »ich kann verstehen, weshalb Aneta wegwollte. Diese Frau ist so autoritär! Und was ist das für eine Geschichte mit der Tante?«

Richard erzählte von seinem Gespräch mit der Haushälterin. Marley konnte es nicht fassen, dass auf Ansage der Mutter alle privaten Dinge Anetas weggeworfen worden waren. Übergriffig und respektlos war das. Und weshalb hatte Wanda von allen Dingen, die sie entsorgt hatte, ausgerechnet das kleine Notizbuch mit diesem Zettel aufbewahrt?

»Ich glaube, sie weiß, um wen es sich bei Tante Barbara handelt, und wollte es mir nicht sagen«, erklärte Richard.

Hanka hatte den Wagen in den Schatten gestellt und wartete auf Marley und Richard. Marley bat sie, die Kollegen in Aneta Hoppes Wohnung zu informieren, dass sie ihre Arbeit dort beenden konnten. Die Wohnung war vor über einem Jahr gründlichst gesäubert worden. Unwahrscheinlich, dass sie jetzt noch etwas Relevantes finden würden. Hanka solle Richard und sie jetzt bitte zur Universitätsbibliothek fahren. Dort seien sie mit einem Freund von Aneta verabredet, der als wissenschaftlicher Assistent im Fachbereich Komparatistik arbeite. Es wäre gut, wenn sich danach alle zu einer Lagebesprechung in der Muzealna 16 treffen könnten.

Das alte Hauptgebäude der Universitätsbibliothek in der Karola-Szanjnochy-Straße, 1891 nach den Plänen des langjährigen Breslauer Baustadtrats Richard Plüddemann errichtet, war ein imposanter Backsteinbau mit vielen Türmen unterschiedlicher Größe und einem grün gedeckten Dach. Der schlaksige junge Mann mit langen dunklen Haaren, der am Haupteingang sichtlich nervös auf sie wartete, war Pavel Mazur. Anetas Professor hatte ihn der polnischen Polizei als Ansprechpartner empfohlen. Der Professor selbst hatte Aneta Hoppe, seit sie die Zwischenprüfung im Fachbereich Politik im März 2020 abgelegt hatte, nicht mehr gesehen.

Sie begrüßten sich knapp, dann führte Pavel sie über die Straße zur Grünanlage der angrenzenden Royal Dance School, und alle drei setzten sich auf eine Bank im Schatten einer großen Linde.

Pavel, der perfekt Deutsch sprach, war blass, aber gefasst. Zwei Jahre lang sei er mit Aneta zusammen gewesen, dann hätten sie sich getrennt. Es habe einfach nicht gepasst. Aneta habe schon von einer gemeinsamen Wohnung und Kindern gesprochen, aber er wollte etwas von der Welt sehen, reisen, sich ausprobieren. Er studiere vergleichende Literaturwissenschaft mit Schwerpunkt französische und deutsche Literatur und arbeite gerade an seiner Promotion.

Im Januar 2020 sei er für ein halbes Jahr nach Paris gegangen, und als er zurückgekommen sei, sei sie weg gewesen. An der Uni habe niemand etwas gewusst, und ihre Mutter habe er nicht fragen wollen. Er habe ein paarmal versucht, Aneta telefonisch zu erreichen, aber immer nur auf die Mailbox gesprochen. Schließlich habe er aufgegeben.

»Wann haben Sie sich getrennt?«

»Im Herbst 2019, also vorletztes Jahr. Ist sie denn wirklich …?«

»Ja, sie ist tot«, beantwortete Richard die nicht ausgesprochene Frage. »Sie wurde ermordet. Vermutlich im Herbst letzten Jahres. Wir haben die Leiche am vergangenen Samstag gefunden. Aber sagen Sie uns bitte etwas genauer, wann Sie auf Anetas Mailbox gesprochen haben.«

»Ich bin Ende Juni 2020 nach Breslau zurückgekommen. Also ab diesem Zeitpunkt bis Ende August habe ich sie ein paarmal angerufen.«

»Und als Sie in Paris waren, haben Sie nicht versucht, sie zu erreichen?«, fasste Richard nach.

»Nein.«

»Warum nicht?«, wollte Marley wissen.

»In Paris schien mein altes Leben so weit weg. Ich habe kaum an Aneta gedacht, außerdem hatte ich in der Zeit auch eine französische Freundin.«

»Hatten Sie im August den Eindruck, dass Anetas Telefon funktionierte?«

»Ja klar. Es hat immer ein bisschen gedauert, bis die Mailbox ansprang. Einmal hatte ich sogar das Gefühl, dass sie den Anruf abgelehnt hat.«

»Wissen Sie, ob Aneta nach Ihnen mit jemandem zusammen war? Hatte sie einen neuen Freund?«

»Das weiß ich nicht, ich war ja in Paris.«

»Man kann auch von dort aus telefonieren, skypen oder sich schreiben«, legte Marley nach.

»Ich habe doch schon gesagt, dass ich in Paris mit anderen Dingen beschäftigt war. Aneta war zum Schluss sehr anstrengend. Sie war sauer, weil ich dieses Stipendium angenommen habe. Es war klar, dass es aus war zwischen uns. Bevor ich losgefahren bin, wollte sie ihren Wohnungsschlüssel zurückhaben.«

»Waren Sie wütend auf Aneta?«

»Nein, ich war ehrlich gesagt erleichtert. Ich wollte mich noch nicht fest binden. Aber es tut mir sehr leid, was passiert ist. Sie war meine erste große Liebe«, sagte Pavel mit leiser Stimme.

»Wie schätzen Sie Anetas Beziehung zu ihrer Mutter ein?«

»Beziehung? Das war keine Beziehung, das war Krieg. Sie hat nie gut von ihrer Mutter gesprochen und es vermieden, sie zu treffen. Sie war froh, dass sie den deutschen Nachnamen ihres Vaters hatte. Es gibt an der Uni nur ganz wenige, die wissen, dass Jana Ziekowski ihre Mutter ist.«

»Seit heute weiß es jeder«, sagte Marley. »Es ist auf allen Titelseiten.«

Sie baten Pavel, sich spätestens morgen bei Hanka auf dem Revier zu melden und seine Aussage zu Protokoll zu geben. Dann gingen sie zu Fuß zurück zum Studentenhochhaus, wo Bodo im Einsatzwagen auf sie wartete, und fuhren gemeinsam zu den polnischen Kollegen und Kolleginnen.

In der gemeinsamen Besprechung berichtete Richard von dem Gespräch mit Pavel. Auch wenn auf den ersten Blick nichts darauf hindeute, dass Anetas Ex-Freund mit dem Mord etwas zu tun haben könnte, sei es doch angeraten, sowohl seine Telefonverbindungen als auch seine Reisen im vergangenen Jahr zu überprüfen. Und natürlich seine Aktivitäten in den sozialen Medien. Dann thematisierte Richard die Telefonnummer, die ihm die Haushälterin Wanda gegeben hatte. Hanka hatte sich bereits mit den übrigen Notizen in dem kleinen Buch beschäftigt. Aneta habe ausschließlich Literaturhinweise aus dem Studium aufgeschrieben. Persönliche Notizen gebe es keine. Außer dem rätselhaften Zettel mit der deutschen Telefonnummer.

Richard bat die Kollegen, sich die Familienverhältnisse von Jana Ziekowski und ihrem verstorbenen Mann anzuschauen, ob es nicht doch noch Verbindungen nach Deutschland gebe, von denen Jana Ziekowski nichts erzählt hatte.

Marley schlug vor, die Mobilnummer auf dem Zettel jetzt direkt anzurufen. Falls der Teilnehmer nur Polnisch spreche, könne einer der Kollegen übernehmen. Allgemeine Zustimmung – ein guter Vorschlag. Marley bekam den Festnetzapparat gereicht, aktivierte den Lautsprecher und wählte die Nummer.

Nach drei Klingeltönen meldete sich eine leise Frauenstimme. »Hallo?«

»Hier ist Polizeidirektorin Leonhardt von der Kripo Neuruppin. Spreche ich mit Tante –« Bevor sie die Frage beenden konnte, wurde auf der anderen Seite schon aufgelegt.

Hanka bot an, mit ihrem Mobiltelefon anzurufen und Polnisch zu sprechen. Das gleiche Spiel: Ein leises »Hallo«, dann stellte Hanka sich vor, und sofort wurde aufgelegt.

Marley sagte, dass sie prüfen lassen werde, wem diese Nummer gehöre, und verließ kurz den Konferenzraum, um mit Steffi im Büro in Neuruppin zu telefonieren. Richard empfahl, die Haushälterin umgehend vorzuladen. Möglicherweise sei Wanda außerhalb des Einflussbereichs ihrer Chefin auskunftsfreudiger.

Ansonsten verabredeten die Kollegen regelmäßige Videokonferenzen zwischen Neuruppin und Breslau, um sich über den jeweiligen Stand der Ermittlungen auszutauschen. Außerdem kämen entweder Marley oder Richard zu Aneta Hoppes Beerdigung, um sich die Trauergäste genauer anzuschauen und gegebenenfalls bei weiteren Vernehmungen anwesend zu sein. Dann machten sich Marley, Richard und Bodo gemeinsam mit Hanka auf den Weg nach Świebozin.

Hanka setzte sich ans Steuer. Die kürzeste Verbindung führte über Liegnitz und Lubin, allerdings gab es einige Baustellen, die man nur mit Ortskenntnis geschickt umfahren konnte. Ohnehin war nicht klar, wie die Verständigung mit dem Erntehelfer Jazek Wysocki klappen würde. Er war zwar schon häufiger zum Spargelstechen in Deutschland gewesen, aber Julia, die mit ihm telefoniert hatte, meinte, er spreche kaum Deutsch. Vielleicht war er aber auch nur zu betrunken gewesen. Um nicht umsonst einen Umweg von über zweihundert Kilometern zu fahren, waren sie mit Hanka als Übersetzerin auf der sicheren Seite. Zurückfahren würde sie dann nach der Vernehmung mit einem Regionalzug.

Bodo saß auf der Rückbank mit einer kleinen Flasche Wasser in den Händen. Er hatte die Augen geschlossen. Außer mit einem starken Kaffee und Gebäck während der Besprechung hatten die polnischen Kollegen sie auch mit ausreichend Wasser für die Fahrt an diesem heißen Sommertag versorgt.

Richard saß neben ihm, schaute aus dem Fenster und aß sein Avocado-Käse-Sandwich.

Marley hatte sich bewusst neben Hanka platziert. Sie wollte die gemeinsame Fahrt nutzen, um mehr über Jana Ziekowski zu erfahren. Leise unterhielten sich die beiden Polizistinnen.

Jana Ziekowski war Teil der Breslauer High Society und Schirmherrin diverser Wohltätigkeitsorganisationen. Das war nicht erst seit ihrer Wahl zur Stadträtin so. Ihr deutschstämmiger Mann, Johannes Hoppe, hatte Ende der neunziger Jahre eine Fabrik für Speziallacke im Industriegebiet vor der Stadt aufgebaut. Die Firma war schnell gewachsen und hatte ihn reich gemacht. Er war ein großzügiger Mensch, der andere gerne an seinem Erfolg teilhaben ließ und sich trotz seiner beruflichen Verpflichtungen in verschiedenen Vereinen und Organisationen engagierte. Seine attraktive Frau war immer an seiner Seite.

Die junge Fachärztin für Lungenkrankheiten, Jana Ziekowski, hatte er kennengelernt, als er wegen einer hartnäckigen Bronchitis in der städtischen Polyklinik gelandet war. Sie verliebten sich und heirateten nach nur einem Jahr. Sein Hochzeitsgeschenk für Jana war eine eigene Praxis in der historischen Altstadt. 1999 wurde ihr einziges Kind, Aneta, geboren. Als Kind war sie eine erfolgreiche Kunstturnerin, die sogar Medaillen gewann, doch als sie älter wurde, hörte sie mit dem Sport auf.

Die Familie, vor allem aber Johannes Hoppe, war beliebt in der Stadt. Er starb 2015 völlig überraschend. Seine Sekretärin hatte ihm ein Gespräch durchgestellt, das er nicht annahm. Als sie nach ihm schaute, lag er tot neben seinem Schreibtisch. Plötzlicher Herztod, stellte der Notarzt fest, der nichts mehr für ihn tun konnte. Zur Beerdigung kamen so viele Menschen, dass nicht alle in der Kirche Platz fanden.

»Und die Witwe? Wie hat sie danach weitergelebt?«

»Sie ist schnell wieder in ihre Praxis zurückgekehrt. Nur wenige Tage nach der Beerdigung. Und sie hat ganz traditionell ein Jahr lang Schwarz getragen. In ganz Polen macht das heute kaum noch jemand, die Ziekowski schon. Immer schwarz unter dem weißen Kittel.«

»Gibt es einen neuen Mann in ihrem Leben?«

»Nicht, dass ich wüsste.«

Danach schwiegen beide.

Marley schaute aus dem Fenster. Sie fuhren durchs Breslau-Magdeburger-Urstromtal, intensiv genutzt für Ackerbau und Viehhaltung. Getreidefelder, so weit das Auge reichte, und wenig Wald. Die meisten Orte hier in Schlesien hatten früher deutsche Namen. Nicht nur die ältere Bevölkerung sprach noch Deutsch.

Mit ihrer DDR-Schulbildung kannte Marley natürlich die wichtigsten Eckdaten der polnischen Geschichte. Aber obwohl von ihrer Heimatstadt Leipzig gar nicht weit entfernt, war sie als Kind und Jugendliche nie nach Polen gereist. Als sie älter wurde, kam die Wende, und für alle Urlaubsreisen gab es nur noch eine Zielrichtung: Westen. Erst als sie für den Berliner Innensenator arbeitete, lernte sie ein paar der Länder kennen, die früher zum sogenannten Ostblock gehört hatten. Sie war in Prag und Warschau, in Moskau und St. Petersburg gewesen. Und in Georgien. Aber das war es auch schon. Nicht zum ersten Mal bedauerte Marley ihre Ignoranz.

Es war schon nach siebzehn Uhr dreißig, als sie auf der Polizeistation in Świebodzin eintrafen. Jazek Wysocki war für sechzehn Uhr einbestellt worden. Mit halbstündiger Verspätung war er aufgetaucht. Mürrisch und übellaunig. Er habe keine Ahnung, was man eigentlich von ihm wolle. Nach einer Stunde Wartezeit hatte sich seine Stimmung nicht verbessert. Er hatte entschieden, dass er kein Deutsch sprach oder verstand. Provozierend breitbeinig saß der Mittdreißiger den vier Polizisten gegenüber. Seine graue Haut und die tiefen Ringe um seine Augen verrieten den Alkoholiker.

Hanka ergriff das Wort. Auf Polnisch erzählte sie ihm, was mit Aneta Hoppe passiert war. Der Name fiel mehrfach. Und plötzlich war Jazeks Aggressivität verflogen. Er fragte nach und hatte Tränen in den Augen. Hanka fasste seine Aussagen zusammen.

»Er ist total schockiert. Sie war so eine nette, intelligente und hübsche Frau, sagt er. Er wusste, dass er keine Chance bei ihr hatte, aber er hat sich trotzdem um sie bemüht. Manchmal hat er für sie im Spargel mitgearbeitet, damit sie ihr Pensum schafft. Im ersten Jahr ist ihr das schwergefallen, sagt er. Beim zweiten Mal konnte sie es besser.«

»Wann hat er Aneta zum letzten Mal gesehen?« Richard wollte überprüfen, ob Jazeks Aussage mit der von Joachim Bohn übereinstimmte.

Jazek antwortete schnell und bereitwillig. »Am 1. Juni 2020, am frühen Nachmittag. Der Chef und seine Frau sind weggefahren.« Es sei ein heißer Tag gewesen, und er habe eine Siesta im Schatten der großen Kastanie im Hof gehalten. »Ein großer dunkler Mercedes ist auf den Hof gefahren, und Aneta ist eingestiegen. Mit ihrer Reisetasche. Sie hat sich nicht verabschiedet«, übersetzte Hanka.

Das deckte sich mit den Aussagen von Joachim Bohn. Richard nickte. »Weshalb kann er sich so präzise an das Datum erinnern?«

Hanka fragte nach.

Jazek grinste und erzählte, bevor Hanka seine Antwort wiedergab. »Am Ende des Monats gab's immer den Lohn. Bar auf die Hand. Und am 1. Juni ist er mit dem Rad nach Perleberg gefahren und wollte einkaufen. Vor allem Hochprozentiges. Aber es war Pfingstmontag, ein Feiertag, und daher waren alle Geschäfte geschlossen. Also musste er sich mit dem Bier, das er noch auf dem Zimmer hatte, begnügen. Er hat sich mit einer Flasche in den Schatten gelegt und gesehen, wie Aneta abgeholt wurde.«

»Hat er gesehen, wer am Steuer saß? Mann oder Frau? Welches Alter?«

Jazek schüttelte den Kopf. Auch ohne Übersetzung hatte er die Frage verstanden.

»Er sagt, der Wagen hätte verdunkelte Scheiben gehabt. Wie bei Politikern. Oder Rockstars.«

Jetzt fragte Bodo nach. »Hat er ein Kennzeichen gesehen? War es ein deutsches oder ein polnisches Nummernschild? Aus der Prignitz? OPR oder PR, WK, KY?«

Auch diese Frage konnte Jazek nicht beantworten. Aber er hatte noch etwas anderes auf dem Herzen.

»Er sagt, alle Männer waren in Aneta verliebt. Sie war so hübsch und so charmant!«

»Auch der Chef? War Joachim Bohn auch in sie verliebt?«

Jazek nickte.

»Und Sie auch, wenn ich Sie eben richtig verstanden habe.«

Nochmals nickte Jazek. Dann konnte er seine Tränen nicht länger zurückhalten. Es war ein trauriger, berührender Anblick.

Marley reichte ihm ein Papiertaschentuch, das er gerne annahm. Sie baten ihn, morgen noch einmal zum Revier hier in Świebodzin zu kommen, um seine Aussage, die Hanka jetzt gleich diktieren würde, zu unterschreiben.

Danach standen sie zu viert vor dem Eingang zum Polizeirevier. Hanka und Bodo rauchten, Marley zog an ihrer E-Zigarette. Richard trank Wasser.

»Eine dunkle Mercedes-Limousine mit verdunkelten Scheiben. Wie sollen wir denn damit weiterkommen?«, fragte Bodo.

»Ich glaube, wir sollten noch mal mit Joachim Bohn sprechen. Und wir müssen herausfinden, was es mit dieser ominösen Tante auf sich hat. Vielleicht ist das ein Code-Wort, für was auch immer«, meinte Marley.

Sie fühlte sich unwohl. Es war heiß, sie schwitzte, und ihr blaues Kleid war nach den vielen Stunden im Auto zerknittert. Hanka hingegen sah in ihrer engen Jeans und der blauen Buse frisch und dynamisch aus. Bodo schien das auch zu bemerken. Er war von der Kollegin sichtlich angetan.

Hör auf, dich mit jüngeren Frauen zu vergleichen, reiß dich zusammen, du bist die Chefin, sagte Marleys Vernunft. Aber ihr Herz sagte: Du bist alt und dick, und kein Mann wird jemals wieder mit dir flirten. Sie seufzte.

Es war schon achtzehn Uhr fünfzehn, und sie hatten noch eine lange Rückreise vor sich. Bodo setzte sich ans Steuer, Richard neben ihn. Sie überließen Marley die Rückbank, damit sie es sich bequem machen konnte.

In weniger als einer Stunde waren sie am Grenzübergang Frankfurt/Oder. Marley hatte die Zeit zum Telefonieren genutzt und unter anderem Julia Fiebig beauftragt, alle Kollegen der Soko Rübenmiete für morgen früh um neun Uhr ins Revier einzubestellen. Richard würde das Team über die Ergebnisse der Reise nach Breslau informieren. Sie selbst habe einen wichtigen Termin, den sie wahrnehmen müsse.

»Aber morgen ist Samstag«, hatte Julia vorsichtig angemerkt.

»Ich weiß. Deshalb ja um neun und nicht um sieben Uhr.«

Auf der Höhe von Müllrose machten sie noch einmal halt, um zu tanken. Jetzt übernahm Marley das Steuer, und Bodo wechselte auf die Rückbank. Nach einer kurzen Pause fuhren sie weiter. Marley sah, dass Bodo Kopfhörer aufgesetzt und die Augen geschlossen hatte.

»Richard, jetzt wäre die Gelegenheit, richtige Musik zu hören. Ich verzichte auf Schubert, aber wie wäre es mit Jazz?«

»Jazz wäre gut, ich schau mal, ob wir Jazz-Radio schon reinbekommen«, sagte Richard und beschäftigte sich mit dem Radio. Er hatte seit Świebodzin nichts gesagt. Und dann ertönte der Song »He musst have been telling a lie« von einer Sängerin, die sie beide nicht kannten. Sie mussten spontan lachen.

»Tja, passt wie die Faust aufs Auge«, sagte Richard. »Jetzt ist nur die Frage, wer ist derjenige, der lügt? Jazek, Bohn oder der große Unbekannte im dunklen Mercedes. Oder Pavel?«

»Was wäre sein Motiv?«, fragte Marley nur halb im Scherz.

»Eifersucht«, antwortete Richard ohne Zögern. »Du hast doch gehört, alle Männer in ihrem Umfeld waren in Aneta verliebt.«

»Aber Pavel hatte sich schon vorher von ihr getrennt.«

»Ja, das behaupten verlassene Männer gerne«, entgegnete Richard.

»Aber er war in Paris. Nein, warte mal. Als sie getötet wurde, war er schon wieder zurück in Breslau. Und wir erleben gerade selbst, dass es von dort bis zu uns keine allzu große Entfernung ist.«

»Er kann sie telefonisch nicht erreichen, fährt in die Prignitz, um persönlich mit ihr zu sprechen. Sie aber lebt mit dem Mann zusammen, der den dunklen Mercedes fährt. Pavel will sie zurückhaben, es gibt einen heftigen Streit, er erschlägt sie …«

»… und versteckt die Leiche unter einer Rübenmiete in einer Gegend, die er nicht kennt …? An einem Ort, an dem er noch nie war?«

»Es gibt so viele Fragen und Details, die scheinbar nichts miteinander zu tun haben. Wir müssen die Puzzleteile finden, die alles miteinander verbinden. Der dunkle Mercedes, die Schwangerschaft, die ominöse Tante Barbara. Ich verspreche mir einiges von der Befragung ihrer Freundin Jolanta. Immerhin hat die früher auch in Zünow auf den Spargelfeldern gearbeitet. Wenn du einverstanden bist, fahre ich nächste Woche zur Beerdigung und spreche mit ihr.«

»Du fährst nach Breslau?«, fragte Marley mit einem spöttischen Unterton, den sie im gleichen Moment bedauerte. Sie musste vorsichtig mit Richard sein, sonst würde er sich nie öffnen.

»Ich würde mit dem Zug fahren. Du hattest doch eine sehr gute Verbindung rausgesucht, bei der man nicht umsteigen muss.«

Richard blieb sachlich, das war ein gutes Zeichen. Marley hatte inzwischen Vorbehalte gegen eine weitere Breslau-Reise.

Sie war sicher, dass die Lösung des Falls in der Prignitz zu finden war. Aber um Richard nicht zu kränken, nickte sie nur kurz, dann schwiegen beide und hörten den entspannten Sound von Jazz-Radio. Als ein langer Werbeblock kam, drehte Marley den Ton runter.

»Mein Vater hat immer Schubert-Lieder gesungen«, sagte Richard in die Stille hinein. »Er hatte eine wunderbare Stimme. Ich bilde mir ein, ich könnte sie noch immer hören.«

»Was ist mit deinem Vater?«

»Er ist gestorben, als ich noch ein Kind war. Im Ersten Golfkrieg, 1988. Bei einem Luftangriff.«

»Das tut mir leid«, sagte Marley leise.

»Ich kann diese Lieder einfach nicht mehr ertragen. Ich habe sofort die Bilder von diesem Angriff vor Augen.«

»Du warst dabei?«

»Ja.« Und das war alles, was Richard zu diesem Thema sagen wollte. Er drehte den Ton des Radios wieder hoch. Bis sie auf den Parkplatz am Polizeirevier in Neuruppin fuhren, sprach keiner ein Wort.

Samstag, 10. Juli

Es war schon kurz nach sechs, als Erwin das Nebengebäude betrat, in dem seine beiden Traktoren untergebracht waren. Den zweiten Famulus, den er zum Ausschlachten bei Reparaturen nutzte, hatte er mit Planen abgedeckt. Die wertvollen Ersatzteile sollten keineswegs einstauben. Für seine Verhältnisse war er spät dran. Aber gestern waren er und Elvira lange bei Diego gewesen und hatten ihm beim Aufräumen geholfen. Während er die vielen leeren Schnapsflaschen zum Container gebracht hatte, hatte Elvira gemeinsam mit Diego die Küche ausgeräumt und dann einer gründlichen Reinigung unterzogen. Nach kurzer Diskussion hatte Erwin die noch vollen Flaschen, hauptsächlich Gin, Wodka und Scotch, in seinem Toyota verstaut. Diego wollte sie aus dem Haus haben. Er hatte kapiert, dass er sich von Alkohol fernhalten musste, wenn er wieder Kontrolle über sein Leben erlangen wollte.

Beim gemeinsamen Putzen hatte Diego von seinen Zukunftsplänen erzählt. Zuerst würde er seine Rinder wieder aus der Agrargenossenschaft zurückholen und bis zum Spätherbst auf die Weide stellen. Gleichzeitig würde er wieder mit dem Kochen anfangen. Erst mal in der Outdoor-Küche. Er würde nach und nach das ganze Dorf einladen, um seinen ramponierten Ruf wiederherzustellen. Dann würde er sich entweder einen Job als Koch suchen oder doch einen eigenen Laden aufmachen.

Und er hatte Elvira von seinem Telefonat mit Bernadette erzählt. Am Donnerstag hatte er sie in Mali endlich erreicht. Vorausgegangen war eine Abstimmung mit dem Verteidigungsministerium über die genaue Uhrzeit, zu der er sie am Diensttelefon im Feldlager Gao erreichen konnte.

Bernadette hatte sich lange geweigert, Diego anzurufen. Sie wollte nicht mit ihm sprechen. Erst als ihr Vorgesetzter sie ermahnte, stimmte sie einem offiziell vermittelten Telefonat zu. Sie hatte schon lange ein schlechtes Gewissen gehabt, weil sie einfach abgehauen war und weder Diego noch ihrer Mutter eine Nachricht hinterlassen hatte. Ihre SIM-Karte hatte sie vernichtet, weil sie nicht erreichbar sein wollte. Das war kindisch gewesen, das sah sie jetzt ein. Aber dass Diego mehrere Tage verdächtigt wurde, sie getötet zu haben, und sogar in U-Haft gesessen hatte, war ein Schock für sie. Sie schämte sich und hatte keine Ahnung, wie sie das jemals wiedergutmachen konnte.

Zu ihrer großen Überraschung hatte Diego freundlich und fast sachlich mit ihr gesprochen. Er schien keinen Groll gegen sie zu hegen. Im Gegenteil, er war froh, dass es ihr gut ging. Falls es einem bei einem Auslandseinsatz gut gehen könne, hatte er hinterhergeschoben. Das war zu viel für Bernadette gewesen. Sie weinte so heftig, dass sie auflegen musste.

Diego überkam nach diesem Telefonat ein Gefühl der inneren Ruhe. Diese Geschichte war abgeschlossen – endlich. Er konnte ins Leben zurückkehren.

Elvira hatte ihren freien Tag geopfert, um ihrem Ziehsohn beim Putzen und Aufräumen zu helfen. An vier Tagen in der Woche hatte sie nachmittags einen Minijob im Kyritzer Getränkemarkt. Freitag war frei.

Sie und ihr Bruder Erwin teilten das Schicksal so mancher Dorfbewohner: Sie waren wohlhabend, einige sogar reich, aber sie verfügten über wenig Bargeld. Ihr Reichtum bestand aus Land, Wald und alten Bauernhäusern. Um mehr Geld in der Tasche zu haben, müssten sie einfach nur etwas verkaufen. Das machten aber die wenigsten, obwohl die Preise für Land und Wald in den letzten Jahren enorm gestiegen waren.

Selbst das heruntergekommene Haus neben dem Anwesen der Geschwister Schwarz war für viel Geld an ein kinderloses älteres Paar aus Berlin verkauft worden. Die bettlägerige Witwe, die vorher darin gelebt hatte, hatte seit Jahren nichts mehr im Haus machen können. Trotzdem hatte die Erbengemeinschaft, die das Haus nach ihrem Tod verkaufte, einen sehr guten Preis erzielt. Im Dorf sprach man von über vierhunderttausend Euro. Sehr viel Geld für ein kleines Haus auf dreitausend Quadratmetern Grundstück. Mindestens noch mal zweihunderttausend hatten die Käufer in Renovierung, Aus- und Umbau und die Dacherneuerung gesteckt.

Und genau diese Nachbarn machten es Erwin jetzt unmöglich, das zu tun, was er gerade am liebsten getan hätte: lautstark an seinem Famulus zu schrauben. Dass irgendetwas mit dem Motor nicht stimmte, hatte er auf dem Rückweg von Vehlow bemerkt, nachdem er mit Diego die restlichen vergammelten Futterrüben in der Biogasanlage abgeliefert hatte. Aber um herauszufinden, worum es sich handelte, musste er den Motor im Leerlauf tuckern und gelegentlich auf Vollgas laufen lassen, und das ging nicht vor sieben Uhr. Es gab eine Verabredung, dass am Samstag und Sonntag in der Frühe keine lärmenden Arbeiten auf dem Hof stattfinden durften. Das hatten Lena und Heiner Bellhank durchgesetzt – beide mit Doktortitel, »aber keine Ärzte«, wie sie sich gerne vorstellten.

Kaum waren sie eingezogen, hatten sie sich schon über den Lärm beschwert. Am Anfang hatte Erwin versucht, sie zu ignorieren, aber als sie mit einer Klage drohten, bat er die Ortsvorsteherin von Gumtow, Scarlett Müller, um Rat. Die hatte gerade ein Wochenendseminar für Bürgermeister und Ortsvorsteher in Potsdam absolviert. Thema: Konflikte schon im Vorfeld einvernehmlich lösen.

Scarlett setzte genau das um, was sie in Potsdam gelernt hatte: Mediation. Beide Parteien zu Wort kommen lassen und einen Kompromiss erzielen. Und so hatten sie im vergangenen Sommer die Regelung vereinbart, dass an Wochentagen um sechs, am Wochenende aber nicht vor sieben Uhr mit den Arbeiten auf dem Hof begonnen werden durfte.

Erwin und Elvira hatten sich gefügt, obwohl die Sieben-Uhr-Regelung an heißen Sommertagen wie jetzt im Juli absurd war. Sie hätten am liebsten schon gegen fünf Uhr losgelegt, um sich dann in der Mittagshitze eine längere Auszeit zu nehmen. Sie fühlten sich durch ihre neuen Nachbarn in ihrem Alltag erheblich eingeschränkt.

Im Kampf gegen den Hahn und die Hühner waren die beiden Doktoren allerdings unterlegen. Das hatte Scarlett Müller klargemacht, als sie mit ihren achtzig Kilo gepaart mit natürlicher Autorität die Grundvoraussetzung des abzuschließenden Kompromisses formulierte: Man verhandle über Lärm, der von Menschen erzeugt würde, nicht über den von Tieren. Basta! Und so war es wie jeden Tag auch heute Morgen im ersten Dämmerlicht der Hahn, der demonstrierte, wer hier der Chef war. Immer wieder eine kleine Genugtuung für die Geschwister Schwarz.

Marley hatte lange geschlafen und sich gleich nach dem Duschen auf die Waage gestellt. Sie konnte ihr Glück kaum fassen. Fast zwei Kilo waren runter. In fünf Tagen. Ob sie es riskieren sollte, eines ihrer älteren Sommerkleider für das Treffen mit Verena anzuziehen? Sie griff zu einem weißen Kleid mit großen rosa Blütenprints. Es spannte zwar noch ein wenig am Bauch, war aber unterhalb der Taille so weit geschnitten, dass das kaum auffiel. Der Look war vielleicht etwas mädchenhaft, doch mit weniger Gewicht fühlte sie sich auch gleich zehn Jahre jünger.

Sie hatte Verena überreden können, mit ihr auf der Insel im Untersee zu frühstücken. Dort gab es das Ausflugslokal INSL, das nur mit einer Fähre zu erreichen war und nur während der Saison von Ostern bis Anfang Oktober öffnete. Die Wochenenden waren mitunter schon Monate vorher ausgebucht.

Aber Marley hatte es bereits Anfang der Woche versucht und mit Glück – und aufgrund der Tatsache, dass die Polizeidirektorin aus Neuruppin höchstpersönlich anrief – noch einen Tisch für zwei direkt am Wasser reservieren können. Jetzt wartete sie auf dem großen Parkplatz am Untersee auf ihre Freundin.

Es war noch nicht mal neun Uhr dreißig, aber der Parkplatz schon gut gefüllt. Das Bedürfnis, am oder im Wasser zu sein, schienen an diesem Samstagmorgen im Hochsommer viele Menschen zu haben. Marley saß im geöffneten Cabrio und blickte auf den See. Gerade fuhr die Fähre los. Schade, dann würden sie doch noch ein wenig warten müssen, bis sie übersetzen konnten. Es gab nur diese eine Fähre, die »Columbus« auf dem Untersee. Der Fährmann schipperte seit mehr als fünfundzwanzig Jahren die Gäste von Kyritz und Bantikow auf die Insel. Das hatte sie auf der Homepage des Lokals gelesen, die sie an Verena weitergeleitet hatte, um ihr den Ausflug schmackhaft zu machen.

Gerade wollte sie Verena anrufen, als ein älterer Passat-Kombi in Silbergrau auftauchte und sich auf den freien Parkplatz neben ihr stellte.

Marley schloss das Verdeck, nahm ihre Handtasche und stieg aus. Verena hatte glücklicherweise auf ihre gesicherte Dienstlimousine verzichtet und die Familienkarre für ihren Ausflug nach Kyritz benutzt. Damit konnten sie beide unerkannt bleiben.

Mit ihren Sneakers, dem weißen Basecap und dem knallroten, kurzen T-Shirt-Kleid sah Verena aus wie dreißig, nicht wie die Mutter zweier Söhne. Und schon gar nicht wie die Berliner Polizeipräsidentin.

»Heißt es wirklich Kyritz an der Knatter? Ich habe das bis heute immer für einen Scherz gehalten«, sagte Verena statt einer Begrüßung mit einem breiten Grinsen.

»Es ist auch ein Scherz. Den haben im letzten Jahrhundert Reisende in der Postkutsche zwischen Hamburg und Berlin gemacht. Kyritz war eine Station zwischen den beiden Städten, und offensichtlich haben damals die vielen hölzernen Mühlenräder einen Riesenlärm gemacht. Deshalb Knatter. Das Flüsschen, das durch Kyritz fließt, heißt tatsächlich Jäglitz.«

»Unterrichtest du Heimatkunde im Nebenjob? Auf jeden Fall siehst du toll aus, Marley.«

»Nein, ich lese nur manchmal Bücher über meine neue Heimat. Und ja, ich habe dir zuliebe mal auf das blaue Kleid verzichtet. Aber du siehst auch toll aus.«

»Ich bin so froh, dass ich mal keine Uniform oder Business-

Look trage. Auch wenn ich dafür nach Brandenburg fahren muss.«

»Die Fähre ist vor fünf Minuten losgefahren. Lass uns zum Anleger gehen und darauf warten, dass sie zurückkommt.«

Richard war wie immer um sechs Uhr aufgestanden. Er war erst weit nach Mitternacht in Demerthin eingetroffen. Zu seiner Überraschung hatte er Clara schlafend in seinem Bett vorgefunden. Also gilt die Freitagsverabredung auch, wenn ich mal auf einer Dienstreise bin, dachte er, als er sich leise neben sie legte, um sie nicht zu wecken. Genauso leise war er heute Morgen aufgestanden, um mit Izzie die Morgenrunde zu machen und danach ein opulentes Wochenendfrühstück für Clara zuzubereiten, bevor er sich auf den Weg nach Neuruppin begeben würde.

In der frischen Luft des frühen Sommermorgens ließ Richard die letzten Tage Revue passieren. Er hatte das Gefühl, dass er etwas Wichtiges übersehen hatte, ein Signal nicht richtig wahrgenommen. Aber was konnte das sein?

Joachim Bohn hatte von Aneta Hoppe in der Vergangenheitsform gesprochen, noch bevor feststand, dass es sich bei der Leiche in der Rübenmiete tatsächlich um Aneta handelte. Ihr Ex-Freund Pavel hatte ein bisschen zu eifrig seinen Paris-Aufenthalt als Beweis angeführt, dass er zum Tatzeitpunkt unmöglich in der Prignitz gewesen sein konnte. Und vielleicht hatte Jazek den besoffenen Loser so perfekt dargeboten, um sich aus der Schusslinie zu nehmen. Aber das war es nicht. Etwas lag tiefer, und er kam einfach nicht darauf. Er beschloss, nach der Sitzung mit der Soko Rübenmiete noch einmal alle vorliegenden Berichte zu lesen.

Während sie auf die Rückkehr der Fähre warteten, informierte Marley Verena über alle wesentlichen Erkenntnisse zum Mordfall Aneta Hoppe und erzählte auf Verenas Nachfrage von der guten Zusammenarbeit mit Richard. Zwar hatte die Polizeipräsidentin Berlins mit dem Fall überhaupt nichts zu tun, aber Marley sprach mit ihr als der erfahreneren Kriminalistin. Vielleicht übersah die Soko Rübenmiete etwas, das einer Außenstehenden direkt auffiel.

Verena hörte aufmerksam zu. Als Marley von der »Ciocia Basia« und der deutschen Mobilnummer sprach, bei der immer sofort aufgelegt worden war, unterbrach sie Marley. »Ich glaube, ich weiß, worum es sich da handelt. Aber ich bin mir nicht sicher. Ich muss mit meinem Diensthandy ins Internet, sonst kann ich das Dokument nicht finden, an das ich mich erinnere.«

»WLAN gibt's sicherlich drüben im Lokal.« Die Fähre war jetzt nur noch wenige Meter entfernt, und Marley wollte sie nicht ein zweites Mal verpassen.

»Okay, dann lass uns rüberfahren.«

Die kurze Überfahrt war wunderbar. Ein schwacher Wind wehte, und es war nur das leise Tuckern des Bordmotors zu hören. Verena nahm ihr Basecap ab und ließ ihre halblangen Haare vom Wind zerzausen.

So fühlt sich der Sommer an, dachte Marley, und für einen kurzen Moment waren alle Probleme vergessen. Aber dann fragte sie in die Idylle hinein: »Willst du mir nicht endlich sagen, was mit Richard passiert ist?«, und hoffte, dass ihr freundliches Lächeln die peinliche Neugier überdeckte, die sie antrieb.

Verena drehte sich mit verärgerter Miene zu ihr. »Du hast uns damit schon mal ein Wochenende ruiniert. Wenn du mit diesem Thema nicht sofort aufhörst, fahre ich direkt wieder zurück.« Sie sprach leise, aber mit einem so strengen Unterton, dass Marley klein beigab.

»Nein, nein, entschuldige. Du und Richard, ihr habt halt eure Geheimnisse. Ich verspreche, dass ich zukünftig nicht mehr nachbohre, ehrlich!«

Damit gab sich Verena zufrieden, obwohl sie wusste, dass Marley ihr Versprechen nicht halten würde.

Als sie auf der Insel ausstiegen, wurden sie von einem freundlichen Dalmatiner begrüßt, der offensichtlich auf vierbeinige Freunde wartete. Da keine Hunde an Bord waren, trottete er gemeinsam mit Marley und Verena zurück zum großen Biergarten vor dem alten Backsteinhaus. Trotz der frühen Zeit waren schon viele Plätze besetzt. Eine freundliche junge Frau führte sie zu ihrem Tisch und verzog missbilligend den Mund, als Verena als Erstes nach dem WLAN-Code fragte.

»Wir mögen es nicht so sehr, wenn unsere Gäste online sind, statt die Landschaft und die Ruhe zu genießen.«

»Und ich mag es nicht, wenn ich belehrt werde«, gab Verena in einem Ton zurück, der sie als Führungskraft identifizierte. »Glauben Sie mir, es geht hier nicht um Katzenfotos oder ein nächstes Tinder-Date. Ich möchte der Polizeidirektorin von Neuruppin nur ein wichtiges Dokument zeigen. Danach werden wir sehr gerne unsere Handys zur Seite legen und bestellen.«

Der Kellnerin stieg eine tiefe Röte vom Hals aus ins Gesicht, und sie brachte nur noch ein knappes »Okay« heraus, bevor sie verschwand. Kurz danach trat eine kräftige, gut gelaunte Mittvierzigerin an ihren Tisch.

»Meine Tochter entschuldigt sich, Frau Leonhardt, sie hat es nicht böse gemeint. Hier auf dem Zettel stehen die Einwahldaten fürs WLAN. Und wenn Sie beide gestatten, übernehme ich den Service für Ihren Tisch.«

Verena und Marley bestellten das Landfrühstück. Einmal mit Kaffee, einmal mit Tee.

»Wow«, sagte Marley, als die Wirtin sich auf den Weg in die Küche gemacht hatte. »Ich bin zum ersten Mal hier, keine Ahnung, woher sie mich kennt.«

»Wahrscheinlich aus der Zeitung mit den großen Buchstaben. Dein Ex Eddi Fürst hat dir doch seine neuesten Unverschämtheiten in diesem Blatt gewidmet.«

»Das hast du gelesen?«, fragte Marley ungläubig.

»Zu meinem Job gehört es, dass ich das lese. Und zu deinem eigentlich auch!«

Marley wusste, dass es nicht so überheblich gemeint war, wie es klang. Allerdings war Verena davon überzeugt, dass sie, Marley, zu wenig vom wirklichen Leben wusste, und belehrte sie gerne. Dass das vermutlich auch damit zu tun hatte, dass Verena aus dem Westen und Marley aus dem Osten stammte, hatten sie schon oft besprochen und sich dabei entweder in die Wolle gekriegt oder herzhaft gelacht. Aber auf diese Diskussion hatte Marley heute keine Lust.

Mit der Internetverbindung dauerte es einen Moment, doch dann hatte Verena gefunden, was sie suchte, und reichte ihr Telefon an Marley.

Zu deren Überraschung hatte Verena kein Polizeidokument heruntergeladen, sondern einen Artikel des Tagesspiegels aus dem März 2018. Unter der Überschrift »Immer mehr Polinnen lassen in Berlin abtreiben« stand der Name einer polnischen Journalistin. Rasch überflog Marley den Artikel. Er handelte von »Ciocia Basia«, einem informellen Netzwerk, das schwangere Frauen aus Polen unterstützte, die in Deutschland abtreiben wollten.

»Und an diesen Artikel konntest du dich sofort erinnern?«, fragte Marley verblüfft.

»Dieser Artikel ist Bestandteil einer größeren Ermittlungsakte. Es gab 2019 einen Anschlag auf eine Frau, die in diesem Netzwerk arbeitet. Ein Mann fand heraus, mit wessen Hilfe seine Ehefrau abgetrieben hatte, hat ihr aufgelauert und sie krankenhausreif geprügelt. Eine Kollegin von mir ist seit Langem mit diesem Thema beschäftigt. Immer wieder gibt es gewalttätige Angriffe auf diese Hilfsorganisation. Seit dem Angriff sind die Menschen, die für das Netzwerk arbeiten, noch vorsichtiger geworden. Wahrscheinlich haben sie deshalb sofort aufgelegt, als ihr angerufen habt.«

Marley griff nun selbst zum Smartphone und rief Richard an. Der versprach, dass er sich direkt darum kümmern werde.

Verena, die Richards mobile Nummer gespeichert hatte, schickte ihm den Artikel. Dann schauten die beiden Freundinnen sich an und schalteten gleichzeitig die Mobiltelefone stumm.

»So, jetzt frühstücken wir, und du erzählst mir alles über dein Liebesleben«, erklärte Marley. »Ich habe nämlich keins.« Wie aufs Stichwort kam die nette Wirtin und brachte das Frühstück.

Richard druckte den Artikel aus und ging ins Soko-Büro. Nach dem Neun-Uhr-Briefing saßen jetzt alle vor ihren Computern. Sie hörten aufmerksam zu, als Richard von Marleys Anruf berichtete und die wesentlichen Fakten des Artikels referierte.

»Ich weiß, dass das ein großes Thema in Polen ist«, sagte Julia. »Tausende Frauen sind im letzten Jahr dort auf die Straße gegangen, als das neue Gesetz in Kraft getreten ist. Abtreibung ist in Polen faktisch nicht mehr möglich. Selbst bei schwersten Behinderungen des ungeborenen Kindes.«

»Julia, du rufst jetzt bitte diese Nummer an und erklärst, an welchem Fall wir gerade arbeiten. Möglicherweise musst du im Anschluss direkt zu diesem Kontakt fahren und ein persönliches Gespräch führen.«

»Kann ich dieses Telefonat bitte alleine in meinem Büro führen? Ich möchte nicht, dass ihr mein Rumgeeiere auf Polnisch hört.«

»Ja klar. Du führst dieses Telefonat so, wie du es für richtig hältst. Timo, du schaust bitte mal, was du im Internet sonst noch zu dem Thema findest.«

Richard ging zurück an seinen Schreibtisch. Endlich kam Bewegung in die Ermittlungen.

Gegen zwölf erschien Marley im Präsidium. Eigentlich war verabredet gewesen, dass Verena sich nach dem Frühstück Marleys Wohnung anschauen würde. Aber die Ermittlungen gingen vor, und da Verena selbst mit ihrem Hinweis auf das Abtreibungsnetzwerk den entscheidenden Impuls geliefert hatte, gab es gar keine Diskussion.

Verena hatte Marley beim Frühstück erzählt, dass sie versuchen werde, ihren Ex-Mann Hannes zurückzugewinnen. Als sie gestern Abend die Jungs zum ihm gebracht hatte, sei er sehr charmant gewesen. Sie hätten nett geplaudert, was in Zoes Abwesenheit immer leichter sei. Und er habe sie für heute Abend zum Essen eingeladen. In ihr Lieblingsrestaurant. Ein Date, das sie nutzen wollte, um ihn zuerst wieder in ihr Bett und dann in ihr Leben zurückzuholen.

Marley hatte ihr geraten abzusagen. Hannes führe etwas im Schilde, das sei doch offensichtlich. Aber Verena wollte nichts davon wissen. Vermutlich habe Hannes die Nase voll von dieser nervigen fünfundzwanzigjährigen Erzieherin und sehne sich nach seiner Familie, aber vor allem nach einer erwachsenen Frau zurück. Verena hatte so siegessicher gewirkt, dass Marley es nicht übers Herz gebracht hatte, noch ein zweites Mal an ihren gesunden Menschenverstand zu appellieren. Innerlich stellte sie sich auf ein langes Telefonat am späten Abend mit einer verzweifelten Verena ein.

Julia Fiebig hatte es geschafft, dass die Frau, die sich unter der Nummer von Ciocia Basia gemeldet hatte, nicht sofort auflegte. Sie bestätigte, dass es sich um ein informelles Netzwerk handelte, das polnischen Frauen, die in Deutschland abtreiben wollten, Unterstützung anbiete. Organisatorisch und finanziell. Und oft auch seelisch. Seit es gewalttätige Angriffe gegen das Netzwerk gegeben habe, seien sie nur noch unter dieser Telefonnummer aktiv. Kein Büro, keine Treffen, nur Telefonate. Es gebe ein festes Team, und jede von ihnen übernehme an einem bestimmten Tag zu einer bestimmten Zeit dieses Mobiltelefon, das über eine Prepaid-Karte laufe, und berate die Frauen. Diese Beratung sei anonym, von daher könne sie zu dem Namen Aneta Hoppe nichts sagen. Und nein, keine von ihnen sei bereit, sich mit der Polizei zu treffen.

»Wir könnten sie vorladen«, schlug Bodo vor, nachdem Julia mit ihren Ausführungen fertig war.

»Was bringt das, wenn alles anonym abläuft und sie die Namen der Schwangeren gar nicht kennen? Und das, was sie tun, ist gesetzlich nicht verboten. Wir haben also gar keine Handhabe«, gab Richard zu bedenken. »Julia, hast du denn verstanden, worin die Beratung besteht?«

»Sie erklären den betroffenen Frauen das aktuell geltende deutsche Abtreibungsrecht: Pflicht zur Beratung, Abbruch nur durch einen Arzt, wenn die zwölfte Schwangerschaftswoche noch nicht beendet ist und die Beratung nicht länger als drei Tage zurückliegt. Und sie geben ihnen Telefonnummern von Ärzten. Wenn die Frauen kein Geld haben, unterstützen sie sie finanziell. Immerhin müssen sie sich ja mindestens vier Tage in Deutschland aufhalten.«

»Hast du die Telefonnummern der Ärzte?«

»Ja, drei davon in unserer Region. Zwei in Berlin und eine in Brandenburg.«

Marley tippte auf einen Arzt oder eine Ärztin aus Berlin. Aneta hätte problemlos mit der Regionalbahn von Perleberg aus nach Berlin zur Beratung fahren, anschließend auf dem Spargelfeld arbeiten und das Gleiche drei Tage später wiederholen können. Marley bat Julia, sich mit allen dreien in Verbindung zu setzen.

»An einem Samstag?«, fragte Julia überrascht.

»Ja klar. Ich bin mir sicher, dass Abtreibungen auch an Wochenenden durchgeführt werden. Wenn nicht sogar bevorzugt an den Wochenenden. Denn ansonsten müssten berufstätige Frauen fünf Tage Urlaub nehmen. Und eventuelle Kinderbetreuung funktioniert natürlich auch leichter am Wochenende.«

Richard und Marley gingen zurück in ihre Büros. Auf dem Weg dorthin erzählte Marley von ihrem Frühstück auf der Insel und mit wem sie dort gewesen war.

Richard blieb stehen und sah Marley an. »Das, was ich dir gestern Abend im Auto erzählt habe, bleibt doch unter uns?«

»Natürlich, Richard. Außerdem spricht Verena nicht über dich. Grundsätzlich nicht. Sie sagt, du bist ein enger persönlicher Mitarbeiter, und als deine Vorgesetzte muss sie deine Privatsphäre schützen.«

»Aha.«

»Sie wollte lediglich wissen, wie unsere Zusammenarbeit läuft. Und ich habe ihr gesagt, sehr gut.«

Richard lächelte zufrieden. Verena war ein Profi – sie hatte sein Vertrauen noch nie missbraucht. Und ja, die Zusammenarbeit zwischen Marley und ihm lief tatsächlich gut. Vielleicht würde er ihr irgendwann mehr erzählen. Aber noch war es dafür zu früh.

Beide saßen noch keine zehn Minuten an ihren Computern und hatten die Tür zwischen ihren Büros offen stehen, als Julia hereingestürmt kam. »Aneta ist nicht nach Berlin gefahren. Sie war bei einer Ärztin in Prenzlau. Maria Paulsen. Die kann sich an sie erinnern. Sie hat die Berichterstattung über die Tote in der Rübenmiete verfolgt und war unsicher, ob sie uns informieren sollte. Jetzt ist sie erleichtert, dass wir uns bei ihr gemeldet haben.«

»Okay.« Marley stand auf und griff nach dem Autoschlüssel für den Dienst-BMW. »Dann fahren wir jetzt nach Prenzlau.«

»Nein, das geht nicht. Sie hat heute noch mehrere Eingriffe. Die Frauen sitzen schon im Wartezimmer. Wenn da die Polizei auftaucht, drehen die alle durch, hat sie wörtlich gesagt. Wir müssen bis morgen Vormittag warten. Sie möchte uns außerhalb der Klinik treffen. Morgen früh um zehn Uhr im Klostercafé in Prenzlau.«

»Wie lange brauchen wir bis nach Prenzlau?«, erkundigte sich Marley.

»Je nach Verkehrslage eineinhalb bis zwei Stunden«, meinte Bodo.

»Gut, dann fahren Julia und ich morgen früh um halb neun hier los. Um die Zeit dürfte es vermutlich nicht so voll sein.«

»Da wäre ich mir nicht so sicher«, warf Bodo ein. »Die Strecke führt über die Märkische Eiszeitstraße, und die ist als Ausflugs- und Wandergebiet sehr beliebt.«

»Na schön, dann fahren wir um acht los. Richard und Bodo,

ihr könnt morgen freimachen, und Timo hat Rufbereitschaft, falls sich aus dem Gespräch mit Frau Dr. Paulsen etwas ergibt, dem wir sofort nachgehen müssen. Ich verlasse jetzt das Büro und schlage allen vor, das auch zu tun.«

Erst als sie in ihr Cabrio stieg, das vor dem Haupteingang geparkt war, wurde Marley klar, dass es fünfzehn Uhr am Samstagnachmittag war und sie nichts vorhatte. Verena war schon längst wieder in Berlin, Jonas Schmidt hatte sie erst vor drei Tagen getroffen, und sonst kannte sie in Neuruppin niemanden. Außer ihren Kollegen. Sie spürte, wie sich eine kleine depressive Verstimmung breitmachen wollte, als Richard an ihre Fahrertür trat.

»Ich fahre jetzt nach Wutike. Freunde von Clara, die Riemanns, eröffnen dort ihren neuen Hofladen. Ich vermute, dass ein paar interessante Leute aus der Gegend dabei sein werden. Vielleicht magst du mitkommen?«

Marley hätte Richard am liebsten umarmt. Gut, dass sie bereits angeschnallt im Auto saß. Er hätte sich vermutlich erschrocken. Aber ihre Dankbarkeit, dass sie den restlichen Samstag nicht allein verbringen musste, war riesig.

»Sehr, sehr gerne, Richard. Soll ich hinter dir herfahren?«

»Nein, ich fahre dir bestimmt viel zu langsam. Der Ort heißt Wutike, liegt in der Nähe von Kyritz. Gib den Namen in dein Navi ein und warte am Ortseingang auf mich.«

Marley nickte, und Richard ging zu seinem Auto. Dann fuhren sie hintereinander vom Hof. Bereits auf der Neustädter Straße hatte sie Richards roten Mini im Rückspiegel verloren.

Clara war fest davon ausgegangen, dass Richard es nicht zur Eröffnung von Riemanns Hofladen schaffen würde, und deshalb Hanno Hermann als ihre Begleitung eingeladen. Auch wenn er wohl kaum einen Artikel über einen weiteren Hofladen in Brandenburg schreiben würde, suchte er doch immer Claras Gesellschaft. Und Clara hatte ebenfalls Hintergedanken. Sie wollte Hanno davon überzeugen, eine Kritik über die nächste

Premiere im August in Klein Leppin zu schreiben. Christine Riemann, der der Hofladen gehörte, war ebenfalls Mitglied im Förderverein »Dorf macht Oper« in Klein Leppin und wie Clara daran interessiert, diese Veranstaltung zu unterstützen und über die Region hinaus bekannt zu machen.

Zwar hatte im letzten Jahr sogar »Brandenburg aktuell«, das Regionalprogramm des RBB, über »Dorf macht Oper« berichtet, aber immer lag der Hauptakzent der Berichterstattung auf der Verwunderung, dass in einem Dorf mit vierzig Einwohnern jedes Jahr eine Oper aufgeführt wurde und alle mitmachten.

Clara und Christine wollten mehr. Nämlich eine Berichterstattung, die sich mit der künstlerischen Qualität der Aufführungen auseinandersetzte. Und diese Kritik sollte Hanno Hermann schreiben. Am liebsten für die FAZ oder die Süddeutsche Zeitung.

Clara holte Hanno am Bahnhof in Glöwen ab. Er hatte am Bahnhof Zoo die RE2 genommen und sich unglaublich volksnah gefühlt. Mit der Regionalbahn zu einer Hofladen-Eröffnung in der Prignitz. Er diktierte einige Stichworte in sein Smartphone, damit er bei nächster Gelegenheit in einem Artikel darauf zurückkommen könnte. Als er dann neben Clara im Defender saß, konnte er sich gar nicht mehr einkriegen. Das sei das echte brandenburgische Landleben und Clara seine schönste Protagonistin, schwärmte er. Clara lächelte. Sie war zuversichtlich, dass ihr Plan aufgehen würde.

Marley kam deutlich früher als Richard in Wutike an. Wie verabredet, stellte sie ihren Wagen am Ortseingang ab und wartete auf ihn. Nett von ihm, dass er sie mitnahm. Und welch ein Glück, dass sie heute mal ein anderes Kleid anhatte. Vorhin im Büro hatte sie den überraschten Blick von Julia bemerkt und ihn als Kompliment gewertet. Die männlichen Kollegen hatten natürlich nicht mitbekommen, dass die Chefin ausnahmsweise mal ganz anders gekleidet war.

Sie nahm ihre E-Zigarette aus dem Rucksack und schaltete

den Feuerkopf an. Vor einer Woche erst hatten sie die Leiche in der Rübenmiete nicht weit von hier gefunden. Zwar schien eine Lösung des Falls noch nicht in Sicht, aber in den letzten Tagen war Aneta Hoppe für sie von einem Fall zu einer realen jungen Frau geworden, deren Schicksal ihr naheging. So wie Aneta hatte auch Marley ihren Vater früh verloren. Und beide hatten zu ihren Vätern ein gutes und zu ihren Müttern ein eher schlechtes Verhältnis gehabt.

Marley dampfte mit ihrer E-Zigarette. Sie wusste, dass sie ihre Mutter schon viel zu lange nicht angerufen hatte. Aber das letzte Gespräch war so unerfreulich gewesen, dass sie versucht hatte, gar nicht mehr an sie zu denken, geschweige denn, sie anzurufen. Vielleicht sollte sie einfach mal nach Leipzig fahren und persönlich mit ihr sprechen. Eilig schob sie den Gedanken zur Seite. Sie würde es ohnehin nicht tun. Sie war das geworden, was ihre Mutter immer prophezeit hatte: eine einsame Frau mittleren Alters, mit der es niemand aushielt.

Gerade als Marley tief im Selbstmitleid versinken wollte, kam der rote Mini angefahren. Richard parkte direkt neben ihr und stieg aus.

»Lass uns ein paar Schritte zu Fuß gehen«, meinte er. »Es ist nicht weit, und der Parkplatz vorm Hofladen ist sicher voll.«

Und genauso war es auch. Marley staunte, wie viele Autos der Oberklasse versammelt waren. Die meisten mit Kennzeichen aus der Prignitz, aber auch Berliner und Hamburger Nummernschilder waren vertreten. Die Eröffnung dieses Hofladens war ein gesellschaftliches Event, ähnlich einer Vernissage in der Stadt.

Hof und Laden waren voller Menschen. Auf den ersten Blick kannte Marley niemanden. Aber da, das war doch dieser Schauspieler aus einer der Vorabendkrimi-Serien im ZDF. In der Realität deutlich kleiner als im Fernseher. Und sie entdeckte Richards Freundin. Clara winkte ihr kurz zu, dann widmete sie sich wieder einem Mann mittleren Alters, der sein Outfit unter dem Stichwort »Country Style« offensichtlich komplett bei Manufactum zusammengestellt hatte.

Gerade als Richard mit ihr gemeinsam zu den beiden gehen wollte, wurde er von einer Frau aufgehalten. »Richard, wie gut, dass Sie hier sind. Ich muss dringend mit Ihnen sprechen. Am Donnerstag war ich in Demerthin und habe festgestellt –«

»Frau Dessau, guten Tag. Darf ich Ihnen meine Kollegin Marley Leonhardt vorstellen? Sie ist die Chefin der Polizeidirektion Neuruppin. Marley, das ist Ingrid Dessau, die Leiterin der Denkmalschutzbehörde in Perleberg.«

Ingrid Dessau nickte knapp in Marleys Richtung, die grüßte höflich zurück.

Das also war Ingrid Dessau, die Frau, die jeder, der einen alten Hof im Landkreis Prignitz erworben hatte, fürchtete. Eigentlich wirkte sie in ihrem pfirsichfarbenen Ensemble aus Tunika und weit geschnittener Hose wie eine rosenzüchtende, harmlose Rentnerin, aber Marley wusste, dass der Schein trog.

Ingrid Dessau galt als knallhart und rücksichtslos. Und wenn sie einmal anfing zu sprechen, ließ sie niemand anderen zu Wort kommen. Autoritär und eitel wie ein Kerl sei sie, das war ihr Ruf in der Prignitz. Ihr Pendant in der Denkmalschutzbehörde in Neuruppin, ein ehemaliger Bibliothekar, hatte Marley beim Neujahrsempfang im Rathaus erzählt, dass seine Kollegin aus Perleberg vor Kurzem die Lebensplanung eines jungen Paares zerstört habe. Das Paar habe geerbt und sein gesamtes Geld in einen alten Hof in Mesendorf gesteckt. Dort hätten sie ein Landhotel mit Restaurant eröffnen wollen. Aber Ingrid Dessau habe sich erst viel Zeit gelassen und dann sämtliche Umbauwünsche abgelehnt. Das Hotel sei nie eröffnet worden. Danach habe sie monatelang Morddrohungen im Internet erhalten, die aber nicht zurückverfolgt werden konnten. Was nicht überraschend sei, denn beide Ehepartner hätten vor dem Umzug aufs Land in einem Hamburger IT-Unternehmen gearbeitet.

Aber Ingrid Dessau sei nicht nur stark im Austeilen, sondern auch im Einstecken, hatte ihr Kollege mit einem gewissen Respekt erzählt. Sie brauche keinen Polizeischutz, der Baseballschläger, den sie seit den Morddrohungen immer in ihrem Auto liegen habe, würde schon reichen, um sich mögliche Angreifer vom Leib zu halten.

Marley, die nach ein paar Minuten keine Lust hatte, sich Dessaus Lamento über den falsch aufgetragenen Putz im Kaminzimmer von Schloss Demerthin anzuhören, schlenderte ohne Richard weiter. Sie schaute sich den liebevoll hergerichteten Hofladen an, in dem sich inzwischen niemand mehr aufhielt. In einer hochwertigen Kühltheke lag appetitlich aussehender Schafs- und Ziegenkäse neben Lammkarree und Lammkeulen. In den Regalen standen selbst gemachte Marmeladen, Chutneys, Honig und Gewürze. Hierher würde sie zurückkehren müssen, am besten mit einer großen Kühltasche, denn bei den aktuellen Temperaturen konnte sie außer Honig nichts mitnehmen. Sie hatte gerade ein Glas Rapshonig in der Hand und bewegte sich zum Tresen, auf dem eine alte Kasse stand, als eine große brünette Frau mittleren Alters in den Laden trat und sie ansprach.

»Das ist eines der wenigen Produkte, die wir nicht selbst herstellen. Imkern ist sehr zeitintensiv, deswegen habe ich erst gar nicht damit angefangen. Aber der Imker, der diesen Honig herstellt, lebt ganz in der Nähe, und ich kann das Produkt nur empfehlen. Steht auch bei uns auf dem Frühstückstisch. Ich bin übrigens Christine Riemann, meinem Mann und mir gehört der Laden.«

»Marley Leonhardt«, stellte Marley sich vor, »ich leite die Polizeidirektion Nord in Neuruppin.«

»Ach, Sie sind eine Kollegin von Richard? Schön, dass er Sie mitgebracht hat. Bis vor ein paar Tagen wussten wir gar nicht, dass Claras Freund Polizist ist. Und dann auch noch so ein prominenter!«

Mit einem sympathischen Lächeln wechselte sie Marleys Fünfzig-Euro-Schein und reichte ihr das Honigglas. Jetzt erst konnte Marley Christines edles Sommerkleid in Türkis mit kleinen weißen Punkten richtig bewundern. Polka Dots. Seide – und so, wie der Stoff fiel, keine billige.

»Bleiben Sie bitte noch ein bisschen. Draußen gibt es Crémant,

Bier und hausgemachte Säfte. Und in etwa einer halben Stunde auch etwas zu essen. Mein Mann wirft gerade den Grill an.« Eilig verließ die Frau den Laden, um sich um ihre Gäste zu kümmern. Marley verstaute den Honig und trat ebenfalls ins Freie. Richard wurde noch immer von Ingrid Dessau mit Beschlag belegt, und Clara und den Manufactum-Mann konnte sie nirgends entdecken. Dann würde sie sich jetzt erst einmal etwas zu trinken holen.

Als Polizistin geoutet, musste sie wahrscheinlich auf den Crémant verzichten und beim Obstsaft bleiben. Sie ging zu dem Biertisch, auf dem Getränke und frische Gläser standen, als sie ihn entdeckte: Diego Hausmann. Leicht gebräunt, in Jeans und einem weißen Hemd wirkte er deutlich gesünder als noch vor wenigen Tagen.

Er schaute sie unverhohlen an. Nicht aggressiv. Eher freundlich. Dann kam er auf sie zu. »Hallo, Frau Leonhardt«, sagte er. »Darf ich Ihnen etwas zu trinken holen? Wie wäre es mit einem Crémant rosé?«

Marley wollte gerade den Kopf schütteln, aber dann dachte sie: Bin ich eigentlich verrückt? Es ist Samstagnachmittag, nach einer anstrengenden Woche mit vielen unangenehmen Situationen und Gesprächen. Jetzt bin ich Gast bei einer schicken Landparty, die Sonne scheint, und ich werde ein kleines Glas Sekt trinken. Also nickte sie stattdessen, und Diego, als hätte er ihren inneren Dialog verfolgt, goss ihr nur wenig ein.

»Irgendwie komisch, diese Situation«, sagte sie.

»Weil Sie mich fälschlicherweise für einen Mörder gehalten haben?«

Marley lachte ein kleines, nervöses Lachen. »Alle Indizien sprachen gegen Sie.«

»Ich weiß. Aber Sie müssen sich nicht komisch fühlen. Ich freue mich, dass Sie hierhergekommen sind. Ich bin auch gar nicht sauer. Ganz im Gegenteil. Die drei Tage in U-Haft waren gut für mich. Ich habe kapiert, dass mir mein Leben entglitten ist. Und dass ich mit dem Trinken aufhören muss.«

»Aber mich haben Sie gerade dazu verführt«, sagte Marley und schämte sich im gleichen Moment für die blöde Bemerkung. Zum Glück ging Diego gar nicht darauf ein.

»Ich darf nichts trinken, das ist mir jetzt klar geworden. Ich bin Alkoholiker wie mein Vater. Ich habe das instinktiv gewusst und bis letzten Oktober nie getrunken. Aber dann hat Bernadette mich verlassen ... Na ja, den Rest kennen Sie.«

»Haben Sie denn inzwischen mit ihr gesprochen?«

»Ja, ich habe sie in Gao angerufen. Jetzt ist die Sache zu Ende. Ich hätte es wissen müssen: Eine Soldatin, die Vegetarierin ist, passt einfach nicht zu mir. Ich züchte Rinder, ich bin Koch und eigentlich auch Pazifist. Alles Militärische ist mir zuwider. Ich habe mir viel zu lange was vorgemacht.«

Da haben wir was gemeinsam, dachte Marley. Sich den falschen Partner schönzureden und manchmal auch schönzutrinken, war ihr auch schon vor Eddi Fürst passiert.

Richard hatte inzwischen Ingrid Dessau so gut es ging beruhigt. Er würde sich den Putz morgen einmal in Ruhe anschauen und sich anschließend bei ihr melden. Dann überließ er Ingrid sich selbst, um sich etwas zu trinken zu holen. Er freute sich auf einen freien Tag, den er auf der Baustelle und mit Clara und Izzie verbringen wollte.

Er sah Clara in der Nähe des Eingangs zum Hofladen im Gespräch mit Christine Riemann und Hanno Hermann stehen. Wieso nur hatte sie diesen aufgeblasenen Selbstdarsteller eingeladen? Dann bemerkte er, dass Marley und Diego sich angeregt unterhielten. Um nicht zu stören, verzichtete er auf ein Getränk und ging zum hinteren Teil des Hofes, wo ein großer Gas-Grill aufgebaut war. Martin Riemann machte sich gerade daran zu schaffen.

»Hallo, Martin, das ist ja ein riesiger Grill! Neu?«

»Ja, ist ein amerikanisches Modell. Angeblich steht so was auf jeder Terrasse in Brooklyn. Sagt dieser wichtigtuerische Kritiker-Freund von Clara.«

»Na, dann muss es ja stimmen.« Richard lachte. Sie waren sich also in der Einschätzung von Hanno Hermann einig.

Martin hatte schon einen völlig anderen Lebensweg zurückgelegt, bevor er als Schäfer in der Prignitz gelandet war. Obwohl sonst eher zurückhaltend, sprach er gerne über diesen großen Umbruch in seinem Berufsleben. Er hatte auf Druck seiner Familie in Münster BWL studiert und war direkt nach Abschluss des Studiums als Geschäftsführer in den Bauwarenhandel seines Vaters eingestiegen. Er war erfolgreich, verdiente für sich und das Familienunternehmen eine Menge Geld, aber zufrieden war er nicht. Erst nach dem Tod seines Vaters vor knapp acht Jahren hatte er sich zu seinen Träumen bekannt und neben seiner Arbeit im Unternehmen eine Ausbildung zum Tierwirt mit der Fachrichtung Schäferei begonnen, obwohl er damals schon Ende dreißig gewesen war. Er hatte seine Arbeitsstunden im Büro reduziert und immer mehr an die von ihm ausgesuchte Nachfolgerin in der Geschäftsführung delegiert. Damit konnte er am Wochenende die praktische Arbeit bei einem alten Schäfer lernen und einmal pro Woche mit jungen Leuten, die in der Regel nur den Hauptschulabschluss hatten, im Berufsschulunterricht sitzen. Für ihn als Akademiker reduzierte sich die dreijährige Ausbildungszeit auf ein Jahr.

Sein Frau Christine hatte ihn immer unterstützt. Das rechnete er ihr hoch an. Sie betrieb damals zusammen mit einer Freundin eine PR-Agentur in Düsseldorf, aber als Martin die Chance bekam, die Schäferei in Rosenwinkel zu übernehmen, bestärkte sie ihn in dem Entschluss, sie zu nutzen. Sie waren übers Wochenende hingefahren und hatten sich in die Landschaft, aber auch in den großen Vierseitenhof mit den riesigen Stallungen verliebt, der in Rosenwinkel das Domizil des dortigen Schäfers war. Der wollte mit Mitte siebzig in den Ruhestand und zu seinem Sohn nach Lübeck ziehen. Der Kaufpreis für Hof und Herde war für westdeutsche Unternehmerverhältnisse gering, und so gaben Martin und Christine 2015 ihre Jobs auf und zogen in die Prignitz.

Natürlich war es für beide kein wirkliches Risiko gewesen. Christine hatte ihre Anteile an der PR-Agentur zu einem guten Preis verkauft, und Martin war noch immer der Gesellschafter des Bauhandels und profitierte vom aktuellen Bauboom. Die Riemanns mussten mit der Schäferei kein Geld verdienen. Aber geschäftstüchtig, wie beide waren, gelang es ihnen dennoch.

Richard hatte die zwei bei einem Abendessen kennengelernt, zu dem Clara den Vorstand des Vereins »Dorf macht Oper« nach Demerthin eingeladen hatte. Richard und Martin verstanden sich auf Anhieb. Sie kochten beide gerne und tauschten sich über Lammrezepte aus. Und Martin hatte keinerlei Fragen nach Richards Vergangenheit gestellt. Ein paar Wochen später hatte Martin Clara und Richard nach Rosenwinkel eingeladen und ihnen voller Stolz seine Schafe präsentiert.

Als Martin sich jetzt am Grill aufrichtete, erschrak Richard. Der sonst so vitale und energiegeladene Schäfer sah angegriffen aus. Er hatte tiefe Ringe um die Augen, und sein Gesicht war eingefallen. Er wirkte um Jahre gealtert, seit Richard ihn vor rund einer Woche beim Konzert in Rheinsberg getroffen hatte.

»Geht's dir nicht gut?«, frage Richard besorgt.

»Nee, ich habe so eine Art Sommergrippe. Bin immerzu müde und habe keinen Appetit. Aber die Moral ist gut.«

Richard bezweifelte das, wollte aber nicht nachhaken. So gut kannten sie sich nun auch nicht. Er tippte eher auf finanzielle Probleme oder eine handfeste Ehekrise.

»Willst du mir helfen? Ich geb auch ein Bier aus. Für dich natürlich alkoholfrei!« Mit munterem Ton versuchte Martin, ganz der Alte zu sein.

»Sehr gerne!«

Als Clara nur wenig später auftauchte, sah sie die beiden Männer gemeinsam den Grill managen. Es freute sie, wenn Richard so locker und fröhlich war wie heute. Vielleicht würde irgendwann ja doch alles gut.

Sonntag, 11. Juli

Die Ärztin wartete schon auf Marley und Julia, obwohl es erst fünf Minuten vor zehn Uhr war, als die beiden im Dominikanerkloster in Prenzlau eintrafen. Sie saß unter einem der großen weißen Schirme, die im Außenbereich des Klostercafés aufgestellt waren, und las die FAS. Sonst war niemand zu sehen. Sie winkte den Polizistinnen zu, legte ihre Zeitung beiseite, als die beiden herantraten, und bat sie mit einem freundlichen Lächeln, sich zu ihr zu setzen.

»Maria Paulsen. Dr. Paulsen. Ich komme immer zu früh zu Verabredungen. Eine schlechte Angewohnheit. Ich hoffe, die Fahrt war gut?«

»Ja«, antwortete Marley. »Sie war sogar besonders schön. Und lehrreich. Ich habe vorher noch nie was von der Märkischen Eiszeitstraße gehört, aber meine Kollegin stammt aus Lychen und hat mir einen Schnellkurs in Heimatkunde gegeben. Ich bin Marley Leonhardt und leite die Ermittlungen im Fall Aneta Hoppe. Das ist meine Kollegin, Polizeianwärterin Julia Fiebig, mit der Sie gestern telefoniert haben.«

Als die Kellnerin kam und die Bestellung für einen Cappuccino und zwei Kaffee aufnahm, nutzte Marley die Unterbrechung, um Maria Paulsen zu mustern. Zu einer lässigen weißen Leinenhose trug sie ein Seidentop in leuchtendem Orange. Ihre silberweißen Haare waren zu einem Bob geschnitten, sie trug dezentes Make-up, und ihre Fingernägel waren perfekt manikürt. Sie war schlank und durchtrainiert. Marley schätzte sie auf Mitte sechzig.

»Ich bin sehr froh, dass Sie mich angerufen haben. Ich hätte mich sonst morgen bei Ihnen gemeldet«, sagte die Ärztin zu Julia Fiebig. »Natürlich habe ich in der Zeitung über die Tote in der Rübenmiete gelesen, aber mir zunächst nichts dabei gedacht. Erst als zwei Tage später die polnische Herkunft des

Opfers in der Presse erwähnt wurde, bin ich aufmerksam geworden. Es gibt in Berlin und Brandenburg ein Netzwerk von engagierten Medizinerinnen, die sich gegenseitig unterstützen und informieren. Von daher kenne ich Eva Oldenhauer. Auf dem kleinen Dienstweg hat sie mir den vollständigen Namen des Opfers genannt. Ich habe mit Eva auch über das Thema Schweigepflicht gesprochen, und sie hat mich aufgeklärt, dass die Schweigepflicht bei einer Mordermittlung als aufgehoben gilt. Obwohl ich schon so lange als Gynäkologin tätig bin, hatte ich mit dieser Thematik noch nie zu tun.«

»Haben Sie Ihre Praxis hier in Prenzlau?«

»Nein, meine Praxis in Berlin habe ich altersbedingt schon vor sechs Jahren aufgegeben und bin ganz nach Prenzlau gezogen. Ich habe mir kurz nach der Wende hier ein kleines Haus am See gekauft.«

Als sie Marleys überraschten Blick sah, ergänzte sie:»Ich bin schon vierundsiebzig und war eigentlich im Ruhestand, aber seit ein paar Jahren arbeite ich wieder. Also, ich führe an zwei Tagen die Eingriffe hier im Klinikum durch.«

»Warum?«, fragte Marley. Als sie die Irritation der Ärztin bemerkte, präzisierte sie ihre Frage.»Warum arbeiten Sie wieder?«

»Mir ist zu Hause die Decke auf den Kopf gefallen. Ich lebe allein, einige meiner engsten Freundinnen und Freunde sind schon verstorben, und ich kann selbst bei schönem Wetter nicht jeden Tag schwimmen oder spazieren gehen. Mir hat der Kontakt zu anderen Menschen gefehlt.«

»Wie läuft das hier im Klinikum ab?«, fragte Julia.»Die Abtreibungen, meine ich.«

»Es gibt in der gynäkologischen Abteilung die regulären Eingriffe nach geltendem Recht bei deutschen Staatsbürgerinnen. Ich selbst kümmere mich ausschließlich um polnische Frauen, die von ihrer Regierung gezwungen sind, jede Schwangerschaft auszutragen. Ich finde das skandalös. Es gibt verschiedene Netzwerke in Deutschland und Polen, die den Frauen helfen. Finanziell, organisatorisch und auch psychologisch. Die Frauen kommen nach Deutschland und werden zum Beratungsgespräch begleitet. Wenn nötig, ist auch eine Dolmetscherin dabei. Dann müssen die Frauen drei Tage warten, und danach kommen sie zu mir. Diese gesetzlich notwendige Wartezeit ist für viele Frauen ein Problem. Wenn ihre Familien nicht eingeweiht sind, müssen sie erklären, weshalb sie vier Tage weg sind. Und sie brauchen Geld fürs Hotel und natürlich auch für den Eingriff. Wenn sie keins haben, springt das Netzwerk ein.«

»Und Sie führen nur die …«, Marley zögerte, »… Eingriffe durch?«

»Ja, und glauben Sie mir, es sind viele. Jede Woche. Und es sind Schicksale, die mich beschäftigen. Frauen, die sich ein weiteres Kind nicht leisten können, Frauen, die schwerstbehinderte Kinder zur Welt bringen sollen, wenn es nach polnischem Recht geht. Ein polnischer Kollege von mir, der an einem anderen Krankenhaus in Brandenburg das Gleiche macht wie ich, hat in einem Interview gesagt, wenn es den Nobelpreis für Grausamkeit gäbe, bekäme ihn der polnische Staat.«

Marley ließ das einen Moment sacken und fragte dann: »Was war mit Aneta Hoppe?«

»Sie hatte das Beratungsgespräch geführt und kam mit dem entsprechenden Dokument zu mir in die Klinik. In Begleitung ihrer Mutter.«

»Ihre Mutter war dabei?« Marley und Julia tauschten einen überraschten Blick. »Und weshalb hat Aneta es sich dann anders überlegt?«

Jetzt schaute Maria Paulsen die beiden Polizistinnen überrascht an. »Sie hat es sich nicht anders überlegt. Ich habe den Eingriff bei ihr vorgenommen. Danach ist sie mit ihrer Mutter weggefahren. Das habe ich mit eigenen Augen gesehen. Ich habe leider das Rauchen nicht ganz aufgeben können. Vor allem an meinen Kliniktagen brauche ich gelegentlich eine Zigarette. Deshalb stand ich draußen und habe die beiden gesehen, als sie ins Auto stiegen.«

»Wann war das genau?«, wollte Marley wissen.

»Ich habe heute Morgen schon in meinen Unterlagen nachgeschaut, weil ich mit dieser Frage gerechnet habe. Das war am Nachmittag des 15. Juni 2019.«

Richard war wie immer früh aufgestanden und hatte den Morgengang mit Izzie übernommen. Dann bereitete er das Frühstück vor. Für drei Personen. Sie waren gestern noch lange bei den Riemanns geblieben. Nachdem die anderen Gäste sich verabschiedet hatten, blieb nur der engere Kreis, zu dem auch Julius Steinberg gehörte, am großen Tisch in der Nähe des Grills sitzen. Marley war früh aufgebrochen, da sie am nächsten Morgen nach Prenzlau musste. Diego hatte sich kurz nach ihr auf sein Fahrrad geschwungen. Er wollte es langsam angehen lassen, sein neues Leben ohne Alkohol.

Richard hatte sich lange mit Martin Riemann unterhalten und glaubte jetzt, den Grund dessen schlechten Zustands zu kennen. Im Schafzüchterverband Berlin/Brandenburg gab es seit Jahren eine erbitterte Diskussion darüber, wie man als Schafzüchter mit der zunehmenden Zahl von Wolfsrudeln in Brandenburg umgehen solle. Inzwischen lebten hier knapp fünfzig Rudel, und die Weidehaltung von Tieren wurde immer riskanter. Auch wenn der Wolf angeblich neunundneunzig Prozent Wildtiere reiße und nur ein Prozent Weidetiere, so ein Angriff gegen die eigenen Tiere sei immer eine furchtbare Erfahrung, sagte Martin.

Er habe jahrelang die Wolf-freundliche Position vertreten und einigen Auseinandersetzungen im Verband standhalten müssen, aber vor ein paar Tagen habe ihm ein befreundeter Landwirt in der Nähe von Potsdam das Massaker gezeigt, das ein Wolfsrudel bei seinen Weiderindern veranstaltet hatte, und seitdem sei er am Grübeln und hinterfrage seine Position. Die Sache schien ihn wirklich mitzunehmen, denn sein Alkoholkonsum gestern Abend war beachtlich gewesen. Aber auch die anderen tranken viel an diesem herrlichen Sommerabend.

Clara hatte Hanno Hermann vorgeschlagen, in Demerthin

im Gästezimmer zu übernachten, was dieser dankbar angenommen hatte. Auch wenn er es nie zugegeben hätte, fürchtete er die nächtliche Rückfahrt in der Regionalbahn. Wer wusste schon, welche Gestalten an einem Samstagabend in Brandenburg unterwegs waren? Aus lauter Dankbarkeit versprach er Clara und Christine, dass er im August eine künstlerische Bewertung der Opern-Premiere in Klein Leppin für eine überregionale Zeitung schreiben würde.

Auch Ingrid Dessau blieb länger als üblich. Sie hatte eine Schwäche für Julius, der einer der ganz wenigen in der Region war, der alles, was den Denkmalschutz normalerweise auf den Plan rief, bei ihr durchbekam. In Zarenthin hatte er seine riesige Scheune mit bodentiefen Fenstern zu einem Atelier für seine großformatigen Arbeiten umbauen dürfen. Und gegen die Lesungen und Konzerte, die er dort regelmäßig veranstaltete, gab es keine Einwände. Auch nicht vom Ordnungsamt. Im Gegenzug lud Julius Ingrid Dessau zu all seinen Vernissagen und Veranstaltungen ein und schickte ihr zum Geburtstag und zu Weihnachten immer einen üppigen Strauß Rosen.

Sie hatten gelacht und getrunken, und Hanno hatte den neuesten Klatsch aus der Berliner Kulturszene zum Besten gegeben. Richard, der nur Wasser und alkoholfreies Bier trank, hatte frühzeitig bemerkt, wie angetrunken Hanno war. Man könne ihn in diesem Zustand auf keinen Fall in die Regionalbahn setzen, hatten er und Clara entschieden.

Also war Hanno bestgelaunt und inzwischen volltrunken kurz vor eins mit Clara und Richard nach Demerthin gefahren und hatte nicht gemerkt, dass er den neuesten MeToo-Skandal im Berliner Theaterumfeld nun schon zum zweiten Mal erzählte. Richard war es egal gewesen. Innerhalb einer Woche hatte er den Range Rover bereits zum zweiten Mal durch die Nacht gefahren und registriert, dass es ihn deutlich weniger stresste.

Nachdem Richard nun den Tisch gedeckt und das Frühstück zubereitet hatte, aß er nur ein wenig Müsli und Obst und machte sich einen Espresso. Es würde noch dauern, bis die beiden anderen erschienen. Er nahm seine Tasse und ging in den ehemaligen Schlachtraum. Er wollte heute dort weitermachen, wo ihn Erwins Anruf vor über einer Woche gestört hatte: Er würde die Maße für die Kücheneinbauten nehmen. Und diesmal würde er sich von niemandem davon abhalten lassen.

In Prenzlau nahm Marley einen Schluck von ihrem Cappuccino. Sie war verwirrt und vermutete, dass Maria Paulsen etwas durcheinandergebracht hatte.

»Sie meinen nicht vorletztes, sondern letztes Jahr, also Sommer 2020«, korrigierte sie Maria Paulsen. Und dachte im gleichen Moment: Das ergibt doch überhaupt keinen Sinn. Aneta war doch schwanger, als sie getötet wurde.

Die Ärztin schüttelte den Kopf und kramte ein Dokument in einer Klarsichtfolie aus ihrer großen Handtasche, die genauso orange war wie ihre Bluse. »Hier steht es schwarz auf weiß«, sagte sie und zeigte auf das Datum. »Am 15. Juni 2019 habe ich bei ihr einen Eingriff durchgeführt. Sie hätte übrigens gar nicht über das polnische Netzwerk gehen müssen. Sie hätte eine Abtreibung auch legal in Polen durchführen können.«

Marley und Julia sahen sie irritiert an.

»Wie das?«, fragte Julia. »Schwangerschaftsabbrüche sind doch in Polen nicht mehr erlaubt.«

»Es gibt eine Ausnahme. Nach einer Vergewaltigung ist es möglich«, erklärte Maria Paulsen.

»Aneta ist vergewaltigt worden?«, fragte Julia. »Sind Sie sicher?«

»Das hat sie mir gesagt. Und dass ihre Mutter es erst seit ein paar Tagen gewusst habe.«

»Sind Sie sicher?«

»Frau Leonhardt, ich bin zwar schon über siebzig, aber nicht dement. Aneta Hoppe wurde von ihrer Mutter begleitet. Im Juni 2019. Beim Eingriff selbst war die Mutter nicht dabei. Die saß im Wartezimmer.« Maria Paulsen klang inzwischen ein bisschen genervt.

»Erinnern Sie sich an die Mutter? Wie sah sie aus?«

»Klein und übergewichtig.«

Das konnte nicht Jana Ziekowski gewesen sein. Unmöglich. Die war groß und schlank. Aber wer sonst? Und weshalb gab Aneta sie als ihre Mutter aus? Marleys Gedanken überschlugen sich.

Julia Fiebig übernahm das Gespräch. »Sie haben gesagt, Sie hätten die beiden wegfahren sehen?«

»Ja, in einem alten Lada-Jeep in Olivgrün. Ich hatte auch mal so einen, deswegen ist mir der Wagen aufgefallen«, erklärte Maria Paulsen.

»Kennzeichen?«

»Frau Fiebig, das ist über zwei Jahre her. Ich erinnere mich nur deswegen so gut an diese Patientin, weil sie von einer Vergewaltigung berichtet hat. Ich habe ihr geraten, Anzeige zu erstatten. Aber das wollte sie nicht.«

»Hat Sie Ihnen gesagt, warum?«, schaltete sich Marley ein.

»Ja. Sie wusste nicht, wer sie vergewaltigt hat. Es war wohl bei einer Feier, und offenbar hatte ihr jemand K.-o.-Tropfen ins Glas gegeben. Sie meinte auch, es könnten mehrere Männer gewesen sein.«

»Und warum haben Sie diese Geschichte nicht angezeigt?«

»Weil mich Frau Hoppe auf meine Schweigepflicht hingewiesen hat. Außerdem dachte ich, wenn sie mit ihrer Mutter zu mir kommt, hat sie familiären Beistand. Schauen Sie mich nicht so vorwurfsvoll an! Gegen ihren Willen konnte ich diese Vergewaltigung nicht anzeigen.«

Marley griff zu ihrer Tasche und ihrer E-Zigarette. Als Maria Paulsen das sah, kramte sie auch eine Zigarette hervor, zündete sie an und nahm einen tiefen Zug.

»Sie können sich nicht vorstellen, mit welchen Schicksalen ich konfrontiert bin. Und nicht erst, seit ich hier in Prenzlau lebe. Zu mir kommen Frauen, die zum Teil Schreckliches erlebt haben. Frauen, die traumatisiert sind. Ich versuche, Ihnen zu helfen. Ganz praktisch. Therapieren müssen sie andere.«

Marley war sprachlos. Erschüttert. Was hatte Aneta in ihrem jungen Leben schon alles erleiden müssen? Und dann lag sie erschlagen unter einer Rübenmiete? Monatelang. Hatte sie ihre Vergewaltiger wiedererkannt? Ihnen mit Anzeige gedroht? Musste sie deshalb sterben? Aber sie war schon wieder schwanger gewesen. Nur ein Jahr nach der Abtreibung hatte sie wieder ein Kind erwartet. Und diesmal fuhr sie nicht nach Prenzlau zu Maria Paulsen. Sie schien es behalten zu wollen. Warum? Weil sie diesmal den Vater kannte?

»Frau Dr. Paulsen, in welchem Monat war Aneta, als Sie den Eingriff vorgenommen haben?«

»In der achten Woche. So steht es in meinen Unterlagen.«

Julia rechnete kurz im Kalender ihres Smartphones nach.

»Also muss die Vergewaltigung um den 20. April herum stattgefunden haben.«

»Ja, das kommt hin«, antwortete Frau Paulsen. Und dann schwiegen alle drei für einen Moment.

»Ich bin Katholikin«, sagte Marley. Überrascht schauten die Ärztin und ihre Kollegin sie an. »Dass wir ausgerechnet auf dem Gelände eines Dominikanerklosters dieses Gespräch führen …«

Sie beendete den Satz nicht, um nicht noch mehr von ihrer Gefühlslage preiszugeben.

Aber Maria Paulsen verstand sie trotzdem. »Machen Sie sich bitte darüber keine Sorgen. Dieses Kloster ist schon zu Zeiten der Reformation säkularisiert und in DDR-Zeiten für Gesundheitseinrichtungen genutzt worden. Spirituell sind Sie aus dem Schneider«, sagte die Ärztin mit einem feinen Lächeln.

Über diesen Satz dachte Marley noch nach, als sie schon längst wieder gemeinsam mit Julia Fiebig auf dem Rückweg nach Neuruppin war. Für die landschaftlichen Schönheiten der Eiszeitstraße hatte sie diesmal keinen Blick.

Die Katholikin war ihr so rausgerutscht. Sie hatte keine Ahnung, weshalb. Eigentlich dachte sie nie über ihr Verhältnis zu

Gott und Kirche nach, und auf einmal bekannte sie sich vor anderen zu einer Religionszugehörigkeit, die sie normalerweise nur bemerkte, wenn sie den Abzug der Kirchensteuer auf ihrer Gehaltsabrechnung sah. Es musste mit dem Ort, dem Kloster und der eindrucksvollen Architektur zu tun haben. Und natürlich mit dem Vorgang, den die Ärztin neutralisierend als »Eingriff« bezeichnet hatte.

Als könne sie ihre Gedanken lesen, fragte Julia plötzlich: »Hast du Probleme mit dem Thema Abtreibung?«

»Ehrlich gesagt, weiß ich es nicht genau. Also ich finde, Frauen sollten selbst über ihren Körper entscheiden können. Ohne Wenn und Aber. Aber wenn ich dann einer Ärztin gegenübersitze, die das praktisch im Akkord macht ...«

»Das ist jetzt ungerecht in Bezug auf die Paulsen. Die geht nicht leichtfertig damit um!«

»Natürlich, Julia, du hast recht. Sie hilft Frauen, die in einer Notlage sind. Und das ist anzuerkennen. Andererseits ist es aber menschliches Leben, das getötet wird. Haben wir wirklich das Recht, das zuzulassen?«

Julia schwieg irritiert. Was ist denn mit der Chefin los?, fragte sie sich. Die wechselte zum Glück das Thema und kam zur praktischen Polizeiarbeit zurück.

»Lass uns noch mal rekapitulieren, was wir gerade gehört haben. Aneta hat im Juni vor zwei Jahren eine Abtreibung bei Maria Paulsen durchführen lassen. In Prenzlau. Sie hat drei Tage vorher das zwingend notwendige Beratungsgespräch geführt. Wir müssen rausfinden, wo und mit wem. Sie war mit einer Frau mittleren Alters in Prenzlau, die sie als ihre Mutter ausgegeben hat. Wer war das? Weshalb ist diese Frau mitgekommen? Aneta hat die Kosten für den Eingriff bar bezahlt. Wir haben den Beleg gesehen, den Maria Paulsen im Krankenhaus kopiert hat. Woher hatte sie das Geld? Und – und jetzt kommen wir zu der eigentlich entscheidenden Frage – von wem ist sie im April 2019 vergewaltigt worden?«

Richard war gerade dabei, eine Zeichnung anzufertigen, wie die neue Küche aussehen könnte. Er hatte sich den ehemaligen Schlachtraum in den letzten Wochen sehr genau angesehen. Jetzt hatte er klare Vorstellungen, was wo stehen beziehungsweise eingebaut werden sollte. Nach dem Frühstück mit Clara und Hanno Hermann, der ausgesprochen wortkarg gewesen war, hatte er den ganzen Morgen damit verbracht, den Raum im Detail auszumessen und die ehemals weißen Kacheln zu untersuchen, die nicht nur den Boden, sondern auch zu zwei Dritteln die Wände bedeckten. Keine Risse, nur kleinere Beschädigungen. Natürlich war alles ziemlich verschmutzt, aber er wusste, nach ein bis zwei Behandlungen mit einem Hochdruckreiniger würden sie wieder glänzen.

So wie in der Küche seiner Großmutter in Teheran. An die hatte er sofort denken müssen, als er zum ersten Mal diesen Raum gesehen hatte. Allerdings hatte es in Teheran nur zwei Kochplatten auf einem niedrigen Tisch gegeben. Auf diesen beiden Platten hatte seine Großmutter mit ihren beiden Töchtern das Essen für insgesamt vier Erwachsene und fünf Kinder zubereitet. Und wenn alle gegessen hatten, wurden das Geschirr und die gesamte Küche mit einem Wasserschlauch gereinigt. Nur die beiden Kochplatten wurden abgedeckt und so vor dem Wasser geschützt.

Als er mit acht Jahren zum ersten Mal die Küche seiner deutschen Großeltern in Hildesheim gesehen hatte, konnte er es nicht glauben. Holzschränke aus Eiche und selbst Kühlschrank und Spülmaschine hinter Holzfronten. Nicht, dass er zu diesem Zeitpunkt gewusst hätte, was eine Spülmaschine war. Richard, den damals alle noch Said nannten, fand diese Art Küche absurd: Holz konnte man doch nicht einfach abspritzen, das musste geschützt und gepflegt werden. Was für ein Umstand!

In Teheran und später in Damaskus hatte seine Mutter unter primitivsten Umständen wunderbare Mahlzeiten gezaubert. Nie wieder sollte es ihm so schmecken wie damals. Noch nicht einmal heute, wenn Aria im Fastenmonat Ramadan nach Sonnenuntergang Köstlichkeiten aus der alten Heimat servierte. Wie Marcel Proust war Richard zumindest in kulinarischer Hinsicht immer auf der Suche nach der verlorenen Zeit.

Seit Clara ihm den alten Schlachtraum zum ersten Mal gezeigt hatte, versuchte er, sie davon zu überzeugen, dass dies der ideale Raum für die Küche sei. Interessanterweise hatte Diego sein Konzept sofort verstanden und für gut befunden. Eine Küche, die man regelmäßig mit dem Hochdruckreiniger säuberte und in der sämtliche Elektrogeräte und das Geschirr auf fahrbaren Regalen hinter wasserdichten Fronten geschützt wurden, fand Diego genial. Seine Begeisterung hatte geholfen, Clara schließlich zu überzeugen.

Richard fühlte sich gestört, als er von lautem Handy-Klingeln in seinen Gedanken unterbrochen wurde. Eigentlich wollte er nicht rangehen, aber es war Marley, und sie steckten in einer Mordermittlung. So zu tun, als wäre er nicht erreichbar, war ohnehin nicht Richards Stil.

Während er sich Marleys Bericht über das Treffen mit Frau Dr. Paulsen anhörte, war er plötzlich wieder ganz im Hier und Jetzt.

Zurück in Neuruppin, waren Marley und Julia direkt ins Präsidium gefahren. Julia wollte recherchieren, welche Feste im April 2019 in der Region gefeiert worden waren, und Marley telefonieren.

Nach einer knappen halben Stunde stand Julia in der Tür zu Marleys Büro. Marley sprach gerade mit Richard und stellte das Telefon auf Lautsprecher, bevor Julia berichtete.

»In dem besagten April war es nicht nur warm, sondern auch sehr trocken. Deshalb waren alle Osterfeuer verboten. Öffentliche und private. Ansonsten war in diesem Zeitraum der Start der Radsaison. Hinweise auf Märkte außerhalb der üblichen Wochenmärkte und auf größere Veranstaltungen oder Feiern habe ich keine gefunden. Die waren alle erst im Mai und

Juni. Aber natürlich könnte die Vergewaltigung auch im Umfeld einer privaten Feier passiert sein. Eine Hochzeit oder eine Geburtstagsfeier, die aus dem Ruder gelaufen ist. Oder Aneta hat in einem Lokal die falschen Leute kennengelernt.«

»Richard und ich werden morgen zu diesem Spargelhof fahren«, kündigte Marley an. »Wir müssen mit Herrn Bohn sprechen und ihn möglicherweise stärker unter Druck setzen. Wenn er trotz Verbots mit seinen Erntehelfern gefeiert hat, hat er gute Gründe, es uns nicht zu erzählen.«

»Vor allem, wenn es dabei auch noch zu einer Vergewaltigung gekommen ist«, meinte Julia.

Richard reagierte skeptisch. Er hatte einen anderen Eindruck von Joachim Bohn. Eine Vergewaltigung traute er ihm nicht zu. Außerdem hatte der Spargelbauer von sich aus die Presse informiert und damit auch die Polizei auf die Identität des Opfers hingewiesen.

Nachdem Julia zurück in ihr Büro gegangen war und sie selbst sich von Richard verabschiedet hatte, rief Marley Jonas Schmidt an. Sie wollte einen großflächigen DNA-Test durchführen lassen. Sämtliche männlichen Einwohner von Zünow zwischen sechzehn und fünfundachtzig Jahren sollten dazu überprüft werden. Wenn das zu nichts führte, auch die von Perleberg.

Aber der Ermittlungsrichter lehnte ihr Ansinnen ab. »Du hast nichts in der Hand, Marley, was eine solche Aktion rechtfertigen würde. Es gibt eine einzige Aussage über eine angebliche Vergewaltigung.«

»Diese Aussage stammt von einer ernst zu nehmenden Zeugin, einer Ärztin, die vor zwei Jahren eine Abtreibung durchgeführt hat. An unserer Toten aus der Rübenmiete.«

»Ja und? Selbst wenn sich die Ärztin richtig erinnert, selbst wenn Aneta damals die Wahrheit gesagt hat, wonach willst du suchen? Um welche DNA-Spuren geht es?«

Marley wusste selbst, dass das ihr schwacher Punkt war. Sie versuchte es trotzdem. »Wir haben die DNA des Fötus!«

»Ja, des Fötus aus 2020. Was sagt uns das über 2019?«

»Es könnte derselbe Vater –«

Jonas unterbrach sie. »Marley, jetzt mach aber mal einen Punkt. Eine junge Polin wird im Jahr 2019 vergewaltigt – lass uns davon ausgehen, dass sie die Wahrheit gesagt hat –, lässt eine Abtreibung vornehmen und ist dann im nächsten Jahr wieder schwanger vom selben Mann? Und diesmal behält sie das Kind und wird deshalb getötet? Das ist eine wilde Theorie, für die du keinerlei Indizien hast. Wenn du nicht mehr aufzubieten hast, kann ich einem solchen DNA-Test nicht zustimmen. Ausgeschlossen!«

Marley legte wortlos auf. Der charmante Jonas Schmidt konnte ja auch ganz anders. Mit seiner analytischen Kälte hatte er sie regelrecht abgewatscht. Marley ärgerte sich. Gleichzeitig wusste sie, dass er recht hatte. Sie hatte nichts in der Hand. Gar nichts.

Montag, 12. Juli

Walter Meyer war stinksauer an diesem Montagmorgen. Marley hatte ihn aus der interessantesten Ermittlung seit Jahren rausgedrängt und sein Kumpel Bodo Eisenhauer ganz offensichtlich die Seiten gewechselt. Als Walter ihn gestern zweimal auf seinem Diensthandy angerufen hatte, um zu erfahren, wie die Reise nach Breslau gelaufen war, ging Bodo einfach nicht ran. Seine private Nummer hatte er nicht. Und jetzt saß Bodo schon wieder mit Julia Fiebig und Timo Broecker am Konferenztisch, und dieser Wagner referierte irgendwas an einer Tafel. Demonstrative Teambildung, obwohl es noch nicht einmal acht Uhr am Montagmorgen war. Sie bemerkten ihn gar nicht. Ganz offensichtlich gab es neue Erkenntnisse, die ihm vorenthalten wurden. Absichtlich. Eine Unverschämtheit, schließlich war er der stellvertretende Polizeidirektor.

Walter ging in sein Büro, schloss die Tür hinter sich und wählte die Handynummer von Eddi Fürst. Anders als Bodo ging Eddi sofort ran.

»Herr Meyer, schön, dass Sie sich melden. Gibt's was Neues?«

»Die Spur führt nach Polen. Frau Leonhardt und dieser Wagner waren am Freitag in Breslau.«

Bodos Namen nannte er nicht. Bodo sollte vom Boulevardjournalismus verschont werden. Momentan noch. Wenn er aber weiterhin so abweisend blieb und ihm keine Informationen lieferte, würde er ihn auch hinhängen. So wie die Leonhardt.

»Und?«

»Mehr weiß ich momentan auch noch nicht, aber ich bin dran«, ruderte Walter zurück.

»›Die Spur führt nach Polen‹, das ist keine brauchbare Schlagzeile. Wissen Sie, wie oft bei allen möglichen Verbrechen die Spur nach Polen führt? Ich brauche mehr. Details, Namen, Ermittlungsergebnisse. Und ich brauche Informationen zur Rolle von Marley Leonhardt.« »Sie ist halt eine Funktionärin ohne praktische Erfahrung. Kein Wunder, dass sie mit diesem Fall nicht vorankommt.« »Herr Meyer, rufen Sie mich gerne wieder an, wenn Sie etwas Substanzielles haben«, sagte Eddi Fürst knapp und legte auf.

Marley war froh, dass sie Jonas Schmidt zufällig auf dem Weg ins Präsidium getroffen hatte. Sie stieg vom Fahrrad, begrüßte ihn freundlich und entschuldigte sich für ihr unhöfliches Benehmen am Telefon. Mit einer Handbewegung ging er großzügig darüber hinweg. Für den DNA-Test brauchte er eine bessere Begründung, das hatte sie verstanden. Sie würde nachher zusammen mit Richard nach Zünow fahren, um sich selbst ein Bild zu machen.

Ins Gespräch vertieft, betraten sie das Treppenhaus des Präsidiums. Walter Meyer kam ihnen entgegen. Sie verstummten beide, als sie ihn bemerkten, grüßten dann aber höflich.

Walter versuchte, die Anwesenheit des Ermittlungsrichters zu nutzen, um Punkte zu machen. »Marley, ich schlage vor, dass wir gleich eine Sitzung einberufen, in der alle über den aktuellen Stand der Ermittlungen informiert werden, und dass wir anschließend die Aufgaben noch mal neu verteilen. Irgendwie scheint die Soko Rübenmiete auf der Stelle zu treten.«

»Walter, vielen Dank für diesen Vorschlag«, reagierte Marley mit zuckersüßer Freundlichkeit. »Aber du täuschst dich, wir kommen sehr gut voran. Trotzdem werden wir dich und die anderen Kollegen natürlich zeitnah informieren. Aber jetzt müssen wir erst einmal den Informationen nachgehen, die wir gestern gesammelt haben. Wenn du uns entschuldigen würdest? Jonas und ich müssen noch den Fahrplan für die nächsten Tage festlegen.«

Jonas? Die Leonhardt duzte den Ermittlungsrichter? Verbittert ging Walter in Richtung Kantine. Er würde sich einen Espresso nehmen. Vielleicht sogar einen doppelten. Seit seine

Frau sich intensiv mit seinem Blutdruck beschäftigte, gab es bei ihm zu Hause morgens zum Frühstück nur noch Tee. Kräutertee.

»Provoziere ihn nicht zu sehr«, sagte Jonas Schmidt leise zu Marley, bevor sie ihr Vorzimmer betraten. »Meyer kann gefährlich werden, wenn er sich schlecht behandelt fühlt.«

»Behandle ich ihn schlecht?«, fragte Marley mit mädchenhaftem Unschuldston. Dann öffnete sie die Tür.

Sie begrüßten Steffi freundlich und gingen dann in Marleys Büro. Auf dem Schreibtisch stand ein Teller mit einem großen Stück Kuchen. Ganz offensichtlich Käsekuchen. Innerlich verfluchte Marley ihre Assistentin. Steffi wusste doch genau, dass sie auf Diät war. Wie konnte sie ihr dann eine solche Kalorienbombe anbieten?

Marley atmete tief durch, setzte ein strahlendes Lächeln auf und ging wieder zurück ins Vorzimmer.

»Wie nett von dir, Steffi, aber –«

»Ich habe auch noch ein Stück für Herrn Schmidt. Und ja, ich weiß, dass du auf Diät bist, aber auch, dass du das Wochenende durchgearbeitet hast. Außerdem hast du in den letzten Tagen abgenommen, man kann es deutlich sehen …«

»Steffi, ich danke dir für deine Fürsorge. Du bist wie eine gute Mutter zu mir. Wenn du uns beiden jetzt noch einen Tee zum Kuchen machst, ist mein Morgen perfekt.«

Marley ging zurück in ihr Büro. Sie würde dieses Stück Kuchen essen, Steffi hoffentlich zufriedenstellen und dann heute aufs Abendessen verzichten müssen. Manchmal hasste sie es, die Chefin und damit grundsätzlich für das Betriebsklima verantwortlich zu sein.

»Du hast eine tolle Mitarbeiterin. Ich kann mich nicht erinnern, wann mir mal jemand im Büro Kuchen angeboten hätte«, meinte Jonas.

»Deswegen bist du auch so schlank. Aber keine Sorge, Steffi hat auch ein Stück für dich und wird es dir gleich zusammen mit einem Tee servieren. Und ich informiere dich über die Details unserer Reise nach Breslau.«

Richard war seit sieben Uhr im Büro und hatte versucht, die Informationen, die sie aus Breslau mitgebracht hatten, mit den Erkenntnissen aus Marleys und Julias Gespräch mit der Ärztin in Prenzlau in Einklang zu bringen. Aber das funktionierte leider nicht. Es schien, als handelte es sich um zwei verschiedene Frauen. Aneta in Breslau war eine selbstbewusste, junge Studentin aus prominentem Elternhaus, deren größtes Problem es war, sich von ihrer Mutter zu emanzipieren. Sie hatte ein interessantes Studienfach, einen großen Bekanntenkreis und einen Freund. Dieselbe Aneta in Brandenburg war eine Hilfsarbeiterin im Spargel, die sich abgekapselt hatte, viel allein unterwegs gewesen und offensichtlich vor zwei Jahren vergewaltigt worden war. Dieses Kind hatte sie abtreiben lassen und dabei die Unterstützung einer Frau gehabt, die sie als ihre Mutter ausgab. Warum?

Richard war mit dem Thema Abtreibung nicht wirklich vertraut. Er hatte sich noch nie persönlich damit beschäftigen müssen. Und, da war er sicher, seine Schwester auch nicht. Er kannte die Regeln in Deutschland und wusste darüber hinaus, dass in seinem Heimatland Iran eine gesetzliche Abtreibung nur dann möglich war, wenn die Schwangerschaft oder die Geburt als lebensgefährlich für die Mutter oder das Kind eingestuft wurde. Und diese Einstufung musste von drei Ärzten bestätigt werden. Damit war ein Abbruch praktisch verboten. Trotzdem gab es natürlich eine Vielzahl illegaler Abtreibungen. Frauen, die es sich leisten konnten, gingen in Kliniken im Ausland.

Wieso wurde eine junge Frau nach einer Vergewaltigung und Abtreibung ein Jahr später wieder schwanger und wollte diesmal das Kind behalten? Hatte jemand Aneta Hoppe unter Druck gesetzt? Gab es niemanden, mit dem sie über ihre Situation, ihre Gefühle gesprochen hatte?

Er würde morgen nach Breslau zur Beerdigung fahren. Vielleicht könnte die Zusammensetzung der Trauergemeinde oder der Ablauf selbst neue Erkenntnisse bringen. Danach würde er gemeinsam mit den Kollegen vor Ort Anetas Freundin Jolanta vernehmen, die gestern aus dem Urlaub zurückgekehrt war. Und sie mussten herausfinden, wer vor zwei Jahren Aneta nach Prenzlau begleitet hatte. Vielleicht Wanda, die Haushälterin? Er würde sie am Rande der Beerdigung darauf ansprechen. Julia hatte er gebeten, es noch einmal bei der sogenannten »Tante« in Berlin zu versuchen. Vielleicht hatte ja doch jemand Aneta persönlich beraten und begleitet.

Aber Julia kam nicht weiter. Die »Tante« ließ sie wieder abblitzen. Es blieb bei der gleichen Auskunft wie am Samstag: Der gesamte Vorgang werde anonym durchgeführt, es gebe keine persönliche Betreuung der Frauen, außer wenn diese nicht in der Lage seien, sich selbst zu organisieren. Und da war die »Tante« sehr dezidiert: Es gebe keinerlei Zusammenarbeit mit der Polizei.

Als sie kurz nach halb neun zum Spargelhof fuhren, fassten sie den aktuellen Stand noch einmal zusammen. Marley hatte vorgeschlagen, dass Bodo mitkam. Er hatte die Durchsuchung am Donnerstag geleitet und kannte den Hof. Sie hatten zwar keinen neuen Durchsuchungsbeschluss – auch in diesem Punkt war Jonas Schmidt bei seiner Linie geblieben –, aber Marley setzte auf eine Überraschungstaktik. Der Besuch war nicht angemeldet. Sollte Joachim Bohn nicht zu Hause sein, würden sie auf ihn warten. Sollte er hingegen vor Ort sein, würden Richard und Marley mit ihm sprechen und Bodo in der gleichen Zeit unauffällig den Hof checken. Gab es Veränderungen seit letztem Donnerstag? Würde einer der Mitarbeiter, wenn sein Chef nicht dabei war, sich vielleicht doch genauer an Aneta erinnern?

Und sie mussten mit Frau Bohn sprechen. Wenn sie auch diesmal nicht zu Hause sein sollte, würde sie vorgeladen werden.

Richard erzählte seinen beiden Kollegen, dass Joachim Bohn

schon bei ihrem ersten Zusammentreffen am vergangenen Mittwoch von Aneta in der Vergangenheitsform gesprochen hatte, obwohl zu diesem Zeitpunkt die Tote aus der Rübenmiete noch nicht identifiziert war. Das könne natürlich daran liegen, dass Aneta schon lange verschwunden gewesen sei. Oder aber Bohn habe gewusst, dass sie nicht mehr lebte.

Eine Weile war es still im Dienstwagen. Jeder hing seinen Gedanken nach.

Marley saß am Steuer und dachte an das gestrige Telefonat mit Verena. Völlig aufgelöst hatte ihre Freundin von dem Abendessen mit ihrem Ex-Mann berichtet. Feige, wie Hannes nun mal war, hatte er die Öffentlichkeit ihres Lieblingsitalieners gewählt, um Verena über die Schwangerschaft seiner Lebensgefährtin Zoe zu informieren. Er wusste, dass seine Ex-Frau sich zusammenreißen musste und ihm in dem voll besetzten Lokal keine Szene machen konnte. Eine ausrastende Polizeipräsidentin wäre ein gefundenes Fressen für die Presse und die sozialen Medien. Immerhin hatte Verena ihn noch vor dem Hauptgang mit der Rechnung sitzen lassen und war nach Hause gerauscht, um sich zu betrinken. Den ganzen Sonntag hatte sie im Bett gelegen und erst am Nachmittag verzweifelt Marley angerufen.

Die war noch immer irritiert, wie sehr sie dieses Telefonat, aber auch das Gespräch mit Frau Dr. Paulsen mitgenommen hatte. Neben ihrer »spirituellen Verunsicherung«, wie sie ihre Stimmung flapsig vor sich selbst abtun wollte, war seit langer Zeit die Kinderfrage wieder aufgetaucht. Bei einer Frau von einundvierzig Jahren sollte dieses Thema eigentlich durch sein. War es für Marley aber nicht. Sie hatte seit Eddi Fürst keinen Mann mehr kennengelernt, und für Eddi waren Kinder nicht in Frage gekommen. Noch nicht, wie er abgewehrt hatte, als Marley mit ihm darüber sprechen wollte. Er war der Typ Mann, der mit Ende fünfzig eine deutlich jüngere Frau zur Mutter machen würde, also hatte er noch Zeit. Marley nicht.

Aber nach der Trennung von Eddi kamen der Karrieresprung

und dann die Zeit der Lockdowns. Marley hatte sich in die Arbeit gestürzt und ansonsten in ihrer neuen Wohnung am See mit ihrem Gewicht gehadert. Und dann war gestern plötzlich der längst vergessen geglaubte Kinderwunsch wieder aufgepoppt. Anders konnte sie das nicht nennen. Er war lange Zeit verschwunden gewesen, und jetzt war er wieder da. Drängender als je zuvor.

Bodo war still, weil Richard ihm erzählt hatte, dass er plane, morgen nach Breslau zur Beerdigung zu fahren. Dort würde er Hanka treffen. Seit seine Frau zu seinem Bruder gezogen war, war dies das erste Mal, dass Bodo sich ernsthaft für eine andere Frau interessierte. Vielleicht konnte eine Beziehung mit einer Polizistin die Lösung seiner Probleme sein.

Seine Frau hatte ihn nicht nur verlassen, weil sie seinen Bruder Fred schon immer attraktiver gefunden hatte als ihn, sondern weil Bodo nie zu Hause gewesen war. Zu oft hatte er sie bei den Umbauarbeiten am Haus in Tresckow mit den Handwerkern und den Problemen des Umbaus allein gelassen. Und er hatte einen großen Fehler gemacht: Als der Einbau der Heizung anstand und Walter Meyer ihn ohne Rücksicht auf seine private Situation zu einem Weiterbildungsseminar nötigte, bat er seinen Bruder um Hilfe.

Fred, Lehrer an einer Berufsschule, hatte gerade Osterferien und Zeit. Er kam, überwachte den Heizungseinbau und verführte seine Schwägerin. Die war nur ein paar Wochen später ganz zu ihm nach Potsdam gezogen. Seitdem sprachen die beiden Brüder nicht mehr miteinander. Bodo hoffte, dass Richard ihn bitten würde, mit nach Breslau zu kommen. Vielleicht nur als Fahrer, aber das war ihm egal. Es wäre eine gute Gelegenheit, Hanka wiederzusehen.

Richard dachte an Clara und daran, wie wenig er von ihr wusste. Vielleicht hatte sie zum Thema Abtreibung mehr zu sagen, als er dachte. Sie hatten in den vergangenen Monaten nie über die Zukunft gesprochen. Pläne gab es nur für das Schloss. Aber keine, die eine private Perspektive bedeutet hätten. Eigentlich hatten sie immer nur Oberflächliches besprochen. Dafür war er ihr dankbar. Richard musste sich im Hier und Jetzt wieder zurechtfinden. Über alles andere konnten sie später reden.

Joachim Bohn war auf seinem Hof und auf hundertachtzig, als sie mit dem Wagen vorfuhren. Mit gerötetem Gesicht stürmte er aus seinem Büro. Aber statt zu schreien, sprach er leise, mit kontrollierter Wut. »Was wollen Sie denn jetzt schon wieder? Die Nachbarn denken wer weiß was von mir. Muss ich mir erst einen Anwalt nehmen, bevor das aufhört mit Ihren unangemeldeten Besuchen?«

Richard übernahm die Führung. »Guten Tag, Herr Bohn. Den Kollegen Eisenhauer kennen Sie bereits, das ist Polizeidirektorin Leonhardt. Es haben sich neue Aspekte ergeben, die wir mit Ihnen besprechen müssen.«

»Neue Aspekte!«, zischte Bohn. »Und was haben die mit mir zu tun?«

»Das würden wir Ihnen gerne in Ihrem Büro erläutern«, sagte Richard freundlich. »Frau Leonhardt und ich.«

»Und was macht ›Kollege Eisenhauer‹ derweil?«, fragte Bohn mit süffisantem Unterton.

»Der schaut sich, wenn Sie es gestatten, noch mal auf dem Hof um.«

»Haben Sie einen neuen Durchsuchungsbeschluss?«

»Nein«, sagte Marley nüchtern. »Aber wenn Sie das wünschen, besorgen wir einen, und dann kommen in einer Stunde zehn Beamte und drehen alles auf links.«

»Na schön«, stimmte Bohn zu, »aber meine Privatwohnung betreten Sie nicht!«

Bodo nickte und ging zum Anbau, in dem sich die Apartments für die Saisonarbeiter befanden. Marley und Richard folgten Joachim Bohn in sein Büro. Dort bot er ihnen schmallippig jeweils einen Stuhl an und setzte sich hinter seinen Schreibtisch. Wie letzten Mittwoch war sein Schreibtischstuhl so hoch gestellt, dass er deutlich an Statur gewann, sobald er saß.

»Herr Bohn, wir verfügen wie gesagt über neue Erkenntnisse«, begann Marley. »Erkenntnisse, die wir mit Ihnen besprechen müssen.« Und dann, ohne weitere Vorwarnung: »Aneta Hoppe war schwanger, als sie getötet wurde. Sie war im vierten Monat. Wissen Sie etwas davon?«

Joachim Bohn wurde bleich und schüttelte nur stumm den Kopf.

»Aber sie war auch im Jahr davor, also im Frühjahr 2019, schwanger. In dem Jahr, als sie zum ersten Mal für Sie gearbeitet hat. Sie ist damals vergewaltigt worden und hatte eine Abtreibung. Ich nehme an, davon wissen Sie auch nichts.«

Er schwieg weiterhin, aber auf seiner Stirn hatten sich kleine Schweißtropfen gebildet.

»Herr Bohn«, Marleys Stimme wurde noch etwas kühler, »wir können mittels DNA-Tests die Vaterschaft bestimmen. Für beide Schwangerschaften.«

Richard staunte, mit welcher Bravour Marley log. Sie wirkte absolut überzeugend. Joachim Bohns Zorn war verschwunden. Vor ihnen saß ein kleiner, schwitzender Mann. Man konnte seine Angst riechen.

»Ich habe nichts damit zu tun«, sagte er mit brüchiger Stimme. »Ich habe sie nicht angerührt. Ehrlich.«

»Gut. Dann haben Sie ja bestimmt kein Problem, wenn wir eine DNA-Probe bei Ihnen nehmen. Wir haben alles im Wagen liegen.«

»Nein«, sagte Bohn. »Ich stimme dem nicht zu. Und ich sage nichts mehr ohne einen Anwalt.«

»Dann müssen wir Sie bitten, mit uns nach Neuruppin zu kommen. Auf dem Weg dorthin können Sie Ihren Anwalt verständigen. Außerdem würden wir gerne noch mit Ihrer Frau sprechen. Ist sie da?«

»Nein, sie liefert Kartoffeln aus. Jetzt müsste sie in Rheinsberg sein. Es gibt dort ein Restaurant, Zum Alten Fritz, das nur mit unseren Kartoffeln arbeitet, mit keinen anderen.«

»Wir müssen mit ihr sprechen. Heute noch. Sie soll sich auf

dem Revier in Neuruppin melden. Richten Sie ihr das bitte aus, wenn Sie mit ihr sprechen.«

Joachim Bohn nickte. Dann stand er auf, nahm eine Aktentasche und steckte sein Telefon und seine Brille hinein. Er wusste, dass er Marleys Ansagen folgen musste.

Es war erst kurz nach halb zehn, trotzdem war es schon sehr warm. Der schwarze BMW hatte in der Sonne gestanden, sodass sie vor dem Einsteigen eine Weile alle Türen offen stehen ließen. Bodo setzte sich neben Joachim Bohn auf die Rückbank, Richard auf den Beifahrersitz und Marley ans Steuer. Es war noch immer unerträglich heiß im Wagen, und es dauerte ein paar Minuten, bis die Klimaanlage Erleichterung brachte. Erst dann drehte sich Richard um.

»Sie könnten jetzt Ihren Anwalt informieren, Herr Bohn.«

Der schnaubte wütend. »Meinen Sie im Ernst, ich hätte einen Anwalt, der sich mit solchen Themen auskennt? Mein Anwalt sitzt in Perleberg und berät mich bei Arbeits- und Pachtverträgen. Der ist Ihnen doch überhaupt nicht gewachsen.«

Richard ließ sich nicht provozieren und blieb verbindlich. »Ich würde ihn trotzdem anrufen. Bestimmt hat er eine Empfehlung für Sie.«

Bohn zögerte einen Moment, dann verstand er, dass er keine andere Wahl hatte, und griff zu seinem Telefon. »Hier ist Bohn, Joachim Bohn. Ich muss sofort Helmut sprechen. Nein, Frau Helmholtz, ich kann nicht in einer halben Stunde zurückrufen. Es handelt sich um einen Notfall …«, polterte er los. »Nein, ich kann nicht warten. Holen Sie ihn sofort ans Telefon.«

Es dauerte nur ein paar Sekunden, dann war Helmut dran. Die Klimaanlage machte noch immer Lärm, sodass man ihn nicht hören konnte. Joachim Bohn dagegen umso besser.

»Helmut, du musst mir helfen. Die Polizei hat mich festgenommen …«

Richard nahm Blickkontakt mit Bodo auf. Beide schüttelten den Kopf.

»Die Polizisten schütteln den Kopf, also nicht festgenommen, aber ich muss mit nach Neuruppin. Um was ...? Es geht um diese Leiche in der Rübenmiete. Die Frau hat bei uns gearbeitet, und jetzt wollen die mir was anhängen.«

Einen Moment war Stille.

»Okay, dann ruf die mal an. Wenn sie nicht kann, dann musst du das übernehmen. Ich rede nicht mehr mit denen ohne Anwalt.« Er legte auf.

»Er kennt eine Anwältin in Neuruppin, die auch Strafrecht macht. Er ruft sie an. Sie heißt Goldhahn.«

Wieder schwiegen alle einen Moment. Dann sagte Marley: »Ich verstehe, dass Sie aufgebracht sind, Herr Bohn. Aber lassen Sie mich etwas klarstellen: Wir wollen Ihnen nichts ›anhängen‹. Wir wollen den Täter finden, der Aneta Hoppe getötet hat. Eine Frau, die in zwei aufeinanderfolgenden Jahren bei Ihnen gearbeitet und auf Ihrem Hof gelebt hat. Wir haben Sie um eine DNA-Probe gebeten, die Sie verweigert haben. Jetzt fahren wir ins Präsidium, um ein Gespräch mit Ihnen zu führen und uns vom Ermittlungsrichter einen Vollstreckungsbescheid für diese Probe geben zu lassen. Sie hätten das auch einfacher haben können.«

Wieder schnaubte Joachim Bohn, sagte aber nichts mehr. Bis sie auf dem Hof des Präsidiums vorfuhren, war nur noch das Rauschen der Klimaanlage zu hören. Beim Aussteigen bat Bohn darum, kurz seine Frau Margit anrufen zu dürfen. Er entfernte sich ein paar Schritte, um im Schatten unter einer der Linden zu telefonieren. Man konnte ihn nicht hören, aber sein Habitus war unmissverständlich. Er war wütend.

Schließlich gingen alle vier durch die große grüne Tür ins Präsidium. Bodo brachte den Verdächtigen ins Vernehmungszimmer im ersten Stock, versorgte ihn mit Wasser, und dann warteten sie alle auf das Erscheinen von Rechtsanwältin Goldhahn.

Als Diana Goldhahn an der Seite von Walter Meyer in Marleys Büro auftauchte, war Marley kurz sprachlos. Wahrscheinlich gibt es nur zwei Möglichkeiten, mit so einem Namen umzugehen, dachte sie. Entweder man trägt unauffällige Garderobe in gedeckten Farben, oder man gibt dem Affen Zucker und trägt Gold. Die Rechtsanwältin hatte sich für Letzteres entschieden. Neben auffällig großem Goldschmuck an den Ohren, dem Hals, den Händen und den Armen trug sie ein weißes Sommerkleid mit goldfarbenen Fäden durchzogen und goldene Sandaletten mit hohen Absätzen. Sie war schlank, fast mager, stark geschminkt und mindestens sechzig.

Und sie sprach rasch und viel. »Guten Tag, Sie sind also die Frau, die Walters Job gekriegt hat, nun ja, die neue Zeit, wie nennt ihr das in Berlin jetzt, *diversity*? Er leidet zwar darunter, aber das würde er nie zugeben, nicht wahr, Walter? Wissen Sie, Walter und ich kennen uns schon seit Jahrzehnten. Ihm sieht man's an, mir nicht. Aber ich habe auch einen guten Chirurgen. Und Sie, Frau Polizeidirektorin, was haben Sie mit dem armen Spargelbauern vor? Mussten Sie ihn unbedingt am helllichten Tag mitnehmen? Wenigstens haben Sie auf Handschellen verzichtet. Sie haben ja keine Vorstellung, was das in so einem Dorf auslöst. Der Mann ist vorverurteilt, alle denken jetzt, er war's. Dabei war er's bestimmt nicht, das wissen Sie doch genauso gut wie ich. Aber ich verstehe, dass Sie jetzt endlich mal einen Erfolg brauchen. Sie stehen unter Beobachtung. Nicht nur durch die Berliner Boulevardpresse. Auch in Neuruppin macht man sich so seine Gedanken, ob Sie die Richtige für diesen Job sind.«

Marley ließ sie reden und sah zu Walter, der grinsend neben dieser Naturgewalt stand. Dann räusperte sie sich, und sofort verstummte die Anwältin.

»Walter, danke, dass du Rechtsanwältin Goldhahn zu mir gebracht hast, aber jetzt würde ich gerne unter –« Sie kam gar nicht dazu, den Satz zu beenden.

»Natürlich, Marley!«

Noch immer grinsend ging Walter und machte die Tür hinter sich zu. Im gleichen Moment beendete die Rechtsanwältin ihr Getue.

»Okay, jetzt können wir Mädels Tacheles reden. *Showtime is over.* Walter denkt, ich bin weiter auf seiner Seite, und Sie wissen, was passiert, wenn Sie mich zu sehr ärgern.«

»Soll das eine Drohung sein?«, fragte Marley lächelnd. Diese Anwältin war offensichtlich gaga, aber sie gefiel ihr. Seltsam, dass sie ihr noch nie begegnet war.

Als könne sie ihre Gedanken lesen, erklärte Diana Goldhahn, dass sie nur wenige Monate im Jahr in Neuruppin verbringe. Bloß den Sommer über sei sie in ihrem Haus am Ruppiner See. Den Rest des Jahres verbringe sie in Marbella. Die Winter in Brandenburg deprimierten sie. Leisten könne sie sich diesen Lebensstil, weil sie vor fünfzehn Jahren ein wichtiges Mandat angenommen habe. Beim Prozess gegen die sogenannte XY-Bande habe sie die Verteidigung des Hauptangeklagten übernommen. Obwohl dem »Paten von Neuruppin« eine Haftstrafe auferlegt worden sei, habe das Urteil doch so deutlich unter den Forderungen der Staatsanwaltschaft gelegen, dass der Prozess ihre Karriere befördert habe. Danach habe sie sich ihre Mandanten aussuchen können. Der Anruf heute Morgen aus Perleberg sei von ihrem ehemaligen Kommilitonen Helmut Müller gekommen, und da er ihr auch schon häufiger geholfen habe und sie Marley gerne kennenlernen wollte, habe sie sich bereit erklärt, Joachim Bohn zu vertreten.

Marley erläuterte die wichtigsten Ermittlungsergebnisse. Auch die Vergewaltigung, von der Aneta gegenüber der Ärztin gesprochen hatte, erwähnte sie. Jetzt mussten sie herausfinden, wer der Vater des Kindes war, das Aneta austragen wollte. Das könne eine wichtige Spur sein. Dass sie keine andere hatten, verschwieg sie.

»Aneta Hoppe hat zwei Jahre in Folge für Joachim Bohn gearbeitet. Sie hat auf seinem Hof gewohnt, und er war es, der uns durch den Anruf beim Kyritzer Tageblatt geholfen hat, die Identität des Opfers zu klären. Wir benötigen seine DNA, um auszuschließen, dass er der Vater des ungeborenen Kindes ist.«

»Verstehe«, sagte die Anwältin nachdenklich. »Okay, ich

werde Herrn Bohn klarmachen, dass es für ihn besser ist, mit Ihnen zu kooperieren. Aber vielleicht sollten Sie auch mal mit seiner Frau sprechen?«

»Das habe ich auch vor«, erklärte Marley. »Wieso erwähnen Sie sie gerade jetzt?«

»Als ich vorhin hier auf dem Hof geparkt habe, habe ich sie getroffen. Sie hat mich erkannt und angesprochen. Sie sehen ja, mein Name ist Programm«, sagte Diana Goldhahn mit einer kleinen Geste, die ihr Outfit unterstreichen sollte. »Ich hatte den Eindruck, dass sie unter Druck steht.«

Richard telefonierte mit Hanka in Breslau, um die Abläufe des morgigen Tages zu besprechen. Anetas Beerdigung war für elf Uhr angesetzt. Er würde schon heute Abend nach Berlin fahren und im Motel One am Hauptbahnhof übernachten, damit er den Zug um fünf Uhr fünfundvierzig pünktlich erreichen konnte. Der durchgehende Zug komme zu spät in Breslau an, deshalb müsse er diese frühe Verbindung nehmen, mit Umstieg in Poznań. Die knappe Umsteigezeit von nur fünf Minuten mache ihm jedoch Sorgen.

Hanka beruhigte ihn. Sie würde die polnische Bahn informieren, dass es für wichtige polizeiliche Ermittlungen unumgänglich sei, dass ein deutscher Kollege seinen Anschluss erreiche. Sollte der Zug aus Berlin also Verspätung haben, würde der Zug nach Breslau warten. Richard staunte über so viel Entgegenkommen.

Hanka lachte. »Einen Vorteil muss es doch haben, dass wir in Polen auf dem Weg in ein autoritäres System sind. Die Staatsgewalt, und damit auch wir, die Polizei, hat ganz andere Möglichkeiten als bei euch in Deutschland.«

Sie würde ihn am Bahnhof abholen, dann gemeinsam mit ihm zur Beerdigung gehen und sich die Zeremonie und das Publikum ansehen. Danach würden sie Jolanta auf dem Revier in Breslau treffen.

Und eine weitere Befragung stand an. Bei der Überprüfung

von Anetas Ex-Freund Pavel hatte die Polizei herausgefunden, dass dieser im Juni 2020 nicht direkt von Paris nach Breslau zurückgefahren war, wie er behauptet hatte. Die Recherche bei seinem Provider hatte ergeben, dass er Ende Juni 2020 knapp achtundvierzig Stunden in Deutschland eingeloggt gewesen war, bevor er sich wieder im polnischen Netz angemeldet hatte. Um genauere Angaben zu erhalten, benötigten sie eine Zustimmung der Staatsanwaltschaft, die vermutlich heute noch erfolgen würde. Hanka hatte Pavel deshalb ebenfalls ins Revier einbestellt. Auch er würde eine DNA-Probe abgeben müssen.

Vor diesem Telefonat war Bodo bei Richard gewesen und hatte vorgeschlagen, morgen gemeinsam mit dem Auto zu fahren, aber Richard hatte abgelehnt. Die Fahrzeiten seien für Bodo zu lang, und er könne ihn leider nicht ablösen. Das war die offizielle Begründung. Die war auch korrekt, aber tatsächlich konnte sich Richard nicht vorstellen, stundenlang mit diesem Kollegen allein in einem Wagen zu sitzen. Die Vorstellung ließ Panik in ihm aufsteigen.

Hinterher hatte sich Richard über die Enttäuschung in Bodos Augen gewundert. Anders als Marley hatte er nicht mitbekommen, dass Bodo sich letzte Woche in Hanka verguckt hatte.

Richard war gerade auf dem Weg zu Marley, um ihr über Pavels zweitägigen Aufenthalt in Deutschland zu berichten und sie offiziell über seine Reise zu informieren, als sie ihm bereits entgegenkam. Sie hatte Steffi gebeten, die Anwältin Goldhahn zu ihrem Mandanten ins Vernehmungszimmer zu bringen, und war selbst auf dem Weg nach draußen.

»Richard, unten auf dem Parkplatz steht Frau Bohn. Ich möchte rasch mit ihr sprechen, dann komme ich gleich wieder hoch.«

»Ja, okay. Es gibt Neuigkeiten aus –«

»Gleich, Richard«, unterbrach sie ihn, »ich bin gleich wieder zurück.«

Eilig ging Marley die große Treppe hinunter. Ihre hellen Lacksandalen, die sie mindestens zwei Jahre nicht mehr getragen hatte, machten einen Höllenlärm auf den alten Holzdielen. Es klang wie Kastagnetten: aufdringlich, schrecklich aufdringlich. Diese Schuhe sollte ich nicht mehr im Dienst tragen, wies sie ihr Unterbewusstsein an.

Dann öffnete sie die große grüne Tür und schaute sich nach Margit Bohn um. Neben einem grünen alten Lada entdeckte sie eine kleine, übergewichtige Frau. Das konnte die Frau sein, die Aneta zu dem Eingriff in Prenzlau begleitet hatte. Die Frau, die Aneta Hoppe als ihre Mutter ausgegeben hatte. Marley stoppte kurz und atmete tief durch. Jetzt wurde es interessant.

»Frau Bohn, Margit Bohn?«, fragte sie in Richtung der Frau.

Die drehte sich um, schnäuzte sich die Nase und nickte. Sie weint, dachte Marley. Weshalb? Weil wir ihren Mann mitgenommen haben? Oder weil sie weiß, was mit Aneta passiert ist?

»Ich bin Polizeidirektorin Marley Leonhardt und hätte ein paar Fragen an Sie. Kommen Sie doch bitte mit in mein Büro. Da ist es nicht so heiß wie hier draußen. Es gibt Wasser und Kaffee, und wir können in Ruhe sprechen, einverstanden?«

Wieder nickte die Frau. »Was ist mit meinem Mann?«

»Dem geht's gut. Er spricht gerade mit seiner Anwältin. Folgen Sie mir bitte.«

Frau Bohn ging mit Marley die Treppe hinauf. Zum Glück machten die Sandalen treppauf nicht so viel Krach.

Als sie oben angekommen waren, signalisierte Marley Richard, dass sie ihn dabeihaben wollte, wenn Frau Bohn auspackte, was sie hoffentlich tun würde. Zu dritt gingen sie in Marleys Büro. Vorher bat Marley noch Steffi, Wasser für alle drei und Kaffee für Frau Bohn und Richard zu bringen. Dann setzten sie sich an den Besprechungstisch. Frau Bohn hatte aufgehört zu weinen. Doch ihr Gesicht war verquollen, und ihre Augen waren gerötet. Mit ihrem weit geschnittenen, bunten Sommerkleid versuchte sie erfolglos, ihr Übergewicht zu kaschieren.

»Frau Bohn, dies ist ein Gespräch, keine Vernehmung. Ich habe nur ein paar Fragen an Sie. Mein Kollege, Polizeioberrat Wagner, und ich leiten die Ermittlungen im Mordfall Aneta Hoppe, und wir glauben, dass Sie uns weiterhelfen können.«

Frau Bohn schaute skeptisch. In diesem Moment brachte Steffi auf einem Tablett Kaffee, Wasser, Milch und Zucker und zwei Tassen. Marley bedankte sich, dann schenkte sie allen ein. Die kleine Unterbrechung hatte Margit Bohn genutzt, um sich nochmals die Nase zu putzen. »Ich weiß nicht, was Sie von mir wollen. Ich bin nur hier, weil mein Mann mich angerufen hat. Die Polizei hätte ihn mitgenommen, alles wäre ein Missverständnis, das sich schnell aufklären würde, und ich sollte sofort nach Neuruppin kommen und ihn mit nach Hause nehmen.«

»Ihr Mann hat Ihnen gesagt, dass er eine Anwältin hinzugezogen hat?«

»Ja.«

»Hat er Ihnen auch gesagt, worum es geht?«

»Nein, aber das braucht er auch nicht. Es geht um Aneta, um sie geht es doch die ganze Zeit. Sie verdächtigen meinen Mann, aber er war es nicht. Wir haben nichts damit zu tun! Wir haben Aneta zum letzten Mal an Pfingsten vor einem Jahr gesehen, danach ist sie verschwunden.«

»Ihr Mann hat Ihnen also nicht erzählt, dass er eine DNA-Probe verweigert hat und wir ihn deshalb mitgenommen haben?«

»Nein!«

Richard übernahm die Rolle des Bad Cop. »Frau Bohn, Aneta war schwanger, als sie getötet wurde. Im vierten Monat. Wir suchen nach dem Vater des Kindes, und Ihr Mann gehört zum Kreis der Verdächtigen!«

Margit Bohn wurde bleich und stammelte: »Oh, mein Gott!« Dann begann sie wieder zu weinen.

»Wenn Sie etwas dazu sagen können, jetzt ist die Gelegenheit.« Richard ließ nicht locker.

Es war offensichtlich, dass die Frau gegenüber am Tisch

kurz davor war, die Kontrolle zu verlieren. »Nein, nein, nein«, schluchzte sie.

Marley sah Richard kurz an. Stumm verständigten sie sich. »Ich glaube Ihnen, Frau Bohn.« Sie machte eine kleine Kunstpause. »Vielleicht sollten wir das Gespräch unter vier Augen fortführen? Von Frau zu Frau?«

Margit Bohn nickte erleichtert.

Richard stand auf und ging grußlos. Er wusste, dass Marley jetzt zuschlagen würde. Und genau das passierte.

»Frau Bohn, Sie wussten nicht, dass Aneta schon wieder schwanger war, das glaube ich Ihnen. Aber vor zwei Jahren, da waren Sie eingeweiht. Damals haben Sie Aneta nach Prenzlau begleitet.«

»Ich verstehe nicht …«

»Doch, Sie verstehen mich sehr gut. Sie haben sich gegenüber der Ärztin Maria Paulsen als Anetas Mutter ausgegeben. Am 15. Juni 2019, dem Tag, als Dr. Paulsen in Prenzlau bei Aneta eine Abtreibung vorgenommen hat.«

Margit Bohn blickte sie erschrocken an. »Woher wissen Sie …?«

»Ich war gestern in Prenzlau und habe mit Frau Dr. Paulsen gesprochen. Sie hat Sie sehr genau beschrieben. Einschließlich des Wagens, der jetzt auf unserem Parkplatz steht. Ein alter grüner Lada. Wenn Sie das abstreiten, werde ich Frau Dr. Paulsen bitten, nach Neuruppin zu kommen, und eine Gegenüberstellung veranlassen.«

Margit Bohn hatte aufgehört zu weinen. Blass und verstört saß sie Marley gegenüber. »Was wollen Sie von mir?«

»Frau Bohn, ich fordere Sie auf, eine Aussage im Mordfall Aneta Hoppe zu machen. Und dazu werde ich meinen Kollegen Wagner wieder hereinholen. Falls Sie anwaltliche Beratung benötigen, die Anwältin Ihres Mannes ist noch im Haus.«

»Nein«, sagte Margit Bohn mit leiser Stimme. »Ich brauche keine Anwältin. Und ich möchte auf keinen Fall, dass mein Mann dazukommt.«

»Das wird er nicht.« Mit diesen Worten verließ Marley das Büro, um Richard zurückzuholen.

In ihrem Vorzimmer wartete Diana Goldhahn. »Ich habe Herrn Bohn überzeugen können. Er stimmt einer DNA-Probe jetzt zu«, sagte sie mit Genugtuung in der Stimme.

»Gut, aber Sie sollten vielleicht noch einen Moment hierbleiben. In meinem Büro sitzt Frau Bohn und wird jetzt eine Aussage machen. Mein Angebot, Sie um anwaltlichen Beistand zu bitten, hat sie ausgeschlagen.«

»Und weshalb soll ich dann warten?«, fragte die Anwältin mit leicht genervtem Unterton.

»Es könnte sein, dass Frau Bohn eine Aussage macht, die ihren Ehemann in Schwierigkeiten bringt. Und dann sollten Sie vielleicht in der Nähe sein, meinen Sie nicht?«

Diana Goldhahn zögerte einen Moment, dann nickte sie.

Marley bat Steffi, die Anwältin in den Konferenzraum zu bringen und ihr ein Getränk anzubieten. Bodo sollte in der Zwischenzeit bei Joachim Bohn eine DNA-Probe nehmen und direkt nach Potsdam zur Rechtsmedizin bringen lassen. Dann holte sie Richard.

Margit Bohn hatte sich entschieden: Sie wollte reinen Tisch machen. Sie erzählte alles, was sie wusste.

Mitte Mai 2019 sei ihr aufgefallen, dass es Aneta nicht gut gehe. Sie sei zwar jeden Morgen pünktlich mit den anderen im Spargelfeld gewesen, aber sobald die Sonne höher gestiegen sei, sei erst ihre Arbeitsleistung schlechter geworden, dann habe sie über Kopfschmerzen und Übelkeit geklagt. Und spätestens um die Mittagszeit sei sie ganz ausgefallen. Das habe sie ein paar Tage mit angesehen, aber ihrem Mann nichts davon erzählt. Sie habe einen Verdacht gehabt und ihn deshalb nicht miteinbeziehen wollen.

Als es nicht besser geworden sei, habe sie Aneta angesprochen und rundheraus gefragt, ob sie schwanger sei. Die habe bloß betreten genickt und nichts erzählen wollen. Nichts über ihre Pläne und schon gar nicht, wer der Vater sei. Selbst Margit Bohns Frage, ob es ihr Mann sei, habe sie weder bejaht noch verneint. Das habe Margit jedoch als Bestätigung ihres Verdachts interpretiert.

»Warum waren Sie sich so sicher?«, fragte Marley.

»Er hat sich in den letzten Jahren immer an die Erntehelferinnen aus Polen rangeschmissen. Hauptsache, sie waren jung … und schlank«, antwortete Margit Bohn verbittert. »Die Freundin von Aneta, also die, die sie vermittelt hat, Jolanta, hat er im Jahr zuvor auch belästigt. Deshalb ist sie nicht mehr gekommen.«

»Und da sind Sie sicher?«, hakte Richard nach. Er würde morgen Jolanta treffen und sie zu ihrem Verhältnis zu Joachim Bohn befragen.

»Ja, ganz sicher. Mein Mann jagt jeder Frau nach, die nicht bei drei auf dem Baum ist. Außer …«

»Außer?«

»Außer mir! Für mich interessiert er sich schon lange nicht mehr! Ich bin für ihn nur eine Arbeitskraft.«

Es lag Marley auf der Zunge, zu fragen, weshalb sie in so einer unglücklichen Ehe bleibe, aber erstens wusste sie, wie leicht es war, sich die Dinge schönzureden, und wie viel schwerer, sich der Realität zu stellen. Und zweitens stand ihr eine solche Frage nicht zu. Also schwieg sie.

Margit Bohn erzählte, dass sie Aneta ihre Hilfe angeboten und die das Angebot auch gerne angenommen habe. Aneta habe durch eine polnische Organisation Adressen von Ärzten in Berlin und Brandenburg bekommen. Sie habe dann entschieden, die notwendige Beratung in Berlin, den Eingriff selbst aber in Prenzlau durchführen zu lassen.

»Warum?«, wollte Richard wissen.

»Es erschien Aneta sicherer. Sie wollte ihre Spuren verwischen. Auf keinen Fall sollten ihre Schwangerschaft und der Abbruch bekannt werden. Ich glaube, sie hatte Angst vor ihrer Mutter. Sie wollte auf keinen Fall, dass die Sache rauskommt.«

»Wieso haben Sie sich in Prenzlau als ihre Mutter ausgegeben?«

»Das habe ich nicht. Ich habe vorhin schon nicht verstanden, weshalb Sie das behaupten. Ich habe Aneta das Geld für den Eingriff gegeben, und ich habe sie nach Prenzlau gefahren. In Berlin, bei der Beratung, war sie alleine. Das war alles. In Prenzlau habe ich im Warteraum auf sie gewartet. Niemand hat mit mir gesprochen oder mich nach meinem Namen gefragt.«

»Frau Bohn, Aneta hat gegenüber der Ärztin behauptet, dass Sie ihre Mutter sind. Deshalb hat die Ärztin nicht weiter auf sie eingewirkt.«

»Ich verstehe nicht, was Sie meinen, Frau Kommissarin.«

»Frau Dr. Paulsen hatte Aneta geraten, zur Polizei zu gehen, aber da angeblich Anetas Mutter über den Vorgang informiert war, hat sie nicht weiter insistiert.«

»Vorgang? Was meinen Sie denn?«

»Aneta ist erst betäubt und dann vergewaltigt worden. Das hat sie der Ärztin in Prenzlau erklärt. Vor zwei Jahren.«

Margit Bohn sah sie mit aufgerissenen Augen fassungslos an. Dann sackte sie wie in Zeitlupe von ihrem Stuhl. Richard konnte sie im letzten Moment auffangen.

»Steffi, ruf sofort einen Rettungswagen!«, rief Marley in Richtung Vorzimmer. Dann half sie Richard, die Frau in die stabile Seitenlage zu bringen.

Als die Rettungssanitäter nach wenigen Minuten eintrafen, hatte sich Margit Bohns Zustand schon verbessert, aber die Polizisten bestanden darauf, dass sie zur weiteren Beobachtung ins Klinikum Neuruppin gebracht wurde. Dann gingen sie in den Vernehmungsraum und informierten den Ehemann und anschließend seine Anwältin, was gerade passiert war.

Joachim Bohn nahm die Neuigkeiten ohne sichtbare Gefühlsregung auf. Als sie ihm die Handtasche seiner Frau überreichten, kramte er wortlos darin, bis er den Autoschlüssel fand, und wollte sich auf den Weg machen. Als Marley widersprach, blickte er hilfesuchend zu Diana Goldhahn.

»Frau Leonhardt, mein Mandant hat wie von Ihnen gewünscht eine DNA-Probe abgegeben. Jetzt möchte er schnellstmöglich ins Klinikum und –«

»Nein, ich will nach Hause«, unterbrach Joachim Bohn sie kaltschnäuzig. »Ich muss mich um unseren Hof und die Tiere kümmern. Für meine Frau kann ich sowieso nichts tun.«

Doch, dachte Marley, du könntest eine Menge für sie tun.

»Ihre Mitarbeiter auf dem Hof werden das sicher für Sie übernehmen. Ich meine, die Tiere«, sagte Richard. »Wir möchten, dass Sie und Frau Rechtsanwältin Goldhahn sich anhören, was Ihre Frau ausgesagt hat, bevor sie ohnmächtig wurde.«

»Dann schießen Sie mal los, Herr Kommissar«, sagte Diana Goldhahn süffisant, lehnte sich zurück und schlug ihre gebräunten Beine übereinander.

Sie ist mindestens sechzig und flirtet mit Richard, dachte Marley amüsiert. Hört das denn niemals auf, dieses Bemühen um männliche Aufmerksamkeit?

Richard ließ sich davon nicht beeindrucken. »Ihre Frau hat vor zwei Jahren Aneta Hoppe geholfen, als sie schwanger war. Und verzweifelt. Sie hat sie heimlich zu einer Abtreibungsärztin nach Prenzlau gefahren und sogar die Kosten für den Eingriff übernommen.«

Joachim Bohn schnaubte ungläubig. »Warum hätte sie das tun sollen?«

»Herr Bohn, Ihre Frau hat sich damals um Aneta gekümmert, weil sie sicher war, dass Sie der Vater des Kindes sind. Umgekippt ist sie vorhin, als wir ihr mitteilten, dass Aneta der Ärztin gesagt hat, sie wisse nicht, wer der Vater sei, weil sie betäubt und vergewaltigt worden sei.«

Diana Goldhahn warf ihrem Mandanten einen kurzen, strengen Blick zu. Er solle jetzt besser den Mund halten, besagte der, und überraschenderweise verstand Joachim Bohn sofort.

»Mein Mandant kooperiert mit Ihnen. Er hat gerade freiwillig eine DNA-Probe abgegeben. Was wollen Sie denn noch? Ich protestiere aufs Schärfste, dass Sie ihn und mich hier mit Anschuldigungen konfrontieren, die für uns beide völlig neu sind. Ich bestehe auf einem Vier-Augen-Gespräch mit meinem Mandanten, bevor wir uns in der Sache äußern.«

»Aber natürlich können Sie sich besprechen. Sie haben dazu viel Zeit. Wir werden Herrn Bohn nämlich die nächsten achtundvierzig Stunden hierbehalten«, erklärte Marley mit freundlichem Lächeln.

»Mit welcher Begründung?«, wollte Anwältin Goldhahn wissen.

»Fluchtgefahr. Wir haben alle drei gesehen, wie Herr Bohn auf die Nachricht, dass seine Frau einen Zusammenbruch hatte, reagiert hat. Es hat ihn nicht interessiert, sondern er hat seelenruhig nach dem Autoschlüssel gegriffen. Er will sich aus dem Staub machen, Frau Anwältin. Das werden wir nicht zulassen. Herr Bohn, Kommissar Eisenhauer wird Sie, nachdem Sie sich mit Ihrer Anwältin besprochen haben, in Gewahrsam nehmen. Unser Gespräch führen wir weiter, wenn wir die Ergebnisse des DNA-Tests haben. Möglicherweise wird dann der Ermittlungsrichter entscheiden müssen, ob ein Haftgrund vorliegt. Ich wünsche allen noch einen schönen Tag.«

Und damit erhob sich Marley und verließ gemeinsam mit Richard das Vernehmungszimmer.

Als Richard um kurz nach neunzehn Uhr im RE6 nach Berlin-Gesundbrunnen saß, konnte er es immer noch nicht fassen. Aus dem Nichts war aus einer Meinungsverschiedenheit zwischen Marley und ihm ein heftiger Streit geworden.

Nach der Vernehmung von Joachim Bohn hatte er sie informiert, dass er morgen nach Breslau zur Beerdigung fahren werde.

Marley hatte das abgelehnt. »Ich bin der Meinung, dass wir dich *hier* brauchen. *Hier* lösen wir den Fall, nicht in Polen.«

»Und wieso hast du das nicht gleich gesagt?«

»Du warst Freitag so angeschlagen …«

»Angeschlagen? Was soll das denn heißen? Ich habe eine private Erinnerung mit dir geteilt …«

»Jetzt sei mal nicht so eine Mimose«, hatte Marley gesagt und ihre Wortwahl im gleichen Moment bedauert.

Richards Gesichtszüge hatten sich augenblicklich verhärtet. »Marley, du hast mich gebeten, an diesem Fall mitzuarbeiten und dich zu unterstützen. Nichts anderes tue ich. Du bist nicht meine Vorgesetzte, das ist noch immer die Polizeipräsidentin von Berlin. Am Freitag haben wir in Polen nur an der Oberfläche gekratzt. Ich fahre zur Beerdigung von Aneta Hoppe, um an die Informationen zu gelangen, die tiefer liegen. Und ich möchte bei den Befragungen von Pavel und Jolanta dabei sein. Das ist meine Pflicht als Kriminalist. Und das lasse ich mir von dir nicht verbieten.«

Richards Ton war leise und streng gewesen. Seine ausgestellte Überlegenheit hatte Marley provoziert.

»Stimmt, du bist mir nicht unterstellt«, hatte sie wütend erwidert. »Aber wenn du dich mir widersetzt und tatsächlich nach Breslau fährst, brauchst du nicht mehr hierher zurückzukommen.«

Richard war aufgestanden und zur Tür gegangen. Als er schon fast draußen gewesen war, hatte sie ihm hinterhergebrüllt: »Glaub bloß nicht, dass wir deine Reisekosten übernehmen!«

Auch Richard hatte daraufhin Emotionen gezeigt und die Tür geknallt.

Dann war es still gewesen. Marley hatte tief durchgeatmet und versucht, sich zu beruhigen. Als nach wenigen Sekunden Steffi kopfschüttelnd in der Tür stand, wurde ihr klar, dass sie einen Fehler gemacht hatte. Sie ging schnell an Steffi vorbei und rannte mit ihren klappernden Sandalen die Treppe hinunter. Aber sie war zu spät. Als sie vor das große Eingangstor trat, fuhr der rote Mini gerade vom Hof.

Dienstag, 13. Juli

Um halb sechs wachte Marley schlecht gelaunt auf. Selbst im Liegen konnte sie die Speckrollen um ihren Bauch und um die Hüften spüren. Obwohl sie in den letzten Tagen ein bisschen abgenommen hatte, lag noch ein weiter Weg vor ihr. Und gestern Abend hatte sie selbst dafür gesorgt, dass dieser Weg noch ein wenig länger werden würde. Sie war undiszipliniert, da hatte ihre Mutter einfach recht.

Ohne groß nachzudenken, schlüpfte sie in ihren Badeanzug, zog ein Maxi-Shirt darüber und schnappte sich ein Handtuch. Dann fuhr sie mit dem Aufzug in die Tiefgarage, ging in den Fahrradkeller und holte ihr Fahrrad. Sie wollte wieder zur Badestelle Waldfrieden, wie schon am letzten Donnerstag. Schwimmen im Ruppiner See würde ihr guttun.

Auf dem Weg dachte sie kurz an Richard, der jetzt wohl schon im Zug nach Breslau saß. Sie hatte gestern Abend versucht, ihn anzurufen, aber er war natürlich nicht ans Telefon gegangen. Das konnte sie gut verstehen. Sie hatte sich unmöglich benommen. Natürlich hatte er recht: Sie mussten jeder Spur nachgehen, und es gab durchaus die Möglichkeit, dass die Umstände der Beerdigung und die anschließenden Befragungen sie weiterbringen würden.

Es war zehn Tage her, dass sie Aneta Hoppe in der Rübenmiete aufgefunden hatten. Doch trotz intensiver Bemühungen hatten sie nicht viel: einen ehemaligen Arbeitgeber, den seine Ehefrau verdächtigte, eine Affäre mit dem Opfer gehabt zu haben. Und einen ehemaligen Freund, der sie angelogen und sich Ende Juni letzten Jahres in Deutschland aufgehalten hatte.

Sie konnte es sich nicht leisten, diesen Fall, den sie selbst an sich gezogen hatte, nicht zu lösen. Wahrscheinlich könnte das ihr Ende auf dem Posten der Polizeidirektorin bedeuten. Wieso hatte sie sich vorgedrängt? Wie so oft war sie Opfer ihres eigenen Ehrgeizes geworden. Sie hätte Walter den Fall überlassen sollen. Dann wäre es jetzt an ihr, süffisant zu lächeln, weil es noch immer keine Ermittlungserfolge gab. Und wenn Walter gescheitert wäre, woran sie keinerlei Zweifel hatte, hätte sie ihn im Herbst zum Dienststellenleiter in Perleberg degradieren können. Dieser Posten wurde Ende August vakant, da der aktuelle Chef in den Ruhestand ging. Es wäre perfekt gewesen. Aber nein, sie musste ja mal wieder den Finger heben und alles an sich reißen. Und dann Richard, auf dessen Unterstützung sie angewiesen war, so zu beleidigen. Ihm mit den Reisekosten zu drohen, war derart kleinkariert, dass sie sich noch immer schämte.

Wütend auf sich selbst, trat sie heftig in die Pedale und war schneller als sonst an der Badestelle.

Allerdings fast eineinhalb Stunden später als am Donnerstag. Deswegen waren auch schon andere dort. Eine Gruppe von vier jungen Frauen war am Strand und machte Tai-Chi. Alle im Badeanzug, alle schlank und durchtrainiert. Der Anblick deprimierte Marley. Selbst mit zwanzig hatte sie nicht so ausgesehen. Schlecht, wenn der Tag so beginnt. Ohne sich abzukühlen, warf sie sich gleich in den See. Das kühle Wasser tat ihr gut.

Zusammen mit Julia hatte sie gestern am frühen Abend Margit Bohn im Neuruppiner Klinikum aufgesucht. Der ging es schon wieder besser, aber die behandelnde Ärztin hatte sie dennoch zur Sicherheit im Krankenhaus behalten wollen. Immerhin war sie einverstanden gewesen, dass die beiden Polizistinnen Margit Bohn draußen auf dem weitläufigen Gelände befragten.

Im Schatten einer großen Eiche standen zwei Holzbänke. Marley und Julia stellten sie so zueinander, dass die Frauen sich gegenübersitzen konnten.

Margit Bohn hatte sich gefasst. Und sie habe nachgedacht. Sie sei überzeugt, dass Aneta vor zwei Jahren nicht vergewaltigt worden war. Sie seien die ganze Strecke nach Prenzlau und zurück allein im Auto gewesen. Sie hätte es ihr erzählt, da war sie ganz sicher. Aneta sei nach dem Eingriff verstört gewesen und habe geweint. Bestimmt habe sie sich auch geschämt, dass ausgerechnet die betrogene Ehefrau ihr geholfen hatte. Aber auf Julias Nachfrage bestätigte Margit Bohn auch, dass sie Aneta nicht ausdrücklich befragt hatte. Sie sei sich sicher gewesen und habe keine Details wissen wollen. Das gehöre zu ihrem Rezept, um ihre Ehe zu erhalten. Deswegen habe sie ihrem Mann auch nichts erzählt. Der sei ein notorischer Fremdgänger und könne sehr unangenehm werden, wenn er erwischt wurde.

Weshalb sie nach diesen Vorkommnissen Aneta im letzten Jahr wieder als Erntehelferin eingestellt hätte, wollte Marley wissen.

Es sei schwer, gute Leute zu bekommen, erklärte Margit Bohn. Sie seien auf jeden angewiesen. Außerdem sei sie sicher gewesen, dass da nichts mehr laufen würde zwischen ihrem Mann und Aneta.

Im Frühsommer 2020 sei Aneta nach dem gemeinsamen Mittagessen immer direkt losgeradelt und erst abends spät zurückgekommen. Außerdem habe sich ihr Mann damals gerade von einer Rückenoperation erholt und andere Sorgen gehabt, sagte Margit Bohn mit einem kleinen schadenfrohen Lachen.

Aber Aneta hatte jemanden damals, da war sie sich sicher. Um wen es sich gehandelt haben könnte und wo Aneta ihn traf, habe sie nicht gewusst. Und dann sei Aneta ja auch plötzlich verschwunden. Ohne sich zu verabschieden, hatte sie ihre Sachen zusammengepackt und war weg. Am Pfingstmontag. Sie selbst und ihr Mann seien zu dem Zeitpunkt nicht auf dem Hof gewesen. Nur Jazek, der behauptete, sie sei in einen dunklen Mercedes mit getönten Scheiben eingestiegen. Aber Jazek beginne immer direkt nach dem Mittagessen mit dem Trinken und bringe manchmal die Dinge durcheinander.

Marley fragte bewusst nicht nach Pavel und ob er auf dem Hof aufgetaucht war. Sie würde die morgige Vernehmung mit Richard und den polnischen Kollegen abwarten und dann das Ehepaar Bohn mit seinen Aussagen konfrontieren. Falls Richard seine Ergebnisse überhaupt mit mir teilt, schoss es Marley durch den Kopf, aber diesen absurden Gedanken verwarf sie im gleichen Moment.

Sie hatten Margit Bohns Handtasche samt den Autoschlüsseln mit ins Krankenhaus gebracht. Ja, sie warteten noch auf das Ergebnis der DNA-Untersuchung, solange würde ihr Mann in Neuruppin bleiben müssen. Wenn es keine Einwände der Ärztin gebe, könne sie morgen früh ihren Wagen auf dem Parkplatz vor dem Revier abholen und nach Hause fahren. Nein, sie wisse nicht, ob Margits Mann dann auch mitfahren könne – wie gesagt, man warte auf das Ergebnis der DNA-Untersuchung. Und was immer ihr noch einfalle zu Aneta Hoppe und ihren beiden Ernteeinsätzen beim Spargel, solle sie ihnen erzählen. Im Zusammenhang mit kriminalistischen Ermittlungen gebe es keine unwichtigen Beobachtungen.

Danach hatten sie Margit Bohn wieder zurück auf die Station gebracht, und Julia, mit deren Wagen sie gekommen waren, hatte Marley zurück ins Präsidium gefahren, wo die Unterschriftenmappen auf sie warteten. Auf dem Weg hatten sie darüber spekuliert, weshalb Aneta gegenüber Frau Bohn die Vergewaltigung nicht erwähnt hatte.

»Vielleicht hat sie die Vergewaltigung gegenüber der Ärztin erfunden?«

»Weshalb hätte sie das tun sollen?«, fragte Julia.

»Vielleicht, um den Eingriff vor sich selbst zu rechtfertigen?«

»Ist das nicht zu kompliziert gedacht?«

Ja, wahrscheinlich hatte Julia recht. Aber warum kehrte eine junge Studentin, die auf den Job als Erntehelferin nicht angewiesen war, ein zweites Mal dorthin zurück, wo sie angeblich vergewaltigt worden war? Dafür gab es nur zwei Gründe: Sie wollte den Täter stellen – oder es gab gar keinen Täter, sondern einen Liebhaber, den sie wiedersehen wollte.

Nach vielen Unterschriften und einer quälenden Videokonferenz zum Thema »Digitalisierung der öffentlichen Verwaltung« war Marley durch einen warmen, hellen Sommerabend nach Hause geradelt und hatte ihr Fahrrad im Fahrradkeller abgestellt. Dann war sie, statt nach Hause zu gehen und ein bisschen Gemüse zu essen, ins Portofino gegangen. Das italienische Restaurant lag in Sichtweite ihrer Wohnung, und in den letzten Wochen hatte Marley es geschafft, sich von den italienischen Gerüchen, die jeden Abend über die gut besetzte Terrasse bis zu ihrem Balkon wehten, nicht verführen zu lassen.

Gestern hatte sie eigentlich auch nur etwas trinken wollen. Paolo Palasciano, der Besitzer des Restaurants, war früher in Mailand Barkeeper gewesen.

Er hatte sie überschwänglich begrüßt und extra einen kleinen Tisch nur für sie auf die Terrasse nahe am Wasser gestellt. Anschließend mixte er ihr einen perfekten Negroni, und Marley fiel der Ballast des Tages von den Schultern. Dann waren alle guten Vorsätze dahin, und sie bestellte eine Portion Spaghetti Carbonara.

Zum Essen hatte sie einen kühlen Vermentino getrunken und danach leider auch noch eine Portion Tiramisu bestellt. Paolo hatte sich später zu ihr gesetzt und Andeutungen über dunkle Kräfte gemacht, die ihn und sein Lokal bedrohten. Marley hatte erwidert, wenn da wirklich etwas dran sei, solle er Anzeige erstatten. Ohne Anzeige könne sie nichts unternehmen.

Ich bin irre, sagte sie sich, als sie jetzt mit schnellen Zügen durch den See schwamm. Nach zwanzig Uhr noch so viel essen und dann die Andeutungen von Paolo nicht ernst nehmen. Er stand offensichtlich unter Druck, und sie war die Polizeichefin von Neuruppin. Wie hatte sie ihn nur so abblitzen lassen können? Was, wenn er der örtlichen Presse davon berichtete, dass die Polizeidirektorin Marley Leonhardt seine Hinweise auf organisierte Kriminalität in Neuruppin mit einer lässigen Handbewegung einfach weggewischt hatte? Was ist eigentlich mit mir los? Sind das schon die Wechseljahre?, fragte sie sich voller Panik. Werde ich alt, bevor ich richtig jung gewesen bin?

Richard hatte schlecht geschlafen und auf das Frühstück im Motel One verzichtet. Natürlich war er zu früh am Hauptbahnhof, der dem Hotel gegenüberlag. Vor sechs Uhr waren nur wenige Läden geöffnet. Überraschenderweise reinigte ein junger, dunkelhäutiger Mann aber in der ILLY-Bar schon die Tische und verkaufte ihm einen starken doppelten Espresso und ein Croissant von gestern. Richard trank den Espresso aus einer Porzellantasse im Stehen und nahm das Croissant mit auf den Weg zu seinem Gleis.

Plötzlich spürte er Heimweh nach der Großstadt, nach seiner Wohnung und auch nach seinem alten Job. Erst in den letzten Monaten war ihm klar geworden, wie privilegiert er früher gewesen war und was er durch sein eigenes Versagen alles verloren hatte. Nur durch Claras Hilfe war er wieder auf die Beine gekommen.

Im Zug nach Poznań döste Richard vor sich hin. Der Besuch bei seiner Mutter gestern Abend hatte ihn aufgewühlt. Seine kleine Nichte hatte plötzlich hohes Fieber gehabt, deswegen hatte seine Schwester Azadeh kurzfristig absagen müssen. Zum ersten Mal seit über achtzehn Monaten war er allein mit seiner Mutter und fühlte sich unbehaglich. Nicht dass sie ihm Vorhaltungen gemacht hätte. Im Gegenteil, sie hatte ein Lieblingsgericht seiner Kindheit gekocht, Fasulye mit Basmatireis, und war freundlich und unterstützend gewesen. Aber sie hatte einen Satz ausgesprochen, der ihm nicht mehr aus dem Kopf ging.

»Said, ich weiß, du denkst, du hast deine Zukunft verspielt, aber das stimmt nicht. Du musst dein Leben wieder selbst in die Hand nehmen.«

Zum ersten Mal erzählte sie ihm, wie sie nach dem plötzlichen Tod seines Vaters auch hatte sterben wollen, weil sie diesen großen Verlust nicht ertragen konnte. Aber ihre beiden Kinder, er und seine Schwester Azadeh, hätten ihr geholfen, sich dem Schicksal zu stellen.

»Du hast keine Kinder, Said, was eine Schande ist, denn deine Kinder wären wunderschön und klug, aber weil du keine hast, musst du etwas anderes finden, das dir hilft, deinen Schmerz und deine Schuld zu überwinden.«

Er hatte angesichts der großen Worte geschwiegen, denn er wusste, dass sie recht hatte, aber nicht, wie er das umsetzen sollte.

Vielleicht sollte ich doch eine Therapie machen, hatte er gedacht. Und dann hatte seine Mutter ihm gebeichtet, wie ihre Zukunftspläne aussahen.

Über Facebook habe sie vor Monaten wieder Kontakt mit Behnam, dem Postboten, aufgenommen. Der sei seit über einem Jahr pensioniert, habe eine bescheidene Rente und lebe allein in Hildesheim. Seine Frau sei vor ein paar Jahren an Krebs gestorben. In den Iran zurück wolle er nicht, aber in Hildesheim fühle er sich einsam. Sie hätten sich inzwischen schon ein paarmal getroffen.

»Und ja, Said, wir haben auch ein Wochenende gemeinsam verbracht. In einem Hotel in der Lüneburger Heide.«

Sie seien beide erwachsen und allein, und die Zuneigung zwischen ihnen bestehe noch immer. Also würde Behnam im September hier bei ihr einziehen, und da sie eine ehrbare Witwe sei und nicht ins Gerede kommen wolle, würden sie auch heiraten.

»Aha«, hatte Richard völlig perplex gesagt. »Und wann … Wann genau willst du heiraten?«

»Im August heiraten wir.« Das »wir« hatte seine Mutter betont. »Genau gesagt, am 31. August. Und am 1. September zieht Behnam hier ein. Wir möchten, dass ihr unsere Trauzeugen seid, du und deine Schwester.«

»Ist er nicht jünger als du?«

»Said, was ist das denn für eine Frage? Ja, er ist jünger als ich. Fünf Jahre, wenn du es genau wissen willst. Also dreiundsechzig. Na und?«

Richard hatte geschwiegen. Dafür, dass er einmal der Diversity-Beauftragte der Berliner Polizei gewesen war, stellte er wirklich blöde Fragen. Als hätte Vielfalt nur etwas mit dem

Herkunftsland oder der Hautfarbe zu tun und nicht auch mit dem Alter.

Diese Gedanken gingen ihm durch den Kopf, als er mit geschlossenen Augen ganz allein in dem altmodischen Abteil des polnischen Zuges die Grenze überquerte. Seine Mutter würde wieder heiraten. Er sollte sich für sie freuen, aber es fiel ihm schwer.

Nach dem Schwimmen war Marley nach Hause geradelt, hatte geduscht, sich angezogen und war dann ins Büro gefahren. Ohne Frühstück, sogar ganz ohne Kaffee. Selbstbestrafung für gestern Abend musste sein.

»Guten Morgen, ich habe dir gerade einen doppelten Espresso gemacht«, sagte Steffi, als Marley ihr Büro betrat.

»Hattest du eine Eingebung?«

»Nein, aber ich habe den Gesichtsausdruck gesehen, mit dem du vom Fahrrad gestiegen bist. Außerdem hast du wieder das blaue Kleid an – also bist du nicht so gut drauf, stimmt's?«

»Dir auch einen schönen guten Morgen, und danke für den Espresso.«

Marley nahm die kleine Tasse, ging in ihr Büro und machte die Tür zu. Deutlich. Wieso musste sie sich einen derart persönlichen Kommentar anhören? Hatte sie denn gar keine Autorität mehr?

Und schon öffnete sich die Tür zum Vorzimmer, und Steffi trat mit einem schuldbewussten Lächeln ein. »Sorry, ich wollte dich nicht kränken. Das blaue Kleid passt zu jeder Gelegenheit.«

»Sonst noch was?«, fragte Marley verstimmt.

»Ja, Frau Bohn ist gerade mit einem Taxi gekommen und möchte dich unbedingt sprechen.«

Margit Bohn wirkte deutlich stabiler als am Vortag. Sie setzte sich Marley gegenüber an den Schreibtisch.

»Sie hatten mich gefragt, an was ich mich erinnere. In Bezug auf Aneta.«

Marley nickte ihr auffordernd zu.

»Zwei Dinge sind mir eingefallen. Ein junger Pole hat nach ihr gesucht. Das war am 25. Juni – im letzten Jahr. Einen Tag nach dem Geburtstag meines Mannes, deshalb kann ich mich an das Datum erinnern.«

»Hat er seinen Namen genannt? Was genau wollte er?«

»Wie er hieß, weiß ich nicht mehr – irgendwas Polnisches halt. Aber er hat gesagt, er wäre ein Freund von Aneta und er müsse sie sprechen. Ihr Handy wäre schon länger ausgeschaltet.«

»Und weiter?«

»Nichts weiter. Als ich ihm gesagt habe, dass Aneta seit dem 1. Juni weg und vermutlich wieder zurück nach Polen gegangen ist, ist er weggefahren.«

»Wie sah er aus?«

»Nett, sehr nett. Groß, mit langen Haaren. Und er war in so einem Mietwagen da. Wissen Sie, mit so einem aufgedruckten Spruch.«

»Mein Kollege Wagner wird den jungen Mann heute in Breslau befragen.«

»Ach, Sie wussten das schon?«

Marley nickte. »Und was war die andere Sache?«

»Aneta hatte einen Fahrradunfall. Nicht letztes Jahr, sondern im Jahr davor. 2019. Wir geben unseren Erntehelfern, die ohne Auto da sind, immer Fahrräder, damit sie im Supermarkt in Perleberg einkaufen können. Und Aneta hatte zwei, drei Tage nachdem sie angekommen war, einen Unfall. Auf einem Feldweg.«

»War sie verletzt?«

»Sie hatte ein paar Schürfwunden. Nichts Schlimmes. Am nächsten Tag hat sie wieder Spargel gestochen. Aber das Fahrrad war ziemlich lädiert. Ein Mann aus Rosenwinkel ist mit seinem Anhänger drübergefahren. Er hat es dann auf seine Kosten reparieren lassen und uns wieder zurückgebracht. Es war harmlos, aber Sie wollten ja von mir wissen, woran ich mich erinnere.«

»Dieser Unfall ist also nicht polizeilich gemeldet worden?«

»Nein, es ist ja nichts passiert. Und es war irgendwie unklar, wer Schuld hatte. Beide haben gesagt, sie hätten nicht aufgepasst.«

»Und wissen Sie, wie dieser Mann aus Rosenwinkel heißt?«

»Das müssen Sie meinen Mann fragen. Ich weiß nur, dass er Schäfer ist und ein Wessi. Kann ich meinen Mann denn jetzt mitnehmen?«

»Nein, wir haben noch kein Resultat des DNA-Abgleichs.«

»Dauert das immer so lange? Im Fernsehen geht es immer ganz schnell.«

»Im Fernsehen werden auch immer alle Verbrechen aufgeklärt. Im wirklichen Leben ist das leider anders.«

Marley ging zusammen mit Margit Bohn zum Auto. Als sie noch im Besitz des Autoschlüssels gewesen war, hatte sie die KTU gebeten, sich den Wagen und besonders den Kofferraum auf Blutspuren anzuschauen. Fehlanzeige. Wenn sich Joachim Bohn allerdings als Vater des ungeborenen Kindes von Aneta erweisen sollte, würden sie sich den Wagen noch mal vornehmen müssen. Dann auch mit einem richterlichen Beschluss. Die Aktion gestern war unter dem Radar gewesen, aber die Kollegen von der KTU hatten keine Fragen gestellt. Wenn die Chefin etwas wollte, dann wurde es gemacht.

»Tja, dann fahre ich jetzt mal nach Hause. Was soll ich machen, wenn mein Mann es doch war?«

»Dann sollten Sie sich scheiden lassen!« Das war Marleys spontane Antwort, die sie im gleichen Moment bedauerte.

Margit Bohn schaute sie erstaunt an. Dann nickte sie und sagte leise: »Das sollte ich auf jeden Fall tun.«

Ohne sich zu verabschieden, stieg sie in den Lada und fuhr los.

Marley ging zurück ins Gebäude und sprach mit Bodo Eisenhauer. Sie erzählte ihm von ihrem Gespräch mit dem Restaurantbesitzer Paolo Palasciano und bat ihn, sich der Sache anzunehmen.

Hanka sollte recht behalten. Obwohl Richards Zug mit fast acht Minuten Verspätung in Poznań eintraf, wartete der Anschluss nach Breslau. Ob das immer so war, weil offensichtlich viele Reisende umstiegen, oder ob es sich um den Spezial-Service seiner polnischen Kollegen handelte, sollte Richard nie erfahren. Kaum hatte er einen Sitzplatz, diesmal im Großraumabteil, klingelte sein Handy. Es war Marley. Erst wollte er nicht rangehen, aber dann zwang er sich zu einer professionellen Reaktion. Die Verbindung war schlecht, dauernd setzte der Ton aus, sodass er sie kaum verstand. Offenbar wollte sie irgendetwas über Rosenwinkel wissen. Er würde sich melden, sobald er ein besseres Netz habe. Es seien noch knapp neunzig Minuten bis Breslau.

Er setzte die iPods ein und hörte seinen aktuellen Lieblingspodcast: »Iran für Anfänger«. Er war zwar in Teheran geboren, aber eigentlich hatte er von seinem Heimatland keine Ahnung. Das wollte er ändern.

Frustriert legte Marley den Hörer auf. Hatte Richard die Störung inszeniert, damit er nicht mit ihr sprechen musste? Sie hatte ihn ziemlich gut gehört. Aber sie schob den Gedanken schnell beiseite. Richard war ein Profi. Sie würden auf der Sachebene weitermachen wie bisher, die Beziehungsebene musste später geklärt werden. Sie hatte diesen überflüssigen Streit verursacht, sie würde sich entschuldigen müssen.

Marley hatte nachgeschaut: Rosenwinkel hatte aktuell knapp hundertfünfzig Einwohner. Sehr unwahrscheinlich, dass es dort einen zweiten Schäfer gab. Also würde sie ihre Gastgeber vom vergangenen Samstag nach dem Fahrradunfall befragen müssen. Das war ihr unangenehm. Nicht nur, weil sie das Ehepaar nett gefunden hatte, sondern vor allem, weil die Frage nach einer solchen Lappalie deutlich machen würde, dass sie noch nichts Konkretes hatten. Sie erinnerte sich an eine immer wiederkehrende Aussage ihres damaligen Professors in angewandter Kriminologie: »Jedes Detail ist wichtig. Haben Sie keine Angst, sich lächerlich zu machen, wenn Sie sich um die scheinbar nebensächlichsten Dinge kümmern!«

Sie hatten die DNA-Probe von Joachim Bohn, aber Marley vermutete, dass er nicht der Kindsvater war. Pavel schon eher. Der könnte natürlich auch der Mörder sein, ohne der Kindsvater zu sein. Vielleicht hatte er Aneta nicht vergessen können, hatte ihren Aufenthaltsort herausgefunden und sie dann getötet. Eifersucht, zurückgewiesene Liebe waren die häufigsten Motive bei Tötungsdelikten. Aber dass er die Leiche dann ohne jegliche Ortskenntnis in einer Rübenmiete versteckt haben sollte, fand auch sie nicht überzeugend. Der Fundort der Leiche sprach für jemanden aus der Region, das sagte nicht nur ihre Intuition.

Bevor Marley sich nach Rosenwinkel aufmachte, wollte sie mit Joachim Bohn sprechen und ihn nach seiner Version des Fahrradunfalls fragen. Sie hatte Bodo gebeten, Bohn zur Vernehmung zu holen und anschließend dabeizubleiben.

Joachim Bohn war schlecht gelaunt, als er aus der U-Haft erneut in den Vernehmungsraum gebracht wurde. »Ich möchte meine Anwältin dabeihaben«, insistierte er.

»Kein Problem, wir rufen sie an«, sagte Marley und wählte die Nummer auf dem alten Festnetzapparat, der auf einem der beiden Schreibtische im Vernehmungsraum stand.

Nach zweimaligem Klingeln war Diana Goldhahn am Telefon. Marley erklärte ihr kurz die Situation. Die Anwältin fragte nach der DNA-Probe. Nein, es gebe noch kein Ergebnis. Kommissar Eisenhauer und sie wollten ihren Mandanten lediglich nach einem Vorfall im Jahr 2019 befragen.

Als Diana Goldhahn hörte, dass es um einen Fahrradunfall ging, erklärte sie, für solchen Kleinkram müsse sie nicht extra kommen.

Joachim Bohn wollte nun selbst mit ihr sprechen. »Ich habe Angst, dass die mir das Wort im Mund verdreht, und hätte Sie gerne dabei. Die schikanieren mich doch.«

Offensichtlich erläuterte Diana Goldhahn ihm daraufhin

zwei Dinge: erstens, wie lange es in der Regel dauerte, bis das rechtsmedizinische Institut in Potsdam bei einer DNA-Prüfung zu einem Ergebnis kam, und zweitens, wie hoch ihr Tagessatz war. Das konnte man aus Bohns Kommentaren schließen.

»Wie bitte? Ist das überhaupt zulässig? Sie waren gestern doch noch nicht einmal zwei Stunden im Präsidium. Wieso hat mir Helmut das nicht gesagt?«

Joachim Bohn legte auf und sagte, er werde diese Vernehmung ohne seine Anwältin bestreiten. Aber sobald er sich schlecht behandelt fühle, werde er sie anrufen.

Marley nickte und fragte ihn nach dem Fahrradunfall im vorletzten Jahr.

»Ach ja, diesen Unfall hatte ich völlig vergessen.«

Bodo fragte nach: »Was genau ist passiert?«

»Wir geben unseren Saisonarbeitern Fahrräder, damit sie zum Supermarkt radeln können oder abends mal nach Perleberg und zum Bahnhof.«

»Machen Sie das immer?«

»Vor ein paar Jahren haben wir damit angefangen. Kommt bei den Leuten sehr gut an.«

»Was ist damals, im April 2019, passiert?«

Bohn dachte kurz nach. »Das war ein Riesendurcheinander. Die Landesregierung und die Arbeitsagentur in Brandenburg wollten unbedingt durchsetzen, dass wir weniger Polen und mehr Einheimische beschäftigen. Hat aber nicht funktioniert – wusste ich vorher. Leute, die auf Hartz IV sind, wollen nicht arbeiten. Viele sind erst gar nicht aufgetaucht, und die, die sich aufgerafft haben, waren nach zwei Tagen schon wieder weg. Krankgemeldet wegen Rückenschmerzen. Wir haben dann wieder versucht, unsere übliche Mannschaft aus Polen einzusetzen, aber einige hatten sich schon nach Baden-Württemberg umorientiert. Also musste ich auch neue Leute nehmen. Und dazu gehörte Aneta. Normalerweise kommen die Polen um den 15. April herum, damit wir am 20. April loslegen können. Ich arbeite nicht mit Folien, fange also nicht früher an. Der

Spargel aus Zünow wird geerntet, wenn er so weit ist. Aber in dem Jahr war es schon im März ungewöhnlich warm, und wir haben früher angefangen.«

»Also waren Aneta und die anderen schon vor dem 15. April bei Ihnen auf dem Hof?«

»Ja, es gab einfach viel zu tun. Und das mit neuen Leuten, wie gesagt, es war chaotisch. Aber nach ein paar Tagen lief es.«

»Die Fahrräder hatten sie von Anfang an?«

»Ja klar.«

Jetzt schaltete sich Marley ein. »Aneta, die zum ersten Mal für Sie gearbeitet hat, hatte also auch ein Fahrrad?«

Joachim Bohn nickte.

»Und was war mit Jolanta, Anetas Freundin? Die war doch sonst immer bei Ihnen auf dem Hof.«

»Hm, irgendwas war da in der Familie. Die Oma krank, und sie musste sich kümmern. Deshalb hatte sie Aneta als Ersatz geschickt. Sie hat immer gerne bei uns gearbeitet.«

»Jolanta kam also nur wegen eines familiären Notfalls nicht mehr?«, fragte Marley.

Bohn nickte, aber seine Ohren nahmen eine verdächtige Röte an.

Marley glaubte ihm kein Wort, wollte aber zurück zum Thema Fahrradunfall. »Was für einen Unfall hatte Aneta?«

»Der Schäfer Riemann hat sie an einer Kreuzung übersehen, oder sie hat ihm die Vorfahrt genommen, das war nicht ganz klar. Sie ist gestürzt, hatte aber nur ein paar kleine Schürfwunden. Aber Riemanns Anhänger ist über das Fahrrad gefahren. Das war hinüber.«

»Haben Sie Ärger gemacht?«

»Ich? Nein, wieso? Die Polen bekommen immer nur die alten Fahrräder, die ich noch auf dem Hof habe. Manchmal kaufe ich bei Haushaltsauflösungen auch noch welche dazu. Das Fahrrad von Aneta war eine alte Gurke, funktionstüchtig, aber nichts mehr wert. Martin Riemann hat das Rad trotzdem reparieren lassen, und danach war es wieder tipptopp.«

Dann schwieg er. Man konnte sehen, dass ihm gerade etwas einfiel.

»Ja, Herr Bohn?«

»Es war schon komisch, dass beide die Schuld auf sich genommen haben. Riemann und Aneta. Sie hat gesagt, sie hat ihm die Vorfahrt genommen, er hat gesagt, er hat sie übersehen. Er hätte das Fahrrad nicht reparieren lassen müssen. Ich habe das nicht verlangt. Ich glaube, er wollte sie damit beeindrucken. Seltsam, dass mir das damals gar nicht aufgefallen ist.«

»Was wollen Sie damit andeuten?«

»Andeuten will ich gar nichts. Ich will nur wissen, wann ich nach Hause kann. Das ist doch reine Schikane, was Sie mit mir veranstalten!«

»Bodo«, sagte Marley knapp, »bringst du Herrn Bohn bitte wieder in seine Zelle? Sobald wir Nachricht aus Potsdam haben, werden wir Sie informieren.«

Hanka wartete schon ungeduldig auf Richard. Inzwischen hatte der Zug mehr als fünfzehn Minuten Verspätung, und wegen des dichten Verkehrs in der Innenstadt würde es schwer werden, pünktlich zur Trauerfeier zu erscheinen. Es gab nur eine Totenmesse, die Urnenbestattung im kleinsten Kreis war für Freitag vorgesehen.

Hanka berichtete, dass Jana Ziekowski sich für eine Einäscherung ihrer Tochter entschieden hatte, obwohl sie als konservative Katholikin damit Probleme habe. Aber der Zustand der Leiche hätte ihr keine andere Wahl gelassen.

Richard schwieg. Er selbst hatte Anetas sterbliche Überreste deutlicher in Erinnerung, als ihm lieb war. Um davon abzulenken, fragte er nach der Architektur des Bahnhofs, der in seinem satten Ockerton geradezu italienisches Flair versprühte.

Obwohl sie in Eile waren, gab ihm Hanka nur zu gerne ein paar Erläuterungen: Die Bahnsteighallen seien Jugendstil, das Empfangsgebäude Neugotik. Während des Sozialismus sei der Bahnhof ein schwarzes, unansehnliches Gebäude gewesen.

Seine Schönheit sei erst durch die Sanierung vor etwa zehn Jahren wieder sichtbar geworden. Vor allem natürlich auch durch die Farbe, die dem ursprünglichen Aussehen bei der Eröffnung 1857 entsprach. Hanka war sichtlich stolz auf ihre Heimatstadt. Richard staunte über ihre Kenntnisse. Hanka erzählte, dass sie ein paar Semester Kunstgeschichte studiert habe, bevor sie der Tradition ihrer Familie gefolgt und wie ihr Vater zur Polizei gegangen sei.

Auf dem Parkplatz stiegen sie in einen silbergrauen KIA mit der blau-weißen Aufschrift »POLICJA« und einer beeindruckenden Leuchtleiste auf dem Dach. Unauffälliges Eintreffen bei der Trauerfeier war damit ausgeschlossen.

Hanka bemerkte Richards Blick und dachte, er bezöge sich aufs Fabrikat. »Es gab im letzten Jahr eine Ausschreibung, und die Südkoreaner haben das beste Angebot gemacht. Seitdem fahren wir KIA.«

»Ich hatte gehofft, dass wir nicht auf den ersten Blick als Polizisten identifiziert werden.«

Hanka lachte. »Ich lebe hier, Richard, mich kennen viele. Und Jana Ziekowski hat dich schon zweimal getroffen. Undercover wird nicht funktionieren.«

Hanka fuhr flott durch den dichten Verkehr, und um zehn Uhr achtundfünfzig waren sie am Eingang der Dorotheenkirche, in der die Totenmesse stattfinden würde. Draußen lag ein großes Buch, in das sich gerade eine ältere Frau eintrug. Durch ihre verspätete Ankunft fanden sie nur noch Plätze in einer der hinteren Reihen, und das Eintreffen der anderen Trauergäste hatten sie auch versäumt.

Richard fluchte innerlich. Jetzt war er so früh losgefahren und hatte sich die Trauergäste dennoch nicht in Ruhe anschauen können. Davon hatte er sich einiges versprochen. Hinweise auf Anetas Freundeskreis und ihre Akzeptanz, aber er hätte auch gerne Pavel Mazurs Verhalten beobachtet. Gesichtsausdruck und Kleidung konnten in Ausnahmesituationen wie dieser so viel verraten. Er würde versuchen, die Leute beim Herausgehen unter die Lupe zu nehmen. Und er hatte vergessen, sich auf dem Weg zur Kirche bei Marley zu melden.

Marley versuchte erst gar nicht, noch einmal mit Richard Kontakt aufzunehmen. Es musste etwas dazwischengekommen sein, denn normalerweise rief er zuverlässig zurück. Nach einem Blick auf die Uhr stellte sie fest, dass die Totenmesse vor zehn Minuten begonnen hatte. Eine weitere Stunde würde sie nicht auf eine Auskunft zum Schäfer in Rosenwinkel warten. Sie entschied, allein dorthin zu fahren.

Bevor sie in den Dienstwagen stieg, der unten auf dem Parkplatz stand, musste sie allerdings noch ein bisschen dampfen. Dampfen war das neue Rauchen und half, das Hungergefühl, das sie quälte, zu überdecken. Schließlich hatte sie heute noch nichts gegessen. Sie nahm ihre E-Zigarette aus dem kleinen roten Kunstfaser-Rucksack, zu dem sie heute Morgen gegriffen hatte, weil sie ihre Designertaschen nicht länger dem Fahrradkorb und der sengenden Sonne aussetzen wollte, und nahm ein paar tiefe Züge.

Dann fuhr sie nach Rosenwinkel. Ihr Navi lotste sie zu einem eindrucksvollen Vierseitenhof am Ende der Dorfstraße. Das große, dunkelblau gestrichene Holztor war versperrt. Sie schaute sich um und entdeckte eine Klingel an der rechten Seite. Aber da war nicht nur eine Klingel, es handelte sich um eine Gegensprechanlage mit Videofunktion. Beim Schäfer auf dem Dorf – ungewöhnlich, dachte Marley. Sie klingelte zweimal, aber nichts tat sich. Hinter dem blauen Tor blieb alles still, und auch an den Fenstern zur Straße, die ebenfalls blaue Fensterläden hatten, zeigte sich niemand.

Marley ging zurück zum Auto und betrachtete den Hof aus der Entfernung. Alles war gepflegt und edel. Die Backsteinmauern wirkten wie frisch gereinigt und leuchteten im Kontrast zum blauen Holz. Das sah alles nach Geschmack und Geld aus. Dass man mit Schafzucht reich werden konnte, war ihr neu. Sie würde mit den Riemanns sprechen. Und jetzt nach

Wutike fahren, um zu sehen, ob der neue Hofladen geöffnet war.

Die Trauerfeier folgte dem katholischen Ritus. Nur der Pastor sprach, niemand aus der Familie oder Anetas Freundeskreis. Musikalisch hatte Jana Ziekowski groß aufgefahren. Ein Kammerorchester spielte einzelne Teile aus Mozarts Requiem in d-Moll. Richard hatte es sofort erkannt. Bei der Beerdigung seiner Großmutter Ingeborg war es auch gespielt worden. Damals hatte der Bühnenchor des Theaters Hildesheim für die verstorbene Gattin des ehemaligen Intendanten gesungen und ein Orchester aus Hannover gespielt. Es war eindrucksvoll, aber Richard war damals zu verstört gewesen, um sich der Musik zu widmen.

Ein Chor von etwa zwanzig Männern und Frauen stand heute hinter dem weißen Sarg. Jana Ziekowski hatte ein Schwarz-Weiß-Foto von Aneta am Eingang zur Kirche aufstellen lassen. Darauf war sie vielleicht sechzehn und lachte in die Kamera.

Als der Chor voller Inbrunst die Sequenz »Lacrimosa« anstimmte, fiel Richard plötzlich ein, was sein Großvater ihm über die Entstehung dieses Werks erzählt hatte. Dass Mozart beim Niederschreiben der Auftragskomposition so schwer erkrankte, dass er kurz danach starb und das Requiem gar nicht vollenden konnte. Bei der letzten Probe lag der Komponist bereits krank im Bett und sagte unter Tränen: »Ich habe das für mich selbst geschrieben.«

Seine Witwe beauftragte seine Schüler, das Werk zu Ende zu führen, damit sie den Vorschuss für die Komposition nicht zurückzahlen musste. Seither wurde es oft bei den Totenfeiern großer Musiker oder bedeutender Politiker gespielt. Und eben bei Richards Großmutter Ingeborg, der unbestechlichen Finanzbeamtin, die durch einen aggressiven Bauchspeicheldrüsenkrebs innerhalb von wenigen Wochen gestorben war.

Richard kämpfte mit den Tränen. Nicht nur wegen der Musik, sondern weil er sich plötzlich wieder an einen Satz erinnerte, den sein Großvater bei der Trauerfeier seiner Frau gesagt hatte: »Die Musik ist größer als der Tod.« Damals hatte Richard nicht verstanden, was er damit sagen wollte. Heute war das anders.

Richard atmete tief durch und dachte an den Fall, wegen dem er hier war. Nur das zählte. Mit seiner familiären Vergangenheit würde er sich später beschäftigen.

Am Ende der Zeremonie holten sechs Sargträger den weißen Sarg. Jana Ziekowski, sichtlich um Beherrschung bemüht, und ein älterer Mann im schwarzen Anzug schritten hinter ihnen her. Hanka flüsterte Richard zu, dies sei der Stadtpräsident. Offensichtlich hatte er es Jana Ziekowski nicht zumuten wollen, allein hinter dem Sarg ihres einzigen Kindes zu gehen.

Dann kamen Menschen, die auch Hanka nicht zuordnen konnte, bis Richard Wanda, die Haushälterin der Ziekowskis, entdeckte. Wanda hatte vom Weinen rote Augen. Sie schien Richard außer Jana Ziekowski die Erste in diesem Defilee zu sein, die aufrichtige Anteilnahme zeigte.

Draußen schoben die Träger den Sarg in den Leichenwagen, der den Sarg ins Krematorium bringen würde. Die Urnenbestattung am Familiengrab der Hoppe-Ziekowskis würde in drei Tagen stattfinden.

Richard und Hanka stellten sich ein wenig abseits, um sich die Trauergäste anzuschauen. Es waren vor allem ältere Menschen, nur ganz wenige junge. Richard erkannte Pavel Mazur, den sie nachher vernehmen würden. Neben ihm eine attraktive, sonnengebräunte junge Frau, die augenscheinlich ebenfalls viel geweint hatte. Pavel nahm sie tröstend in den Arm. Das musste Anetas Freundin Jolanta sein.

Jana Ziekowski hielt Distanz zu den beiden Polizisten, hatte ihnen nur einmal kurz zugenickt. Sie sah aus wie die Hauptdarstellerin in einem italienischen Spielfilm. Schön, unnahbar und ganz in Schwarz. Es war dasselbe ärmellose Kleid, das sie auch am Freitag getragen hatte. Marley hatte Richard erklärt, wie dieser Typ Kleid hieß: Etuikleid. Und sie hatte ihm gesagt, dass man an den roten Sohlen erkenne, dass die Pumps von Louboutin seien.

»Sie sieht aus wie ein Model und nicht wie eine trauernde Mutter«, sagte Hanka.

»Sei nicht ungerecht. Ich war dabei, als sie ihre Tochter identifiziert hat. Ich glaube, sie versucht, mit Haltung diesen Tag zu überstehen, und will nicht, dass wir sie weinen sehen.«

»Eine Mutter darf doch um ihr totes Kind weinen.«

»Ja, da hast du recht«, sagte Richard und dachte an die Mutter, die er im vergangenen Jahr um ihr Kind hatte weinen sehen. Um die junge Frau, die er auf dem Gewissen hatte.

Ihr Navi leitete Marley über einen Versorgungsweg nach Wutike, der viel kürzer war als die reguläre Verbindung über die Landstraße. Es war ein holpriger Weg, für den die Limousine eigentlich nicht geeignet war. Aber sie zeigte Marley auch die Dimensionen der brandenburgischen Landwirtschaft. Sie fuhr zwischen Getreide- und Maisfeldern hindurch, die so hoch standen, dass sie vom Fahrersitz aus kaum darüber hinwegsehen konnte.

Solche Weiten gab es nur in Ostdeutschland, wo die Landwirtschaft geprägt war durch die einstigen Landwirtschaftlichen Produktionsgenossenschaften und ihre riesigen Ackerflächen. Das hatte sie am Samstagnachmittag bei der Hofladen-Party von Diego gelernt. Als Leipziger Stadtkind war vieles hier in der Region für sie neu.

Diegos Großvater hatte das Chaos der Nachwendezeit und seine guten Kontakte genutzt, um nicht nur für die neu gegründete Agrargenossenschaft, sondern auch für sich selbst Land zu kaufen. Diego hatte knapp hundertfünfzig Hektar Grün- und Ackerland geerbt und besaß damit fünfmal mehr Fläche als ein durchschnittlicher Agrarbetrieb in Bayern. Das war eine Menge, und nach den Preisen, die hier inzwischen für einen Hektar aufgerufen wurden – nämlich je nach Qualität des Bodens zwischen zwanzigtausend und fünfunddreißigtausend Euro –, war Diego Millionär.

Das hatte er Marley mit Stolz erzählt. Aber natürlich würde er nicht verkaufen, sondern versuchen, durch die entsprechende Bewirtschaftung ökologisch korrekt zu handeln, auch wenn er noch nicht bereit war, ganz auf Bio-Produktion umzusteigen. Aber stärker variierende Fruchtfolgen und durch Bäume und Hecken eingegrenzte Einheiten, in denen unterschiedliche Kulturen angebaut wurden, seien schon mal ein Schritt in die richtige Richtung.

Marley hatte ihm fasziniert zugehört.

Es gebe übrigens jemanden, der viel mehr Fläche habe als er und auch hier auf der Party sei.

Marley hatte vermutet, es handle sich um die Gastgeber, das Ehepaar Riemann.

Ja, die hätten auch Land, aber nicht so viel wie er und schon gar nicht so viel wie Clara von Wohlleben. Wie viel sie genau besitze, wisse er nicht, aber er vermute, zehnmal mehr als er. Womöglich habe sie einen Deal mit der Landesregierung gemacht: Sie restauriere streng nach den Auflagen des Denkmalschutzes Schloss Demerthin, und dafür bekomme sie das Land für einen niedrigen Preis. Aber das sei nur seine Vermutung. Diego hatte gelacht und ihr ein Stück Lamm vom Grill geholt.

In Wutike konnte Marley direkt vor dem Hofladen parken. Die Tür war geöffnet, es musste also jemand im Laden sein. Marley trat ein und sah, dass Christine Riemann dabei war, die Regale aufzufüllen. Zu Designerjeans trug sie ein hellgraues T-Shirt, und man konnte ihre durchtrainierten Oberarme sehen. Das war eine Frau, die zupacken konnte.

»Guten Tag, Frau Riemann.«

»Guten Tag, Frau …«

»Leonhardt«, ergänzte Marley. »Polizeidirektorin Leonhardt. Wir haben uns am Samstag bei Ihrer Eröffnungsfeier für den Laden kennengelernt.«

»Ich bitte um Entschuldigung, Frau Polizeidirektorin. Aber mein Namengedächtnis ist wirklich schlecht. Ich weiß, dass Sie die Polizistin sind, die mit Richard zusammenarbeitet, aber

Polizeidirektorin – wow, das ist ja dann ganz weit oben, oder?«
Sie strahlte Marley an und versuchte, mit Charme ihren Aussetzer wiedergutzumachen.

»Ja, das ist ziemlich weit oben. Ich leite die Polizeidirektion Nord in Neuruppin. Aber hier bin ich, weil ich gemeinsam mit Richard die Mordermittlungen im Fall der Toten in der Rübenmiete durchführe. Ich war schon gerade bei Ihnen in Rosenwinkel, aber da war niemand.«

»Nein, ich bin ja hier, wie Sie sehen, und mein Mann ist bei einer Verbandstagung in Berlin. Schafzüchterverband Berlin/Brandenburg. Es geht mal wieder um das leidige Thema Wölfe. Er wird nicht vor heute Abend zurück sein.«

»Das ist schade, ich hätte ihn gerne gesprochen. Sagen Sie ihm bitte, er soll mich anrufen. Gerne auch noch heute Abend. Ich gehe nicht vor dreiundzwanzig Uhr schlafen.«

»Was wollen Sie denn von ihm? Vielleicht kann ich Ihnen weiterhelfen?«

Marley zögerte einen Moment. Aber warum eigentlich? Es ging ja nur um einen Fahrradunfall. Vermutlich hatte der Schäfer seiner Frau davon erzählt.

»Es gab einen Unfall im April 2019. Ihr Mann und das Mordopfer, Aneta Hoppe, waren involviert. Es ist nichts Schlimmes passiert, aber Frau Hoppes Fahrrad war kaputt, und irgendwie ist unklar, wer daran schuld war.«

Christine Riemann schaute sie verblüfft an. »Davon hat er mir gar nichts erzählt«, sagte sie. Sie nahm einige Honiggläser aus einem Karton, um sie einzuräumen.

Marley konnte ihren Gesichtsausdruck nicht länger studieren, aber die Frau schien plötzlich neben sich zu stehen. »Alles klar, Ihr Mann soll mich bitte anrufen. Auf Wiedersehen, Frau Riemann. – Wo sind eigentlich Ihre Schafe? Ihr Hof wirkt wie ausgestorben.«

»Auf der Weide. Es ist Hochsommer, da sind sie natürlich draußen.«

»Aja. Logisch. Ich bin in Leipzig groß geworden und weiß

ziemlich wenig vom Leben auf dem Land«, sagte Marley mit einem entschuldigenden Lächeln und verließ den Hofladen.

Draußen musste sie erst mal alle vier Türen des dunklen BMW öffnen, bevor sie einsteigen konnte. Sie hatte den Wagen in der prallen Sonne abgestellt, und die war jetzt zur Mittagszeit intensiv. Wenn sie schon warten musste, konnte sie auch noch mal kurz dampfen. Sie stellte sich ein paar Meter vom Parkplatz entfernt in den Schatten und nestelte in ihrem Rucksack nach ihrer E-Zigarette. Von ihrem Standpunkt aus hatte sie einen guten Blick auf den Laden und den angrenzenden Hof. Und da sah sie sie: Christine Riemann, die sich gerade eine Zigarette ansteckte. Hatte Marleys Besuch sie so aufgeschreckt, dass sie ihre Nerven beruhigen musste?

Marley winkte lässig zu ihr hinüber, und Christine Riemann winkte zurück. Zwei Frauen, die in der Mittagssonne rauchten. Eigentlich harmlos, hätte es nicht vor zehn Tagen einen Leichenfund wenige Kilometer entfernt gegeben. Seitdem konnte jede Geste eine besondere Bedeutung haben.

Wenn Richard nicht eine Nacht in Breslau verbringen wollte, würde er den Zug um siebzehn Uhr vierzig nehmen müssen. Mit dieser Verbindung musste er nur einmal umsteigen und käme um zweiundzwanzig Uhr fünfzehn in Berlin-Hauptbahnhof an. Jeder Zug danach bedeutete mehrfaches Umsteigen und eine deutlich längere Reisezeit. Aber Hanka und er hatten noch ein volles Programm: Jetzt gleich wollten sie sich auf der Totenfeier, die Jana Ziekowski zu Ehren ihrer getöteten Tochter im Hotel »Monopol« gab, umsehen und versuchen, mit einigen der Trauergäste ins Gespräch zu kommen. Danach würden sie Pavel Mazur und Anetas Freundin Jolanta mit aufs Revier nehmen, um sie zu befragen. Darüber hatte Hanka die beiden informiert.

Nachdem die Trauergäste, die zu der Feier eingeladen waren, sich auf den Weg zum »Monopol« gemacht hatten, fuhren auch Hanka und Richard zu diesem Hotel, das mitten in der

Altstadt lag. Hanka erklärte, dass es im Neubarockstil Ende des 19. Jahrhunderts erbaut und früher »die Perle Niederschlesiens« genannt worden sei. Seit der umfangreichen Sanierung 2008 gelte es als eine der besten Adressen in Breslau. Hanka parkte in der Tiefgarage, dann fuhren sie mit dem Aufzug zum Restaurant. Alles war in dunklem Marmor gehalten. Es gab Fingerfood, Getränke und einen sensationellen Blick auf die Altstadt. Die Türen zur großzügigen Dachterrasse, wo sich die Mehrzahl der Gäste aufhielt, standen offen. Hanka zeigte Richard von dort oben einige der Sehenswürdigkeiten der Stadt. Dann gingen sie getrennt wieder zurück ins Restaurant.

Richard war zunächst unsicher, wie er mit einem der Trauergäste ins Gespräch kommen könnte, aber das lief dann von ganz allein. Er bestellte sich einen Espresso bei der Kellnerin und wurde prompt von einem jungen Mann angesprochen, der dasselbe bestellt hatte.

»Wir haben die gleiche Frisur«, sagte der Mann, den Richard auf Anfang zwanzig schätzte, mit einem erfreuten Ausdruck.

Richard drehte sich ihm zu und nickte. Allerdings waren die Haare seines Gegenübers blond und deutlich länger. »Woher wissen Sie, dass ich Deutscher bin? Und wieso sprechen Sie so gut Deutsch?«

»Hier sprechen viele Deutsch. Breslau ist doch historisch eine deutsche Stadt, auch wenn unsere Politiker das anders sehen. Ich habe Sie und die polnische Kollegin im Polizeiwagen am Friedhof vorfahren sehen. In der Zeitung stand, dass in Anetas Fall die polnische und die deutsche Polizei miteinander kooperieren. Und dass Sie nicht zur polnischen Polizei gehören, war klar.«

»Aha, und wieso?«

»Sie wissen doch, wie sich unsere Regierung gegen jede Aufnahme von Flüchtlingen wehrt. Peinlich ist das! Und Sie scheinen einen Migrationshintergrund zu haben.«

Richard nickte erneut.

»Jemand wie Sie hätte bei uns niemals die Chance, einen Job

bei den Staatsorganen zu erhalten. Was ich persönlich sehr bedauerlich finde. Ich heiße übrigens Milan. Milan Podorowski.«

»Richard Wagner, freut mich. In welchem Verhältnis stehen Sie zu Aneta?«

»Ich freue mich, dass Sie im Präsens von ihr sprechen, auch wenn ihre Mutter mit dieser gesamten Veranstaltung heute alles versucht, um final ihren Stil durchzusetzen.«

»Was meinen Sie?«

»Viele von Anetas Freundinnen und Freunden sind gar nicht eingeladen. Zu liberal, zu oppositionell.«

»Und Sie?«

»Ich darf dabei sein, weil ich beruflich erfolgreich bin und viel Geld gemacht habe. So etwas zählt bei der Frau Mama.«

»Und womit haben Sie Geld gemacht?«

»Ich habe ein Start-up gegründet, das Transporte in und außerhalb Polens organisiert. Wir haben eine Software für Speditionen entwickelt, die es ermöglicht, Kapazitäten zu hundert Prozent zu nutzen. Also gibt es keine Leerfahrten mehr. Das spart Kosten und ist gut für die Umwelt. Und wir sorgen dafür, dass die Fahrer ordentlich versichert sind und einen fairen Lohn bekommen. Aber um Ihre Frage zu beantworten: Ich bin ein Schulfreund von Aneta. Wir kannten uns seit der ersten Klasse. Als sie wegen des Leistungssports so viel Unterricht versäumt hat, habe ich ihr geholfen. Eigentlich bis zum Abitur. Da hatte sie mit dem Sport schon lange aufgehört, aber sie war nie besonders fleißig. Hat sich immer darauf verlassen, dass ich ihr schon helfen werde. Ihre Mutter hat mich dafür gut bezahlt. Und so war ich viele Jahre ein Teil der Familie.«

»Jana Ziekowski hat Sie nicht erwähnt, als wir nach Anetas Freunden gefragt haben.«

»Ich bin ein Dienstleister und damit nicht erwähnenswert.«

Als der Espresso kam, wollte sich Milan schon anderen Gästen zuwenden, kam dann aber noch einmal zu Richard zurück.

»Pavel, Anetas Freund, war eifersüchtig. Er hat sie hier auf Schritt und Tritt kontrolliert. Ich glaube, dass sie auch deshalb als Erntehelferin nach Deutschland gegangen ist. Um ihn mal los zu sein.«

Richard bedankte sich für den Hinweis. Auf einmal gab es einen neuen Ansatz. Er schaute sich im Raum um, konnte Pavel jedoch nirgends entdecken und ging auf die Dachterrasse, um dort nach ihm zu suchen.

Hanka war gerade im Gespräch mit Jana Ziekowski, die in der prallen Sonne einen großen schwarzen Strohhut trug. Sie schien verärgert zu sein. Die beiden sprachen Polnisch und verstummten, als Richard sich näherte. Jana Ziekowski nickte ihm nur kurz zu und verschwand ohne ein Wort.

»Hast du Pavel gesehen?«, fragte Richard.

Hanka schüttelte den Kopf. Sie arbeiteten sich gemeinsam durch den Raum. Jolanta befand sich im Gespräch mit der Haushälterin von Jana Ziekowski, aber Pavel war nirgends zu sehen. Nachdem sie auf der Terrasse und sogar auf den Toiletten nachgeschaut hatten, war klar: Pavel war weg.

Hanka gab Jolanta ein Signal zum Aufbruch. Jolanta nickte. Sie hatte verstanden und verabschiedete sich rasch von Wanda.

Im Aufzug in die Tiefgarage sagte Jolanta, dass sie Pavel vor zehn Minuten zum Ausgang habe gehen sehen. »Da war ich gerade im Gespräch mit Milan«, erinnerte sich Richard.

Hanka und er sahen sich an. Pavel konnte überallhin sein. Und er hatte zehn Minuten Vorsprung. Hanka telefonierte kurz mit ihren Kollegen im Revier. Sie würden Pavel Mazur zur Fahndung ausschreiben. Die Hinweise auf seine Eifersucht und die Tatsache, dass er nicht mehr aufzufinden war, gaben den Ausschlag.

Marley hatte einem Impuls nachgegeben und war von Wutike aus zu der Stelle gefahren, an der sie Aneta Hoppes Leiche gefunden hatten. Es waren nur wenige Kilometer. Als sie dort ankam, sah sie, dass die Rübenmiete abgetragen worden war. Nur das rot-weiße Absperrband flatterte noch leicht im Wind. Weshalb ihre Kollegen das so oft zurückließen, hatte sie noch nie verstanden.

Sie stieg aus dem Wagen und ging in Richtung des Fundortes. Dort blieb sie stehen. Schon zum zweiten Mal erlebte sie heute die Weiten dieser Landschaft. Die sah aus wie der Mittlere Westen der USA. Während ihres Studiums hatte Marley in den Semesterferien eine Rundreise durch Amerika gemacht. In Boise, Idaho, lebte eine Schulfreundin von ihr, die bei einem Aufenthalt in New York auf einer Party den Erben eines landwirtschaftlichen Unternehmens kennengelernt und bald darauf geheiratet hatte. Marley hatte sie besucht und war nach wenigen Tagen weitergereist. Die ausgestellte Familienidylle mit zwei Kleinkindern und einem riesigen Haus am Stadtrand von Boise war ihr auf die Nerven gegangen. Aber sie erinnerte sich, wie sie im Greyhound zurück von Idaho nach Boston diese endlosen Weizenfelder gesehen hatte. Damals hätte sie sich nicht vorstellen können, jemals auf dem Land zu leben. Aber jetzt, mit über vierzig, war sie in der Prignitz gelandet.

Gerade als sie wieder zum Wagen zurückkehren wollte, hörte sie einen Trecker, der sich näherte und dann anhielt. Es war eines dieser überdimensionierten Fahrzeuge, und oben im Führerstand saß Diego. Sie war überrascht, wie sehr sie sich über diese unerwartete Begegnung freute.

Hanka und Richard fuhren schweigend mit Jolanta zum Revier. Sie setzten sie mit einem Kaffee in den Vernehmungsraum und besprachen sich dann kurz mit Hankas Kollegen. Auch diesmal sprachen alle mit Rücksicht auf Richard Deutsch.

»Als ich ihn vor der Kirche angesprochen habe, gab es kein Anzeichen, dass er nicht aufs Revier kommen würde. Außerdem weiß er nicht, dass wir seinen Provider gecheckt haben«, sagte Hanka.

»Vielleicht hat er gesehen, dass ich im Hotel »Monopol« mit Milan Podorowski gesprochen habe. Und wenn, dann war klar, dass der mir erzählt, welche Konflikte es in der Beziehung zwischen Aneta und Pavel gab.«

Sie verabredeten, dass Hanka und Richard mit Jolanta sprechen und die anderen sich um die Fahndung nach Pavel kümmern würden.

Auf dem Weg zurück zum Vernehmungsraum fragte Richard, weshalb Jana Ziekowski vorhin auf der Terrasse so wütend gewesen war.

»Sie findet, dass wir den Mörder ihrer Tochter suchen und nicht auf der Trauerfeier Small Talk machen sollten. Sie war ziemlich deutlich.«

Jolanta hatte auf der Fahrt ins Revier auf der Rückbank gesessen, sodass Richard erst im Vernehmungsraum die Gelegenheit bekam, sie genauer anzusehen. Sie war sonnengebräunt und hatte die langen blonden Haare zu einem Zopf geflochten. Selbst in der schwarzen Trauerkleidung wirkte sie wie ein positiver, lebensbejahender Mensch.

Auch sie hatte kein Problem damit, die Befragung auf Deutsch durchzuführen. Sie sei Lehrerin für Deutsch und Sport. Die Schulferien habe sie für eine Reise nach Ibiza genutzt und dort erfahren, dass Aneta tot aufgefunden worden war.

»Wer hat Sie informiert?«

»Meine Mutter hat mich angerufen. Sie hat es in der Zeitung gelesen. Ich war total schockiert. Ich kenne Aneta seit fast fünfzehn Jahren. Sie war ein paar Jahre jünger als ich, aber wir haben als Kinder zusammen trainiert. Turnen, Akrobatik. Ich bin dann zu schnell gewachsen und musste damit aufhören. Aneta hat noch ein paar Jahre weitergemacht. Ihre Mutter hat sie dazu gezwungen. Aber seit damals waren wir Freundinnen.«

»Sie haben Aneta die Stelle in Zünow vermittelt. Wieso sind Sie nicht mehr zum Ernteeinsatz gegangen?«

»Ich habe seit zwei Jahren eine Anstellung als Lehrerin und kann nicht mehr als Erntehelferin in Deutschland arbeiten. Und meine Großmutter war krank. Ich wollte mich um sie kümmern, aber sie ist leider sehr schnell gestorben.«

Richard hatte Hanka vor der Befragung über die wichtigsten Ermittlungsergebnisse informiert. Die setzte sie jetzt ein.

»War es vielleicht auch wegen des Chefs, dass Sie nicht mehr auf den Spargelhof wollten?«

Selbst unter der Ibiza-Bräune konnte man sehen, wie Jolanta rot wurde. Sie zögerte einen Moment.

»Hat Joachim Bohn Sie belästigt?«, hakte Richard nach.

»Ja, das hat er. Aber nur verbal. Ich glaube, wenn ich darauf eingegangen wäre, hätte er einen Schreck bekommen. Er ist eher ein Schwätzer.«

»Haben Sie Aneta vor ihm gewarnt?«

»Ja klar, aber sie ist mit ihm gut ausgekommen. Man muss nur seine Sprüche ignorieren. Ich hatte aber wirklich keine Zeit mehr für Ernteeinsätze, obwohl ich das Geld gut hätte gebrauchen können. Und ja, er ist mir auf die Nerven gegangen.«

»Aneta war im vierten Monat schwanger, als sie getötet wurde. Könnte Joachim Bohn der Vater sein?«, fragte Hanka ohne Vorwarnung.

Die Medien in Deutschland und Polen wussten davon nichts. Richard und Hanka beobachteten die Wirkung dieser Information auf Jolanta.

»Schon wieder? Sie war schon wieder schwanger? Aber nein, natürlich nicht von Bohn!« Jolanta schien ehrlich überrascht zu sein.

»Was meinen Sie?«

»Gleich im ersten Jahr bei der Spargelernte hatte sie eine Abtreibung in Deutschland.«

»Das wissen wir. Sie hat der Ärztin gegenüber gesagt, sie sei vergewaltigt worden.«

»Quatsch, das war keine Vergewaltigung. Das war so eine kurze, heftige Affäre. Hat sie mir erzählt. Hat noch nicht mal eine Woche gedauert. Dann war's zu Ende, und ein paar Wochen später hat sie gemerkt, dass sie schwanger ist.«

»Und wenn es doch Joachim Bohn war?«

»Hören Sie mir nicht zu?« Plötzlich spürte man die Pädagogin in dieser hübschen jungen Frau. Der Ton wurde strenger. »Ich sage es gerne noch mal: Bohn ist nur ein Schwätzer. Der tut nichts. Aneta hatte jemanden kennengelernt. Es war das, was die Franzosen ›Amour fou‹ nennen. Leidenschaft ohne Zukunft.«

»Und wieso ohne Zukunft?«

»Der Typ ist verheiratet.«

»Wissen Sie, wie er heißt?«

Jolanta schüttelte den Kopf. »Ich weiß nur, dass er nicht weit entfernt vom Spargelhof wohnt. Und selbst Landwirtschaft hat.«

»Hat Aneta ihrem Freund Pavel davon erzählt, als sie im Sommer 2019 nach Breslau zurückkam?«

»Nein, sie hat geglaubt, sie kann so weitermachen wie zuvor, aber es hat nicht geklappt. Pavel hat gemerkt, dass etwas nicht stimmt, und versucht, sie noch mehr zu kontrollieren. Die beiden haben nur noch gestritten. Im Herbst hat sie sich dann von ihm getrennt. Und er ist ein paar Wochen später nach Paris gegangen.«

»Pavel behauptet, dass sie sich getrennt haben, *weil* er nach Paris gegangen ist«, sagte Richard.

Jolanta lachte kurz auf. »Das erzählt er? Er ist so wahnsinnig eitel! Er ist nach Paris gegangen, weil Aneta sich vorher von ihm getrennt hat. So war es und nicht andersherum!«

Hanka sah Richard an. Offensichtlich hatten sie Pavel falsch eingeschätzt. Konnte sich hinter der Fassade des sanften Intellektuellen vielleicht doch ein Mörder verbergen? Einer, der aus dem ältesten Motiv der Welt gehandelt hatte: Eifersucht?

Mittwoch, 14. Juli

Um vier Uhr war die Nacht für Richard zu Ende. Er war in Breslau geblieben, weil er unbedingt bei der Befragung von Pavel dabei sein wollte, wenn er denn gefunden würde. Wenn nicht, wollte er die polnischen Kollegen bei der weiteren Suche unterstützen. Er und Marley hatten sich von diesem Typen täuschen lassen. Diesen Fehler wollte er wiedergutmachen. Und tatsächlich hatten zwei Streifenpolizisten Anetas Ex-Freund in der Morgendämmerung in der Nähe des Botanischen Gartens aufgegriffen und brachten ihn kurz vor vier Uhr aufs Revier. Richard hatte dort auf zwei zusammengeschobenen Sesseln im Konferenzraum versucht, ein wenig Schlaf zu finden. Hanka und die anderen Kollegen waren nach Hause gefahren.

Richard rief Hanka an, die nach nur zwanzig Minuten wieder im Revier erschien und wirkte, als hätte sie ausgiebig geschlafen und geduscht. Richard dagegen fühlte sich übernächtigt. Sein Rücken tat ihm weh, und er hatte Hunger. Gestern Abend, als sie darauf gewartet hatten, dass Pavel gefunden würde, hatten die anderen Pizza bestellt. Aus Höflichkeit hatte er ein kleines Stück gegessen und verschwiegen, dass er Pizza nicht mochte. Er sehnte sich nach einem Müsli und einem schwarzen Kaffee.

Hanka, die mitbekommen hatte, dass er kaum etwas gegessen hatte, brachte nun Joghurt und Obst für ihn mit. Morgens um halb fünf. Richard hätte sie umarmen können. Er war froh, dass er aus Sorge, er würde den Zug nicht erreichen, ein paar Dinge für eine Übernachtung in seinen Rucksack gesteckt hatte. So konnte er sich wenigstens die Zähne putzen und ein frisches Hemd anziehen. Nach Joghurt, Obst und einem großen Milchkaffee fühlte er sich schon wieder besser.

Um fünf Uhr gingen sie in den Vernehmungsraum. Richard hatte damit gerechnet, dass Pavel betrunken oder auf Drogen sein würde, aber er schien vollkommen nüchtern, als die Streifenpolizisten ihn ablieferten. Er trug immer noch den dunklen Anzug von der Trauerfeier. Allerdings waren sowohl der als auch das weiße Hemd zerknittert, und Pavel sah mitgenommen aus.

Hanka schimpfte auf Polnisch mit ihm, korrigierte sich aber gleich, indem sie für Richard übersetzte. »Ich habe ihm gesagt, dass wir gestern Nachmittag verabredet waren und dass sein Verschwinden ein schlechtes Licht auf ihn wirft.«

Richard versuchte, das Gespräch zu versachlichen. »Wo sind Sie gewesen?«

»Im Botanischen Garten. Als Schüler habe ich gelegentlich dort gearbeitet und weiß, wie man rein- und auch wieder rauskommt, wenn die Haupttore verschlossen sind.«

»Was haben Sie dort gemacht?«

»Ich habe nachgedacht. Mir ist klar, dass Sie mich verdächtigen, und deshalb habe ich versucht, mich an alle Details zu erinnern.«

Hanka ließ ihn kaum ausreden. »An alle Details aus dem Sommer 2020? Wir wissen, dass Sie damals zwei Tage in Deutschland gewesen sind. Wir haben Ihren Provider befragt. Sie waren mit Ihrem Mobiltelefon am 25. und 26. Juni im Großraum Perleberg eingeloggt.«

Pavel seufzte, fragte nach einem Kaffee, und als der vor ihm stand, packte er aus.

Er habe es gleich bemerkt, schon im Juli 2019. Aneta sei aus Deutschland zurückgekommen und dann, ohne sich mit ihm zu treffen, weiter nach Südfrankreich gefahren. Kommilitonen von ihr hätten dort den ganzen Sommer ein Haus gemietet, und sie sei zu ihnen gefahren. Allein. Er solle nicht mitkommen, hatte sie ihm am Telefon erklärt.

Es sei ihm recht gewesen, da er mit einer komplexen Seminararbeit, die er Anfang September habe abliefern müssen, nicht weitergekommen sei. Aber dass sie ihn so ausdrücklich nicht dabeihaben wollte, habe ihn gekränkt. Im August sei sie dann zurückgekommen und völlig verändert gewesen. Er habe sie nicht mehr anfassen dürfen. Kein Sex, keine Umarmungen, nichts.«Noch nicht einmal küssen durfte ich sie.« Es war aus, eindeutig.

Er habe vermutet, dass ein anderer Student dahintersteckte, der sich auch in diesem Haus in Südfrankreich aufgehalten hatte, aber als er ihn darauf angesprochen habe, habe sich herausgestellt, dass dieser Typ mit einer anderen Frau zusammen war.

Er habe begonnen, Aneta zu verfolgen. Heimlich. Sie habe es nicht einmal bemerkt, weil sie komplett in sich gekehrt gewesen sei. Es habe niemanden gegeben, mit dem sie sich traf.

»Mit gesenktem Kopf ging sie zur Uni und nach den Vorlesungen und Seminaren wieder nach Hause. Das war alles. Sie traf sich nicht mehr mit ihren Freundinnen und mit ihrer Mutter schon gar nicht.«

Er habe sich gefragt, ob sie vielleicht eine Depression hätte. Dann würde er ihr helfen, und irgendwann würde alles so werden wie früher. Obwohl es früher auch nicht so toll gewesen sei. Er habe sich binden wollen, sie nicht. Er habe Pläne für ein Haus und Kinder gemacht, sie habe sich noch Zeit lassen wollen. Trotzdem sei sie seine große Liebe gewesen. Also habe er versucht, wieder Kontakt mit ihr aufzunehmen.

Aber sie wollte sich nicht helfen lassen. Im Gegenteil. »Ich musste den Schlüssel zu ihrer Wohnung zurückgeben. Meine Sachen hat sie zusammengepackt und kommentarlos vor der Wohnungstür abgestellt. In dem großen Karton war auch die grüne Wolldecke, die ich ihr geschenkt hatte, weil ihr im Winter immer kalt gewesen war.«

Die Abfuhr sei überdeutlich gewesen. Aber was ihm am meisten zu schaffen gemacht habe, sei ihre Wortlosigkeit gewesen. Er habe in der Zwischenzeit seine Seminararbeit abgegeben, die mit »sehr gut« bewertet worden war, und sein Professor habe ihn für ein Erasmus-Semester an der Sorbonne vorgeschlagen. Als die Zusage kam, habe er Breslau im Januar 2020 verlassen, ohne Aneta noch einmal gesehen zu haben.

Paris sei toll gewesen, die Sorbonne auch, trotzdem habe er

Aneta nicht vergessen können. Sie sei weiterhin durch sein Leben gegeistert. Erst habe er sich selbst ausgelacht, doch schließlich sei er zu der Überzeugung gelangt, dass er noch einmal mit ihr sprechen musste, um das Kapitel wirklich abschließen zu können. Aber in Wahrheit habe er natürlich gehofft, sie zurückgewinnen zu können.

Über gemeinsame Freunde hatte er erfahren, dass sie wieder als Erntehelferin arbeitete. Auf dem gleichen Spargelhof wie im Vorjahr. Er war also direkt nach dem Ende seines Auslandsemesters am 26. Juni morgens früh mit dem Zug von Paris Est nach Frankfurt/Main und dann weiter nach Berlin gefahren. Dort habe er nachmittags ein Auto gemietet, die Adresse des Spargelhofs ins Navi eingegeben und sei losgefahren. Zwar war die Spargelzeit offiziell am 20. Juni beendet, aber er wusste, dass Aneta noch nicht wieder zurück in Breslau war. Er sei sicher gewesen, dass sie sich noch in der Prignitz aufhielt. Gegen achtzehn Uhr sei er auf dem Spargelhof eingetroffen. Eine kräftige Frau mittleren Alters, die gerade ihren Vorgarten wässerte, habe er nach Aneta gefragt. Sie sei misstrauisch gewesen und habe ihn gefragt, in welchem Verhältnis er zu Aneta stehe. Er sei ihr Freund, habe Pavel erklärt. Daraufhin habe sie ihm erzählt, dass Aneta an Pfingsten ohne jeden Abschied den Spargelhof verlassen habe. Bestimmt sei sie schon längst wieder in Polen. Er habe bezweifelt, dass sie ihm die Wahrheit gesagt habe. Deshalb habe er sich verabschiedet, den Mietwagen außer Sichtweite geparkt und gewartet.

»Worauf?«

»Ich dachte, dass Aneta vielleicht doch im Haus ist und ich nur abgewimmelt werde. Aber es ist nichts passiert. Irgendwann ist ein grüner Lada vom Hof gefahren. Ich habe dann so gegen acht Uhr abends versucht, mich auf den Hof zu schleichen, aber das ging nicht. Da war ein aggressiver Hund, der laut gebellt hat. Und alles war dunkel. Ich habe dann vermutet, dass die Frau mir die Wahrheit gesagt hat, und bin im Auto eingeschlafen und erst aufgewacht, als der Lada gegen Mitternacht wieder zurückkam.«

Die Frau, die ihm von Anetas Verschwinden erzählt habe, sei ausgestiegen und habe einen betrunkenen Mann ins Haus bugsiert. Sie habe ihn fast tragen müssen. »Von Aneta keine Spur.«

Den Rest der Nacht habe er im Auto verbracht und sich für die schwachsinnige Aktion verflucht. Als am nächsten Morgen die Sonne aufgegangen sei, sei er wieder zurück in Richtung Berlin gefahren. Und da habe er sie gesehen. Auf dem Fahrrad, morgens, kurz nach sechs Uhr, auf der L 103. »Sie fuhr auf dem Fahrradweg auf der anderen Seite. Es war Aneta, eindeutig. Ich blieb auf der Landstraße bis zur ersten Möglichkeit zum Wenden und fuhr ihr dann hinterher. Ich hatte im Herbst davor viel über unauffälliges Verfolgen gelernt. Ich wusste, dass man die Nerven behalten und sich nicht zu sehr nähern darf.«

Trotz der frühen Uhrzeit seien schon einige Fahrzeuge unterwegs gewesen. Es sei ihm gelungen, etwa drei Kilometer unbemerkt hinter ihr herzufahren. Dann sei sie abgebogen. In einen Ort namens Kolrep.

»Ich bin ihr gefolgt. Gleich am Ortseingang bog sie rechts ab auf das verlassene Gelände eines landwirtschaftlichen Betriebs. Nach ein paar Minuten Wartezeit bin ich hinterher. Ich habe aber nichts gesehen außer leeren Hallen. Zwischen den Steinen wuchs Gras. Es wirkte, als wäre seit Ewigkeiten niemand hier gewesen. Aneta war verschwunden.«

Er sei aus dem Wagen gestiegen, um das Gelände zu Fuß zu erkunden. Eine der alten Hallen hatte einen Durchgang. Er habe die vergammelte Tür geöffnet. »Und da habe ich ihn gesehen, den Schäferwagen. Obwohl dieser Trailer aus Holz mit einer kleinen überdachten Veranda viel mehr war als ein Schäferwagen. Eher ein kleines Haus auf Rädern. So positioniert, dass man ihn von der Straße aus nicht sehen konnte. Und in diesem Wagen hat Aneta gelebt.«

Sie müsse ihn beobachtet haben, als er sich dem Wagen näherte, und habe plötzlich mit einem Gewehr vor ihm gestanden. »Wenn ich nicht so erschrocken gewesen wäre, hätte ich sicher laut gelacht. Die zarte, kleine Aneta hatte sich mit einer Schrotflinte bewaffnet – es wirkte absurd.«

»Wieso wussten Sie, dass es sich um eine Schrotflinte handelt?«, fragte Richard.

»Als Kind bin ich mit meinem Großvater auf die Jagd gegangen, daher war mir sofort klar, was sie da in der Hand hielt.« Aneta habe die Waffe zur Seite gelegt, als sie ihn erkannt habe. Aber sie sei wütend gewesen, dass er aufgetaucht war. Und habe jedes Gespräch abgelehnt. Sie werde auf keinen Fall zurück nach Breslau kommen, und er solle verschwinden. Und niemandem sagen, wo sie sich aufhalte. Vor allem nicht ihrer Mutter.

Er sei enttäuscht gewesen, dass sie nicht mit ihm sprechen wollte, und zurück zu seinem Mietwagen gegangen. »Aber ich bin nur aus dem Ort hinausgefahren, habe den Wagen abgestellt und bin dann zu Fuß zurückgegangen. Ich wollte wissen, was sie in diesem Trailer macht, und vor allem, ob sie tatsächlich alleine lebt.«

Er habe den Wagen aus sicherer Entfernung beobachtet. Die dichte Vegetation habe ihm geholfen, sich hinter Büschen zu verstecken. »Und dann ist er plötzlich aufgetaucht, der Mann, mit dem Aneta zusammen war. Groß, trainiert und braun gebrannt. Ein richtiger Naturbursche in Outdoor-Kleidung.«

Aneta habe einen kleinen Tisch auf der Veranda gedeckt und mit ihm gefrühstückt. Offensichtlich habe sie Brötchen geholt, als er sie auf dem Fahrrad gesehen hatte. Es sei inzwischen kurz vor sieben gewesen, und die beiden hätten sehr vertraut gewirkt, wie ein Ehepaar. Pavel sei zurück zu seinem Auto gelaufen und nach Berlin gefahren. Er habe noch genügend Zeit gehabt, um den durchgehenden Zug nach Breslau zu erreichen. »Aber ich war total fertig.«

»Glauben Sie, dass Sie ihn wiedererkennen könnten? Diesen Mann, den Sie am Trailer gesehen haben? Auf Fotos oder bei einer Gegenüberstellung?«, fragte Hanka.

Richard war erstaunt. Wen wollte Hanka Pavel präsentieren?

»Ja, natürlich«, sagte der ohne Zögern. »Und ich habe ja auch sein Auto gesehen, als ich aus dem Dorf hinausfuhr. Es war ein älterer schwarzer Mercedes-Kombi mit getönten Scheiben. Er stand dort, wo ich vorher geparkt hatte.«

»Erinnern Sie sich an das Kennzeichen?«

»Nein, darauf habe ich nicht geachtet. Ich bin schnell weggefahren – mir hat's gereicht!«

»Wieso haben Sie uns das nicht schon am letzten Freitag erzählt? Sie haben meine Kollegin und mich angelogen. Wieso sollen wir Ihnen jetzt glauben? Vielleicht hatten Sie sich mit der Situation im letzten Sommer überhaupt nicht abgefunden. Vielleicht ist Aneta weiterhin durch ihr Leben ›gegeistert‹, wie sie das in Ihrer Zeit in Paris erlebt haben. Und Sie sind irgendwann zwischen Oktober und Dezember noch mal zurückgekehrt und haben Aneta getötet.«

»Nein«, widersprach Pavel, »ich habe sie seit dem 27. Juni 2020 nicht mehr gesehen.«

Richard und Hanna ließen Pavel mit seinem Kaffee und einem uniformierten Kollegen zurück im Vernehmungsraum, um sich zu beraten.

»Ich glaube ihm«, sagte Hanka. »Sein Bewegungsprofil seit dem letzten Sommer ist auf Polen begrenzt. Er ist eindeutig nicht mehr nach Deutschland zurückgekehrt.«

»Er könnte ohne sein Telefon gereist sein«, entgegnete Richard.

Hanka hob ungläubig die Augenbrauen. »Er ist zweiundzwanzig, er kann ohne Telefon gar nicht leben.«

»Da hast du wahrscheinlich recht.«

»Kennst du diesen Ort, in dem Aneta sich aufgehalten hat?«

»Ich kenne den Namen und habe das Ortsschild auch schon gesehen, aber ich müsste es mir auf der Karte noch mal genauer anschauen. Wenn ich den Zug um sechs Uhr fünfzig nach Berlin nehme, kann ich gegen fünfzehn Uhr in Kyritz sein und von dort aus direkt hinfahren.«

»Ich lasse dich zum Bahnhof bringen und spreche noch mal mit Pavel. Vielleicht kann er sich doch noch an mehr Details erinnern. Wir müssen rausfinden, wer dieser Mann ist, mit dem Aneta sich getroffen hat. Er könnte der Täter sein.«

»Oder er könnte uns zu ihm führen. Deine Idee einer Gegenüberstellung ist sinnvoll. Es wäre gut, wenn du mit ihm in die Prignitz kommst. Wahrscheinlich hilft das seiner Erinnerung«, vermutete Richard.

Sie verabschiedeten sich schnell, denn es war schon sechs Uhr fünfundzwanzig. Richard sprintete auf den Hof, wo der blau-weiße KIA abfahrbereit stand. Er wollte den Zug unbedingt erreichen. Er spürte, dass sie der Lösung des Falls näher kamen.

Marley lag noch im Bett und dachte über den gestrigen Tag nach, als Richard sich auf dem Weg zum Hauptbahnhof von Breslau bei ihr meldete. Es war ein betont sachliches Telefonat, das nur der gegenseitigen Information diente. Ihre persönlichen Spannungen durften momentan keine Rolle spielen, das wussten beide. Endlich hatten sie einen Hinweis, wo sich Aneta nach ihrem Weggang vom Spargelhof im Mai vor einem Jahr aufgehalten hatte.

Marley würde Richard in Berlin abholen lassen und sich dann direkt vor Ort in Kolrep mit ihm treffen. Bis dahin würden sie mit allen Anbietern von Schäferwagen, Wohnmobilen und Wohnwagen in Brandenburg telefonieren, um herauszufinden, ob jemand ein Fahrzeug im entsprechenden Zeitraum gemietet oder gekauft hatte.

Nachdem sie aufgelegt hatte, telefonierte Marley mit Julia Fiebig und berichtete vom neuen Sachstand. Julia und Bodo sollten die Suche nach dem Wagen, in dem Aneta gelebt habe, untereinander aufteilen.

Nach dem Duschen gab es für Marley statt eines ordentlichen Frühstücks nur einen Espresso und einen Sahnejoghurt. Auch wenn sie weiter abnehmen wollte, ein bisschen was musste sie schon zu sich nehmen. Ihre gestrige Fastenkur hatte dazu geführt, dass sie nach nur einem Glas Wein so beschwipst gewesen war, dass sie beinahe ihre Zurückhaltung gegenüber Diego aufgegeben hätte.

Er hatte sich genauso wie sie über die unerwartete Begegnung gefreut und ihr voller Stolz den riesigen Mähdrescher gezeigt. Dieses zweihundertfünfzigtausend Euro teure Gefährt gehörte zwar der Agrargenossenschaft, aber Diego durfte es nach Absprache für seine eigenen Felder nutzen. Von den hundertfünfzig Hektar, die sein Großvater ihm hinterlassen hatte, bewirtschaftete er nur ein Drittel selbst, den Rest hatte er an die Agrargenossenschaft verpachtet. Wegen dieser engen geschäftlichen Verbindungen gab es auch keine Probleme, als Erwin dafür sorgte, dass Diegos Vieh dort untergestellt wurde.

Da Marley noch nie auf einem Mähdrescher gesessen hatte, ließ Diego sie mit ins Cockpit steigen und fuhr mit ihr nach Gumtow. Später würde er sie wieder zu ihrem Auto zurückbringen. Marley war beeindruckt. Die Kabine war klimatisiert, schallisoliert und verfügte über eine phantastische Musikanlage, auf der gerade »Love is back« von Celeste lief. Marley interpretierte das als positives Zeichen. Für was auch immer.

Nachdem sie den Mähdrescher bei der Agrargenossenschaft abgeliefert hatten und Marley dort mit Neugier, aber auch Misstrauen beäugt worden war, holte Diego einen zweiten Helm aus seiner Satteltasche, reichte ihn Marley und fuhr mit ihr auf seiner Harley Davidson zu Erwin und Elvira. Es fühlte sich großartig an. Ein Mann, der Trecker und Motorrad fuhr und dazu auch noch kochen konnte. Wieso kann ich nicht zehn Jahre jünger sein?, fragte sich Marley nicht zum ersten Mal.

Diego musste zu Erwin und Elvira, weil ihre Hündin vor ein paar Wochen Welpen bekommen hatte und Erwin davon überzeugt war, dass ein junger Hund die beste Therapie für Diego sei. Er müsse sich um ihn kümmern und ihn erziehen. Das hätte einen positiven Effekt auf Diegos Lebenseinstellung. Der hatte zwar Bedenken, aber Erwin ließ nicht locker. Er könne den Hund jederzeit bei ihnen unterbringen, wenn er keine Zeit für ihn habe. Diego ließ sich überreden. Vielleicht half es ja.

Sie hatten sich für den Abend verabredet, damit Diego sich die jungen Hunde anschauen konnte. Und jetzt tauchte er mit dieser Polizistin auf. Ausgerechnet! Elvira weigerte sich, überhaupt vor die Tür zu kommen. Diese Frau war dafür verantwortlich, dass Diego unschuldig in Untersuchungshaft gesessen hatte. Und jetzt brachte er sie mit hierher!

Sie müsse aber zugeben, sagte ihr Bruder, dass diese zwei Tage Haft zu einem Kurswechsel bei Diego geführt hatten. Und es sei ihre Pflicht, ihn jetzt zu unterstützen. Also kam Elvira mit verschlossener Miene doch heraus. Und dann entpuppte sich diese Marley Leonhardt als hundebegeistert und viel freundlicher als bei der ersten Begegnung.

Erwin hatte schon bei der Einweihung des Hofladens gemerkt, dass Diego Marleys Nähe suchte, aber dass das jetzt alles so schnell ging, überraschte ihn. Genauso wie Diegos Entscheidung für den kleinsten Welpen, für den sich bisher noch niemand interessiert hatte. Der kleine Rüde war schüchtern und ängstlicher als die anderen, aber Diego hatte sich auf den ersten Blick in ihn verliebt. Den würde er, sobald er von der Mutter getrennt werden konnte, zu sich nehmen. Er habe auch schon einen Namen für ihn. In charmanter Tonlage sagte er zu Marley: »Ich werde ihn Bob nennen. Wie Bob Marley.«

Marley fühlte sich geschmeichelt.

Der Welpe musste unbedingt getauft werden. Für Diego gab es ein alkoholfreies Bier, für Erwin ein richtiges, und die beiden Frauen tranken ein Glas Weißwein. Was wäre, wenn sie mit Diego nach Hause führe statt zu ihrem Wagen? Der Gedanke gefiel Marley, und sie musste lächeln. Diego lächelte zurück. Nein, entschied sie, das ist unmöglich.

Nach diesem Flirt war es schwer für sie, wieder in die Rolle der ernsthaften Polizeidirektorin zurückzukehren, aber bei aller Anziehung, die Diego auf sie ausübte, musste sie bei ihrer professionellen Distanz bleiben. Er war ein Verdächtiger gewesen, und obwohl sich das Ganze als Fehlspur erwiesen hatte: Erst musste der Fall aufgeklärt werden, dann konnte man weitersehen.

Diego spürte den Stimmungsumschwung, als er Marley zurück zu ihrem Auto fuhr, aber er hatte Verständnis. Ohne sich fest zu verabreden, war klar, dass sie sich wiedersehen würden.

Obwohl Richard auf den unbequemen Sesseln kaum geschlafen hatte, war er im Zug zurück nach Berlin hellwach. Es war so, wie Marley und er vermutet hatten: Aneta Hoppe hatte sich den ganzen letzten Sommer über in der Prignitz aufgehalten. Versteckt auf einem leeren Gelände in Kolrep, keine acht Kilometer von Demerthin entfernt. Es hatte im Sommer letzten Jahres einen Mann in ihrem Leben gegeben, der sie dazu veranlasst hatte, den Erntehelferinnen-Job in Zünow aufzugeben und mit ihm in diesem Wohnwagen oder Wohnmobil zu leben. Wie hatte Pavel das Ding genannt? Schäferwagen? Und ein Mann hatte dort mit Aneta gelebt. Der musste auch der Vater ihres ungeborenen Kindes gewesen sein. Pavel hatte den Mann als groß und durchtrainiert beschrieben.

Schäferwagen? Schäfer? Martin? Ausgeschlossen!

Martin und Christine Riemann waren ein glückliches Ehepaar. Wäre Martin im letzten Sommer zu Hause ausgezogen, hätte Clara das mitbekommen. Und er selbst auch. Die Riemanns waren neben Erwin und Elvira die Nachbarn, mit denen er Kontakt gehabt hatte. Clara und er waren im Sommer mindestens zweimal zum Grillen bei ihnen gewesen. Nein, Martin konnte nicht der Mann sein, den Pavel zusammen mit Aneta gesehen hatte.

Richard würde nachmittags gemeinsam mit dem Ermittlungsteam und der KTU nach Kolrep fahren, und sie würden jeden Zentimeter auf diesem Gelände in Augenschein nehmen. Trotzdem setzte sich der Gedanke bei ihm fest: Wer gehört zu einem Schäferwagen? Ein Schäfer! Aber es gab in der Prignitz noch andere Schäfer, nicht nur Martin.

Richard versuchte, eine SMS an Marley zu schicken, hatte aber im Zug keinen Empfang. Mit dem Auftrag, weitere Schafzüchter in der Prignitz zu ermitteln, musste er noch warten.

Als Marley auf ihrem Fahrrad um sieben Uhr dreißig im Präsidium ankam, wartete ein sichtlich aufgebrachter Walter Meyer auf sie. Er hatte sich einen Kaffee geholt und in dem Bereich vor dem Eingang zur Kantine auf sie gewartet, der für die Raucher mit Stühlen und zwei großen Sonnenschirmen hergerichtet war. Was er ihr zu sagen hatte, wollte er ohne Zeugen loswerden. Marley hatte ihn nicht gesehen, deswegen erschrak sie, als er plötzlich neben ihr stand und sie anherrschte.

»Ich beschwere mich beim Personalrat, Marley. Ich lasse mich nicht so behandeln. Das entspricht nicht unserem Regelwerk. Ich bin dein Stellvertreter! Du musst mich in die Ermittlungen einbeziehen. Es geht schließlich um ein Tötungsdelikt!«

»Dir auch einen wunderschönen guten Morgen, Walter. Wieso bist du denn so aufgebracht? Ich hatte vor, dich als Ersten darüber zu informieren, dass ich heute gegen achtzehn, vielleicht wird es auch neunzehn Uhr, eine Besprechung mit dem gesamten Team einberufen werde. Und dazu gehörst du natürlich auch.«

Das hatte sie sich gerade einfallen lassen, während sie ihr Fahrrad abschloss, aber es war eine gute Idee. Wenn sie heute Nachmittag mit großem Besteck in Kolrep auflaufen würden, wäre das nach ein paar Stunden im gesamten Landkreis und auch bei der lokalen Presse bekannt. Wieso nicht alle ihre Kolleginnen und Kollegen ins Boot holen und sie informieren? Dann wären sie vorbereitet, falls Marius Koch, Eddi Fürst oder andere Journalisten sich meldeten.

»Heute Abend? Wieso nicht jetzt sofort? Was verheimlichst du mir? Ich gehe zum Personalrat! Ich meine das ernst«, zischte Walter.

»Jetzt hör mir mal gut zu, Walter.« Marleys Stimme wurde kühl. »Ich finde es eigentlich gut, wenn du zum Personalrat gehst und dich über mich beschwerst. Denn dann werden sie mich befragen, und ich kann den Kolleginnen und Kollegen etwas vorspielen, was ich mit meinem Mobiltelefon aufgenommen und gespeichert habe. Vor ein paar Monaten habe ich gehört, wie du am Telefon über mich gesprochen hast. Falls du dich nicht erinnerst: Du hast, wem auch immer gegenüber, behauptet, ich hätte mich ›hochgeschlafen‹. Und das, wo ich doch so ›fett und unattraktiv‹ sei. Das war nicht besonders nett von dir.«

Walter lief rot an, gab aber nicht auf. »Ist heimlich aufgezeichnet worden, zählt also nicht!«

»Gesetzlich nicht, aber der Personalrat wird trotzdem seine Schlüsse ziehen. Und dann werde ich vorschlagen, dass sie dein frauenfeindliches Verhalten insgesamt untersuchen. Es wird ausreichen, die letzten zwei, drei Jahre unter die Lupe zu nehmen. Ich kenne einige Kolleginnen, die dazu etwas zu sagen haben. Es wird eine richtige MeToo-Debatte losbrechen, bei der du im Mittelpunkt stehst. Kaum vorstellbar, dass das ohne Konsequenzen für dich bleibt.«

Mit diesen Worten drehte sie sich um und ließ den sichtlich erschütterten Walter Meyer einfach stehen. Sie musste innerlich über ihre Dreistigkeit lachen. Natürlich hatte sie damals nichts aufgenommen. Sie war viel zu überrascht von seinen feindseligen Äußerungen gewesen. Und zu gekränkt. Aber Walter glaubte ihr. Und er wusste genau, was er am Telefon gesagt hatte. Er würde alles dafür tun, dass dies nie jemand in der Potsdamer Chefetage zu Ohren bekäme. Sie war sicher, dass er sie zukünftig in Ruhe lassen würde.

Kurz vor elf traf eine SMS von Richard ein, der in der Nähe der Grenze für ein paar Minuten eine ausreichende Verbindung hatte. »Bitte checken, wie viele Schäfer es in Brandenburg gibt, und ihre Daten erfragen.« Marley gab diese Bitte an Bodo Eisenhauer weiter, der freundlich reagierte und ausgesprochen gut gelaunt zu sein schien.

Was Marley nicht wusste: Hanka hatte Bodo eine Mail geschickt. Sie würde morgen nach Neuruppin kommen und freue sich auf ein Wiedersehen. Ob er für sie und den Zeugen Pavel Mazur ein Hotel empfehlen könne.

Könne er – aber vielleicht nur für Pavel? Sein Haus sei groß, und er wohne dort ganz allein. Er würde sich freuen, wenn sie sein Gast wäre. Hanka hatte noch nicht geantwortet, aber er hoffte, dass sie sein Angebot annehmen würde.

Marley nutzte die Zeit bis zu Richards Ankunft, um die Aktion in Kolrep gemeinsam mit ihrem Team vorzubereiten. Sie berief ein Meeting ein, erläuterte den aktuellen Stand der Erkenntnisse nach der Befragung von Pavel Mazur und den bevorstehenden Einsatz. Sie würden gemeinsam mit der KTU das verlassene Gelände durchkämmen. Sie suchten nach Spuren von Aneta, jedes noch so kleine Detail könnte wichtig sein. Und sie suchten ein Gewehr. Vermutlich eine Schrotflinte. Vielleicht stünde der Schäferwagen noch dort, dann würden nach der ersten Sicherung nur die Kolleginnen und Kollegen der KTU sich diesen Wagen vornehmen. Sie sollten sich nicht durch zu viele Menschen auf kleinem Raum gegenseitig behindern.

Im Anschluss an die spontane Teamsitzung radelte sie zu Jonas ins Büro, schilderte ihm den aktuellen Stand und erhielt ohne jede Verzögerung einen Durchsuchungsbeschluss für das Gelände in Kolrep. Sollte der Schäferwagen dort noch stehen, könnten sie ihn öffnen und ebenfalls untersuchen.

Das Gelände gehörte der Agrargenossenschaft Gumtow, bei der Marley erst gestern gewesen war. Sie würde die Geschäftsführung telefonisch informieren, sobald sie in Kolrep eingetroffen waren. Wenn das große Besteck erst einmal ausgepackt war und sie die Durchsuchung gestartet hätten, konnte niemand mehr Spuren verwischen oder die Ermittlungsarbeit behindern.

Bevor sie ging, erzählte Marley Jonas von ihrem Zusammenstoß mit Walter Meyer.

»Wieso hast du mir nicht schon früher gesagt, dass er dich auf diese Weise beleidigt hat?«

»Ich habe auf den richtigen Zeitpunkt gewartet.«

Jonas schlug vor, dass sie beide gemeinsam die Kolleginnen ansprechen sollten, die in den letzten Jahren von Walter Meyer drangsaliert worden waren. Wenn sich herausstellen sollte, dass es mehr als nur verbale Entgleisungen gegeben hatte, würde er staatsanwaltliche Ermittlungen einleiten.

Mit einer Verspätung von knapp acht Minuten traf der Zug aus Poznań, in den Richard bei der Rückreise hatte umsteigen müssen, im Berliner Hauptbahnhof ein. Timo Broecker wartete am Hauptausgang im Streifenwagen mit eingeschaltetem Blaulicht auf ihn.

»Danke, Timo, dass du mich abholst, aber schalte bitte das Blaulicht aus«, sagte Richard, als er seinen Rucksack auf die Rückbank geworfen und auf dem Beifahrersitz neben Timo Platz genommen hatte.

»Hallo, Richard! Ohne Hella-Balken hätte ich hier nicht so lange stehen und auf dich warten können. Und wir wollen doch pünktlich mit den anderen in Kolrep sein, oder?«, fragte Timo. Er hatte nicht das Gefühl, dass er etwas falsch gemacht hatte, aber er konnte sehen, dass Richard sauer war.

»Timo, es ist ganz einfach: Du schaltest das jetzt aus. Ich bin in der polizeilichen Hierarchie weit über dir und gebe dir diesen Befehl.«

»Okay«, lenkte Timo ein und schaltete das Blaulicht aus. »Es wäre allerdings echt praktisch, um schneller wieder aus der Stadt rauszukommen.«

»Hier geht es nicht um Praktikabilität, sondern um rechtmäßiges Handeln. Was hast du eigentlich auf der Polizeischule gelernt?«, herrschte Richard ihn an.

Stumm fuhr Timo los und sagte kein Wort mehr.

Gegen vierzehn Uhr fünfzehn kamen sie in Kolrep an. Die gesamte Strecke hatten sie kein Wort miteinander gewechselt.

Als Timo neben den Fahrzeugen seiner Kollegen parkte, sagte Richard: »Timo, ich entschuldige mich. Aber nur für meinen Ton. In der Sache liege ich richtig. Wir schalten das, was in der

Amtssprache Rundumtonkombination genannt wird, nur unter klar definierten Bedingungen an!«

»Klar«, lachte Timo erleichtert. »Aber was sagst du dazu?« Er deutete zur Seite. »Willst du denen jetzt auch eine Standpauke halten?«

Von den geparkten Einsatzfahrzeugen der Neuruppiner Polizei hatte mehr als die Hälfte das Blaulicht eingeschaltet.

Richard seufzte, dann schüttelte er den Kopf und sagte: »Nein, ich werde hier nicht den Oberaufpasser spielen. Aber, Timo, du hast großes Potenzial. Wäre schade, wenn du es wegen unnötiger Regelverletzungen nicht nutzen könntest.«

Timo stieg strahlend aus dem Wagen. Seinem Alter entsprechend hatte er nur gehört, dass Richard ihm großes Potenzial attestierte. Den Rest hatte er schon vergessen.

Marley kam den beiden entgegen und begrüßte Richard knapp, aber freundlich. Leider sei der Wagen, ob Wohnmobil, Trailer oder was auch immer, nicht mehr da. Aber die KTU habe deutliche Hinweise, wo er gestanden haben könnte.

»Pavel hat gesagt, es hätte sich um einen Schäferwagen gehandelt.«

»Ja, das hast du schon heute Morgen gesagt, aber Pavel ist kein Muttersprachler. Vielleicht ist ihm kein anderer Begriff eingefallen.«

»Das glaube ich nicht. Er studiert französische und deutsche Literatur. Er spricht besser Deutsch als ich«, sagte Richard grinsend.

»Okay, wir suchen trotzdem gerade die gesamte Bandbreite ab. Wohnmobile, Caravans, Anhänger. Zunächst bei Vermietern und Händlern in Brandenburg, und wenn das nichts ergibt, auch bundesweit. Und wir sollten in Betracht ziehen, dass der Wagen sich vielleicht noch in der Region befindet. Irgendwo versteckt im Wald oder in einer Scheune.«

Richard nahm Marley beiseite und erzählte ihr die Details aus der Vernehmung von Pavel. Mit Hanka war verabredet, dass sie morgen gemeinsam mit ihm nach Neuruppin kommen würde. Vielleicht könne er sich vor Ort noch an andere Dinge erinnern. Außerdem würde Pavel versuchen, den Wagen nach seinen Erinnerungen zu zeichnen. Sobald er damit fertig sei, würden die polnischen Kollegen die Zeichnung nach Neuruppin faxen.

»Faxen? Das ist nicht dein Ernst?«

»Doch. Nicht alle europäischen Polizeidienststellen sind auf einem so hohen technischen Stand wie wir in Brandenburg.« Er sah Marley mit unbewegtem Gesicht an, dann brachen beide in schallendes Gelächter aus. Das gemeinsame Lachen tat gut.

»Wir sollten Pavel als möglichen Täter nicht völlig außer Acht lassen«, meinte Marley in ernsterem Ton. »Aneta hat ihn offensichtlich sehr gekränkt.«

»Aber sein Mobiltelefon war seit Ende Juni letzten Jahres nicht mehr in Deutschland eingeloggt!«

»Er könnte ein anderes benutzt haben. Habt ihr eigentlich nachgefragt, ob er ein Auto hat? Also: Er fährt mit seinem Auto oder einem Leihwagen hierher, um sich mit Aneta auszusprechen. Es kommt zum Streit, er erschlägt sie und vergräbt sie in der Rübenmiete.«

»Nein«, sagte Richard entschieden, »das traue ich ihm einfach nicht zu. Und wie soll er das rein logistisch geschafft haben?«

»Trotzdem werden wir ihn nochmals befragen«, entschied Marley.

Das verlassene Gelände am Ortseingang von Kolrep wirkte trostlos. Ehemalige Stallungen und Hallen, die verfallen waren. Aber hinter den maroden Gebäuden lag eine idyllische Streuobstwiese. Für eine landwirtschaftliche Bewirtschaftung war sie zu klein, daher war sie unberührt, und alles grünte und blühte. Durch die Hallen war sie von der Straße her nicht einsehbar. Ein herrlicher Rückzugsort, perfekt für eine heimliche Liebschaft, dachte Marley. Durch die Nähe zu Kyritz gab es genug Einkaufsmöglichkeiten, selbst wenn man nur ein Fahrrad zur Verfügung hatte.

In der nachmittäglichen Julistimmung herrschte ein großes Gesumme von Wildbienen und Hummeln, die in der Wiese, den Obstbäumen und den blühenden Büschen Nahrung fanden. Es roch nach Sommer, und würden sie nicht mitten in einer Mordermittlung stecken, wäre dies ein idealer Platz für ein Picknick. Hier also hatte Aneta gelebt. Vermutlich bis zu jenem Tag, an dem sie getötet worden war. Sie besaß eine Schrotflinte, hätte sich also gegen einen Angriff zur Wehr setzen können. Entweder hatte der Angreifer sie überrascht, oder sie war völlig arglos gewesen, weil sie ihn kannte.

Die KTU hatte den vermuteten Standplatz des Wagens weiträumig mit Flatterband abgesperrt. Das Gelände umfasste circa dreitausend Quadratmeter. Man konnte Wasser von der alten Wasserleitung, die in einem der Ställe lag, abzapfen. Mit Strom war es schon schwieriger. Die Techniker vermuteten, dass der Wagen mit einem Solar-Generator oder Solarzellen ausgestattet gewesen war. Das sei bei der neuen Generation von Wohnmobilen so üblich.

»Das mag ja im Hochsommer gut funktionieren, aber wie geht das im Herbst und Winter?«, fragte Marley.

»Sie ist schon im Oktober getötet worden, das heißt, die wirklich kalte und dunkle Zeit hat sie schon nicht mehr erlebt«, sagte Timo auf seine unnachahmliche Weise. Marley warf ihm einen genervten Blick zu.

»Das weiß ich auch, aber wie hätte es im Winter weitergehen sollen? Mit einem neugeborenen Baby! Wollte Aneta vielleicht weg, und der Typ wollte sie nicht ziehen lassen?«

Sie versuchte, sich in Anetas Situation hineinzuversetzen, aber es gelang ihr nicht. Diese junge Frau hatte in Breslau alle Möglichkeiten, etwas aus ihrem Leben zu machen. Was wollte sie hier in der Prignitz? Versteckt hinter einem runtergekommenen ehemaligen Agrarbetrieb. Schwanger von einem Mann, der sich offensichtlich nicht zu ihr bekannte.

Marley trommelte ihr Team zusammen. Kolrep gehöre zur Gemeinde Gumtow und habe aktuell hundertfünfundzwanzig

Einwohner. Während die KTU die abgesperrte Fläche durchkämmte, sollten die Polizisten sich jeweils zu zweit im Dorf umhören. Vermutlich handele es sich bei den Ortseinwohnern vor allem um ältere Menschen, die sie jetzt zu Hause antreffen könnten. Die jüngeren, berufstätigen Einwohner pendelten wahrscheinlich nach Kyritz, Wittstock, Pritzwalk oder noch weiter. Die würden nicht vor neunzehn Uhr zu Hause sein.

»Aber uns interessieren sowieso vor allem diejenigen, die immer hier sind. Der Ort ist so klein, die müssten doch eigentlich mitbekommen haben, dass hier auf dem Gelände jemand gelebt hat. Jetzt ist es gleich sechzehn Uhr. In zwei Stunden treffen wir uns wieder hier. Wenn es vorher wichtige Ergebnisse gibt, natürlich auch früher. Richard und ich fahren jetzt nach Gumtow und sprechen mit der Geschäftsführerin der Agrargenossenschaft, der das Gelände hier gehört. Ruft uns an, wenn ihr Neuigkeiten habt. Wir können innerhalb von fünfzehn Minuten wieder zurück sein.«

Auf der kurzen Strecke schwiegen sie. Beide hatten keine Lust, ihren Konflikt von vorgestern noch mal zu thematisieren. Sie arbeiteten zusammen, sie lachten zusammen. Und manchmal gingen sie sich gehörig auf die Nerven. Das gehörte dazu.

Marley saß am Steuer und dachte daran, dass sie gleich an Diegos Hof vorbeifahren würden, und bei diesem Gedanken schlug ihr Herz höher.

Richard war nach der Reise und der anstrengenden Nacht in Breslau einfach nur müde. Ganz unprofessionell hoffte er, dass es heute keine neuen Erkenntnisse in Kolrep geben würde und somit keinen zweiten Nachteinsatz. Er freute sich auf ein Abendessen mit Clara auf der Terrasse und den anschließenden Gang mit Izzie durch den Schlossgarten von Demerthin. Er liebte diese abendliche Stimmung, wenn es erst spät dunkel wurde und die Hitze sich langsam verzogen hatte. Er konnte dem Hund zusehen, der sich gerne von ihm entfernte, um in Ruhe zu schnüffeln, und er hörte die unterschiedlichsten Vogelstimmen. Jedes Mal nahm Richard sich vor, sich mehr mit diesen Gesängen zu beschäftigen, damit er sie unterscheiden und bestimmen konnte. Ein Bekannter von Clara gab regelmäßig ein Vogelkunde-Seminar an der Volkshochschule in Wittstock, vielleicht würde er im Herbst so einen Kurs belegen.

Marleys »Was meinst du dazu?« riss ihn aus seinen Tagträumen.

»Wozu?«

»Dass es ziemlich leichtsinnig ist, eine heimliche Affäre in so einem kleinen Dorf auszuleben, wo jeder jeden kennt und alles beobachtet wird. Um so eine Geschichte geheim zu halten, wäre eine größere Stadt besser geeignet.«

»Da hast du recht. Aber vielleicht konnte er nicht weiter weg, weil er sich hier um sein Land und um seine Tiere kümmern muss.«

»Oder um seine Ehe!«

Richard nickte. Und wieder war da dieser Gedanke: Schäferwagen – Schäfer – Martin! Er würde nachher mit Clara darüber sprechen. Frauen bekamen viel schneller mit, was in Beziehungen lief und was nicht.

Marley parkte auf dem großen Hof der Agrargenossenschaft Gumtow. Dort, wo sie gestern auf Diegos Motorrad gestiegen war. Wieder dieser kleine Glückshüpfer in ihrem Herzen, als sie an Diego dachte. Aber dafür war jetzt keine Zeit. Jetzt ging es um die Mordermittlung.

Die Geschäftsführerin war die junge Frau, die sie gestern misstrauisch beäugt hatte, als Diego den Mähdrescher zurückgebracht hatte. Im üblichen Prignitz-Stil hatte sich niemand vorgestellt, geschweige denn war irgendjemand vorgestellt worden, sodass sie Jasmin Lehnitz für eine Auszubildende gehalten hatte. Mit ihrem jugendlichen Gesicht und der sportlichen Gestalt wirkte sie wie ein Teenager und nicht wie die Geschäftsführerin eines großen Agrarbetriebs. Die Haare hatte sie dunkel gefärbt, vermutlich, um älter zu wirken. Sie war freundlicher, als der erste Eindruck hatte erwarten lassen, machte aber keine Anstalten, die beiden Polizisten in ihr Büro zu bitten.

Ja, sie hätten Ende letzten Jahres gemerkt, dass auf dem verlassenen Gelände in Kolrep etwas nicht stimmte. Da sei nämlich eine Wasserrechnung gekommen, die sich niemand erklären konnte. Sie habe das für einen Fehler des Wasserverbandes gehalten, aber nachdem sie Beschwerde eingelegt habe, sei ihr der Verbrauch in Kolrep detailliert nachgewiesen worden. Sie sei dann mit einem Mitarbeiter auf das Gelände gefahren, weil sie vermutet habe, dass dort illegal gecampt und ihre Wasserleitung angezapft würde, aber es sei niemand da gewesen. Wohl oder übel hätten sie die Rechnung zahlen müssen. Seitdem schaue immer mal jemand von der Agrargenossenschaft in Kolrep vorbei, aber sie hätten noch nie jemanden auf dem Gelände erwischt.

»Haben Sie die Abrechnung noch vorliegen?«

»Ja, natürlich. Warten Sie bitte einen Moment, ich muss im Ordner nachsehen.«

Jasmin Lehnitz ließ Marley und Richard auf dem Hof stehen. Der Mähdrescher stand in Sichtweite. Marley nutzte die Gelegenheit, um ihre neu erworbenen Kenntnisse über den Preis und die technischen Möglichkeiten des Gefährts, auf dem sie gestern noch gesessen hatte, bei Richard anzubringen.

Der schaute sie erstaunt an. »Was ist denn mit dir los?«

»Wenn ich schon auf dem Land leben muss, dann kann ich mich doch auch mit solchen Fragen beschäftigen, meinst du nicht?«

»Aber du bist die Chefin der Polizeidirektion Nord. Kein Mensch erwartet, dass du dich mit der technischen Ausstattung von Mähdreschern auskennst!«

»Doch«, sagte Marley mit einem kleinen Lächeln, »ich glaube, es gibt einen Menschen, der das erwartet.« Richard schaute sie fragend an, aber Marley verkniff sich jede weitere Andeutung.

Auf der Wasserabrechnung der Agrargenossenschaft war für das Gelände in Kolrep im Jahr 2020 ein Verbrauch von knapp zwölf Kubikmetern berechnet worden, ein Euro achtundzwanzig pro Kubikmeter. Es ging also um fünfzehn Euro sechsunddreißig. Das war aber nur der Verbrauch. Da Wasser abgezapft worden war, musste die Agrargenossenschaft auch die Grundgebühr für den Wasserzähler, der seit Jahren nicht mehr in Betrieb gewesen war, nachzahlen. Und das machte zweiundsechzig Euro aus.

»Sie mögen das lächerlich finden, aber wir haben wie alle landwirtschaftlichen Betriebe hier in der Region zu kämpfen. Ich muss auf jeden Cent achten. Außerdem konnten wir uns nicht erklären, wer da Wasser verbraucht haben sollte.«

»Was haben Sie denn vermutet?«

»Dass vielleicht jemand aus dem Dorf die alten Anlagen angezapft hat, um damit sein Grundstück zu wässern. Wir haben in Brandenburg wenig Regen und daher sehr trockene Böden. In unserer Gegend leben viele alte Menschen mit kleiner Rente. Wasser sparen ist ein großes Thema.«

»Es gibt Hinweise, dass auf Ihrem Gelände im letzten Sommer jemand kampiert hat. In einer Art Schäferwagen. Vielleicht war es auch ein Wohnmobil oder ein Campingwagen. Wissen Sie etwas darüber?«

»Nein, wenn das so gewesen sein sollte, hat derjenige sich gut versteckt. Unsere Flächen erstrecken sich bis weit über Kolrep hinaus. Unsere Leute fahren also mit den großen Maschinen regelmäßig dort vorbei.«

Marley bat um eine Kopie der Abrechnung. Jasmin Lehnitz ging zurück in ihr Büro, um sie auszudrucken. Als sie sie Marley überreichte, sagte sie: »Wenn Sie diejenigen finden, die unsere Wasserleitung angezapft haben, geben Sie mir bitte Bescheid. Ich muss mir dieses Geld zurückholen, das verstehen Sie doch sicher.«

Marley nickte.

»Wissen Sie vielleicht, wie viele hauptberufliche Schäfer es in der Prignitz gibt?«, fragte Richard.

»Das ist schwer zu beantworten, weil manche Schaf- und

Ziegenhalter behaupten würden, ihre paar Tiere hauptberuflich zu halten, wobei sie aber tatsächlich von der Grundsicherung leben. Wenn Sie allerdings mit Ihrer Frage meinen, wer hier Schafzucht in großem Stil betreibt und damit auch Geld verdient, dann fallen mir nur die Riemanns aus Rosenwinkel ein.«

»Ja, die kennen wir. Vielen Dank für Ihre Zeit!«, sagte Marley freundlich. Wenn es nach ihr ginge, würde sie diese junge Frau wiedersehen. Privat. Wenn Diego sich wieder eine der großen Maschinen ausleihen sollte.

Beim Einsteigen in den BMW sagte Marley: »Die ist tough. Gefällt mir. Gutes Management erkennt man immer daran, dass es sich auch um die Details kümmert.«

»Ach, wirklich? Ich habe gelernt, man erkennt es am Delegieren.«

»Richtig gute Managerinnen können beides, delegieren und die Details im Auge behalten.«

»Du sprichst von dir?«, fragte Richard spöttisch.

»Natürlich nicht!«, erwiderte Marley mit einem breiten Grinsen und wurde dann ernst. »Was sagst du zu den Riemanns?«

»Ich denke seit heute Morgen im Zug darüber nach. Die Beschreibung von Pavel würde auf Martin passen. Andererseits kenne ich die beiden ein bisschen und habe sie zusammen mit Clara im letzten Herbst ein paarmal getroffen. Ich kann mir nicht vorstellen, dass Martin eine heimliche Affäre hatte. Er ist gar nicht der Typ dafür. Und er ist seiner Frau so zugewandt. Die beiden sind ein gutes Team. Privat und beruflich. Das würde er nicht aufs Spiel setzen. Außerdem hat er gar keine Zeit für eine Affäre.«

»Hm, aber er kannte Aneta seit diesem Radunfall.«

»Ja, aber bis jetzt haben wir keine Hinweise, dass sie sich auch im letzten Sommer gesehen haben.«

»Wenn Pavel morgen hier ist, zeigen wir ihm ein Foto. Riemann ist Vorsitzender des Schafzuchtverbandes. Da wird es im Internet doch Fotos geben?«

»Bestimmt, aber wir müssen das sehr sorgfältig durchführen, damit es später vor Gericht Bestand haben kann.«

»Klar, ich werde nachher mal mit dem Ermittlungsrichter telefonieren und mich beraten lassen.«

»Und ich spreche heute Abend mit Clara, wie es ihrer Meinung nach um die Ehe ihrer Freunde steht.«

»Richard, aber bitte keinen Verdacht äußern!«

»Das könnte ich dir jetzt übel nehmen. Hast du plötzlich Zweifel an meiner Professionalität?«

»Tu's nicht. Beides: Nimm's mir nicht übel, und lass Clara nicht zu viel wissen. Und was unseren Streit vorgestern angeht ...«

»Das ist für mich erledigt«, sagte Richard voller Überzeugung. Um dann lächelnd nachzusetzen: »Aber natürlich nur, wenn ich mein Bahnticket erstattet bekomme.«

Marley nickte mehr als erleichtert.

Zurück in Kolrep, gab es Neuigkeiten. Die KTU hatte in dem abgesteckten Bereich auf der Wiese kleinste Blutspuren gefunden. Ob es sich dabei um Blut von einem Menschen oder einem Tier handelte, könne erst im Labor geklärt werden. Mit Blick auf die Uhr sagte der leitende KTU-Beamte, Ergebnisse könne er nicht vor morgen Mittag liefern.

Bei den Befragungen im Dorf waren Julia Fiebig und Timo Broecker, die jeweils mit zwei anderen Polizisten unterwegs gewesen waren, nicht fündig geworden. Niemand wollte im letzten Sommer etwas bemerkt haben. Eine hübsche junge Frau, die regelmäßig mit dem Fahrrad Einkäufe machte, oder einen Mann in einem dunklen Mercedes, die sich zusammen auf diesem Gelände aufgehalten haben könnten – Fehlanzeige.

Julia vermutete, dass die Dorfbewohner grundsätzlich nicht mit der sogenannten Staatsgewalt kooperieren wollten. Vielleicht, weil sie sehr genau wussten, wer in diesem Wagen gelebt hatte, und ihn nicht verpfeifen wollten.

Marley bat Julia und Timo, noch in Kolrep zu bleiben, um

die Berufspendler zu befragen, die sie bis jetzt noch nicht an-
getroffen hatten. Für das restliche Team beendete Marley den
Einsatz für heute und bat darum, dass Richard mit einem der
Einsatzwagen nach Demerthin gebracht würde. Sie selbst würde
noch mal im Präsidium in Neuruppin nachschauen, ob das Fax
aus Breslau eingetroffen war.

Als sie die erstaunten Blicke der jüngeren Kolleginnen und
Kollegen sah, sagte sie lächelnd: »Ein bewährtes Kommuni-
kationsmittel der Neunziger. Also kurz nach dem Ende des
Mittelalters. Kennt ihr jungen Leute nicht mehr!«, und stieg
in den Dienstwagen.

Donnerstag, 15. Juli

Marley war auch an diesem Morgen früh im Büro. Es war kurz vor sieben, als sie ihr Fahrrad am Fahrradständer anschloss und sich danach in der Kantine ein Brötchen und einen Kaffee holte. Voller positiver Energie war sie früh aufgestanden und wollte keine Zeit beim Frühstücken zu Hause verlieren. Es drängte sie ins Büro, weil sie fühlte, dass sie bei der Lösung des Falls auf der Zielgeraden waren.

Bodo hatte gestern gute, alte Ermittlungsarbeit mit Akten, Telefon und Computer gemacht und einiges herausgefunden. Als sie aus Kolrep zurückkam, saß er noch immer an seinem Schreibtisch. Joachim Bohn schien wirklich nur ein »Schwätzer« zu sein, so wie es Jolanta ausgesagt hatte. Bodo hatte mit einigen Frauen aus der Region telefoniert, die früher auf dem Spargelhof gearbeitet hatten. Sie hatten inzwischen bessere Jobs mit unbefristeten Verträgen gefunden. Bohn hatte sie zwar korrekt bezahlt, aber die sexistischen Sprüche, die immer dann kamen, wenn seine Frau nicht dabei war, hatten sie genervt.

Bodo war nach Telefonaten mit dem Landwirtschaftsministerium und dem Schafzüchterverband zur gleichen Einschätzung gelangt wie Jasmin Lehnitz. Die einzig florierende Schafzucht in der Region gehörte Christine und Martin Riemann. Mit der Suche nach dem Wohnmobil oder Campingwagen war Bodo nicht wirklich weitergekommen, weil er weder den Zeitraum, in dem dieses Fahrzeug gemietet oder gekauft worden war, exakt benennen konnte noch wusste, was er eigentlich genau suchte. Das Problem war zudem, dass es Unmengen von Anbietern gab. Und es war Juli, also Hochsaison. Bodo berichtete, dass zum Teil aufgelegt worden sei, wenn er sein Anliegen vortrug. Noch nicht einmal die Tatsache, dass es sich um polizeiliche Ermittlungen handelte, habe ihm weitergeholfen.

Auf Marleys Schreibtisch hatte ein Fax mit einer Kopie von

Pavels Zeichnung gelegen. Er hatte das Gefährt, das er bei seiner Befragung als Schäferwagen bezeichnet hatte, skizziert, und in der Tat, es war ein Schäferwagen. Zwar in einer modernen Version, aber doch eindeutig. Das machte die Suche natürlich deutlich einfacher. Bodo hatte die Zeichnung fotografiert und sie via Mail an all die Firmen geschickt, die solche Wagen vermieteten oder verkauften.

Da gestern Abend nicht mehr damit zu rechnen gewesen war, dass sich noch jemand meldete, hatten sie sich für den nächsten Morgen verabredet.

Marley hatte dem Impuls widerstanden, sich auf der Terrasse des Portofino noch einen Aperol Spritz zu gönnen, und war brav nach Hause gegangen. Im Bademantel auf ihrem Balkon hatte sie ein paar Nüsse gegessen und den letzten Rest der Flasche Pouilly-Fumé getrunken. Dabei hatte sie an Aneta gedacht und versucht, sich in deren Situation hineinzuversetzen.

Eine junge, intelligente Frau, die sich offensichtlich lange Zeit in diesem Wagen versteckt hatte. Vor wem und warum? Hatte sie Angst gehabt? Immerhin war sie bewaffnet gewesen. Pavel meinte zwar, es sei eine Schrotflinte gewesen, aber vielleicht hatte er sich getäuscht, und es war ein richtiges Gewehr. Und natürlich konnte man auch mit einer Schrotflinte Menschen verletzen oder sogar töten. Wie hatte Aneta es ausgehalten, so allein mit all den Geräuschen der Nacht auf diesem verlassenen Gelände? Aber vielleicht war sie gar nicht allein gewesen, vielleicht war der Mann, den Pavel gesehen hatte, bei ihr. Vielleicht lebten sie zusammen. Aber das war unwahrscheinlich.

Marley hatte deutlich das Bild einer Frau vor Augen, die in dieser Einöde auf ihren Liebhaber wartete. Ohne Kontakt zu ihrer Familie oder ihren Freunden. Ihr Telefon war seit Juni abgeschaltet. Vermutlich hatten sie und ihr Freund mit einem Prepaid-Handy kommuniziert. So wie das bei heimlichen Liebschaften üblich war. Wie Aneta sich wohl gefühlt haben musste, als sie gemerkt hatte, dass sie schon wieder schwanger war?

Hatte sie es ihm erzählt, und dieser Mann hatte sie beseitigt, weil er nicht wollte, dass sein Doppelleben aufflog?

Marley blickte auf den See, den sie nur noch in Umrissen sehen konnte. Sie hörte Stimmen auf den anderen Balkonen, und vom Portofino wehte ein italienischer Schlager durch die Nacht. Alles schien friedlich. Aber wer ahnte schon, welche Dramen sich in dieser Wohnanlage abspielten? Paare, die sich bis aufs Messer bekämpften, Kinder, die vernachlässigt wurden. Mord- und Rachepläne, die geschmiedet wurden. Marley seufzte, trank ihren Wein aus und ging zu Bett.

Auch Richard kam an diesem Donnerstagmorgen früh ins Büro. Als er den Mini auf dem noch leeren Parkplatz abstellte, wunderte er sich über sich selbst. Während der gesamten Fahrt von Demerthin hierher hatte er nicht einmal über das Thema »Autofahren« nachgedacht oder war ins Schwitzen geraten. Er war einfach gefahren, sicher und selbstverständlich.

Nach den Anstrengungen der Reise nach Breslau hatte er letzte Nacht allein in seinem Bett geschlafen. Er war früh aufgestanden, um den Morgengang mit Izzie zu absolvieren, aber auch, um sich vor der Fahrt ins Büro noch die Stuckarbeiten im ersten Stock des Schlosses anzusehen, die Ingrid Dessau heute abnehmen sollte. Clara war nervös wegen dieses Termins. Es war das erste Mal seit Monaten, dass sie die Dessau allein treffen würde. Richard wunderte sich über ihre Ängste, sagte aber nichts, um nicht alles noch schlimmer zu machen. Er selbst hatte noch nie einen ernsthaften Konflikt mit Ingrid Dessau gehabt.

Als sie gestern nach dem Abendessen in der Dämmerung vor dem Schloss gesessen hatten, Clara mit einem Glas Wein, er mit einer Flasche alkoholfreiem Bier, fing er an, von den Riemanns zu sprechen. Unauffällig, wie er meinte, aber Clara durchschaute ihn sofort.

»Du meinst, einer von den beiden hat etwas mit der toten Frau in der Rübenmiete zu tun?«

»Vielleicht, könnte doch sein. Aber eigentlich will ich nur wissen, wie du ihre Ehe einschätzt.«

Bei seinem »könnte doch sein« hatte Clara zwar die Stirn gerunzelt, antwortete aber trotzdem. »Ich habe den Eindruck, dass sie zufrieden sind. Miteinander, als Paar. Martin hätte wohl gerne Kinder gehabt. Das hat Christine mal angedeutet. Aber sie wollte erst nicht, und dann, als sie sich hier niedergelassen haben, war es zu spät.« Sie trank einen Schluck und schwieg für einen Moment. »Ich glaube, sie hat viel für ihn aufgegeben. In Düsseldorf war sie erfolgreich und finanziell unabhängig. Ihre Familie und ihre Freunde leben dort, das Rheinland ist ihr eigentliches Zuhause. Landleben und Schafzucht in der Prignitz, das war seine Idee. Sie hat wohl oder übel mitgemacht, weil sie ihn nicht verlieren wollte. Und dann – Zitat Christine – ist das ›Projekt Schafe‹ das geworden, ›was alle meine Projekte werden‹ – ein Erfolg.«

»An Minderwertigkeitskomplexen scheint sie nicht zu leiden.«

»Nein«, lachte Clara. »Sie ist eine Macherin. Ohne sie wäre das Projekt ›Oper im Dorf‹ nicht so gut aufgestellt, wie es heute ist. Sie hat neue Sponsoren gebracht und Fördermittel organisiert. Das solide finanzielle Fundament des Vereins ist ihr Verdienst. Sie ist deswegen sehr beliebt. Wenn sie für ein politisches Amt hier in der Region kandidieren würde, egal für welches, sie bekäme eine Mehrheit.«

»Du hältst es also nicht für möglich, dass Martin eine heimliche Affäre hatte?«

»Nein, nicht wirklich.«

»Vielleicht hast du's nicht mitgekriegt?«

»Wann soll das denn gewesen sein?«

»Letzten Sommer.«

»Nein, das kann ich mir nicht vorstellen. Ich war letztes Jahr mit Christine ein paarmal in Klein Leppin und einmal zusammen mit ihr bei einer Geburtstagsfeier in Kyritz. Auf mich hat sie immer einen ausgeglichenen Eindruck gemacht.«

»Vielleicht, weil sie von Martins Affäre nichts wusste?«

»Du glaubst doch nicht im Ernst, dass man Christine etwas verheimlichen kann!«

Richard stellte keine weiteren Fragen und erzählte Clara nichts von dem Versteck in Kolrep oder dem Fahrradunfall. Und natürlich auch nichts von der Abtreibung in Prenzlau und Anetas erneuter Schwangerschaft. Er bedauerte, dass er Clara, vor der er nur wenige Geheimnisse hatte, nicht in seine Überlegungen einbeziehen konnte. Aber das war der Preis seines Berufs. Eine professionelle Verschwiegenheit, die schnell zur Verschlossenheit werden konnte und Beziehungen und Freundschaften belastete.

Bodo saß schon an seinem Schreibtisch, als Marley mit Kaffee und Brötchen nach oben kam. Bis jetzt hatte er noch keine Rückmeldung von den Anbietern, die Schäferwagen im Programm hatten, aber auch er war heute Morgen bester Laune. In ein paar Stunden würde Hanka gemeinsam mit Pavel in Neuruppin eintreffen, und sie hatte zugestimmt, bei ihm zu übernachten. Einzig die Frage nach einem Gästezimmer hatte ihn verunsichert. Aber er war trotzdem zuversichtlich, dass die Dinge sich positiv entwickeln würden.

Marley schloss ihr Büro auf. Steffi kam immer erst um acht Uhr. Mit Bodo hatte sie verabredet, dass er mit Neuigkeiten sofort zu ihr kommen solle. Egal, ob sie mit Kollegen im Gespräch war oder telefonierte.

Marley war sicher, dass dieser Schäferwagen der Schlüssel zur Auflösung sein würde. Um die Wartezeit zu überbrücken, nahm sie sich die Akten und Unterschriftenmappen vor, die auf ihrem Tisch lagen. Es gab seitens des Innenministeriums den Wunsch, dass sämtliche Polizeistationen Brandenburgs prüften, wie sie ihren Energieverbrauch deutlich reduzieren könnten. Sei es durch Sonnenkollektoren, neue Heizungen oder Sanierungen von Fenstern und Türen. Marley las das Schreiben und dachte, dass dies eine der neuen Kernaufgaben von Walter Meyer sein könnte, falls er eine MeToo-Untersuchung überhaupt beruflich überleben würde.

Als Richard gegen sieben Uhr dreißig kurz den Kopf bei ihr reinsteckte, war sie noch mitten im Abzeichnen von Urlaubsanträgen, Materialbestellungen und Rechnungen. Bürokratische Abläufe beherrschte sie aus dem Effeff. Manchmal empfand sie diese Arbeit als eine Art Meditation. Sie konnte sich voll darauf konzentrieren und andere Sorgen hinter sich lassen.

Richard erzählte von seinem Gespräch mit Clara und dass sie eine Affäre zwischen Martin Riemann und Aneta für äußerst unwahrscheinlich hielt.

Marley hörte aufmerksam zu, als er noch weitere Details erwähnte, beispielsweise Martins Kinderwunsch.

»Aneta war schwanger, als sie umgebracht wurde«, sagte Richard. »Wenn es Martin Riemanns Kind war, wieso sollte er sie getötet haben?«

Mitten im Gespräch stürmte Bodo in Marleys Büro. Triumphierend hielt er einen Notizzettel in der Hand. »Ich weiß jetzt, wer hier in der Region so einen Schäferwagen, wie wir ihn suchen, gemietet hat, und zwar vom 15. Mai bis zum 31. Oktober 2020. Der Vermieter hat sich gemeldet. Er sitzt in Münster.«

»Mensch, Bodo, spann uns nicht auf die Folter. Wer hat diesen Wagen gemietet?«

»Martin Riemann, der Schafzüchter aus Rosenwinkel. Er hat die gesamte Miete im Voraus bar bezahlt. Deswegen hat er den Wagen, der schon vorreserviert war, überhaupt bekommen.«

Richard und Marley schauten sich an. Also doch.

»Hast du weitere Einzelheiten?«, fragte Marley.

»Ja, der Vermieter hat mir erzählt, dass der Mietvertrag eigentlich bis zum Ende des Jahres lief, dass Riemann den Wagen aber schon zwei Monate früher zurückgebracht hätte.«

»Mit welcher Begründung?«

»Er hätte sich entschieden, einen Teil seiner Schafe in Stallungen überwintern zu lassen, und würde deshalb den Wagen nicht mehr benötigen. Er hat auch nicht wegen einer Rückzahlung der Miete verhandelt, denn die war ja schon vollständig bezahlt. Lediglich die Kaution hat ihm der Vermieter zurückgezahlt. Bei der Rückgabe sei der Wagen in einem Top-Zustand gewesen. Alles blitzblank, keine Beschädigungen.«

»Und wo ist er jetzt, der Schäferwagen?«

»Natürlich schon längst wieder vermietet. Seit diesem März steht er am Rande eines Biosphärenreservats auf Rügen. Eine dort ansässige Schäferei hat ihn gemietet und will ihn möglicherweise kaufen.«

»Wenn der Schäferwagen so gut gesäubert zurückgegeben wurde und jetzt schon monatelang von anderen Menschen genutzt wird, können vermutlich kaum Spuren, die für uns von Interesse wären, nachgewiesen werden«, meinte Richard.

»Falls wir kein Geständnis von Riemann bekommen, schicken wir die KTU trotzdem nach Rügen. Etwas übersieht der Täter immer beim Großreinemachen. Ich telefoniere jetzt mit dem Ermittlungsrichter und lasse einen Durchsuchungsbeschluss für den Hof ausstellen und einen Haftbefehl für Martin Riemann vorbereiten. Und dann fahren wir nach Rosenwinkel.«

Marley hatte schon den Telefonhörer in der Hand, als Bodo fragte: »Mit wie vielen Leuten?«

»Großes Besteck«, entschied Marley. »Julia und Timo kommen wegen des Abendeinsatzes heute später, also wähle die Kolleginnen und Kollegen aus, die du an deiner Seite haben möchtest. Wir müssen den Hof und die Straße sichern. Und Kräfte für die Durchsuchung haben. Außerdem brauchen wir die KTU. Die muss den Hof auf den Kopf stellen.«

»Gibt es eigentlich Ergebnisse, was die Spuren von gestern in Kolrep angeht?«, fragte Richard.

Mist, das hatte Marley wegen des Themas Schäferwagen fast vergessen. Sie rief in der KTU an, um die Kollegen zu bitten, gleich mit nach Rosenwinkel zu fahren, und erhielt die Auskunft, dass das Ergebnis der Blutanalyse noch nicht vorliege.

Es war halb elf, als der BMW, ein Polizeibus und die KTU in Rosenwinkel eintrafen. Auf der Fahrt hatten Marley und Richard nochmals alle Indizien, die auf Martin Riemann als Täter hinwiesen, durchgesprochen: Er kannte die Tote seit dem Fahrradunfall im April 2019, er hatte den Schäferwagen angemietet, in dem Aneta vermutlich seit Juni letzten Jahres bis zu ihrem gewaltsamen Tod gelebt hatte, und er hatte geschwiegen, als die Polizei versuchte, die Identität der Toten zu klären. Aber der wichtigste Hinweis war kurz nach neun Uhr aus dem Labor in Potsdam gekommen: Die Blutspuren, die sie gestern auf dem Areal in Kolrep gefunden hatten, stammten nicht von einem Tier. Es war das Blut von Aneta Hoppe.

Martin Riemann kam aus einer der Stallungen, als sie auf den Hof fuhren. Er nahm die beiden Hütehunde, die aufgeregt bellten, am Halsband und brachte sie in den Zwinger. Dann ging er auf Marley und Richard zu, die aus dem Wagen ausgestiegen waren.

Marley hielt ihm ein ausgedrucktes Dokument unter die Nase. »Herr Riemann, dies ist ein Durchsuchungsbeschluss für Ihren Hof. Wir haben damit Zugang zu allen Stallungen und zu Ihrem gesamten Wohnbereich einschließlich Ihres Büros. Ihre Fahrzeuge sind vorübergehend beschlagnahmt, bis die KTU sie untersucht und dann gegebenenfalls wieder freigegeben hat.«

Martin blickte die beiden fassungslos an.

»Es tut mir leid, Martin, aber es gibt Indizien dafür, dass du in den Mordfall Aneta Hoppe verwickelt sein könntest«, sagte Richard. Das war nicht nur so dahingesagt. Martin tat ihm wirklich leid. Er sah aus wie ein alter, gebrochener Mann. Sein Gesicht war aschfahl, und er zitterte.

»Darf ich einen Anwalt anrufen?«, fragte er.

»Ja, natürlich«, erwiderte Marley, »aber wir wären gerne bei diesem Anruf zugegen. Richard, vielleicht kannst du …?«

»Klar. Martin, rufst du den Anwalt mit deinem Handy an oder von deinem Büro aus?«

»Ich habe die Nummer nicht im Handy gespeichert. Ich muss an meinen Computer.«

Richard begleitete Martin in einen Nebentrakt des Wohngebäudes.

Inzwischen war auch Christine Riemann im Hof erschienen. »Sie schon wieder!«, sagte sie zu Marley und sah mit verschränkten Armen zu, wie die Polizisten anfingen, den Hof zu durchsuchen.

Drei Pkw standen in einem abgetrennten Teil der Scheune. Ein Jaguar-Oldtimer ohne Nummernschild, ein leuchtend grüner Opel Mokka-E und ein alter schwarzer Mercedes-Kombi mit verdunkelten Scheiben.

»Wir untersuchen zuerst den Mercedes«, rief Bodo der KTU zu.

In einem Mercedes dieses Typs war Aneta vom Spargelhof Zünow abgeholt worden, außer Pavel hatte sie danach niemand mehr lebend gesehen.

Martin setzte sich an seinen Schreibtisch, fuhr seinen Computer hoch und suchte nach der Telefonnummer seines Anwalts. Richard versuchte, jedes Gespräch zu vermeiden, aber das war nicht möglich.

»Du kennst mich, Richard. Noch nicht sehr lange, aber du kennst mich. Hältst du es für möglich, dass ich eine junge Frau töte und sie dann in einer Rübenmiete entsorge?«

Richard seufzte leise und zog es vor zu schweigen.

Dann hatte Martin die Nummer gefunden, die er suchte, und schnell wurde Richard klar, dass er den Berliner Starverteidiger Rolf Liebenthal anrief.

Martin, der auf Bitte von Richard das Telefonat mit eingeschaltetem Lautsprecher führen musste, erklärte dem Anwalt die Umstände und auch, dass Richard mithörte. Liebenthal war sofort bereit, das Mandat zu übernehmen.

»Mit der Polizeidirektion Neuruppin bin ich noch nicht fertig, vor allem nicht mit der Chefin. Ich sage einen anderen Termin ab und fahre sofort los. Sie machen keine Aussage – und ich meine: gar keine –, bis ich eingetroffen bin. Sie sagen noch nicht einmal, wie spät es ist. Bis dann, ich beeile mich.«

Martin legte auf und sah Richard an. »Du hast es selbst gehört. Ab jetzt sage ich kein Wort mehr.«

Richard nickte. Es warf kein gutes Licht auf Martin, sich so zu verhalten, aber das behielt er für sich.

»Pack ein paar Sachen ein, frische Unterwäsche, deine Papiere, vielleicht etwas zu lesen. Kann sein, dass wir dich über Nacht dabehalten werden.«

Martin schaute Richard ungläubig an, schüttelte den Kopf und begann dann, einen kleinen Rucksack zu packen. »Ich müsste auch noch an den Kleiderschrank in unserem Schlafzimmer ...«

»Kein Problem, ich begleite dich.«

Es wäre ein zu großer Aufwand gewesen, alle drei Pkw nach Neuruppin zu fahren, um sie dort unter die Lupe zu nehmen. Deshalb entschied das KTU-Team nach kurzer Rücksprache mit Marley, die Fahrzeuge vor Ort auf Blut-, Haut- und DNA-Spuren zu untersuchen und dafür die Scheune zu sperren.

»Wie lange dauert das, und wie soll ich nachher auf die Weide kommen?«, fragte Christine Riemann ungehalten. »Ich habe Tiere zu versorgen, wahrscheinlich können Sie sich das nicht vorstellen.«

»Dann müssen Sie ein Fahrrad oder das Motorrad nehmen, das dahinten steht«, entgegnete Marley kühl.

»Das Motorrad gehört meinem Mann. Ich habe gar keinen Führerschein dafür«, beschwerte sich Christine.

»Dann nehmen Sie halt das Fahrrad!«

»Was suchen Sie denn bei uns? Um was geht es überhaupt?«, fragte Christine in einem etwas verbindlicheren Ton.

»Es geht um die Leiche in der Rübenmiete. Wir haben Anhaltspunkte, dass Ihr Mann die junge Frau kannte. Vermutlich sogar sehr gut kannte.«

»Was wollen Sie damit sagen?«

»Ich will damit sagen, dass wir Ihren Mann verdächtigen, in das Tötungsdelikt Aneta Hoppe verwickelt zu sein.«

»Mein Mann?«, fragte Christine ungläubig. »Der kann keiner Fliege etwas zuleide tun. Er hat schon Probleme, wenn wir die Lämmer zum Schlachten bringen. Das muss immer ich erledigen.« Sie schob ein raues Lachen hinterher.

Marley spürte, unter welcher Anspannung sie stand.

»Frau Riemann, wir werden Ihren Hof, die Ställe, das Wohnhaus, Ihr Büro, Ihre Computer und alle Fahrzeuge untersuchen – wir werden einfach alles von oben nach unten drehen, weil ich vermute, dass es hier Hinweise gibt. Sie bleiben hier draußen auf dem Hof, bis wir fertig sind. Und stellen Sie sich bitte darauf ein, dass das ein langer Tag werden wird. Außerdem kann es sein, dass wir auch Ihre Aussage benötigen. Wir lassen Sie wissen, wenn Sie zu uns aufs Präsidium kommen müssen.«

»Und wie soll ich nach Neuruppin kommen, wenn Sie unsere sämtlichen Fahrzeuge beschlagnahmen? Mit dem Bus? Der fährt aber nur zweimal am Tag!« Christine Riemann war wütend und gab sich keine Mühe, dies zu verbergen.

KTU und Soko-Team waren noch mitten in ihren Untersuchungen, als Marley und Richard sich mit Martin Riemann in den BMW setzten und nach Neuruppin fuhren. Marley hatte beobachtet, dass Christine Riemann ihren Mann keines Blickes würdigte, als der sich auf die Rückbank setzte. Kein Blick und keine Verabschiedung. Vielleicht war sie sich doch nicht sicher in Bezug auf ihn, auch wenn sie lautstark ihre Entrüstung über die polizeilichen Mittel geäußert hatte. Ganz so harmonisch ist diese Ehe womöglich doch nicht, dachte Marley, als sie den Wagen startete.

Richard saß neben Martin auf der Rückbank. Er erwartete zwar nicht, dass Martin gegen ihn oder Marley handgreiflich werden oder gar versuchen würde, aus dem Wagen zu springen, aber die polizeilichen Regeln sahen das nun mal so vor.

Martin blieb bei seinem verstockten Schweigen.

Hätte man Richard in diesem Moment gefragt, ob er als Polizist zukünftig auf dem Land oder doch lieber in Berlin arbeiten würde, wäre seine Antwort eindeutig ausgefallen. In der Stadt hatte er in solchen Situationen die Verdächtigen nicht gekannt. Man hatte sie ins Auto bugsiert und war auf dem kürzesten Weg zum Platz der Luftbrücke gefahren. Wenn die Untersuchungen ergaben, dass es keinen Grund gab, den Verdächtigen länger festzuhalten, hatte man ihn oder sie wieder auf freien Fuß gesetzt. Es gab eine U-Bahn-Station, kaum zweihundert Meter entfernt, mehrere Buslinien und einen Taxistand – wie der Mann oder die Frau nach Hause kam, war ihm oder ihr überlassen.

Hier saß er neben einem Mann, mit dem er schon gegrillt hatte und der eine freundschaftliche Beziehung zu Clara unterhielt. Martin war ihm offen und freundlich begegnet zu einem Zeitpunkt, als Richard noch völlig neben sich gestanden und an der Seite von Clara einen Neustart in Demerthin gewagt hatte.

Martin hatte damals das Gespräch mit ihm gesucht. Er hatte Richard erzählt, wie sehr er wegen seiner Haltung zu den Wolfsrudeln, die sich auch in der Prignitz angesiedelt hatten, in seinem eigenen Verband angefeindet wurde. Es gebe Schäfer, die ihn als Vorsitzenden des Verbandes ablösen wollten. Martin hatte ihm seine Pommerschen Landschafe gezeigt, als er die Lämmer gerade erworben hatte, und ihm von den Ausgleichszahlungen berichtet, die er aus dem Landwirtschaftsministerium erhielt, weil die Schafe einen wertvollen Beitrag zur Landschaftspflege leisteten. Und mit Stolz hatte er erzählt, dass Christine mit ihrem Händchen für gute Geschäfte es geschafft hatte, die Wolle ihrer Schafe für teures Geld an ein Berliner Designer-Start-up zu verkaufen.

Richard fühlte sich beschissen. Er war zu dicht dran an diesen Leuten. Bei Diego war es nicht anders gewesen. Richard sehnte sich nach der Anonymität der Großstadt, in der er ein distanzierter Polizist sein konnte.

Alle drei atmeten auf, als sie auf dem Parkplatz vor dem Präsidium ankamen. Die schweigsame Fahrt in der heißen Julisonne war eine Tortur gewesen.

Im ersten Stock übergaben sie Martin an eine Kollegin, die seine Fingerabdrücke und eine DNA-Probe nehmen würde. Martin gab sich gelassen und schwieg weiterhin.

Richard und Marley gingen in Marleys Büro. Steffi hatte Tee vorbereitet und bot an, etwas zum Essen aus der Kantine zu holen. Weder Richard noch Marley hatten Appetit, nahmen jedoch dankbar jeweils eine Tasse grünen Tee. Während sie auf Rolf Liebenthal warteten, besprachen sie den aktuellen Ermittlungsstand.

Sie hatten Blut von Aneta Hoppe auf dem Gelände in Kolrep gefunden. Auf diesem Gelände hatte Pavel Aneta im Juni letzten Jahres getroffen. Sie lebte zu diesem Zeitpunkt in dem Schäferwagen, der von Martin Riemann im Mai 2020 gemietet und dann zwei Monate vor Ablauf des Mietvertrages wieder zurückgegeben worden war. Pavel hatte einen Mann zusammen mit Aneta vor und in diesem Wagen heimlich beobachtet. Augenscheinlich seien die beiden ein Paar gewesen.

Pavel war gerade zusammen mit Hanka auf dem Weg nach Neuruppin. Geplant war nun doch eine Gegenüberstellung mit Martin Riemann. Pavel hatte beim Porträtfoto von Martin auf der Internetseite des Schafzüchterverbandes gezögert – er müsse die Statur des Mannes sehen, die sei entscheidend. Und sie würden mit Pavel nach Kolrep fahren. Vielleicht würde er sich dort noch an andere Details erinnern.

»Alles scheint zu passen, trotzdem habe ich Zweifel«, sagte Richard.

»Weil du mit Martin Riemann befreundet bist. Du bist befangen. Vielleicht sollte ich dich von der Befragung ausschließen.«

»Nein, Marley. Das solltest du auf keinen Fall tun.« Die Schärfe des Tons überraschte Marley. »Ich bin mit Martin Riemann nicht befreundet. Ich kenne ihn, er ist ein Nachbar, den ich gelegentlich getroffen habe. Wenn du dies schon für Befangenheit hältst, dann viel Spaß mit deinen weiteren Fällen hier in der Region. Die Prignitz ist nur dünn besiedelt. Hier kennt jeder jeden. Das heißt aber nicht, dass jeder mit jedem gemeinsame Sache macht! Wenn du jedes Mal die Kriterien anlegen willst, die du mir gerade androhst, musst du auch Bodo und Julia nach Potsdam oder Berlin schicken. Wenn überhaupt, ist Clara mit den Riemanns befreundet. Und was ist mit dir? Du warst am Samstag auf einer Party der Riemanns. Hast dort gegessen und getrunken. Macht dich das nicht auch befangen?«

Bevor Marley auf diese Provokation reagieren konnte, öffnete sich die Tür. Steffi steckte den Kopf herein. »Herr Rechtsanwalt Liebenthal ist eingetroffen. Oder besser: Er ist angerauscht. Er sitzt bereits im Vernehmungsraum und besteht auf einem Vorgespräch mit dem Verdächtigen.«

»Kann er haben«, entschied Marley. »Zehn Minuten, nicht länger.« Und als Steffi wieder draußen war, sagte sie zu Richard: »Das waren interessante Ausführungen. Wir sollten das bei Gelegenheit vertiefen. Aber du hast mich überzeugt. Du wirst bei der Befragung von Herrn Riemann anwesend sein, überlässt mir aber bitte die Führung des Gesprächs.«

Richard nickte knapp. Er war selbst überrascht, welche Emotionen das Thema Befangenheit bei ihm ausgelöst hatte. Er spürte, dass er bei der Lösung des Falles unbedingt dabei sein wollte. Marley durfte ihn nicht ausschließen. Nach langer Zeit war sein Jagdinstinkt erwacht. Er war wieder Polizist.

Als sie zum Vernehmungsraum kamen, stand eine junge, attraktive Frau mit langen dunklen Haaren und sommerlich leichtem Business-Kostüm vor der Tür. Auf Marleys fragenden Blick hin stellte sie sich vor.

»Ich bin Jelena Prangishvili, Referendarin in der Kanzlei von Rechtsanwalt Liebenthal. Er führt gerade ein Vier-Augen-Gespräch mit unserem Mandanten.«

»Na schön«, sagte Marley, »warten wir noch einen Moment. Die zehn Minuten sind noch nicht um. Sie haben einen schönen Namen, Frau Prangishvili.« Die Frage, woher sie denn ursprüngliche stamme, verkniff sie sich. Das war nicht mehr zeitgemäß, obwohl Marley zu gerne gewusst hätte, woher diese Referendarin kam.

Die allerdings lieferte alle Informationen ganz freiwillig. »Ich trage einen georgischen Namen, bin aber in Hamburg geboren und aufgewachsen. Meine Eltern haben Georgien in den neunziger Jahren verlassen.«

»Ich war vor vier Jahren mal in Georgien«, erzählte Marley. Damals gehörte sie zur Entourage des Berliner Innensenators, der einen intensiven Austausch mit dem dortigen Innenministerium pflegte.

Richard hörte dem Small Talk zu und dachte an die vielen Situationen, in denen er seinen Namen erklären musste. Bis zum Umzug nach Hildesheim war er immer Said gewesen. Dass er einen zweiten Vornamen, Richard, und einen deutschen Nachnamen hatte, interessierte in Teheran niemanden. Auch in Damaskus nicht. Aber als sie bei den Großeltern einzogen, gab es schon nach wenigen Wochen eine Diskussion um seinen Vornamen. Und zu seinem Leidwesen stimmte seine Mutter den Großeltern zu. Er sollte in der Schule seinen zweiten Vornamen benutzen, um weniger Nachteile zu haben. Er sollte Richard Wagner heißen.

Die Tür öffnete sich, und Rechtsanwalt Liebenthal erklärte, dass sein Mandant und er jetzt für die Vernehmung bereit seien. Martin Riemann sah schon wieder etwas gefestigter aus. Wahrscheinlich fühlte er sich mit Liebenthal an seiner Seite sicher. Die Referendarin setzte sich neben ihren Chef.

Der legte, kaum hatten Marley und Richard Platz genommen, auch gleich los. Nicht laut, sondern mit einem scheinbar verbindlichen Lächeln auf den Lippen. »Frau Prangishvili, meine Referendarin, wird sich Notizen machen. Und wenn ich gleich zu Beginn etwas sagen darf – das sollten Sie jetzt nicht notieren –, ich muss mich doch sehr wundern, Frau Polizeidirektorin, wie Sie diese Ermittlungen leiten. Erst wird der eine

Leistungsträger hier aus der Region fast achtundvierzig Stunden festgehalten, bis Sie ihn wieder nach Hause schicken – ohne jede Entschuldigung –, und jetzt haben Sie den nächsten auf dem Kieker. Könnte es sein, dass Sie ein Problem mit ostdeutschen Erfolgsgeschichten haben?«

»Bestimmt nicht«, sagte Marley. »Erstens habe ich mich bei Herrn Hausmann persönlich entschuldigt, und zweitens stammt Herr Riemann aus Münster. Und ich übrigens aus Leipzig! Aber hier geht es nicht um Ost- oder Westbiografien, sondern darum, dass wir eine Vielzahl von Indizien haben, die allesamt darauf hinweisen, dass Herr Riemann das Opfer nicht nur kannte, sondern eine intime Beziehung mit ihm unterhielt. Ich vermute, dass er auch der Vater des ungeborenen Kindes des Mordopfers ist.«

Martin Riemann stöhnte leise auf. Er litt merklich unter diesem Gespräch.

Rolf Liebenthal hingegen ließ sich nicht aus dem Konzept bringen. »Mein Mandant wird sich auch zu diesem Sachverhalt einlassen. Wir haben gerade besprochen, dass er eine umfassende Aussage machen wird. Frau Prangishvili, ab jetzt schreiben Sie bitte mit.«

»Das ist nicht nötig«, schaltete Richard sich ein. »Wir werden diese Vernehmung aufzeichnen.«

»Lassen Sie mal meine Sorge sein, was nötig ist und was nicht. Frau Prangishvili, bitte!«

Die Referendarin schaute in die Runde, und Richard konnte sehen, dass sie belustigt war und sich nicht wirklich bemühte, dies zu verbergen.

Marley leitete die Vernehmung mit den üblichen Worten ein und kündigte an, dass sie aufgezeichnet werde. Dann ließ sie Martin Riemann seine Angaben zu Namen, Alter, Wohnsitz machen und fragte ihn schließlich nach seinem Verhältnis zum Mordopfer Aneta Hoppe.

Martin nahm einen Schluck Wasser aus dem Glas, das vor ihm stand, und räusperte sich. Er sprach leise und schaute keinen der Anwesenden an. »Ja, ich kannte das Opfer. Ich habe Aneta im April 2019 kennengelernt.«

Dann erzählte er von dem kuriosen Fahrradunfall, bei dem tatsächlich nicht ersichtlich gewesen sei, wer denn eigentlich die Schuld gehabt habe. Aneta sei zwar gestürzt, habe daraus aber keine große Sache gemacht. Sorge habe sie nur wegen des zerstörten Fahrrads gehabt, über das er mit seinem Anhänger gefahren war. Er habe ihr versprochen, persönlich mit Joachim Bohn zu reden und ihm alles zu erklären.

Dann habe er sie mit seinem Auto zurück nach Zünow gebracht. Joachim Bohn sei zunächst misstrauisch gewesen und habe gefragt, ob Aneta ihm etwas anhängen wolle, aber Martin habe die Schuld auf sich genommen und versprochen, das Fahrrad zu reparieren. Dies habe er in Rosenwinkel einen seiner Landarbeiter machen lassen, bevor er es zwei Tage später nach Zünow gebracht habe. Er habe gehofft, dass er Aneta dort wiedersehen würde, und tatsächlich sei sie gerade mit dem gemeinsamen Mittagessen fertig gewesen, als er das Rad abgeladen habe. Sie sei beeindruckt gewesen, dass er Wort gehalten hatte, und habe ihn zum Eis nach Perleberg eingeladen, auch weil sie sich mitschuldig am Unfall gefühlt habe.

»Und dann saßen wir bei Kaffee und Eis auf dem Marktplatz in Perleberg. Sie hat mir von ihrem Studium erzählt. Und von ihrem Freund Pavel. Der sei eifersüchtig und würde sie furchtbar einengen. Der Ernteeinsatz in Brandenburg sei die einzige Möglichkeit, ihm für ein paar Monate zu entkommen. Liebe sei das schon lange nicht mehr. Eigentlich hatte sie ein Auslandssemester in Boston geplant. Aber nach einem Streit mit ihrer Mutter hätte die das nicht mehr bezahlen wollen. Ihre Mutter war ein großes Thema. Ich habe ihr gerne zugehört, und ja, ich war fasziniert von ihr«, gab Martin zu. »Von ihrem Aussehen, ihrem Wesen und ihrem Humor.«

Einen Moment lang verlor sich Martin in seinen Erinnerungen, riss sich dann aber zusammen.

»Es war Freitagnachmittag. Ich habe ihr vorgeschlagen, dass

ich sie am nächsten Tag abhole und wir zum Nebelsee fahren. Ein Freund von mir hat da eine Hütte, die ich im Sommer nutzen darf. Zum Schwimmen, Angeln und um unsere Unterhaltung fortzusetzen. Sie war einverstanden, wollte aber nicht, dass ich sie am Spargelhof abhole. Wir haben uns dann auf der Landstraße zwischen Zünow und Perleberg verabredet.«

»Und Ihre Frau? Die hat von alldem nichts mitbekommen?«

»Nein, die war für acht Tage in Düsseldorf. Ihre Mutter hatte Geburtstag, und Christine wollte außerdem ihre Freundinnen treffen und mal wieder richtig shoppen gehen.«

»Das haben Sie natürlich genutzt, um mal richtig fremdzugehen?« Marley wollte gar nicht boshaft sein, aber Riemann hatte ihr diese Steilvorlage geliefert.

»Ich muss doch sehr bitten, Frau Polizeidirektorin«, zischte Rolf Liebenthal.

Statt sich zu entschuldigen, bat Marley, Herr Riemann möge doch fortfahren.

»Ich bin nicht fremdgegangen. Also, bin ich schon, aber der Begriff passt einfach nicht. Ich habe mich verliebt, und zwar so heftig, dass ich nicht mehr wusste, wo unten und oben ist.«

»Was ist dann passiert?«

»In dieser Woche im April 2019 haben wir uns jeden Tag getroffen. Immer nach der Mittagspause hat sie sich auf ihr Fahrrad gesetzt und ist zu unserem Treffpunkt gekommen. Und abends immer nach Zünow zurückgekehrt, damit die anderen nichts mitbekommen.«

»Und wo haben diese Treffen stattgefunden?«

»Ich hatte damals einen alten Schäferwagen, den ich bei schlechtem Wetter als Aufenthaltsmöglichkeit für unsere Arbeiter und mich genutzt habe. Der stand auf einer unserer Weiden.«

»Also Schäferstündchen im Schäferwagen?« Marley wusste selbst nicht, was in sie gefahren war, aber die Selbstgerechtigkeit, mit der Riemann über seine Affäre mit Aneta sprach, nervte sie gewaltig.

»Frau Polizeidirektorin, noch so ein Spruch, und wir brechen die Befragung ab.« Rolf Liebenthal war ebenso empört wie Martin Riemann.

Die Referendarin staunte über die Entwicklung des Gesprächs, und Richard bemühte sich, ein Grinsen zu unterdrücken.

Marley fühlte sich bestätigt. »Und dann, wie ging es weiter, als Ihre Frau wieder nach Hause gekommen ist?«

»Es ging nicht weiter. Es war eine leidenschaftliche Woche, und dann musste es zu Ende sein. Ich habe mit Aneta Schluss gemacht. Ich wollte auf keinen Fall meine Ehe gefährden. Meine Frau ist der wichtigste Mensch in meinem Leben. Wir sind seit über zwanzig Jahren ein Paar. Und wir sind beruflich ein Team.«

Martin Riemann blickte hilfesuchend zu Richard, aber der durfte sich nicht einschalten. Und das war ihm in diesem Moment auch ganz recht.

»Und danach haben Sie Aneta nicht mehr gesehen?«, fragte Marley. »Ich spreche jetzt vom Frühjahr 2019.«

»Nein, ich bin bewusst nicht mehr in die Nähe von Perleberg oder Zünow gefahren. Wenn es dort etwas zu erledigen gab, habe ich meine Frau gebeten, mir das abzunehmen.«

»Wie hat Aneta auf die Trennung reagiert?«

»Im ersten Moment war sie völlig konsterniert, aber dann wirkte sie gelassen, fast kühl. Sie hat es mir nicht schwer gemacht.«

»Und Ihre Ehe, wie ging's mit der weiter?«, wollte Marley wissen.

Jetzt schaltete sich wieder der Anwalt ein. »Das tut hier überhaupt nichts zur Sache und ist die Privatangelegenheit meines Mandanten.«

»Nein, das ist nicht richtig, Herr Anwalt. Das hat sehr wohl etwas mit unserem Fall zu tun. Herr Riemann, haben Sie Ihrer Frau von der Affäre erzählt?«

»Nein!«

Natürlich nicht, dachte Richard. Eine Frau wie Christine lässt sich nicht betrügen. Martin hätte alles gefährdet, wenn er gebeichtet hätte. Nicht nur seine Ehe, sondern auch seinen Hof und damit seine berufliche Zukunft. Ohne Christine konnte er die Schäferei nicht am Laufen halten. Zumindest nicht auf dem Niveau, auf dem sie jetzt war.

»Und dann? Wann haben Sie Aneta wiedergesehen?«

»Anfang Mai letzten Jahres. Ich war sicher, dass sie nicht mehr in die Prignitz zurückkommen würde. Sie hatte doch ganz andere Ambitionen. Ich bin wieder gelegentlich nach Perleberg zur Bank oder zum Einkaufen gefahren. Und da habe ich sie auf dem Marktplatz gesehen. Am 3. Mai 2020.«

»Wieso erinnern Sie sich so genau an das Datum?«

»Weil dieses Wiedersehen mein Leben verändert hat.«

»So wie Sie Anetas Leben im Jahr zuvor verändert hatten. Sie war schwanger von Ihnen nach dieser – wie haben Sie es gerade genannt? – ›leidenschaftlichen Woche‹.«

Rolf Liebenthal schaute überrascht. Offensichtlich hatte sein Mandant in den zehn Minuten Vorgespräch nicht alles erzählen können.

Martin Riemann nickte. »Erst wollte sie es mir nicht sagen, als wir uns zufällig wiedertrafen. Ich spürte, dass sie sich freute, mich wiederzusehen, aber da war etwas, was sie nicht aussprechen wollte. Ich habe nachgefragt, nicht nur einmal, und dann hat sie es mir erzählt.«

»Hat sie Ihnen *alles* erzählt? Auch die Details der Abtreibung in Prenzlau und wie Frau Bohn ihr geholfen hat?«

Martin blickte Marley verblüfft an. »Nein, sie hat mir nur gesagt, dass sie die Schwangerschaft abgebrochen hat.«

Für ihn habe sich danach alles geändert. Er habe vorher zwar oft an Aneta gedacht, sich aber damit abgefunden, dass er sie nie wiedersehen würde, und sei ganz in sein altes Leben zurückgekehrt. Bis zu diesem 3. Mai. Er erzählte, wie sehr er sich nach Kindern, nach einer Familie gesehnt habe, aber dass die beruflichen Ambitionen zu lange an erster Stelle gestanden hätten. Als sich auch seine Frau mit dem Gedanken an Kinder habe anfreunden können, sei es zu spät gewesen.

»Tja, und da war diese junge Polin, über zwanzig Jahre jünger als Sie, und plötzlich war alles denkbar.« Marley bemühte sich um Sachlichkeit, aber diese ausgestellte Emotionalität war für sie nur schwer erträglich. Sie erinnerte sich an die Aussage von Frau Bohn und das Gespräch mit der Abtreibungsärztin in Prenzlau. Mit ihrer Traurigkeit und Verzweiflung hatte Riemann Aneta alleingelassen.

Stopp, Marley, sagte sie sich selbst. Aneta hat ihm nichts erzählt, hat es für sich behalten wollen. Es war ihre Geschichte. Nicht seine.

»Seit diesem Tag waren wir wieder zusammen. Diesmal wollte ich alles richtig machen. Ich habe nach einem komfortablen Schäferwagen gesucht und dann einen in meiner alten Heimat Münster gefunden. Der hatte alles: Dusche, Toilette, kleine Waschmaschine und Küche mit Spülmaschine. Das war unser Rückzugsort, unser kleines Haus.«

»Sie haben die Miete für sechs Monate im Voraus bar bezahlt. Wie konnten Sie das vor Ihrer Frau verheimlichen? Sie haben doch davon gesprochen, dass Sie beide beruflich ein Team sind. Also kennt sie doch Ihre Finanzen, oder?«

»Ja, aber ich habe natürlich auch eigenes Bargeld, das ich im Safe aufbewahre. Meine Frau hat davon nichts mitbekommen.«

Er habe den Schäferwagen persönlich abgeholt und seiner Frau nur die halbe Wahrheit erzählt, nämlich dass er nach Münster fahren würde, um seinen besten Freund zu treffen, aber natürlich nicht, dass er auf der Rückreise einen neuen Schäferwagen mitbringen würde. Den Stellplatz habe er schon vorher ausgesucht. Die Streuobstwiese, die verborgen hinter dem alten LPG-Gelände liege, gehöre ihm. So nah bei Rosenwinkel – es sei perfekt gewesen. Strom hätten die Paneele auf dem Dach über einen Solar-Generator erzeugt.

»Und zu fließendem Wasser kamen Sie, weil Sie einen alten Anschluss der Agrargenossenschaft Gumtow illegal angezapft haben«, bemerkte Marley.

»Woher wissen Sie das?«

»Wir haben das Gelände in Kolrep sehr gründlich untersucht und einiges gefunden.«

Anwalt und Mandant wechselten einen kurzen Blick miteinander. Was würde da noch alles kommen?

Riemann erzählte weiter: Am 1. Juni, am Pfingstmontag, habe er Aneta in Zünow abgeholt. Sie selbst habe entschieden, ihr Mobiltelefon auszuschalten, damit Pavel oder ihre Mutter sie nicht finden konnten. Sie sei auf ein Prepaid-Handy umgestiegen, von dem nur er die Nummer kannte.

»Und dann haben wir einen ›Sommer der Liebe‹ gelebt.«

Marley glaubte, nicht richtig gehört zu haben. Hatte dieser Typ wirklich vom »Sommer der Liebe« gesprochen? Langsam wurde sie richtig sauer.

»Ein Sommer der Liebe, der seinen Höhepunkt in einem Totschlag fand. So richtig romantisch klingt das nicht!«

»Ich war das nicht, Frau Kommissarin, ich war es wirklich nicht. Warum hätte ich sie töten sollen? Sie war doch wieder schwanger, ich wollte sie, und ich wollte unser Kind.«

»Und weshalb musste Aneta sich dann verstecken? Ohne Kontakt zu anderen Menschen. Aber bewaffnet mit einer Schrotflinte.«

»Die Schrotflinte habe ich ihr gegeben, weil sie Angst vor den Wildschweinen hatte, die manchmal nachts um den Wagen gestreift sind. Ja, wir haben uns versteckt. Wir haben unsere Beziehung versteckt. Aber ich wusste einfach nicht, wie ich es meiner Frau sagen sollte. Richard, du kennst Christine. Was hätte ich ihr sagen sollen?«

»Die Wahrheit, Martin. Deine Frau hätte die Wahrheit verdient gehabt«, antwortete Richard. »Bist du sicher, dass sie von deiner Affäre nichts mitbekommen hat?«

»Das war keine ›Affäre‹. Und nein, Christine weiß von nichts. Bis heute. Sie hätte mir die Hölle heiß gemacht. Sie wird durchdrehen, wenn sie alles erfährt.«

Danach schwieg Martin. Anwalt Liebenthal nutzte diese Pause und betonte, wie kooperativ sein Mandant sich verhalte, indem er auch Dinge erzähle, die nicht zur Klärung des Sachverhalts beitrügen. Aber Marley ließ nicht locker.

»Haben Sie nicht vorhin gesagt, dass Sie auf keinen Fall Ihre Ehe gefährden wollten?«

»Ja, aber das Kind hat alles verändert.«

»Wie hatten Sie sich eigentlich die nächsten Monate vorgestellt, Herr Riemann? Wollten Sie mit Aneta irgendwann mal zu einer Gynäkologin gehen? Oder wenigstens eine Hebamme kontaktieren? Wo sollte die Geburt stattfinden? Wo sollten Mutter und Kind den Winter verbringen? Was war Ihr Plan?«

»Ich wollte die Scheidung. Und dann Aneta heiraten.«

»Dazu hätten Sie vielleicht erst einmal mit Ihrer Frau sprechen müssen, finden Sie nicht?«

»Stimmt, aber dass ich die Scheidung wollte, kann die Anwältin bestätigen, von der ich mich im September habe beraten lassen. Frau Goldhahn, Diana Goldhahn, hier in Neuruppin.«

»Gut, dann unterbrechen wir das hier nun für eine Viertelstunde und versuchen, Frau Goldhahn zu erreichen.«

»Dürfen wir mal vor die Tür gehen?«, fragte Martin Riemann. »Ich brauche frische Luft.«

»Ihr Anwalt und seine Referendarin können sich natürlich frei bewegen. Sie bleiben bitte hier im Raum.«

Dann gingen Marley und Richard in Marleys Büro.

»Richard, so habe ich das vorhin nicht gemeint. Du kannst dich schon einbringen.«

»Nein, kann ich nicht. Ich glaube, du hattest recht, ich bin in Bezug auf Martin befangen. Er tut mir leid.«

»Leid? Dieser selbstgerechte Egoist! Damit er einen ›Sommer der Liebe‹ verbringen kann, darf diese junge Frau niemanden sehen und sprechen. Sie muss in diesem ›komfortablen Wagen‹ in der Einsamkeit warten, bis ihr Herr und Meister Zeit für sie hat. Und weil der wohl ahnt, was das für eine Zumutung ist, überlässt er ihr eine Schrotflinte, damit sie sich gegen die bösen Wildschweine verteidigen kann. Sich und seinen Nachwuchs, auf den er sich so freut.«

»Marley«, sagte Richard beschwichtigend, »dieser Nachwuchs ist tot, genauso wie Aneta. Ich glaube, dass er wirklich trauert und dass er sie wirklich geliebt hat. Wieso bist du denn so wütend auf ihn?«

»Weil er feige ist. Und dazu auch noch so selbstgerecht!«

Dann ging sie in ihr Vorzimmer und bat Steffi, die Rechtsanwältin Goldhahn anzurufen und zu fragen, ob sie tatsächlich im vergangenen September einen Mandanten namens Martin Riemann wegen einer Scheidungsklage beraten habe. Und sie solle bloß nicht mit dem Thema Mandantengeheimnis kommen. Es gehe weiterhin um die ihr bekannte Mordermittlung.

Anschließend setzte sie sich Richard gegenüber und schwieg einen Moment.

»Er war's nicht«, sagte Richard.

Marley schaute ihn an. »Sagst du das vielleicht, weil du dir nicht vorstellen kannst, dass dein Freund Martin Riemann ein Mörder ist?«

»Nein, das ist es nicht. Ich spüre sein Unglück, seine Not, in allem, was er sagt. Und er ist nicht mein Freund. Mein Nachbar, ein Bekannter. Egal, er war's nicht!«

»Ich weiß nicht, Richard. Ich traue diesem Typ alles zu. Lass uns weitermachen.«

In diesem Moment steckte Steffi den Kopf durch die Tür.

»Nachdem sie in ihren Unterlagen nachgeschaut hat, bestätigt Rechtsanwältin Goldhahn, dass sie am 8. September Herrn Riemann zum Thema Scheidung beraten hat. Das war ein langer Termin, sagt sie, weil im Falle einer Scheidung so viel unterschiedliches Vermögen aufzuteilen gewesen wäre. Fast zwei Stunden sei er bei ihr gewesen. Aber aus der Sache sei wohl nichts geworden, weil sie dann nie wieder etwas von ihm gehört habe. Und bezahlt hätte er auch erst mit Verspätung.«

Marley hörte schon nach den ersten Worten nicht mehr richtig zu. Mist! Ihre Theorie wurde dadurch fragwürdig. Sie war fest davon überzeugt gewesen, dass Riemann Aneta aus dem Weg geschafft hatte, um seine Ehe nicht zu gefährden. Ein Be-

ratungstermin in Sachen Scheidung warf ein anderes Licht auf
ihn und seine Zukunftsplanung.

Als Marley und Richard wieder in den Vernehmungsraum zu-
rückkehrten, hatten Anwalt Liebenthal und seine Referendarin
jeweils eine offene Dose Cola vor sich stehen und ihrem Mandanten ebenfalls eine mitgebracht. Jelena Prangishvili bemerkte
Marleys Blick und bot ihr auch eine an.

Marley, die plötzlich nichts lieber wollte als eine kalte Cola,
unterdrückte diesen Impuls. Ich darf nichts von der gegneri-
schen Seite annehmen, sagte sie sich.

Richard lehnte ebenfalls ab. Mit diesem Getränk konnte man
ihn jagen.

Rolf Liebenthal brachte sich in Stellung. »Wir haben uns in
der Pause beraten und möchten gerne den Fokus auf den Zeitpunkt des Verschwindens des späteren Opfers legen, wenn Sie
beide einverstanden sind. Uns scheint es wenig zielführend zu
sein, noch länger die Art der Beziehung meines Mandanten zum
Opfer zu diskutieren. Vor allem, wenn moralische Aspekte, die
ganz und gar nichts zur Sache beitragen, in den Vordergrund
gerückt werden. Hat sich denn die Aussage meines Mandanten bezüglich eines anwaltlichen Beratungstermins zum Thema
Scheidung bestätigt? Was sagt die Kollegin?«

»Die Kollegin Goldhahn hat diesen Beratungstermin gerade
telefonisch bestätigt«, antwortete Richard, während Marley
noch darüber nachdachte, ob sie sich die Inhalte dieser Befragung wirklich von der Gegenseite vorschreiben lassen
wollte.

Aber eigentlich hatte Liebenthal recht. Die Liebesbeziehung
zwischen Aneta und Martin Riemann, bei der Aneta schon vor
ihrem gewaltsamen Tod den höheren Preis bezahlt hatte, war
nicht das Thema. Sie mussten wissen, was zwischen Oktober
und Dezember in Kolrep passiert war, also in dem Zeitraum,
in dem Aneta getötet worden war.

»Ja«, sagte Marley daher mit ruhiger Stimme, »legen wir den

Fokus auf den Zeitpunkt von Anetas Verschwinden. Was haben Sie dazu zu sagen, Herr Riemann?«

Wieder schaltete sich der Anwalt ein. »Dazu müssen Sie uns erst einmal den Zeitraum verraten, in dem der Mord stattgefunden hat.«

»Nein, das müssen wir nicht. Im Gegenteil. Also noch einmal, Herr Riemann: Wann haben Sie Aneta zum letzten Mal gesehen?«

»Das war am 2. Oktober 2020. In unserem Wagen in Kolrep.«

Martin Riemann war den Tränen nahe, als er erzählte, dass er sich an diesem Freitagnachmittag im Streit von Aneta getrennt habe. Sie habe nicht einsehen wollen, weshalb er für eine Woche mit seinem Freund Benjamin zum Segeln habe fahren wollen und sie allein zurücklasse. In ihrem Zustand.

»Und weshalb haben Sie das trotzdem gemacht?«

Martin traute sich kaum, Marley anzuschauen. »Seit dem Abitur gehen Benjamin und ich in der ersten Oktoberwoche segeln in der Ägäis. Das ist unser Ritual, egal was passiert. Die Flüge nach Griechenland buchen wir praktisch schon ein Jahr im Voraus. Meine Frau wäre misstrauisch geworden, wenn ich das plötzlich nicht mehr gemacht hätte. Und Benjamin hätte es nicht akzeptiert.«

»Also lassen Sie um alter Traditionen willen Ihre schwangere Geliebte allein in einem Schäferwagen zurück. Auf einem verlassenen, unheimlichen Gelände mit einem illegalen Wasseranschluss. Aber Sie hatten ihr ja eine Schrotflinte überlassen, für alle Fälle. Entschuldigung, das passt für mich nicht zusammen, Ihr sogenannter ›Sommer der Liebe‹ und dann so ein Verhalten.«

Marleys Sarkasmus setzte Martin Riemann deutlich zu. Er rutschte tiefer auf seinen Stuhl. »Sie haben recht, heute sehe ich das auch so. Aber damals dachte ich, dass ich in dieser Woche alles noch mal durchdenken könnte. Ich wollte auch den Rat meines besten Freundes.«

»Was Ihr Freund Benjamin auf Nachfrage bestätigen könnte?«

Riemann nickte.

»Was ist dann passiert?«

»Nach dem 2. Oktober habe ich Aneta weder gesehen noch gesprochen. Sie ist auch nicht mehr ans Telefon gegangen. Ich habe sie ein paarmal aus Griechenland angerufen. Erst dachte ich, sie ist sauer, weil ich gefahren bin, aber dann habe ich mir Sorgen gemacht. Am 9. Oktober bin ich abends spät in Schönefeld gelandet. Meine Frau hat mich abgeholt, und deswegen gab es keine Chance, noch nach Kolrep zu fahren. Ich bin dann am nächsten Morgen dorthin, und Aneta war weg. Alle ihre Sachen waren weg. Nur die Schrotflinte und das Telefon, das ich ihr gegeben hatte, lagen im Wagen. Im Telefon stand eine Nachricht für mich. Sie verlasse mich für immer, und ich solle nicht nach ihr suchen. Das war alles.«

»Ist dir etwas aufgefallen? War etwas anders als vorher, drinnen oder draußen vor dem Wagen?«, schaltete sich Richard ein.

»Es war sehr aufgeräumt und sauber. So, als hätte sie zum Abschluss alles noch einmal gründlich geputzt.«

»Und es gab keine Spur mehr von ihr? Etwas, das Aneta liegen gelassen hatte?«

»Nein, hab ich doch schon gesagt. Alles war weg bis auf das Telefon mit der Prepaid-Karte.«

»Und wo ist es jetzt?«

»Hier.« Martin suchte kurz in seinem Rucksack und legte dann das Gerät auf den Tisch.

Marley nahm eine frische Serviette, die auf dem Tisch lag, wickelte das Telefon vorsichtig ein und verließ schweigend den Raum. Schnell war sie wieder zurück.

»Dieses Telefon geht jetzt zur KTU. Und Sie, Herr Riemann, Sie gehen in U-Haft. Ich nehme Sie fest wegen des dringenden Verdachts, Aneta Hoppe getötet und anschließend die Leiche in einer Rübenmiete versteckt zu haben.«

»Das können Sie nicht machen«, protestierte Rolf Liebenthal, der aber auch von den Aussagen seines Mandanten überrascht zu sein schien.

»Doch, das kann ich. Wir haben genug Indizien, die auf Herrn Riemann als Täter hinweisen. Und er selbst hat gerade erklärt, dass es am 2. Oktober zu einem Streit mit dem Opfer kam. Wir haben Blutspuren von Aneta Hoppe in der Nähe des Standorts dieses sogenannten Schäferwagens gefunden. Ich vermute, dass die Tat vor Ihrer Abreise nach Griechenland passiert ist. Falls Sie diese Reise überhaupt angetreten haben. Das werden wir natürlich überprüfen. Ich rate Ihnen, jetzt ein Geständnis abzulegen. Das kann sich mildernd auf das Strafmaß auswirken. Die Details wird Ihnen sicher Ihr Anwalt erläutern können.«

Marley verließ den Raum, ohne sich zu verabschieden.

Richard sah zu Martin Riemann.

»Richard, ich war's nicht! Ich war es wirklich nicht!«

Richard wollte ihm glauben, aber Marley hatte recht, die Indizien sprachen gegen ihn.

»Ich würde mich noch kurz mit Herrn Riemann besprechen wollen«, sagte Rolf Liebenthal deutlich defensiver als noch vor einer halben Stunde. Richard nickte. Auch Frau Prangishvili schien beeindruckt. Dieser Termin hatte sich deutlich interessanter entwickelt, als sie wohl erwartet hatte.

Als Richard auf den Flur trat, standen schon die beiden uniformierten Kollegen bereit, die Martin in seine Zelle bringen würden.

In Steffis Büro waren in der Zwischenzeit Pavel und Hanka eingetroffen. Marley saß bereits an ihrem Schreibtisch. Richard steckte den Kopf durch die geöffnete Tür und fragte: »Müssen wir eigentlich noch eine Gegenüberstellung vornehmen? Martin hat ja von sich aus zugegeben, dass er zumindest zeitweise mit Aneta in diesem Wagen gelebt hat.«

»Hanka und Pavel Mazur sollen sich in die Nähe des Vernehmungsraums stellen, sodass Pavel, wenn Martin Riemann abgeführt wird, einen Blick auf ihn werfen kann. Vielleicht war es ja auch ein anderer Mann, den er dort mit Aneta gesehen hat. Vielleicht ist sie ja zweigleisig gefahren.«

»Das glaubst du doch selbst nicht!«

»Stimmt!«, nickte Marley und widmete sich wieder ihrem Computer. »Platziere die beiden trotzdem bitte so im Flur, dass Pavel Martin Riemann sehen kann. Und lass uns in zehn Minuten das Team informieren.«

Später stand Marley am Fenster ihres Büros und sah, wie Rolf Liebenthal und seine Referendarin in den weißen Mercedes-SUV des Anwalts stiegen, um nach Berlin zurückzufahren. Beide würden morgen wiederkommen, wenn die Vernehmung weitergeführt würde. Marley wollte die Ergebnisse der Hausdurchsuchung und der KTU abwarten.

Sie fühlte sich unwohl. Das Triumphgefühl, mit dem sie gerechnet hatte, sobald dieser Fall gelöst sein würde, wollte sich nicht einstellen. Als Juristin wusste sie, wie mühsam ein reiner Indizienprozess verlaufen würde. Jedes Detail musste vor Gericht ausgebreitet werden. Dann müssten sie darauf hoffen, dass keinem ihrer Kolleginnen und Kollegen bei der Hausdurchsuchung des Riemann-Hofs und des Geländes in Kolrep auch nur der kleinste Fehler unterlaufen war.

Alles wäre viel einfacher, wenn Martin Riemann gestehen würde. Aber danach sah es im Moment nicht aus. Pavel hatte ihn als den Mann identifiziert, den er im Juni letzten Jahres mit Aneta am Wagen gesehen hatte. Also gab es keinen großen Unbekannten an Anetas Seite.

Pavel wiederholte gerade seine Aussage gegenüber Richard und Bodo. Hanka war dabei, um, falls notwendig, zu übersetzen. Pavel würde auf Staatskosten in einer kleinen Pension übernachten und morgen mit dem Zug nach Breslau zurückfahren. Hanka blieb privat hier. Übers Wochenende. Bei Bodo? Und wenn schon, das ging Marley nichts an.

»Was ist los?«, fragte Steffi. »Der Fall ist gelöst, du solltest feiern! Vielleicht mit dem netten Herrn Schmidt?«

Marley winkte lächelnd ab. Ihr war nicht nach Feiern zumute. Eher nach Abkühlung. Nach Entspannung. Schwimmen! Sie würde zu ihrer neuen Lieblingsbadestelle fahren.

Eilig verabschiedete sie sich, radelte nach Hause, zog ihren Badeanzug und das große T-Shirt an und fuhr direkt weiter zum See.

Es war Donnerstag, an einem Nachmittag während der Sommerferien. Daran hatte sie natürlich nicht gedacht. Das Gelände war voller Kleinkinder mit ihren Müttern und Teenies, die die ersten Annäherungsversuche ans andere Geschlecht probierten. Dazu Lärm aus einem Ding, das man früher Ghettoblaster genannte hatte und das heute bestimmt einen anderen Namen hatte.

Um dem Trubel zu entkommen, ging Marley ohne Zögern ins Wasser, tauchte kurz unter und entfernte sich vom Ufer. Und dann, ohne jede Vorwarnung, blitzte ein Gedanke auf. Was genau hatte Steffi über die Rechtsanwältin Goldhahn gesagt? Sie musste sofort mit Steffi telefonieren.

Marley schwamm schnell zurück ans Ufer, zog das T-Shirt über den nassen Badeanzug und radelte wieder zurück. Sie hatte bewusst ihr Handy zu Hause gelassen. Was für eine schwachsinnige Entscheidung, ärgerte sie sich auf dem Weg über den Damm.

Zu Hause angekommen, rief sie sofort Steffi an. Ihre nasse Kleidung und die nassen Haare hinterließen Wasserspuren auf dem Parkett, aber das war ihr egal.

»Hallo, Marley, na, kommst du jetzt doch in –«

Marley ließ sie gar nicht aussprechen.

»Erzähl mir noch einmal im Detail dein Telefonat mit Frau Goldhahn!«

»Okay. Also ich habe sie angerufen und nach diesem Termin mit Herrn Riemann gefragt. Sie hat gesagt, sie lässt ihre Assistentin nachschauen und meldet sich dann wieder. Nach ein paar Minuten hat sie zurückgerufen und den Termin bestätigt. Das war alles.«

»Nein, das war nicht alles. Du hast vorhin noch irgendwas gesagt, das mir partout nicht mehr einfällt.«

Steffi schwieg einen Moment. »Ach so«, sagte sie schließlich, »sie hat noch gesagt, dass es lange gedauert hat, bis er ihre Rechnung bezahlt hat.«

Das war es. Das hatte sie gehört und doch nicht gehört. Aber es war wichtig. Das spürte Marley.

»Danke, Steffi, ich erklär's dir später oder morgen ...« Und damit legte sie auf. Sie ging ins Bad, zog die nassen Sachen aus, duschte kurz, zog frische Unterwäsche und ein weites Sommerkleid an und machte sich auf den Weg in die Kanzlei von Anwältin Goldhahn.

Die residierte natürlich standesgemäß in einem repräsentativen Altbau in der Schinkelstraße und war nicht mehr im Büro. Es war kurz vor siebzehn Uhr. Aber die Rechtsanwaltsassistentin am Empfang gab Marley bereitwillig Auskunft, auch ohne dass die ihren Polizeiausweis zeigen musste.

»Frau Goldhahn ist mit einem Mandanten auf einen Drink im Up Hus. Keine Ahnung, wann sie wiederkommt. Ich soll um siebzehn Uhr dreißig hier abschließen.«

Marley bedankte sich und fuhr direkt zum Lokal. Dort saß die Anwältin mit einem prächtigen weißen Sommerhut à la Melania Trump, vor sich einen Aperol Spritz, und plauderte mit einem älteren Herrn, der aussah, als sei er gerade von seinem englischen Landsitz nach Neuruppin gekommen.

Marley steuerte auf den Tisch zu und unterbrach die beiden.

»Frau Goldhahn, tut mir schrecklich leid, dass ich störe, aber es ist wirklich wichtig. Auf ein Wort, bitte!«

Diana Goldhahn sah sie befremdet an.

Marley wusste, wie sie aussah. Ungeschminkt, nasse Haare und außer Atem vom Radfahren. Aber sie hatte jetzt keine Zeit für Stilfragen.

Zögernd stand die Anwältin auf und ging mit Marley in den schattigen Eingang der einstigen Kapelle.

»Was gibt es denn so Dringendes?«, fragte sie.

»Meine Assistentin, Frau Walsdorf, hat Sie heute angerufen und nach dem Termin mit Herrn Riemann im vergangenen September gefragt.«

»Ja, und ich habe sie zurückgerufen, nachdem wir in meinen Unterlagen nachgeschaut hatten. Meine Assistentin Yvonne und ich.«

»Ich weiß, aber Sie haben da noch etwas erwähnt, was die Bezahlung Ihres Honorars anging.«

»Ja, das war ein bisschen blöd. Herr Riemann wollte unbedingt bar bezahlen und hatte angekündigt, das in wenigen Tagen persönlich zu erledigen. Nachdem er sich wochenlang nicht gemeldet hatte, haben wir ihm schließlich eine Rechnung geschickt. Und die ist dann anstandslos bezahlt worden.«

»Wer kann mir sagen, wann diese Rechnung verschickt wurde?«

»Meine Assistentin Yvonne. Aber die schließt«, die Goldhahn schaute auf ihre Uhr, »in fünfzehn Minuten das Büro ab.«

»Ich versuch's. Ich brauche diese Auskunft. Sind Sie einverstanden?«

»Ja, natürlich. Dafür die ganze Aufregung, Frau Kommissarin?« Diana Goldhahn sah sie missbilligend an und schritt dann auf ihren Stilettos, konzentriert um Halt auf dem Kopfsteinpflaster bemüht, wieder zu ihrem Tisch und dem Landherrn.

Marley schwang sich aufs Fahrrad, radelte zurück zur Kanzlei und bekam von Yvonne alle Auskünfte, die sie benötigte.

Richard war im roten Mini auf dem Weg nach Demerthin, als er zwei Anrufe erhielt. Der erste war von Clara, die ihn vorwarnen wollte, dass Christine Riemann zum Abendessen kommen würde. Christine sei nach der Hausdurchsuchung und der Festnahme ihres Mannes völlig durch den Wind, deswegen habe Clara diese Einladung ausgesprochen. Wenn er befangen sei und den Kontakt mit Christine vermeiden wolle, solle er vielleicht einen Zwischenstopp bei Erwin und Elvira einlegen, bevor er nach Hause komme.

Ja, das sei ein guter Vorschlag, stimmte er Clara zu. Er hatte nach diesem Tag wenig Lust, die betrogene Ehefrau zu treffen und so zu tun, als wäre alles in Ordnung oder könnte je wieder in Ordnung kommen.

Der zweite Anruf kam von Marley, als er gerade vor Erwins und Elviras Hof hielt. Er hörte aufmerksam zu, dann entwickelten sie einen Plan.

»Richard, du bist ja schon da«, sagte Clara überrascht, als Richard in Demerthin eintraf.

Izzie war ihm begeistert entgegengelaufen, als er den Wagen geparkt hatte. Christine saß neben Clara an dem für zwei Personen gedeckten Tisch und sah ihn mit Skepsis an. Diese veränderte Haltung ihm gegenüber hatte er schon heute Morgen bei der Hausdurchsuchung bemerkt. Bis vor wenigen Tagen war er der Freund ihrer Freundin gewesen, jemand, den sie zu akzeptieren schien. Jetzt war er Polizist, Bulle, ein potenzieller Feind. Sie begrüßte ihn noch nicht einmal, sah ihn nur schweigend an.

Die beiden Frauen hatten gerade ihr Abendessen beendet. Die leere Pastaschüssel stand noch auf dem Tisch, und beide hatten Weißweingläser vor sich stehen. Das Glas von Christine war leer.

»Clara, ich muss alleine mit Christine sprechen, bitte geh rein.«

Clara wollte protestieren, aber sie sah Richards Blick und blieb stumm.

»Geh bitte ins Haus«, wiederholte Richard.

Clara schüttelte missbilligend den Kopf, ging jedoch. Sie hasste es, wenn sie herumkommandiert wurde. Izzie folgte ihr.

»Was willst du, Richard?«

»Ich will die Wahrheit.« Er nahm Claras Stuhl und setzte sich Christine gegenüber. Es war ein schöner Sommerabend, und in der Abendstimmung wirkte das Renaissance-Schloss wie verzaubert. Es waren solche friedlichen Abende, die Clara verführt hatten, immer mehr Geld in die Renovierung des Schlosses zu stecken. Aber jetzt wurde an diesem Tisch über etwas anderes verhandelt.

»Hat sie dir mein Mann nicht erzählt, die Wahrheit? Hat er nicht gestanden, dass er mich betrogen und dann seine Geliebte getötet hat?«

»Nein, er hat von seiner Beziehung mit dem Opfer gesprochen. Er nennt es übrigens nicht ›Affäre‹, er nennt es ›Liebe‹. Er habe Aneta geliebt. Und sie hat ein Kind von ihm erwartet. Davon hat er gesprochen. Aber den Mord hat er nicht gestanden.«

Beide schwiegen einen Moment.

»Er kann ihn auch nicht gestehen, Christine. Weil er es nicht war. Er wollte eine Familie mit Aneta gründen. Er wollte dieses Kind. Er wollte es nicht verlieren wie das erste.«

»Von was redest du?« Mit seinem letzten Satz hatte er Christines volle Aufmerksamkeit. »Welches erste Kind?«

»Aneta war schon einmal von ihm schwanger gewesen. Im Jahr zuvor. Aber er wusste damals nichts von der Schwangerschaft, und sie hatte eine Abtreibung.«

»Dieses Miststück!« Christine verlor ihre mühsam bewahrte Beherrschung. »Dieses verdammte Miststück!«

»Erzähl mir, was passiert ist im letzten Herbst, Christine. Wann hast du erfahren, dass er die Scheidung wollte?«

»Woher weißt du das?«

»Martin hat bei der Vernehmung heute Nachmittag von dem Termin bei einer Neuruppiner Rechtsanwältin erzählt.«

Christine schenkte sich Weißwein nach und trank einen großen Schluck. Gleich würde sie sprechen, das wusste Richard. Er musste nur warten.

Yvonne hatte die Unterlagen zu dem Beratungsgespräch am 8. September in der Kanzlei gefunden und sie Marley gezeigt. Aus einer handschriftlichen Notiz von Diana Goldhahn ging hervor, dass der Mandant in den nächsten Tagen das Honorar für diese Beratung bar bezahlen wollte. Aber dann war nichts gekommen. Und wenn ihre Chefin in einer Sache penibel sei, dann, wenn es um ihr Honorar gehe, hatte Yvonne freimütig erzählt. Die daraufhin verschickte Rechnung sei aber umgehend bezahlt worden.

Marley hatte sich nach dem Datum des Rechnungsversands erkundigt und gefragt, ob es zwischen Versand und Bezahlung vielleicht noch eine Nachfrage gegeben habe. Und da war Yvonne verlegen geworden.

»Ja, eine Frau hat angerufen und gefragt, worum es bei dieser Rechnung denn gehe. Das war an dem Tag, als der Durchlauferhitzer im Bad der Kanzlei kaputt gegangen ist und Teile des Büros unter Wasser gestanden haben. Frau Goldhahn hat ein Riesentheater veranstaltet und sich lautstark mit der Hausverwaltung gestritten. Deshalb war ich unaufmerksam und hab ihr gesagt, dass es um die Beratung zu einer Scheidungsklage ging.«

Nach einem schockierten »Wie bitte?« habe die Frau geschwiegen. »Ich wusste sofort, dass ich einen Fehler gemacht habe.« Aber dann sei die Rechnung anstandslos bezahlt worden und der Mandant nie mehr aufgetaucht. »Bitte erzählen Sie das nicht Frau Goldhahn, sonst verliere ich meinen Job.«

Marley war nach dem Gespräch mit Yvonne wieder zurück ins Büro geradelt. Es hatte keinen Sinn, jetzt noch aufs Auto umzusteigen. Ihre Frisur war hinüber, und sie hatte Schweißspuren an ihrem Sommerkleid, aber es war ihr total egal.

Im Präsidium war nur noch die Spätmannschaft tätig. Sie bat darum, dass Martin Riemann noch mal hergebracht werden sollte. Timo Broecker, der Spätdienst hatte, sollte bei der erneuten Vernehmung anwesend sein.

Als Riemann nach zwanzig Minuten in ihrem Büro eintraf, schickten sie den uniformierten Kollegen, der ihn gebracht hatte, vor die Tür.

»Mein Anwalt hat mir geraten, keinerlei Aussagen in seiner Abwesenheit zu machen«, sagte Riemann bockig.

»Das verstehe ich, aber es geht nur um eine Nachfrage zu dem Beratungsgespräch, das Sie mit Rechtsanwältin Goldhahn geführt haben. Sie selbst haben heute Nachmittag das Thema aufgebracht.«

»Na schön, was wollen Sie wissen?«

»Können Sie sich daran erinnern, wann Sie das Honorar für diese anwaltliche Beratung gezahlt haben?«

»Nein, keine Ahnung. Ich erinnere mich nur, dass die Anwältin mir gleich zu Beginn gesagt hatte, dass ihr Stundensatz bei dreihundertfünfzig Euro liegt. Ich fand das ziemlich happig.«

»Frau Goldhahn hat ausgesagt, dass dieser Termin fast zwei Stunden gedauert hat. Weil Ihre Vermögensverhältnisse so komplex seien. Das heißt, Sie haben ihr siebenhundert Euro geschuldet.«

So langsam erinnerte sich Martin Riemann wieder. Er nickte.

»Und jetzt versuchen Sie bitte, sich daran zu erinnern, wann Sie diese Summe bezahlt haben. Und wie.«

Martin schloss die Augen und versuchte, sich zu konzentrieren. Und dann fiel es ihm ein. »Ich habe nicht bezahlt. Ich habe gesagt, ich bringe das Geld bar vorbei, und dann habe ich es vergessen. Ich hatte so viel Stress im letzten Jahr. Die beiden Frauen …« Er unterbrach sich, als er Marleys Blick sah. »Meine Frau macht unsere gesamte Buchhaltung. Für den Hof und privat. Ich wollte nicht, dass sie diese Rechnung sieht.«

»Und wie haben Sie es sich erklärt, dass Sie nichts mehr von der Anwältin gehört haben?«

»Vermutlich habe ich gedacht, sie hätte es auch vergessen.«

»Herr Riemann, das ist jetzt nicht Ihr Ernst. Eine Anwältin wie Frau Goldhahn vergisst doch keine offene Rechnung!«

Und mehr sagte Marley ihm nicht. Sollte er heute Nacht mal schön schmoren, bis er auf die Erkenntnis kam, die sie längst hatte. Gemeinsam mit Timo verließ sie den Vernehmungsraum und bat den uniformierten Kollegen, Herrn Riemann wieder in die Zelle zu bringen. Und dann rief sie Richard an.

Marley hatte ihn auf den neusten Stand gebracht, als Richard vor Erwins Hof geparkt hatte und gerade aussteigen wollte.

Erwin hatte sich schon mit einem Bier in der Hand dem Mini genähert, war aber abgedreht. Vermutlich hatte er Richards Gesichtsausdruck bemerkt. Der hatte ohne ein Wort den Motor gestartet und war nach Demerthin gefahren. Und hier saß er jetzt mit Christine Riemann. Und wartete.

»Ich hatte keine Ahnung, Richard. Überhaupt keine Ahnung und keinen Verdacht. Martin war den ganzen Sommer über so gut gelaunt, das war schön. Er war locker und wirkte wie ein junger Mann. Du hast ihn doch auch ein paarmal erlebt. Er war allerdings oft weg. Es gab Termine im Verband und im Landwirtschaftsministerium. Trotzdem war er jeden Abend zu Hause. Er war jede Nacht bei mir. Und dann kommt diese Rechnung bei uns an. Am 1. Oktober, einem Donnerstag. Eine Rechnung von Rechtsanwältin Goldhahn. Ich kenne sie flüchtig, sie ist ja in jedem Verein und bei jeder Veranstaltung hier in der Region präsent und zieht immer eine Riesenshow ab. Keine Ahnung, weshalb Martin ausgerechnet zu dieser Tante gehen musste. Na ja, ich habe direkt in der Kanzlei angerufen und es lange klingeln lassen. Es gab irgendeinen Notfall, Wasserschaden oder so, und die junge Frau am Telefon war ziemlich durcheinander. Ich habe sie gefragt, um was es sich bei der Rechnung handelt. Erst wollte sie es nicht sagen, aber ich habe insistiert, und dann ist es ihr rausgerutscht: ›Beratung in Sachen Ehescheidung‹. Das hat mir den Boden unter den Füßen weggezogen. Die Assistentin hat auch gleich gemerkt, dass sie einen Fehler gemacht hat, sie wollte zurückrudern, aber ich habe aufgelegt. Und dann wurde mir alles klar: die gute Laune, die vielen Termine. Er hatte eine Affäre. Am Samstag wollte er nach Griechenland, wie jedes Jahr. Erste Oktoberwoche. Da muss er mit seinem Freund Benjamin segeln gehen – egal wie es mir oder unserem Hof, unseren Tieren geht. Er ist so verdammt egoistisch. Erst wollte ich ihm alles an den Kopf knallen, wenn er nach Hause kommt, und ihm den Urlaub verderben. Aber dann habe ich es mir anders überlegt. Ich habe mich zusammengerissen, und wir beide haben einen ganz normalen

Abend miteinander verbracht. Das heißt, für ihn mag es normal gewesen sein, für mich war's die Hölle. Am nächsten Abend bin ich ihm hinterhergefahren. Er hatte mal wieder einen Termin in Kyritz, angeblich wegen neuer Weiden, die jemand verpachten wollte. Aber er fuhr gar nicht nach Kyritz. Er fuhr in die andere Richtung. Es war schwer, ihn zu verfolgen. Mein neues Auto ist leuchtend grün, so eins hat hier kein Mensch. Ich musste also großen Abstand halten und dachte schon, ich hätte ihn verloren. Aber dann habe ich gesehen, wie er in Kolrep abgebogen ist. Ich habe gewartet, mein Auto am Dorfrand stehen lassen und bin zu Fuß auf dieses runtergekommene Gelände. Und dahinter stand er: der Schäferwagen, den Martin seit Jahren haben wollte. Ich war immer dagegen.«

»Vielleicht wollte er mit dir und diesem Wagen auf Reisen gehen?«

»Ach, Richard, das ist Quatsch. Wir haben, seit wir in die Prignitz gekommen sind und mit der Schafzucht begonnen haben, nie Urlaub gemacht. Nein, stimmt nicht. Martin war ja jedes Jahr in Griechenland. Ich war vor zwei Jahren mal ein paar Tage in Düsseldorf bei meiner Mutter. Das war mein Urlaub.«

Dann sah sie Richards Blick und interpretierte ihn richtig.

»Ach, und da lief schon was zwischen ihm und der Polin? Klar, er hatte ja sturmfreie Bude!«

Sie trank ihr Glas leer und wollte sich ein neues eingießen. Richard versuchte, sie davon abzuhalten. Ein betrunkenes Geständnis war wertlos. Aber sie ließ sich nicht stoppen.

»Richard, ich hatte erst zwei Gläser Weißwein. Ich trinke jetzt noch eins, falls du mich nicht mit all deiner Staatsgewalt daran hinderst!« Sie lachte ein unfrohes, verbittertes Lachen.

Richard versuchte, unauffällig auf die Uhr zu schauen. Nach seiner Berechnung müsste Marley mit Timo spätestens in zehn Minuten hier sein. Bis dahin wollte er das Gespräch am Laufen halten. Jetzt, in dieser Stimmung, würde ihm Christine alles erzählen. Wer wusste, wie sie sich später verhalten würde.

»Und was ist dann passiert? Nachdem du herausgefunden hattest, dass Martin dich betrügt?«

»Nichts, ich bin zu meinem Wagen zurück, nach Hause gefahren, habe unsere beiden Hunde aufs Sofa geholt und mich betrunken. Dann bin ich ins Bett und habe mich eingeschlossen. Martin war kurz nach dreiundzwanzig Uhr wieder zurück. Ich hab behauptet, mir wäre nicht gut, und ihn gebeten, im Gästezimmer zu schlafen. Er hat nichts bemerkt, und ich habe auch nichts gesagt. Am nächsten Tag hat er morgens seine Sachen gepackt, und ich habe ihn zum Flughafen gebracht. Der Flug nach Athen ging erst um zwölf Uhr fünfundvierzig. Er war nett zu mir, aber ich spürte, dass er eigentlich nicht fahren wollte. Doch er war zu feige, um seinem Freund Benjamin einfach abzusagen. Er tut sich immer schwer damit, Nein zu sagen. Nachdem ich vom Flughafen zurückgekommen bin, habe ich erst alles auf dem Hof erledigt. Dann bin ich nach Kolrep gefahren. Es dämmerte schon, als ich dort ankam. Es war der 3. Oktober, da sind die langen Sommerabende schon lange vorbei. Sie kam aus dem Wagen. Mit einer Schrotflinte bewaffnet. Ich habe erst später kapiert, dass es eine von unseren war, nachdem …«

Christine stockte kurz. Richard fragte nicht nach. Er wartete einfach, bis sie weitersprechen würde.

»Sie sah aus wie ein Kind. Klein, hübsch, zierlich. Obwohl sie doch schwanger war. Aber irgendwie unauffällig. Als sie kapiert hat, wer ich bin, hat sie die Flinte neben sich gestellt. Wir haben beide nicht lange drum herumgeredet. Ich habe ihr gesagt, dass ich weiß, dass mein Mann mich mit ihr betrügt. Und sie hat gesagt, dass sie schwanger ist. Von Martin. Und dass sie das Kind behalten und es gemeinsam mit Martin aufziehen würde. Er würde sich scheiden lassen. Er wär schon bei einer Anwältin gewesen. Das hat mich so wütend gemacht. Ich habe ihr eine gescheuert. Sie hat sich gewehrt, und ich habe die Flinte gegriffen und ihr damit auf den Kopf geschlagen. Sie ist einfach umgefallen und war tot.«

»Woher wusstest du, dass sie tot ist?«

»Das Geräusch, als ich ihr den Schädel eingeschlagen habe, war eindeutig. Ich kenne das von Notfällen mit unseren Tieren. Martin ist ja immer zu sensibel dafür, aber ich kenne dieses Geräusch.«

»Und dann, was hast du dann gemacht?«

»Ich habe sie liegen gelassen, die Flinte genommen und bin nach Hause gefahren. Dort habe ich mir einen Whisky eingegossen und mir überlegt, wie ich die Leiche loswerden und alle Spuren dieser Affäre beseitigen kann.«

Richard hörte ein leises Geräusch. Es musste Izzie sein. Und dann wurde ihm klar, dass Clara irgendwo in der Dämmerung stand und alles mithörte. Das war gut. Vielleicht würden sie eine Zeugin brauchen, falls Christine später alles abstritt.

»Und wie hast du die Spuren beseitigt?«

»Ich habe ein paar Stunden gewartet. Dann bin ich mit dem alten Mercedes nach Kolrep gefahren. Nachdem ich von der Landstraße ins Dorf abgebogen war, habe ich die Scheinwerfer ausgeschaltet, damit mich niemand im Dorf bemerkt. Ganz langsam bin ich auf das Gelände gefahren, und dann habe ich sie zum Wagen getragen. Das war nicht so schwer, sie wog ja nicht so viel. Anschließend bin ich zu Diegos Rübenmiete gefahren. Erwin war so stolz, dass sein Ziehsohn und er dieses Ding noch gerade rechtzeitig vor dem ersten Frost aufgebaut hatten. Ich hatte eine Schaufel in den Wagen gelegt, und dann habe ich sie unter den Rüben vergraben. Es war Schwerstarbeit, erst die Rüben runterzunehmen, um sie dann wieder aufzuladen. Aber es tat mir gut. Mit jeder Rübe, die ich auf sie gelegt habe, verschwand sie mehr aus meinem Leben. Und als ich die schwarze Folie über die Rüben gezogen und dann auch noch die alten Reifen draufgewuchtet hatte, war es so, als hätte sie nie existiert. Es war fast noch Vollmond und wegen der Kälte wolkenfrei, deswegen brauchte ich kein zusätzliches Licht. Gutes Timing, würde ich sagen.«

Wieder lachte sie dieses bittere, unfrohe Lachen.

»Dann bin ich nach Hause, habe mich in die Badewanne gelegt und danach ins Bett. Am nächsten Tag bin ich nachmittags zu diesem Schäferwagen gefahren. Ich wusste ja, dass er hinter den alten Stallungen gut versteckt war und man mich nicht sehen könnte. Erst habe ich alle ihre Sachen in zwei blaue Plastiksäcke verpackt. Sie hatte zwei Mobiltelefone. Eines war ein iPhone, aber ohne SIM-Karte. Das andere war ein Billigtelefon, das Martin gehörte, mit einer Prepaid-Karte. Die habe ich beide eingesteckt. Ihren Computer auch. Und dann habe ich den Wagen gründlich gesäubert. Mit Spiritus und Desinfektionsmittel. Es hat ein bisschen gedauert, aber schließlich waren alle Spuren von ihr beseitigt. Ihre Klamotten habe ich am nächsten Tag beim Herbstfeuer verbrannt. Ihr werdet davon nichts finden, denn an der gleichen Stelle haben wir im April wieder ein Osterfeuer gemacht. Ihren Koffer und die Handtasche habe ich zur Berliner Stadtmission gebracht, das alte iPhone in einen Telekom-Laden in Moabit zum Recyceln gegeben. Den Computer im Dunkeln in der Spree versenkt. Nur das Billigtelefon habe ich wieder in den Wagen zurückgebracht. Mit einer Nachricht an Martin. Gewissermaßen aus dem Reich der Toten.«

»War das nicht mit einem Code geschützt?«

»Doch, aber mein Mann kann sich so schlecht Zahlen merken. Also nimmt er immer sein Geburtsdatum. Es war leicht, ihm den Abschiedstext seines Flittchens zu hinterlassen. Die war ja zu blöd, einen eigenen Code zu installieren!«

Jetzt näherte sich ein Fahrzeug. Glücklicherweise hatte Marley aufs Blaulicht verzichtet. Christine, die das Geständnis sehr angestrengt hatte, bemerkte es nicht. Gleich würden seine Kollegen sie mitnehmen. Sie schien es zu spüren und wollte ihm offenbar noch etwas sagen, solange sie allein waren.

»Weißt du, Richard, irgendwie fühle ich mich jetzt besser. Ich war nie besonders religiös, aber man sagt ja, dass eine Beichte einem die Last nimmt. Und so fühle ich mich jetzt, entlastet, erleichtert. Hast du eigentlich alles aufgenommen?«

»Nein, natürlich nicht. Es wäre auch wertlos vor Gericht. Aber eine Frage habe ich noch, Christine. Wieso hast du die

Leiche in der Rübenmiete liegen lassen? Du wusstest doch, dass die irgendwann abgetragen wird.«

Christine lächelte ihn an. »Richard, ich hab's doch schon gesagt. Sie war für mich nicht mehr existent. Ich habe sie begraben, und sie war weg. Bis Erwin sie gefunden hat, habe ich kein einziges Mal mehr an sie gedacht.«

Sonntag, 18. Juli

Richard hatte sich gegen diese Verabredung mit Händen und Füßen gewehrt, hatte auf sein Recht auf Privatleben und die vielen Überstunden hingewiesen, aber Marley ließ nichts gelten. Er müsse mit ihr auf die Kyritzer Insel fahren, am Sonntag zum Sundowner. Es sei der würdige Abschluss des ersten Falls, den sie gemeinsam gelöst hatten. Danach sei er ein freier Mann und könne so viele Überstunden abfeiern, wie er wolle. Sie wolle mit ihm anstoßen, und zwar auf der Insel. Wenn er keinen Alkohol trinke, dann mit Wasser oder Saft, aber es müsse sein. Sie habe eine Überraschung für ihn.

Er hatte sich gefügt.

Die beiden letzten Tage waren anstrengend gewesen. Nachdem Christine Riemann nach Neuruppin gebracht worden war, hatte sie ihr Geständnis in allen Punkten wiederholt. Seitdem saß sie in Untersuchungshaft. Martin Riemann war noch in der gleichen Nacht auf freien Fuß gesetzt worden.

Richard hatte versucht, ihm die Wahrheit schonend beizubringen, aber das war natürlich unmöglich. Seine Frau hatte Aneta und sein ungeborenes Kind getötet. Wie würde Martin damit leben können? Richard wollte sich gar nicht vorstellen, wie er sich fühlen musste. Er hatte ihn in der Nacht nach Hause gebracht. Martin hatte kaum etwas gesagt, und als er ausstieg, wirkte er wie ein uralter Mann.

Freitagnachmittag hatte es dann eine Pressekonferenz gegeben, bei der natürlich auch Eddi Fürst anwesend war. Die Journalisten und Journalistinnen waren beeindruckt von dem schnellen und offensichtlich nicht anfechtbaren Ermittlungsergebnis, sodass Marley den Veröffentlichungen am Samstag gelassen entgegensah. Der Polizeipräsident hatte angerufen und sie beglückwünscht. Selbst Walter Meyer hatte gratuliert. Marley nahm die Gratulation huldvoll entgegen und verriet ihm nicht, dass sie das Telefonat mit dem Polizeipräsidenten dazu genutzt hatte, Walter auf den trostlosen Posten in Perleberg mit insgesamt vier männlichen Kollegen wegzuloben.

Richard hatte am Freitag ein langes Gespräch mit Carla geführt. Die stand noch immer unter Schock. Sie hatte Donnerstagabend die wesentlichen Teile des Geständnisses heimlich mitgehört. Was sie am meisten umtrieb, war die Tatsache, dass Christine nach der Tat ihr Leben einfach weitergelebt hatte. Selbst als Anetas Leiche gefunden worden war, hatte sie mit Nachbarn und Freunden die Eröffnung ihres Hofladens gefeiert. Als hätte sie mit alldem nichts zu tun. Clara war überzeugt, wäre Martin in einem reinen Indizienprozess schuldig gesprochen worden, hätte Christine das zugelassen.

Richard hatte versucht, Clara zu trösten. »Wir täuschen uns so oft in anderen Menschen«, hatte er ihr gesagt, »lass uns dankbar sein für die, denen wir vertrauen können.«

Jetzt stand er mit Marley auf dem kleinen Boot, das sie zur Insel bringen würde. »Eine Stunde«, hatte er ihr auf dem Parkplatz gesagt, auf dem sie sich vor zehn Minuten getroffen hatten, »eine Stunde, dann fahre ich wieder nach Hause.«

»Musst du wieder auf deine Baustelle?«, hatte Marley gefragt.

Er hatte genickt, aber nicht erzählt, auf welche. Marley dachte, es gehe ums Schloss, tatsächlich aber ging es um die Küche. Am Montagmorgen würde der Küchenbauer kommen, und Richard würde ihm seinen Plan vorstellen. Den Plan von einer komplett gekachelten Küche. Er war gespannt, wie ein Fachmann auf seine Vorschläge reagieren würde. Clara hatte wie immer den besten Küchenbauer engagiert, den sie bekommen konnte. Wahrscheinlich war er eine Diva, und Richard würde ihn überzeugen müssen. Er freute sich schon darauf.

Auch Marley war voller Vorfreude. Sie war am Abend mit Diego und Bob in Gumtow verabredet. Bob war vor zwei Tagen bei Diego eingezogen und angeblich schon stubenrein. Sie bezweifelte das, wollte Diego aber nicht frustrieren.

Als er sie gefragt hatte, was er kochen solle, hatte sie trotz der immer noch hohen Temperaturen Bœuf Bourguignon bestellt. Er hatte leise gelacht, weil er wusste, worauf sie anspielte. Und sie freute sich angesichts eines Gewichtsverlusts von knapp drei Kilo in den letzten zwei Wochen auf ein üppiges Abendessen.

Als sie auf der Insel anlegten und Richard die Frau in Rot entdeckte, die ihnen zunickte, wusste er, wer die Überraschung war: Verena Karlsbach war eigens aus Berlin angereist, um ebenfalls zu gratulieren und mit ihnen anzustoßen.

»Richard, bitte übertreibe nicht mit deiner Begeisterung«, begrüßte ihn Verena lächelnd.

»Ich freue mich sehr, dich zu sehen, Verena«, sagte er artig, setzte sich neben sie auf die Bank unter dem großen weißen Sonnenschirm und blinzelte in die Sonne. »Aber wenn du gestattest, ich brauche eine Sonnenbrille.« Er setzte seine alte Ray Ban auf.

Das taten die beiden Damen auch, und nach weiteren gegenseitigen Komplimenten, wie gut alle aussähen und wie erfolgreich diese Ermittlungen gewesen seien, klärte Verena auf, weshalb sie ihn und Marley gemeinsam hatte treffen wollen.

»Richard, du hast in den letzten zwei Wochen bewiesen, dass du wieder einsatzfähig bist. Ich würde sogar behaupten, du bist wieder ganz der Alte. Was wir für unsere Herbstplanung wissen müssen, und damit meine ich Marley und mich: Wo willst du zukünftig arbeiten? Denn du kannst doch wieder arbeiten, oder? Und du willst auch wieder arbeiten?«

»Ich fände es toll, wenn du in Neuruppin bleiben würdest«, sagte Marley.

»Und ich fände es toll, wenn du nach Berlin zurückkehren würdest. Nicht mehr als Sprecher, das macht ja jetzt eine junge Frau, aber doch sehr nahe an meiner Führungsebene. Beispielsweise –«

Verena wurde von der jungen Kellnerin unterbrochen, die offensichtlich in den letzten Tagen nichts dazugelernt hatte. »Wissen Sie schon, was Sie bestellen wollen?«

»Meine Freundin und ich nehmen einen Aperol Spritz«, erwiderte Marley. »Einverstanden, Verena? Was nimmst du, Richard?«

»Ich schau mal drinnen, was es so gibt«, sagte Richard, stand auf und schlenderte in den Innenraum.

»Das ist ein großer Erfolg für dich, Marley. Jetzt kann dir keiner mehr was anhaben. Was ist mit diesem unangenehmen Kollegen passiert, von dem du mir erzählt hast?«

»Den habe ich aus den Füßen. Alles mit Potsdam einvernehmlich abgestimmt. Wirst du mir jetzt eigentlich erzählen, welches Geheimnis du und Richard teilt?«

»Meine Liebe, wenn er zu mir zurück nach Berlin kommt, wirst du es niemals erfahren.«

»Und wenn er sich für Neuruppin entscheidet?«

»Dann muss er entscheiden, ob er es dir erzählen möchte. Wo bleibt er eigentlich?«

»Keine Ahnung. Vielleicht muss er sich erst mal davon erholen, uns beide hier zu treffen?«

Verena schaute sich um. Der Innenraum des Lokals war komplett leer.

»Ich glaube, du hast recht damit, dass er sich von uns beiden erholen muss. Schau mal, er haut ab!«

Marley drehte sich um und sah, wie die Fähre gerade losfuhr, zurück zum anderen Ufer.

Richard stand vorne und winkte ihnen freundlich zu.

Marley lachte. »So ist er. Es wird ihm schwerfallen, sich zu entscheiden.«

Die junge Kellnerin brachte die beiden Aperol, und Verena und Marley stießen miteinander an.

»Auf deinen Erfolg«, sagte Verena.

»Auf Richard«, sagte Marley.

Dank

Mein Dank gilt denen, die mich mit Ratschlägen, kritischem Lesen und Sympathie unterstützt haben:

Georg Feil, Rolf Grabner, Maria Koettnitz, Ulrich del Mestre, Preethi Nair, Said Rubaii, Silke Schütze, Ellen Schusser-Backhaus, Oliver Theis.

Mein besonderer Dank geht an meinen Agenten Klaus Kluge und meinen Lektor Lothar Strüh sowie an das gesamte Team des Emons Verlags.

Und nicht zuletzt danke ich meinem Mann, Hansjürgen Rosenbauer, dass er sich vor zwanzig Jahren auf das gemeinsame Abenteuer »Landleben« eingelassen hat.